光文社文庫

天命
毛利元就武略十番勝負

岩井三四二《みよじ》

KOBUNSHA

光 文 社

天命　毛利元就武略十番勝負　目次

一　初陣

一

猿掛《さるかけ》城主の多治比元就《たじひもとなり》は、当年二十一歳の若武者である。

背丈があって肩幅も広く、肌は張りつめてつややかだ。口元と頬にふたつみっつ赤い吹き出物ができているのは、若さのゆえだろう。

目は切れ長、鼻はすらりと高く唇は薄い。なかなか涼しげな顔立ちなのだが、額が常人より広く、しかも前に張り出しているため、異相に見える。広い額には深い二本の横皺《よこじわ》まで刻まれており、その奥に深い叡智《えいち》をたたえていると感じさせる。

元就は安芸国《あきのくに》北部の高田郡《たかたごおり》に所領をもつ国人《こくじん》、毛利家の次男坊で、分家して多治比郷三百貫文を所領としていた。

住まいである猿掛の城は、多治比川が山裾を流れる小山にある。山頂には籠城《ろうじょう》のための曲輪《くるわ》があるが、ふだんは小山の出鼻といった感じの高台に築かれた御殿で暮らしていた。

初冬の柔らかな日がさす御殿の庭には枯れ葉が舞い、空ではモズがきいきいと高鳴きをしている。

藍染《あいぞ》めの小袖に褐色《かちん》の袴《はかま》をつけた元就は、母屋の北側にある御座《ござ》の間《ま》で脇息《きようそく》に寄りかかりながら、さかんに膝をゆすっている。いま近臣たちと、

「三倍の敵にいかにして打ち勝つか」

と議論していたところだった。

そこへ井上河内守《いのうえかわちのかみ》が顔を出したので、

「ちょうどよい。河内どのならどうなさる」

と元就は水を向けた。

河内守は、毛利宗家の重臣である。元就の問いに一瞬、むっとした顔になったが、すぐに、

「はは、また次郎《じろう》どのはむつかしきことをお考えじゃ」

と鼻先で笑い飛ばした。元就の仮名《けみよう》は少輔《しようの》次郎なので、毛利家中では次郎どのと呼ばれている。

「なんじゃと」

と元就が目をむくと、河内守は薄笑みをたたえた顔で、

「いや、かたや広間ではめでたき話をしているというのに、当人がさように武骨な話をして

いては、大方《おおかた》さまがお嘆きになると思いましてな」

と言う。たしかに広間ではいま、毛利家とおなじ安芸の国人、吉川《きつかわ》家の使者がきていて、元就の嫁迎えの話をしている。

手広く商売をしている河内守は、祝宴の支度に役立つというので話に加わっていたが、一時中座してこちらへきたのだった。

「考えざるを得ないではないか。いまや武田《たけだ》勢は三千とも四千とも申すぞ。わが毛利家中《かちゅう》をこぞっても千ほどにもなるまい。敵は三倍よ。それが攻めてくるのじゃぞ」

元就は言い返した。どうも井上一族となると平静に対応できず、つい口調が荒くなる。

河内守は、所領はさほど広くないが、商売を盛んにやっているので金回りがよい。万事に派手好みで、今日も紫の地に白箔《しろはく》でむらご蝶を捺《お》してある大紋を着て、帯も太刀《たち》の鞘《さや》も白でそろえるという鮮やかな姿である。

「いまは嫁の話どころではあるまいに」

「ま、たしかにこの春から、山県郡《やまがたごおり》は物騒になったもので」

河内守はうなずく。

いまは永正《えいしょう》十四（一五一七）年。安芸国南部にある銀山《かなやま》城のあるじ武田元繁《もとしげ》が、北部の山県郡にある今田《いまだ》という在所まで兵を出し、周辺の国人に味方するよう呼びかけ、逆らう者は討伐すると脅して勢力を強めていた。

つまり、ここから半日ほどの行程のところで、大きな動乱が起きているのだ。

「その矛先がこなたへ向かってくるとお思いで？」

「そう考えておいたほうがよかろう」

「どうでしょうか。さすがにこなたまでは来ないのでは」

というのは、元就の腹違いの弟、相合少輔三郎《あいおうしょうのさぶろう》だ。家中では三郎どのと呼ばれている。多治比郷のとなりにある相合郷に城をもっており、よく猿掛城に遊びに来ている。

「たしかに取り越し苦労かもしれませぬな」

近臣の桂元澄《かつらもとずみ》が、吊り上がった目を光らせて言う。その横にすわる国司右京亮《くにしうきょうのすけ》も、広くたくましい肩を揺すってうなずく。

桂元澄は元就より三歳年下で、幼いころからよくいっしょに遊んでいた仲だ。背丈は並みだが肥大漢で、太い首の上に大きな頭がのっている。相撲をとらせると強い。

国司右京亮は毛利家譜代の家臣で、いくつか年上だが、元就とは話が合い、よく猿掛城に顔を出していた。大柄だが、受け口で愛嬌のある顔をしている。

「なぜそう思う。武田は安芸国のお屋形さまになろうとしておるぞ。ならば山県郡にとどまらず、この高田郡にも手を出してくると考えるべきじゃろう」

元就の声は大きく、よく響く。

「それはそうですが……」

元澄が苦笑する。取り越し苦労だと顔に出ている。

「だから河内守も智恵を出せ。この左衛門尉《さえもんのじょう》などは情けないぞ。三倍の敵には籠城するしかないと申しておる。そして救いの手を待つのだと」

「は、さように勘考《かんこう》いたしまする」

元就の近習《きんじゅ》で二十歳の井上左衛門尉は、小柄ながらがっしりとした身を乗りだし、唇をとがらせる。

「古来、衆寡《しゅうか》敵せずとしたもので。三倍の敵にまともに当たってはなりませぬ」

「しかしな、われらが籠城したとして、いったいだれが後巻《うしろま》きにきてくれるのじゃ。救いの手など、どこからも出て来ぬぞ」

「高橋《たかはし》どのはいかがで」

高橋久光《ひさみつ》は隣に所領をもつ国人で、いまの毛利家の当主、幸松丸《こうまつまる》の祖父にあたる。毛利家の後見人を任じていて、何かと口出しをしてくる。

「無理じゃ。知らぬふりを決め込むに決まっておる」

「いや、知らぬふりはないのでは」

「仕方がなかろう。三千、四千の兵を敵に回したくないのは、いずこもおなじじゃ」

そこで元就は相合三郎をふり返った。

「三郎などは、夜討ちしかないと申す」

「敵が油断しているところに夜討ちをかけ、大将の首をとるしか、三倍の敵に勝つ手だてはありませぬ」

三郎は鷲鼻をうごめかせ、自信たっぷりに言う。

「そううまく運ぶかな。夜に敵が油断しているとはかぎらぬぞ」

元就は首をかしげている。

「で、次郎どのはどのようにお考えで。三倍の敵に勝つ策とはいかに」

と桂元澄がうながした。

「そうさな、まず籠城はするまいと思うておる。それより野戦で勝ちを得たいな。考えておるのは、敵の兵を分かち、味方より兵数が少なくなったところを討つ策じゃ。これなら勝てよう。そうしてひとつひとつ潰してゆけば、いずれは敵のほうが寡兵《かへい》になる」

元就は自信たっぷりに説く。

「なるほど。三倍の敵を四つ、五つに分けさせれば、そのひとつはお味方より兵数が少なくなる道理ですな」

「しかし四つに分かれた敵のひとつと合戦している最中《さなか》に、残りの三つがひとかたまりになって襲ってきたら、これはもう勝てませぬ」

左衛門尉が横槍を入れる。元就は苦笑いをした。

「それをできぬようにして、ひとつを討つ」

「口ではなんとでも言えまする」

「はは、これは左衛門尉のほうが上手だな」

河内守は言った。

「左衛門尉の言うとおり、三倍の敵と広い野で会しては、なかなかむつかしかろう。しかも次郎どのは」

そこで河内守はちょっと言いよどんだ。

「その、大将として采配をふるわれたことが、まだおありでない」

一瞬、険しい顔になったものの、元就はすぐに伏し目がちになってうなずいた。

兄にしたがって合戦に出たことはあるが、多治比郷三百貫文の領主として、足軽まで合わせて五十人ほどの兵をひきいて臨んだにすぎないのである。

しかも後陣《こうじん》に控えているうちに合戦は終わってしまったので、実際に敵と槍を合わせたことはない。合戦を知らないといわれれば、その通りなのだ。

「初陣《ういじん》、なおかつ初めての采配で三倍の敵を相手にするのは、むつかしいというより無謀じゃ。さようなことは、できれば願い下げにしとうござる」

河内守に言われるまでもなく、大将として敵に臨むなど、考えただけで足がすくむ。これは、三倍の敵に勝つ策を考えるのとは別物である。

「わかっておる。しかし籠城しても勝てぬ。なんとかせねば、わが家が滅ぶぞ」

元就の考えは、暗い方にかたむく。

「唐土《もろこし》の兵書《へいしょ》には、三倍の敵に当たる策が書いてありましょうか」

左衛門尉がたずねた。元就が元服前から諳《そら》んじるほど兵書を読んできたのを知っているのだ。

「おお、孫子《そんし》には……、強い敵からは逃れよとあるな。少なければ則《すなわ》ち能《よ》く之《これ》を逃れ、だったか」

「戦わず逃げろというので？」

河内守がつっこむ。

「まあそうだが……、そればかりでなく、大軍がきたなら意表を突け、ともある。人の及ばざるに乗じて虞《おも》わざるの道に由《よ》り、その戒《いまし》めざる所を攻むる、とな」

「意表を突くとはつまり、どうやって？」

「……それをこれから考えるのよ」

座が一瞬でしんと静まった。

「いや、やはり書物は書物、まことのいくさには役に立ちませぬな」

三郎が納得したように言った。

「弱い者でも強い者を倒す術《すべ》はある。それは確かなことじゃ」

と元就は言いつのるが、みな聞き流している。

「わが井上党が一手を申し受ければ、三倍の敵とでも十分に渡り合ってご覧に入れる。しかし、お家全体としては、なにか工夫が要《い》りましょうな」

河内守が自信ありげに言う。

「その大口、忘れぬぞ」

元就が言ったところへ障子が開いて、侍女が顔を出した。

「殿さま、大方さまが広間へお越しを願わしゅうと申しておられます」

元就は目をあげて答えた。

「わかった、いま行く」

「どうやら輿《こし》入れの話がまとまったようですな」

河内守が笑顔を見せる。元就はつぶやいた。

「こんな時に、急がずともよいものを」

「いやいや、兄者には早く嫁を迎えてもらわぬと、それがしの番が回ってきませぬ。急いでくだされ」

と三郎が茶化して、どっと笑いが起こった。

なおも元就は三倍の敵にこだわっていたが、河内守にうながされてしぶしぶといった体《てい》で立ち上がり、御座の間を出た。

二

広縁《ひろえん》から見上げると、澄んだ青空に白い鰯雲《いわしぐも》がうかんでいた。風がいくらか冷たくなっているが、まずまずさわやかな秋日和《あきびより》である。広間は母屋の南側、もっとも陽当たりのよい場所にある。そこに三人がすわっていた。元就が座につくと、使者である中年の男が深々と頭を下げ、挨拶の言葉をのべた。元就も一礼を返す。

「多治比少輔次郎元就である。今日はご苦労であった」

この若い城主を、広間で使者と話していた大方さまと、志道上野介広良《しじこうずけのすけひろよし》は、慈《いつく》しむような目で見ている。

志道広良は毛利家執権をつとめる。有能かつ忠実な家臣である。やせて長身で、灰色の髪に太い眉、ぎょろりとした目。人相見が涙堂《るいどう》とよぶ目の下のふくらみが立派で、それが相貌《そうぼう》に愛嬌を与えている。

元就とは親子ほど年がはなれているが、元就は十七歳のとき広良と、このあたりの侍が書違《かきちがい》とよぶ誓約書をとりかわし、盟約を結んだ。以来、年貢の取り立て方から礼儀作法、いくさ場の心得、安芸国人のあいだの縁戚関係、毛利一族の複雑な人間関係まで、噛んでふくめるように教えてもらったのである。まさに人生の師といいたくなるような存在だった。

「次郎どの、およその日取りを決めましたよ。年明けの二月早々にしてはいかがかえ」

柿色の小袖に格子模様の打掛《うちかけ》をはおった大方さまが、切れ長の目を向けて言う。

「輿入れでしょうか」

「さよう。それくらいなら日柄もよく、田仕事にも差し支えないゆえ、披露の席もにぎわしゅうなりましょうて。あとは坊主に吉日をたずねればよいであろ」

元就は首をふった。

「いま日取りを決めてもその通りになるかどうか。山県郡が荒れておりましょう」

娘を出す吉川《きつかわ》氏の本拠、小倉《おぐらやま》山城は山県郡の北部にある。

「存じてござりますが、その時はその時。万が一、街道が通れぬようになったら、日延べすればよいこと。先の心配をしていては、いつになっても嫁取りなどできませぬぞ」

志道広良が諭《さと》すように言う。

「しかし、なにもこんなときに……」

「次郎どの、いまさら嫁御はいらぬなどと申すのではありませぬでしょうな」

大方さまがいくらか気色《けしき》ばんで言う。元就と視線が交差した。

他人にはわからぬ思いが、ふたりのあいだに流れる。

元就は目を伏せた。

「いえ……、さようなことは」

「また、わしは出家するなどと言いだしませぬように」

「……」

「ほう、まだ未練をお持ちかな」

広良が苦笑いする。元就の内向きの気性は家臣たちにも知られている。

「困ったものじゃ。なまじ学問ができるゆえ、侍よりお坊さまのほうがいいなどと……。興禅寺《こうぜんじ》の和尚さまは立派なお方ゆえ、三年間おまかせしたのですが、あまりに書を読ませすぎました」

大方さまがため息をつく。

「おかげで読み書きには不自由せず、それどころか鄙《ひな》には稀《まれ》なほどの筆達者になりましたけど、侍には筆より弓矢が肝心」

たしかに元就は筆まめで、右筆《ゆうひつ》を使わず自分でせっせと書状を書く。また言葉をよく知っているせいか、もってまわった書き方をするので、たいていの書状は真っ黒に見えるほど多くの文字で埋め尽くされている。

「侍を嫌うのは、お父上や兄上の苦しみようを見ていて、ああはなるまいと思うゆえかもしれませぬなあ」

元就の父は三十九歳で、兄は二十四歳で早世している。どちらも弱小国人として周辺の勢力の板挟みとなり、家の存亡をかけての決断をせまられ、あげくに酒におぼれて死を早めたと言われている。

「いえ、坊主にはなりませぬ」

元就は言った。そんな理由で嫁取りをためらっているのではない。

「ただ、敵の動きを心配しているだけで」

もちろん、これも本心ではない。

「さようなことなら、よいのですけど」

大方さまは機嫌をなおしたようだ。

「気だてがよく、美しい娘御と聞いておりまする。十九というから次郎どのよりふたつ下ゆえ、ちょうど似合いの夫婦になりましょう」

妻を添わせることが決まって、やっとこの子を一人前にまで育てあげた、自分の役割は終えたと大方さまは思っているにちがいない。

美しい娘御と聞いて、元就は胸が高鳴るのを感じ、顔が熱くなった。

「では日取りはそれでよろしゅうござる。ほかには?」

元就は三人にたずねた。

「ほかになければ、それがしはこれにて……」

元就は腰を浮かせた。自分と自分の嫁となる女性をこの三人がうわさしていたと気づき、恥ずかしくなったのだ。

「待ちなされ次郎どの。まだ決めることはたんとあります。輿入れの道筋に人を配るかどうか、披露の宴《うたげ》にだれを呼ぶか、家来衆への引き出物……」

「大方さまと志道どので決めてくだされ。それがしは文句は言いませぬ」

「なにを急いでおるのじゃ。少し落ち着きなされ」

大方さまにたしなめられて、元就は浮かせた腰を落とした。

「次郎どのはこれから宝物を迎えようとしているのじゃ。いい加減に迎えては罰があたりましょう」

「嫁御が、宝物で？」

「さよう。一生の宝物じゃ。磨けば玉にもなろうし、邪険にあつかえばおのが身を傷つける剣ともなる。おなごの生涯は添うた男次第じゃが、男の生涯もまた、添うたおなごに左右される。おろそかにしてはなりませぬ」

こんな席で説教されたくないが、元就はだまって聞いていた。この城の主であっても、大方さまには頭があがらないのだ。

大方さまは元就の実の母ではない。父、毛利弘元《ひろもと》の側室だった女性である。

弘元の死後も城をはなれず、五歳にして母を、十歳にして父を失い、孤児になった元就――当時は松寿丸《しょうじゅまる》と名乗っていた――の面倒をみて、今日まで育ててあげてくれた。

元就にとっては母がわりであるだけでなく、いわば命の恩人であり、さらにいえば、ひそかに思慕を抱いていた相手でもある。

その大方さまと嫁取りの話をするのは、かさぶたを剝がされるような苦痛を感じるのだ。

「嫁を迎えれば、見えてくる景色も変わってきましょう。お坊さまには見えぬ景色です」

「いや、もう坊主はあきらめました」

結局、輿入れ支度の細部を決めるところまで、半刻《はんとき》ほどもつきあわされた。

「これでお家も安泰じゃ。わらわも肩の荷が下りたというもの」

帰る使者を見送ったあと、大方さまは言ったが、聞いた元就は逆に重荷を背負わされた感じがした。

坊主になりたいという気持ちは、正直なところいまでも強い。

国人領主という生業《なりわい》は、城に住み、百姓たちから年貢を巻きあげるのが仕事である。

いい身分のようだが、いくさになれば矢の雨をかいくぐり、刃の林に突っ込まねばならない。いくさがなくとも、家臣たちには突きあげられ、周辺の領主から領地を侵されないかと気を遣い、気の休まる暇がない。兄の姿を見てきたから、よくわかっている。

そんな暮らしよりも、文字に親しみつつ人の死を悼みながら暮らすほうが、よほど自分の性に合っていると思う。

その一方で、家族を持ちたいという思いも強い。

父と母に早く死なれてしまったので、家族でにぎやかに暮らした記憶がない。血のつながった者たちに周りを囲まれての暮らしにあこがれがある。

だから、坊主になりたいという気持ちと矛盾するが、嫁を娶《めと》りたいとの望みも抱いている。といって、武田勢のことが気にかかって嫁迎えどころではないのも、また事実だ。

毛利宗家の当主だった兄が昨年亡くなってしまったので、いま武田勢が攻めてくれば自分が大将として出陣しなければならない。

初陣となる自分に、果たして千人の兵の大将がつとまるだろうか。

家臣たちの前では、籠城ではなく出陣すべきだと勇ましいことを言ったが、実際に自分が大将として出陣する場面を想像すると、体が震えてくる。おそらく失態を晒《さら》し、大恥をかくだろう。勝てるとも思えない。

こんな気分で嫁のことなど、考えられない。

——来ないでくれ。

武田勢がこちらへ来ないことを祈るばかりだった。

三

ひと月ほどして、冷たい風が城の北方にある風越山《かざこしやま》から吹きおろしてくるようになると、元就が恐れていたことが現実となった。

「いましがた草の者より注進がござった。有田《ありた》の城、武田勢に取り巻かれたそうな」

毛利家の本城《ほんじょう》、吉田郷《よしだごう》にある郡山城《こおりやま》へ出仕して、ふもとにある御里《おさと》屋敷の控えの間に顔を出したとき、広良が近づいてきて小声で告げた。

「なんと、有田へ来たのか」

元就は大きな声をあげてしまった。

「武田勢は四千。城番の小田信忠《おだのぶただ》は籠城する覚悟のようすなりと」

広良は言う。

有田城はここから四里ほど西、山をいくつか越えたところにある。

毛利家の城ではないが、味方、それもさきほど嫁迎えの話をしたばかりの吉川氏の属城だった。小さな城で、兵を入れたとしてもせいぜい二、三百だろう。

そこへ四千の兵が攻め寄せたとあれば、籠城してもさほど耐えられないはずだ。しかも毛利家とは因縁のある城である。

「すると、すぐにも出陣か」

「いや、まずは様子を見るしかありませぬ。いまできるのは、こちらに火の粉がかからぬよう、祈るだけにござろうよ」

志道広良は言う。元就は大きく息を吐いた。すでに心ノ臓が走り出している。

「それではすまぬぞ。いずれ火の粉はふりかかってくる。すぐにも兵を出すべきじゃ」

気持ちとは裏腹に、出てくる言葉は自分でもおどろくほど勇ましい。怯える心をおしのけて冷静に考えれば、そういう結論にならざるを得ないからだ。

「重臣どもをあつめて評定《ひょうじょう》をいたしまするか。おそらく半数は反対するでしょうな」

「いや、それを説き伏せねば」

兄、興元《おきもと》が昨年二十四歳で亡くなったあと、兄の子で当年三歳の幸松丸が毛利宗家を継いでいた。この郡山城も幸松丸の城ということになる。

跡を継いだといっても、三歳の幼児に国人の当主がつとまるはずはない。叔父である元就と、母の実家の主、高橋久光が後見人となり、譜代の重臣たちと協議して家を保ってゆくことになっている。

だが高橋氏の本拠は石見《いわみ》にあり、急場の相談には間に合わない。それに、毛利家の益にならぬことも押しつけてくる御仁だ。あてにはできない。

いまは二十一歳の元就が、毛利家を動かしていかねばならないのだ。

「されば明日一番であつまるよう、重臣どもに触れを出しまする」

広良はそう言って去っていった。

元就の手持ちの兵は、多治比にいる五十人ほどだけだった。毛利一族の兵、一千ほどをこぞって戦おうとすれば、重臣たちを動員しなければならない。毛利家はそういう仕組みになっている。

――まったく、兄が酒におぼれたはずだ。

元就は嘆息した。領地の外が騒がしいというのに、家中もたやすくはまとめられない。そしてひとつ間違えれば、家を潰してしまう。

むずかしいのは、今に始まったことではない。何十年も前から安芸国は混沌としていた。国中に数百貫文から数千貫文といった小さな所領を治める国人が分立するばかりで、一国を治める力のある者がいないのである。

となると国人たちは、おのれのちいさな所領を奪われぬか、あるいは逆に隣の所領をかすめ取れぬかと考え、互いに疑心暗鬼になり、気を張り詰めて四方を見まわしていなければならなくなる。

そんな安芸国の西隣には、周防《すおう》など五カ国の守護、大内《おおうち》氏が君臨している。あまりに強大なので、安芸国でも多くの国人が盟主とあおいでいた。毛利氏もその一家である。

ところが十年ほど前に、その大内氏が本拠の山口を出て、京にのぼってしまった。将軍の後見人として天下に号令するためである。

大内氏の指示をうける安芸の国人たちも、多くが随従せざるを得ず、そのまま大内氏とともに在京する羽目になった。

元就の亡き兄、毛利少輔《しょうの》太郎《たろう》興元も上京して、四年間ほど安芸を留守にした。

父、弘元が亡くなったとき、興元は十四歳でまだ元服前だった。それでも毛利家を継ぎ、翌年に元服した上で、大内氏の上洛についていったのだ。

この間、幼い上に兄という保護者を失った元就は、家臣に所領と城を乗っ取られるなどひどい目にあったが、それはまた別の話だ。

多くの国人たちが安芸国からいなくなる一方、山陰では尼子《あまご》氏が出雲《いずも》一国を支配するまでに力をつけ、その勢力を石見国から安芸国へと伸ばしてきた。

このため安芸の国人のあいだでは、不在の大内氏にかわって尼子氏を盟主とあおぐ者が出てきた。そして尼子氏の力を背景に、京に出陣している者の所領をかすめ取ろうという動きも見られるようになった。

在京していた国人たちが不安にかられたのも無理はない。おまけに長く在京しているとその費用も馬鹿にならない。

ついに何人かの国人は耐えきれず、大内氏の許しを得ずに帰国してきた。

元就の兄、興元も、長引く在京に音をあげて帰国したひとりだった。

無断で帰国した安芸の国人たちは、身を守るために一揆《いっき》の契約をむすんだ。

合戦があれば助け合うことなどを申し合わせ、結びつきを強くするため、互いに嫁取り婿取りもすることになった。弱小国人の互助会といった形である。

こうして大内、尼子というふたつの勢力の狭間《はざま》にあって、国人一揆という別の勢力もできてしまった安芸国は、ますます混沌としてきた。

国人たちは、争乱の渦に巻き込まれざるを得ないのである。

四

翌朝、郡山城の広間にあつまった毛利家の重臣たちを前に元就は、有田城を救うために軍勢を出すべきだと説いた。

だが重臣たちの反応は、広良が予想したように煮え切らないものだった。

「まだ武田勢がこちらへ来ると決まったわけではないのに兵を出すのは、わざわざ災いを呼びこむようなものじゃ」

という声が出たかと思えば、

「むしろ武田に味方して、有田城を攻める側にまわったほうがよいのではないか。さすればこちらが攻められるおそれはなくなる」

という者までいた。

「有田城を攻めたら、吉川どのがどう思うか。それはできぬ」

元就は首をふった。

「そもそも有田城は、われらが武田勢から攻めとったもの。それを今度は武田勢に加わって攻めたら、毛利はなにをしておるのかと、世間で物笑いになるぞ」

元就としては当然のことを言ったまでだったが、これが反感をかったようだ。

「物笑いとはなんじゃ。次郎どの、物の言い方に気をつけるがよい」

声を出したのは、坂長門守《さかながとのかみ》である。背は低いが肩幅は広く胸板も厚く、大きな頭をふりながら大声で怒鳴る。

「敵味方などは時と場合によって変わるものじゃ。味方につく側をあやまって家を潰してしまえば、それこそ世間の笑いものになる。よく考えてものを言え」

その剣幕に押されて元就は口を閉じた。

重臣たちはそれぞれ一郷から数郷のあるじで、自分の手兵を抱えている。しかも元就より年上の者ばかりなので、遠慮というものがない。

「まことに、いまの武田の勢いはあなどれぬ。うっかり逆らわぬがよかろう」

と言うのは背が高く顔も細長い渡辺太郎左衛門《わたなべたろうざえもん》だ。こちらは慎重な物言いで、武田の勢いを恐れていると感じられる。

「なあに、次郎どのの言われることは真実じゃ。たしかに去年は武田の敵になったのに、今年は武田を助けるようでは、世間でなんと言われるかわからぬ。それはやめたがよい」

福原左近《ふくばらさこん》が助け船を出してくれた。三白眼《さんぱくがん》の持ち主である左近は、元就の従兄弟《いとこ》であり、年齢も近くて昔から仲がよい。弁が立ち、頭の回《めぐ》りも速いので、こうした議論になると頼りになる。

「さよう。まだ武田の勢いが本物かどうかもわからぬ。尼子がうしろで糸を引いていようが、いま尼子の軍門に降《くだ》るのも考えものじゃ。もうすこしようすを見るほうがよかろうと存ずる」

井上河内守も言う。重臣たちの大勢《たいぜい》は、坂長門守の意見に反対のようだ。

それでも武田に味方すべしという者は、態度を変えない。

「大内どのはあてにならぬ。大内どのを頼っていては、そのうちに困ったことになるぞ」

などと言う。

「しかし大内どのに刃向かえば、当家は滅亡じゃ。五カ国の太守にかなうわけがない」

「そこはそれ、うまく立ち回るのじゃ。なんのために一揆を結んだのか」

話はあちこちに飛び、収拾がつかなくなっている。桂元澄や国司右京亮などは、だまって成り行きを見守ったままだ。

毛利家の重臣といっても、その出自はさまざまだ。

坂、福原、麻原《あさはら》などの諸家は数代前に毛利宗家からわかれ、住んだ郷の名を姓とした庶流である。代々宿老《しゆくろう》としてあつかわれているが、宗家とは主従というより親族との意識が強く、なかなか宗家の言うことを聞かない傾向がある。

広良の志道家や元澄の桂家は、さらに坂氏から分かれた家である。こちらは家臣という意識が強いのか、毛利宗家には忠実だった。

栗屋《あわや》氏や渡辺氏は古くから毛利家に仕えている家柄だ。毛利家の先祖は鎌倉幕府の重鎮であった大江広元《おおえのひろもと》で、その子孫が古い時代に相模国《さがみのくに》の毛利荘《もうりのしょう》をたまわって名字の地とし、のちにここ、吉田《よしだ》荘を得て安芸に下ったのだが、栗屋氏などはその広元の代からの家臣という。

渡辺氏も、毛利家が安芸に下る以前からの家臣とされている。

井上家や国司家は、おなじく毛利家に臣従した家だが、栗屋氏や渡辺氏にくらべればその関係は新しい。

しかし井上家などは、郡山城の前を流れる可愛《えの》川流域の商売を押さえており、金回りがよく勢いが盛んなだけに、家中でも力がある。

この寄合にも井上一族の長である河内守のほか二人、合わせて三人も顔を出している。いきおい、合議になると井上一族の主張が強く反映されるようになる。

結局、言いたい放題で寄合は終わってしまった。結論らしきものといえば、城を攻められている吉川氏がなにか言ってくるはずだから、それを待とう、というだけだった。

「あの者どもはなにを考えておるのじゃ！」

重臣たちが帰ったあとで、腹に据えかねた元就は志道広良に憤懣《ふんまん》をぶつけた。

「やはり家中の者であっても信用できぬ。所詮は自分たちさえよければよいのじゃろう」

「落ち着きなされ。あの者たちを責めるのではなく、納得がゆくように説き聞かせるのが肝心でござろうて」

「しかし武田に味方しようとは、とても正気の沙汰とは思えぬ」

「坂どのや渡辺どのらですな。あれは尼子に通じておるやもしれませぬな」

「なんだと。まことか」

信じられなかった。まことであれば宗家に対する裏切りである。信用できるできないなどといっている場合ではない。

安芸国が混沌としているのと同様に、毛利家中も乱れているのではないか。

だが広良は平然としている。

「いや、しかとした証拠はありませぬ。それに、そう悪いことでもありませぬぞ」

「悪くないだと。裏切りではないか」

「なんの。お家のためでござる」

「ああ?」

広良は、ぎょろりとした目を光らせて語る。

「わが毛利家はたしかに大内どのを頼んで今日まできてござる。しかし別段、大内どのに恩義があるわけではなく、ただわが家が無事に立ち行くようにと、大内どのの力を頼みにしてきただけのこと。わが家は京への出陣にしたがうなど、十分に大内どのに奉公しており、いまは大内どのから奉公へのお返しを願える立場でござる」

「なのに大内どのはいまだ京にあって、安芸国の騒動を治められそうにない。わが家を助ける力もない。ゆえにわが家は尼子につくも大内につくも自由。尼子につくとしたら、坂どのらが役に立ち申す」

「……そういうものか」

「それに、もとはといえば、今回の武田どのの騒動も、大内どのが作ったようなもの」

元就はうなずいた。たしかにそうだ。

元繁の武田家は元来、山県郡、佐東郡《さとうごおり》など安芸国の数郡をたばねる分郡守護《ぶんぐんしゅご》、若狭《わかさ》武田の下で、守護代に任じられてきた家である。

だが代を重ねるうちに弱体化し、隣国大内氏の勢いに逆らえないようになり、元繁の父の代からは大内傘下にはいって、京へも出陣していた。

そんな元繁が一昨年、京から安芸にもどってきたのは、大内氏に命じられたからだった。

安芸の国人のうち、厳島《いつくしま》神社の神主をつとめる家で内紛が起きていたので、その鎮圧をまかせられたのである。

ところが帰国した元繁は、よい機会とばかりに大内氏を裏切り、騒動をしずめるどころか、国人の所領を切り取る行動にでた。安芸国西部にある己斐《こい》城に兵を出し、囲んでしまったのである。

「……」

このさい安芸国をしたがえて守護に復帰しよう、と考えているようだった。

当初、毛利家はこの騒ぎを静観していた。

おなじ安芸国内とはいえ、己斐城攻めは毛利家とは遠い場所での出来事なのである。手出しできないし、する必要もないと思われたからだ。

なのに大内氏から毛利家に対して、己斐城を救えとの命令がきたのである。

当主の興元は悩んだ。すでに一揆を結んで大内氏の勢力からはなれようとはしているが、それでもまだ大内氏の力は無視できない。

しかも己斐城を救ったとしても、毛利家にはなんの利益もない。

毛利家中では議論をくりかえしたが、なかなかいい案は出なかった。

兄興元の悩みは深く、ときに深酒して乱れ、元就に怒りをぶつけたりしたほどだった。

さんざん悩んだ末、だれが言いだしたのか名案が出た。遠い己斐城へ向かうのではなく、近くの有田城を攻めればよい、というのだ。

これは兵書「三十六計」にある「囲魏救趙《いぎきゅうちょう》」を応用したものである。趙の国を救うために魏の国を攻める、という教えだ。

己斐城を囲んでいる武田勢の中には山県郡の兵が多い。有田城を攻めれば、つぎは自分の城かと恐れて、あわてて引き揚げるにちがいない。

そうなれば、己斐城を救ったのとおなじことになる、という策である。

有田城は毛利家の吉田郡山城から四里ほどはなれているが、烏帽子山《えぼしやま》の裾をとおって久々《くぐ》根峠《ね》を越えれば、意外と近い。落とせば自分の城にできるかもしれないという見返りもあるのだ。

まさに一石二鳥の名案だった。

一揆を結んだ国人たちと相談の上、兵を出したところ、思ったとおりに有田城は兵が少なく、すぐに落ちた。

すると己斐城を囲んだ武田勢に動揺が走り、領地に帰る兵が続出した。兵が少なくなり、包囲をつづけられなくなった武田勢は囲みを解き、己斐城は助かった。

策はあたったのだ。

興元は大内氏から賞賛され、褒賞として落とした有田城をくれるという話になった。しかし有田城はもともと吉川氏の城である。一揆を結んでいる仲間なので、興元は吉川氏に城を返し、この件は落着した。

それが二年前のことである。

「ともあれ、いまは様子見しかござらぬ」

広良は言う。うなずかざるを得ない。

元就は眉根を寄せ、こめかみを押さえた。胃の腑のあたりに石が詰まったように感じる。いまこの重圧から逃げ出せるなら、どんなにいいかと思う。

山の寺に隠棲《いんせい》して、晴耕雨読の暮らしをおくれたら……。

だが五日後、元就の夢は無惨に砕け散った。

五

最初の凶報は、猿掛山上の物見櫓《ものみやぐら》からもたらされた。

「郷境《ごうざかい》から煙が。敵兵が焼き討ちをしております！」

武田勢が多治比と吉田のあいだに押しかけ、在家《ざいけ》に火を放ったという。

「まことか、もうこなたに来たのか」

御座の間で一報をうけた元就は、その場で立ち上がった。

不意を突かれた形だった。武田勢がこちらに攻めてくるとしても、有田城を落としてからだと思っていたのだ。

「どうなされまするか。敵はおよそ六百！」

物見櫓へ駆けあがっていった井上左衛門尉が、走りもどってきて告げる。

有田城が落ちるのは近いと見て、武田元繁はつぎの獲物、毛利家の戦意をさぐるために兵を出してきたのだろう。

そのうちに百姓たちが逃げまどう声が城にもとどき、天をおおう煙も見えてきた。

「すぐに陣触れせよ。本城にも加勢を頼め」

城の櫓から陣触れを告げる太鼓が打ち鳴らされる。吉田郡山の本城へ早馬が走った。

しかし敵は六百。こちらの手勢は五十。本城から助勢がくるとしても、急なことゆえ百もくるかどうか。

つまり敵は三倍どころではない。どう戦えばいいのか。劣勢がわかっていても、出ていかねばならないのか。

いざ出陣となると、元就は足がすくむのを感じた。

「早く、鎧《よろい》を召されませ」

小姓たちがうながす。元就は鎧直垂《ひたたれ》を着て手甲《てっこう》、脛当《すねあて》をつけた。

そのうちに手勢があつまってきた。吉田の本城からも駆けつけてくる。

「次郎どの、三倍の敵に対する策はおありか！」

本城から馬を飛ばしてきた桂元澄が、母屋へあがってきて叫ぶ。

元就は返答できなかった。

頭の中は真っ白になっていた。出陣の覚悟はしていたつもりなのに、いざとなると対応できない。胸元にすっぱいものがせり上がってくる。恐怖で目がくらむようだ。

「……し、城の留守のことを命じてくる」

元就は一度、奥へ下がった。とてもこのままいくさ場へ出てゆけるとは思えなかった。

母屋の奥は静かだった。

広縁に腰を掛ける。昼下がりのうららかな陽射しを肌に感じた。

出陣しなければならない。

しかし、したくない。

強大な敵が恐いし、大将としての初陣だけに、采配を誤って恥をかくかもしれない。いや、きっと大恥をかくだろう。

ふと、兄の顔が目に浮かんだ。

父に早く死なれて、十四歳で家を継がねばならなかった兄の肩に、どれほどの重圧がかかっていたのかと、いまさらながらに思う。

酒の飲みすぎが兄の命を縮めたと思っている。実際、兄は有田城攻めの前後から酒が手放せず、いつも顔を赤くしているほどだった。

兄が酒を飲まずにはいられなかった心境も、いまとなればわかる。

そんな兄の姿を見ているので、自分は酒は飲まないと決めているが、近ごろは飲酒の誘惑にかられることも多い。

どうすればいいのか。

あまりの重圧に吐きそうになって、口を押さえながら迷い惑っていると、足音がした。

ふり向くと、大方さまだった。

「次郎どの、どうしました」

「あ、いや、その」

「いくさ場から逃れて、坊主になりなさるおつもりか」

いきなり言われてどきりとした。

「いや、そうではなく……」

「かわいそうに。青い顔をしておる。溝に落ちた子猫のようじゃ」

「……」

そんな弱虫に育てた覚えはないと嘆かれ、泣かれるかもしれない。それも身を切るほどつらい。

だが大方さまの唇から出た言葉は、まったく予想外のものだった。

「まことにお父上と、そっくりじゃ」

「え？」

元就は思わず声を出した。

「いくさの前になると青い顔をしてがたがたと震えて、いつも奥へ駆け込んでいらした」

父もいくさを恐れていたというのか。意外だった。しかし父の側室だった大方さまが言うのである。まことだろう。

「お父上もそなたとおなじく頭のよく回るお人だったゆえ、つい先のことが見えてしまうのじゃろうな」

「父上は、勇敢に戦ったと聞かされておりましたが……」

「さよう、父上は立派じゃった。何度もいくさに出て、そのたびに手柄をたてて帰っていらした」

元就は混乱した。それでは震えていたという話と矛盾するではないか。

気がつくと、大方さまは温かい目で元就を見ている。その唇が動いた。

「雪隠《せっちん》へゆきなされ」

「は?」

元就はさらにとまどった。なにを言うのか。火急のこの時に雪隠とは……。

大方さまは言った。

「お父上は、奥へ下がってくると雪隠へはいり、そこで叫んでおられた。われは大江広元の子孫、われは義経《よしつね》、われは弁慶《べんけい》、われは大将と。そうして雪隠を出たときには、平然とした顔になっておった。そのあとで出陣していかれ、手柄を立てられたのじゃ」

元就は、あんぐりと口をあけて大方さまを見詰めた。

「次郎どのも真似してみてはどうじゃな」

大方さまは小首を傾《かし》げてほほえんでいる。

六

「われにつづけ！」

元就は先頭に立って馬を走らせている。あとを騎馬三十騎と徒侍《かちざむらい》と足軽が、息をはずませて駆けてくる。

猿掛山麓を発《た》つと数町走ったところで止まり、あとにつづく者を待った。おいおい追いついてくる兵で総勢はいくらか増え、百五十人あまりになっている。

「よいか、敵は六百というぞ」

元就は馬上から大声をあげた。

「しかし恐れるな。敵は早朝から四里の山道を駆け、あなたこなた焼きばたらきをして疲れておる。こちらは新手で備えも十分じゃ。負けるはずはない。すすめや者ども！」

元就の言葉に、兵たちが「おう」と喊声《かんせい》をあげて応ずる。郷土を荒らされて、兵たちはみな怒り、気を高ぶらせている。

ここで元就は兵を二手に分けた。五十人を後備えとしてややはなれて控えさせ、残り百人を前に出す。その上で弓兵を先に立てて進む。

村境の木立をぬけたところで敵が見えた。十戸ほどの集落を襲っているところだった。ざっと見て兵数は百ほど。百姓家から着物や俵物を盗み出すのに夢中になっていた。盗み終えた家には火をつけている。

しずかに前進するよう、元就は兵たちに命じた。敵勢は気づかない。そして集落に近々と迫ったところで、

「それ、射《い》よ」

と命じた。

白い筋がつぎつぎに敵兵に伸びてゆく。矢をうけた敵兵が悲鳴をあげて倒れる。不意を突かれた敵兵は混乱し、立ち向かうことも忘れて逃げ出した。

「追え。逃がすな。皆殺しにせよ」

元就は声をあげて兵を叱咤《しった》する。槍をもった足軽と侍が突っ込んでゆき、逃げる敵兵に追いつき突き伏せて首をとる。

敵勢は集落から大きく後退した。数町追ったところで、元就は引き鉦《がね》を鳴らして深追いを止めた。

「殿、首じゃ首。敵の首じゃ」

左衛門尉が、血のしたたる首をかかげてもどってきた。初手柄がうれしいと見える。

「初陣のご勝利、おめでとうございます」

桂元澄が笑顔で頭を下げる。だが元就は厳しい顔をくずさなかった。

「まだ敵は多いぞ。もとの通りに構えよ」

手勢の備えをかため、その場にとどまって四方へ斥候《せっこう》を出した。兵書で習い覚えたとおり、勝っても油断せず敵のようすをうかがったのだ。

「この先に敵勢およそ三百、こちらへ向かってきます」

北の方へ出した斥候がもどってきて告げた。

「三百か」

二倍の敵に野戦でまともに組み合うのは愚かだ。

「山裾までひけ。ひいて弓をかまえよ」

生まれ育った在所だけに、このあたりの地形は知り尽くしている。深田を前にして、背後を山でさえぎられた場所に陣をかまえた。

敵はこちらを小勢《こぜい》とみて、はやり立って押し寄せてくる。

だがこちらの前には深田がある。突っ込んできた敵は、細い畦道《あぜみち》をひとりずつ進むしかなくなった。

そこへ矢を浴びせると、敵の先手はばたばたと倒れた。しかも後方から太鼓と法螺貝《ほらがい》であおり立てられ、後続の兵に押されるので、退くこともできない。矢を避けようとして深田にはまり込んだり、自棄になって突っ込んできたりして、おもしろいように矢の餌食《えじき》になった。

ついに十数人の死体を残し、敵勢は引き退《の》いていった。

「わあ、お味方大勝利だあ」

左衛門尉が高い声をあげる。元就もほっと息をついた。

だが敵はまだいた。

「弓手《ゆんで》に敵勢！　油断めさるな」

声がかかって左手を見ると、いつの間に回り込んだのか、敵勢が山裾づたいにこちらに向かってくる。その数、およそ二百。

すぐに陣形を立て直し、敵勢に矢を浴びせたが、今度は深田がないので、敵勢は矢を受けつつも突っ込んでくる。

さらにこれを見た前面の敵勢も、とって返してこちらに迫ってきた。

数倍の敵にはさまれてしまった。乱戦になり、弓矢は役に立たない。味方の陣形は破られ、元就の身近に敵が迫ってくる。近習たちもみな槍を手に敵勢に立ち向かう。

元就も槍を手にした。

左手から寄せてくる敵勢は強く、味方はずるずると山際まで押し込まれた。

「ひくな。踏みとどまれ。ひけば地獄、進めば極楽と思え！」

元就は手勢に呼びかけるが、どうしても留まれない。そのうちに前面の敵勢も、畦道を通ってその数をふやしてきた。元就の耳元を矢がかすめる。敵勢はすぐそこまで来ている。

——やはり小勢で敵に当たるのは無謀か。

そんな思いが頭をかすめる。しかし思い惑っている暇はなかった。近習たちの輪を突き破って敵が迫ってきた。

「御《おん》大将と存ずる。見参！」

「わが槍、食らえ！」

声をあげ、元就に迫る。元就も槍をかまえ、突き出してくる槍先を払う。

二度、三度と槍をあわせるが、敵のほうが強力だった。幾度も鎧の上から突かれ、元就はたたらを踏んだ。

「殿、危ない！」

左衛門尉が敵の横から槍をつけ、追い払ってくれたが、まさに間一髪だった。

そのとき、不意に左手の敵勢が引きはじめた。どうやら後方が混乱しているようだ。

見れば、後方に残しておいた控えの手勢五十が、うしろから敵勢に襲いかかったらしい。

背後から矢を浴びせられ、敵勢は混乱して戦うどころではなくなっている。

「いまじゃ。それ押し返せ」

元就の号令で、味方は奮戦して一度は敵勢を追い払った。

だが敵勢はしつこく迫ってくる。元就の手勢が少ないのを見て、呑んでかかってきているようだった。これではきりがない。

「よし、みなあつまれ。城へ退くぞ」

やむなく手勢をまとめ、退却にかかった。

それでも敵は追ってくる。追いつかれるたびに引き返して敵を一撃し、また退いた。

そうして何度も敵と返し合わせながら猿掛山の麓まできたとき、前方に土煙が立った。

見れば、数百の兵が駆けてくるではないか。

「兄者、ご無事で！」

相合三郎を先頭に、福原、井上、坂、志道といった面々が軍勢をひきいて駆けつけてきたのだ。

「次郎どの、ご無事でなにより」

志道広良が馬を寄せてきた。

聞けば、広良が重臣たちに呼びかけ、出陣させたのだとか。

新手があらわれたのを見て、敵勢は退きはじめた。

「まずは城へ。今日はここまでじゃ」

元就はあつまった軍勢に命じた。すでに夕刻が近い。これから敵を追う気力と体力は残っていなかった。

七

「明日は寅刻《とらのこく》（午前四時）から兵を出して、有田城をかこむ武田勢に斬り込み、武田元繁の首を挙げる。わかったか。わかったらただちに出陣の支度にかかれ」

母屋の広間にあつまった重臣たちの前で、元就はそう言い切って軍議を終えた。

夕刻に軍議をはじめると、重臣たちからはさまざまな意見が出た。武田勢が攻めてきたら籠城すべし、という者がもっとも多かった。

しかし元就はすべてしりぞけた。

「籠城してもだれも助けには来ぬ。三倍の敵を相手にただ守っていては勝ち目はない。有田城にまだ兵が残っているうちに、武田勢に攻めかける以外、勝機はない。案ずるな。三倍の敵に勝つ方策が、この胸の内にある」

と言って自分の意見を通したのだ。

元就を若さゆえあなどっていた重臣たちも、今日の活躍を見て元就の将器《しょうき》をみとめたのか、したがうつもりになっているようだ。ぶつぶつ言いながらも退席していった。

猿掛城内外は千人近い兵で満ちている。明日の兵糧《ひょうろう》となる握り飯は、いまから炊き出ししないと間に合わない。あちこちで炊煙があがりはじめた。

元就は奥へさがろうとした。合戦と軍議で疲れ切っている。

そこへ広良が静かに寄ってきた。

「お疲れでござろうが、耳に入れたき話がござる。ちとこちらへ」

と、袖を引くようにして控えの間に元就を連れ込んだ。

「なんだ。休みたい。手短かにしてくれ」

文句を言いながら部屋に入ると、くたびれた黒衣を着た坊主頭の男が平伏していた。かたわらに琵琶がおいてあるから、琵琶法師と知れる。

「勝一《かついち》と申して、役に立つ者にござる。以後、お見知りおきを。こたびは武田のことを調べさせ申した」

広良の言うところでは、父、弘元の代から使っている草の者だという。

琵琶法師は諸国をめぐって武家の屋敷に上がり込み、平家物語などを語るかたわら、さまざまな話を聞き込んでくる。その中で役に立ちそうな話を、伝えてくれるのである。

「武田刑部少輔《ぎようぶしようゆう》元繁どののこと、かように聞いてござりまする」

勝一は、武田元繁の容貌から人となり、戦いぶりなどを、小半刻ほども語った。

「ほほう」

元就にとっては、初めて聞く話も多い。目を見開かれる思いだった。

「なるほど、これは得がたい智恵を授けてくれたものじゃ。礼を言うぞ」

小姓をよび、銀子《ぎんす》をもってこさせて、勝一に与えた。

「これからも、仕えてくれよ」

兵書の孫子にあった用間《ようかん》の術とは、これかと思った。大将として軍勢を指図するには、まだまだ学ぶべきことが多いと痛感した。

首筋をもみつつ奥に入ると、大方さまが心配そうな顔をしていた。

「もう寝なされ。明日のことなど考えず、すぐに寝なされ。さすれば疲れも消えよう」

大方さまの言葉に逆らわず、鎧直垂を着たまま寝所にはいった。そして「一番鶏《どり》にて起こせ」と小姓に命じると、背を丸めた赤子のような姿で横になる。

はじめのうちはがたがたと体が震えていたが、すぐに眠気がやってきて寝入ってしまった。


翌朝、元就は暗いうちに城を出て有田城へと向かった。

ひきいる軍勢は毛利家の総勢に、吉川氏からの援軍をあわせたおよそ千二百。早朝の身を切るような寒気の中、みな白い息を吐きながら進軍する。

四里ほどの道は、半ばから山越えになる。久々根峠で馬を止めると、軍勢を休息させる一方、自分はのぼる朝陽に向かって手を合わせ、念仏を十遍《じっぺん》となえた。幼いころ大方さまから教えられて以来の習慣である。

昨日、雪隠で、われは大江広元の子孫、われは義経と叫んだのだが、じつはその必要はなかった。出陣を恐れたのは自分だけではないと知った途端、目の前の景色が変わって、恐怖も気おくれも感じなくなっていた。恐怖とは、無知が生む幻影だと悟ったのである。

それからは震えもなく、落ち着いて指揮していられる。それればかりか、案外と自分に将器といえるほどの才能がそなわっているらしい、と気づいていた。昨日の不利な戦いでも、少なくとも後れをとることはなかった。おそらく父祖代々、受け継いできたものだろうと思ってもいた。

「さて、今日の陣立ては、いかがなされるや」

と志道広良が寄ってきた。

「まずは中井出《なかいで》あたりの陣をやぶる」

と元就は答えた。

昨夜のうちに放った斥候が先ほどもどってきて、武田勢が有田城の前に陣城《じんじろ》のごとく土塁を築き柵を結いまわし、兵を籠《こ》めてこちらの襲来を待っていると告げた。有田城を囲む武田勢に毛利勢が攻めかけたとき、この兵を出してうしろから襲いかかる算段らしい。

とすれば、ほうってはおけない。

「さいわい五、六百の小勢のようじゃ。まずはこれを揉み潰す。そして武田の本陣を一気に衝く」

「承知いたした。されば中井出を破ったのち、それがしは別の一手となりて有田城の小田どのと連絡をつけ、武田勢の背後をおびやかしまする」

「そうしてくれ。しかし多くの兵は割《さ》けぬぞ」

「百もあれば十分でござる。ところで三倍の敵を破る策とは、どういったもので」

元就は答えなかった。ただ、

「まずは小勢をたたく。そうして武田の本陣にせまる」

とだけ言った。

軍勢をすすめて山道を下り、有田城が見える野に出た。すでに陽は高くなっている。

元就は手勢を二隊に分けた。武田勢が攻めてきたときにそなえて一手を控えさせ、残る千人ほどで中井出の陣城に向かった。

元就の近くには井上左衛門尉ら近習のほか、使い番をつとめる武者、捻首帳《ひねりくびちょう》をつける右筆らがひかえている。合図の太鼓や鉦をもつ者、大きな馬印をかかげる足軽もいる。

千二百人の軍勢の大将だから当然だが、そうしたことが初めての元就は、なんとなく落ち着かない。しかしこうしたところで平然としているのも将器のうちだと思い、気持ちを抑えた。

先手を命じておいた相合三郎と桂元澄の軍勢が、柵に攻めかかる。

まずは矢合戦からはじまった。数百の矢が敵味方のあいだを飛び、攻め寄せた若武者数十人が射倒され、また柵を守る側にも倒れる者が続出した。

だが矢いくさばかりでは勝敗はつかない。元就はいらいらしはじめた。

「手間どるうちに武田の本陣から後巻きの兵がくるぞ。さすればこなたは由々しきことになる。早く槍をいれて揉み潰せ」

そばにいた志道広良に命じると、

「されば、まずそれがしが寄せて柵を押しやぶりますゆえ、そのあと旗本勢を柵の中へ入れて物頭《ものがしら》を討ちとってくだされ」

と言って駆け出した。広良の手勢があとにつづき、矢の雨をかいくぐって陣城の柵にとりついた。兵たちは柵をゆすり、押しやぶろうとするが、柵はなかなか動かない。そのうちに柵の中から突き出される槍や刀で討たれてゆく。元就はたまらず叫んだ。

「みなの者、あれを見殺しにするな。つづけ!」

真っ先に飛びだそうとしたが、馬の口取《くちと》りが馬を止めてはなさない。

「はなせ。なぜ止める」

「志道さまより、御大将は中軍《ちゅうぐん》にとどめておくよう、命じられております」

「……………」

余計なことをしおって、と胸の内で叫んだ。

「はなせ。はなさねば斬るぞ」

太刀に手をかけると、口取りはおそれて手綱をはなした。

「それ、駆けよ。志道を討たすな」

元就は柵へと馬を飛ばした。

不思議と恐さは感じなかった。うまくいかなければ死ぬのみだと思った。これからの国人としての辛《つら》い世渡りを考えれば、ここで死んだ方がましかもしれないではないか。

重臣たちの前ではあると言ったが、じつは三倍の敵に勝つ方策など、まったくなかった。そもそも少ない兵で多くの敵に勝つのは無理なのだ。現に昨日も、味方の援軍がなければ六百の敵勢に打ち負かされるところだった。

ただ、こう考えることはできる。

武田勢が有田城を落としたあとに猿掛城へ攻め寄せてくるとなれば、士気はあがっているし勝ちに乗じて軍勢もふえているだろう。しかもこちらは籠城となれば、毛利家の兵力だけしか使えない。

だがいまなら、まだ有田城には二、三百の兵が籠もっている。吉川氏も兵を出すから、その分味方の兵力はふえる。さらに有田城を囲んでいる武田勢に攻めかければ、背後を襲うことにもなる。

多勢《たぜい》の敵に立ち向かうのは変わらないが、籠城するより幾分かでも勝機はある。

そう考えたから、出陣してきたのだ。

あとはその場その場で臨機応変に動き、わずかな勝機をすくい上げて勝ちをねらうしかない、と覚悟を決めていた。

柵の前までくると馬を下り、柵に手をかけた。木を結わえた綱を切り、柱をゆする。矢が鎧の袖をつらぬき、槍先が眼前をかすめる。

「御大将、お控えなされ」

侍がふたり寄ってきて、元就を柵から引きはなした。見れば井上河内守と渡辺次郎左衛門《じろうざえもん》——重臣、太郎左衛門の父——だ。

「あまりに勇みたまえば、流れ矢にあたることもござる。ここはわれらにまかせなされ」

「えい、無駄に勇んでいるわけではない。いまこの柵をやぶらねば、武田の後詰《ごづ》めがきて大変なことになるぞ！」

「いや、もう柵はやぶれ申す」

河内守が落ち着いて言う。気がつけば総軍が柵にとりかかり、いまにも押しやぶらんとしている。

「よし。武田の後詰めがくる前に、ここを攻めやぶれ！」

元就は一歩引き、手勢に攻めをまかせた。

敵味方が揉み合ううちに、ついに柵は押しやぶられ、毛利勢はどっと柵の中へ踏み入った。あちこちで槍と槍が交錯し、雄叫《おたけ》びと悲鳴があがる。

「一番首じゃ！」

早くも敵の首をつかんだ武者がもどってくる。捻首帳に一番に名を書きつけられれば、これ以上の名誉はない。二番、三番と武者が駆けつけてくるうちに、順番争いの喧嘩まではじまった。井上一族の者同士で争っている。

「争うな！　わしがここで見ておる以上、間違いはない。争うな」

元就はそう叫ばねばならなかった。

柵の守将は熊谷《くまがい》次郎三郎元直《じろうさぶろうもとなお》といい、平家物語の「敦盛最期《あつもりさいご》」の段で有名な熊谷次郎直実《なおざね》の子孫と称する。手勢を叱咤して防戦につとめていた。

毛利勢は左右からも攻めはじめ、五百の兵をしだいに討ちへらし、熊谷次郎三郎にせまった。

「あれぞ大将と見えるぞ。早く討ちとれ」

馬印の下、槍をもって暴れまわっている武者を元就は指さし、旗本の若者たちを差し向けた。

敵将も元就を見極めたのか、槍を手にこちらへ馬をすすめてくる。喊声と矢声《やごえ》、悲鳴が入り交じる中、あわや元就と敵将が槍を交えるかというところまで近づいた。

「毛利の大将と存ずる。熊谷次郎三郎、見参！」

名乗りを上げた男が馬上で槍をにぎり直した瞬間、矢がその眉間《みけん》に突き立った。

敵将は声もなく落馬した。そこへ味方から数名が駆けよってゆく。

「当陣の大将、熊谷次郎三郎どのを、宮庄下野守直綱《みやのしょうしもつけのかみなおつな》が討ちとったり！」

血のしたたる首を高々とかかげ、大声でよばわるのは、吉川家からつけられた助勢の侍大将だ。

これで敵兵は逃げはじめた。流れに逆らい、立ち向かってきて大将に殉じた敵武者はいたものの、中井出の陣は陥落した。

八

ほっとしたが、休んでいる暇はない。武田の本軍が陣形を立て直しつつあった。

「どうやら魚鱗《ぎょりん》の陣《じん》と見えまするな」

志道広良が言う。武田勢は一手を有田城の押さえとし、残りを五手に分けたようだ。その数、ゆうに四、五千はあると見えた。

「覚悟の上よ。われらも陣を立て直せ」

広良の助言をうけ、全軍を五隊に分けた。

相合三郎に桂元澄をそえて三百人を遊軍とし、敵の左軍にそなえる。志道広良は、

「では、御免」

と百の兵で右手の山陰《やまかげ》をまわって有田城をめざす。城兵と一手になって敵の背後をおびや

かすつもりだ。

本軍の先手は福原、井上、粟屋ら四百、二陣は元就の旗本三百。そして後陣に百人をひかえさせた。

「しかしこれでは、三倍の敵と正面からぶつかることになり申す。それでは数で押されてしまいましょう」

かたわらの井上左衛門尉が心配そうに言う。元就もそれはわかっている。しかし目の前に敵がいる以上、どうしようもないではないか。三倍の敵に確実に勝つ方策など、この世にないのだ。

「よいか。ねらいは大将首ひとつ！　全軍で一気に揉み込んで、本陣にくらいつく。わかったか」

元就は大声で下知《げち》した。おう、と応ずる声が返ってくる。

陣立てを終えた毛利勢は、太鼓を打って静かに進む。武田勢も進みきて、両軍は原野をななめに横切る又内川《またうち》とよばれる小川をへだてて対峙《たいじ》した。

まずは矢いくさからはじまった。

又内川をへだてて、先陣同士でおびただしい矢が交換される。

二陣にあって、この光景を馬上から眺めている元就は、いらだっていた。

——長引けば負けだ。早く勝負を決めねば。

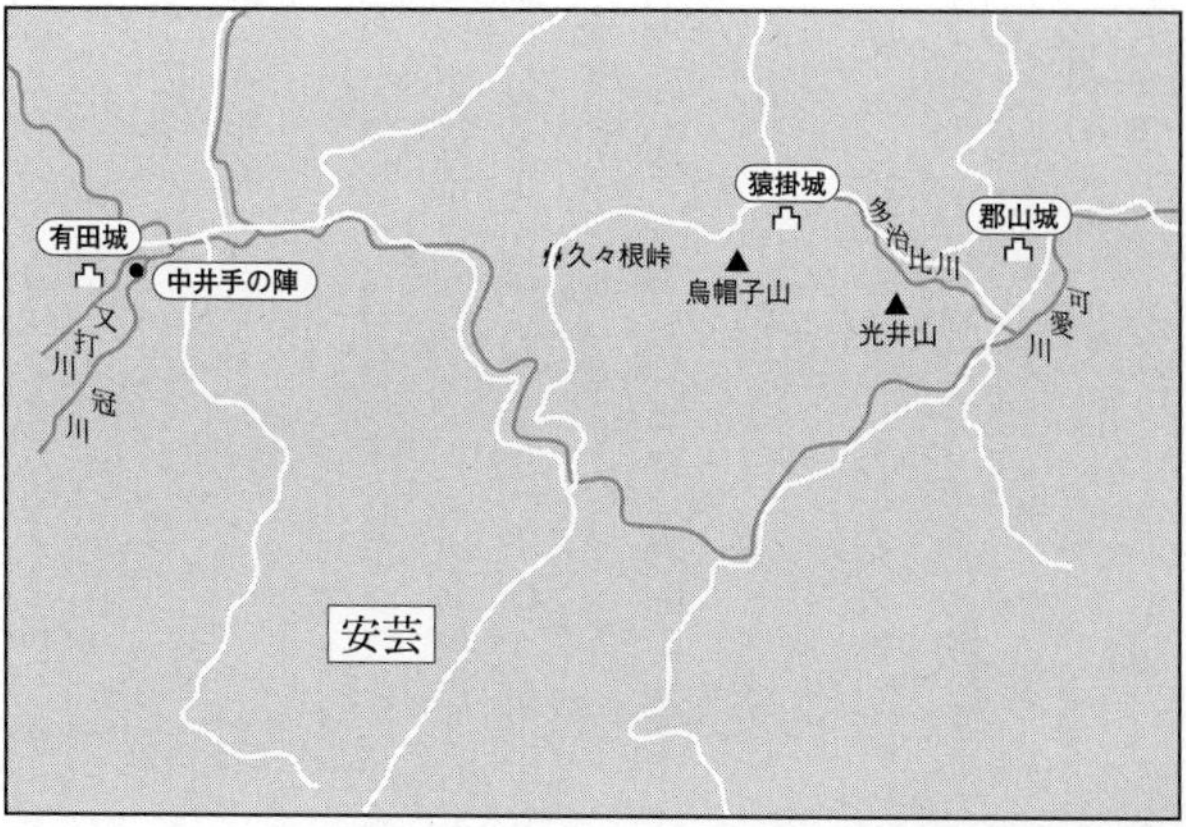
有田城
中井手の陣
又打川
冠川
久々根峠
猿掛城
烏帽子山
多治比川
郡山城
光井山
可愛川
安芸

こちらには替わりの軍勢がない。しかもみな早朝から四里の道を踏み越えてきている。そろそろ疲れの色が見えていた。

「矢いくさはもうよい。早く槍を入れよと伝えよ」

元就の下知を伝えに、近習が飛んでゆく。

「みな槍をとれ」

元就は旗本に命じた。こうなったら先手も二陣もない。ともに敵陣に揉み込むのだ。

両軍のあいだを流れる又内川は幅一間《いっけん》ほどで、馬ならばひらりと飛び越えられるが、徒歩《かち》の兵は飛び込んで膝まで濡らして渡らねばならない。動きが止まり陣形が乱れるので、矢の格好の的《まと》になる。毛利勢も多くの矢を浴びた。

それでも先手が敵陣に突っ込んだ。勢いのままに敵陣を割って突き進む。敵の先陣は分断され、うしろへ退いた。

「いまだ、先手につづけ!」

元就の声は大きく、よく響く。下知とともにみずから馬を駆って前進した。二陣の先頭に立つと、武者たちが負けじと駆け出す。先手と一体になり、敵勢を押しのける。

だが敵はもちこたえた。押し切れずに毛利勢の前進が止まる。すると逃げ散っていた敵の先手の兵ももどってきて、毛利勢を押し返しはじめた。

毛利勢はもともと数が少ないだけに、守勢にたつともろい。数名が引き退くと、それが全軍につたわってどっと後退がはじまった。

つけ込んだ敵が追ってくる。

「ひくな。とどまれ。ええい、恥を知れ！」

元就は馬上で槍をふるい、川を越えて後退してくる兵を押しとどめ、叱咤する。物頭たちも配下の兵を呼びあつめ、崩れかけた軍勢をどうにかとどめた。

「深追いしてくるぞ。あれを討ち止めよ」

元就が下知すると、勢い込んで追ってきた敵兵に矢が集中する。先頭の兵が倒れると、敵勢の追い足がにぶる。また毛利勢が勢いを盛り返し、敵勢を押し返しはじめた。

ふたたび先手が又内川を越えた。

しかし敵は先手を新手に入れ替えて反撃する。人数が多いだけに、敵勢にはまだまだ余裕がある。

今度も毛利勢の攻勢は長つづきせず、押し返された。どっともどってきた毛利勢は、川を越えて三町も退いた。

「ええい、ここが剣《けん》が峰《みね》ぞ。押し返せ。やい河内守、日ごろの大言壮語はどうした。井上党は三倍の敵でも十分に渡り合うのではなかったか」

引き退いて地面にすわり込んでいた井上河内守を怒鳴りつけると、河内守は怒りの表情を見せ、

「なんの、三十を超えてから疲れやすくなり申してな、ちと休んでいただけでござるよ」

と吐き捨てて、

「さあ井上党、もうひといくさ仕《つかまつ》るべし」

立ち上がって槍をとりなおし、手勢をまとめて前進をはじめた。

深追いしすぎたと見たか敵は後退をはじめ、毛利勢はまた川を越えて前進した。

だが敵も踏みとどまる。やがて揉み合いとなり、前進が止まった。

「どうした。もうひと押しじゃ。押せば勝ちじゃぞ」

元就は声を嗄《か》らして下知するが、兵たちはそれ以上前進できずにいる。

――このままでは、負ける。

元就の頭の中では、危険を告げる声が止まらない。

三倍の敵と互角に戦ってきたが、押し合いを繰り返すうちにただでさえ少ない兵は減ってゆき、残った者も疲れ果てている。時間がたてばたつほど、こちらは不利になる。

ここで毛利勢が勝つ方策はただひとつ。敵の大将を討ちとることだ。

だが敵将、武田元繁は分厚い敵勢のかなたにある。元繁の馬印は見えているが、旗本勢に取り巻かれ、矢もとどかない先だ。

揉み合ううちに、武田勢に動揺が走った。

見れば、山上の有田城から軍勢が下ってくるところだった。

「おお、志道がうまくやったぞ」

山際を駆け抜け、有田城に近づいた志道広良の手勢が、城内の兵を誘い出すのに成功したのだ。これで味方が増えただけでなく、武田勢を挟み撃ちにする形となった。

「それ、いまこそ進め」

元就は全軍を叱咤した。毛利勢は武田勢を押し、元繁の馬印へと近づいた。

だが毛利勢の攻勢は、さほど長くつづかなかった。

有田城を出た軍勢は、武田の押さえの一手に止められ、前進できなかった。そのうちに毛利勢も疲れ、新手がつぎつぎに出てくる武田勢に押し返されるようになった。

ついに毛利勢は崩れたち、どっと敗走にうつった。

「止まれ、止まらぬ者は斬るぞ。止まれ！」

元就は必死で叫ぶ。槍をふりあげ、逃げてくる兵を叩いてもどそうとする。だが兵たちは止まらない。元就もこの流れに逆らえず、味方に押されるように山際まで後退した。

武田勢が追ってきたが、後陣に残しておいた百の兵が突出し、武田勢の先鋒《せんぽう》を叩いて追い返したので、毛利勢はやっと息をついた。だが敵はまだ目の前にひしめいている。

「えい、こうなれば元就の死に所はここじゃ。突っ込むぞ。死ねや者ども！」

すでに半ばは討死を覚悟している。

元就は疲れ切った兵たちをはげまし、また前進をはじめた。

だがそんな中でも頭の一部は醒《さ》めており、勝機をつかもうと忙しく回っていた。

——勝機があるとすれば……。

元就は気づいていた。その鍵は、元繁の性格と又内川にある。

元繁の馬印が急速に近づいてくるのを、元就は見逃さなかった。

九

年が明け、二月になった。

白い梅の花が散り、うす紅色の桃の花を里のあちこちで見かけるようになっている。

吉川氏から猿掛城への輿入れは、よく晴れた昼下がりに行われた。

祝意をあらわす白い小袖を着た家人《けにん》たちが沿道に立つ中、騎馬侍《きばざむらい》を先頭にした供侍《ともざむらい》、侍女や荷運びの人足たちの行列が大手門に到着する。

輿の受けとりの挨拶が終わると、御殿の庭で盃がかわされた。人々はつづいて披露の宴席へと座をうつす。

親族と重臣たちとの宴では、元就は言われたとおり、花嫁とふたりで行儀よくすわり、祝いの言葉にいちいち会釈を返した。

酒に酔った相合三郎や桂元澄らが、肩衣《かたぎぬ》と袴、烏帽子《えぼし》に威儀を正してすわる元就をからか

い、国司右京亮は、

「兵数三倍の武田勢をやぶった御大将に幸あれ！」

と大声をあげる。

渡辺太郎左衛門は謡《うたい》でいい喉を披露し、坂長門守は、福原左近の鼓《つづみ》に合わせて舞をひとさし舞った。みな武骨な見かけによらず、意外なほど芸達者だった。

大方さまは宴には出ず、台所で侍女たちと静かに祝杯をあげている。

夜になって宴が果て、寝所でふたりきりになって、ずっと白い角隠しをかぶっていた嫁の顔を、元就ははじめて拝んだ。

「末永《すえなご》う、よろしゅうお頼み申しあげまする」

深々と下げた頭があがったところを見ると、目は大きくていくらか離れ気味、鼻はかわいらしく丸まって唇は薄く、とびきりの美形とはいえないが、まずまず愛嬌のある顔立ちだった。なにより温かそうな人柄を感じさせるところが、元就をほっとさせた。

名はおひさだという。

「こちらこそ末永うよろしく頼む」

元就も一礼し、床入りとなる。

儀式のようにぎこちない、しかし熱い時間がすぎたあと、ふたりは床で腹ばいになった。

「おまえさまのことは、実家では評判になっておりました。若いのに武田勢をやぶって有田城をすくった、末頼もしい大将であると」

まずおひさが口を開いた。すでに顔を合わせた当初の硬さはとれている。

「ああ、そうか」

返事をしながら、この女は信じてもよさそうかと、元就は値踏みをしていた。

「三倍、四倍の敵に勝つとは、人並みはずれた智恵と勇気が備わったお方じゃとも」

「よせ、買いかぶりじゃ」

「あら。でもまことにお勝ちになったのでしょう」

「ま、勝つには勝ったが……」

有田城の戦いからすでに三カ月以上たつが、あのときのことを思い出すと、いまでも怖気《おぞけ》をふるってしまう。

やはり三倍の敵に勝つのは無理だと、元就は半ばあきらめかけていた。あとは毛利家の名を辱《はずかし》めないよう、立派に散るばかりだと考えるところまできていた。

だがそこで敵将、武田元繁は隙を見せた。

敗軍寸前の毛利勢にとどめを刺そうとしたのか、旗本勢の先頭に立って進んできたのだ。

ふと出陣前に聞いた勝一の話を思い出した。武田元繁は猪武者《いのししむしゃ》との声が高く、よく大将みずから先陣に飛び出してくるという。

元就は、わずかな勝機に賭けることにした。

川を越えるとき、徒歩の兵は土手から岸へ下りて流れに足を入れるが、騎馬の兵は土手から一気に川を飛び越えようとする。すると飛んだ瞬間、人の壁は消えて全身を周囲に曝《さら》してしまう。

そこをねらえば、大将とて矢の的になる。

「やつが川を越えるところをねらえ」

と近習たちに命じ、周囲に残っていた兵たちにも伝えた。兵たちは敵勢のあいだをぬって又内川に近づき、弓をかまえた。

期待したとおり、元繁の馬印が前進してくる。敵の旗本勢が川を渡った。

大将の元繁は、馬印の前で旗指物《はたさしもの》を背負っていない上、ひときわ立派な鎧をつけているため、はっきりわかる。

馬上の元繁が、馬ごと川を飛び越えようとした。

弓を引き絞って待っていた毛利勢の前に、その姿が曝される。

「いまじゃ、射よ！」

元就が下知するまでもなかった。ここぞと毛利勢の矢が元繁に集中する。うち一本が鎧の上から胸板を貫いた。

元繁は馬上でのけぞり、声もなく川の中へ落ちた。

元繁の落馬を見た井上左衛門尉が素早かった。獲物を見つけた犬のように元就の側から駆け出し、川の中へ飛び込むや、あっという間に元繁の首を掻き切ってしまったのだ。駆けつけようとした武田勢に手も触れさせない早業《はやわざ》だった。

「日ごろ鬼神のように恐れられし武田刑部どのをば、井上左衛門尉、討ちとったり！」

と土手へ駆けあがると首を高々とかかげ、大音声《だいおんじよう》でよばわったから、聞いた毛利勢はおおいに奮って勝ち鬨《どき》をあげ、大将を失った武田勢は逆に逃げ散りはじめた。

その後も戦いはつづいたが、もはや攻守は逆転し、毛利勢が逃げる武田勢を追い討ちするのに終始した。終わってみれば、首級《しるし》七百八十を挙げる大勝となっていた。

「あれはな、僥倖《ぎようこう》よ。十にひとつの僥倖で勝ちをひろったにすぎぬ」

本心からそう思っている。武田元繁がうかつに前に出て討たれなければ、あのまま毛利勢は壊滅していたはずだ。もう一度やれと言われてもできるものではない。

「まあ、勝ちを自慢なさらぬとは、奥ゆかしいお方」

おひさがおどろいたように言う。この女は夫を立てるすべも心得ているようだと、元就も悪い気はしなかった。これからの暮らしも、うまくやっていける気がした。

話が一段落して、元就は闇の中で感慨にふけった。

――これで一人前の領主か……。

大将として軍勢を指揮して勝ち、こうして妻を娶った以上、今後は多治比三百貫文の領主として、また毛利宗家の後見人として暮らしていくことになる。もう世を捨てて坊主になることはない。進むべき生涯の道が固まったのだ。夢だった家族も、できるだろう。

「どうなさったの？」

だまっていたせいか、おひさに問われたが、正直に言えることではない。

「なに、もう寝るとしよう。明日から忙しいが、頼むぞ」

とだけ言い、あお向けになって目を閉じた。おひさも「はい」と言い、目を閉じたようだ。

だが目が冴えてなかなか眠れそうにない。

生涯の道が決まった一方で、何か大切なもの、長いあいだ慣れ親しんできたものを失ったような気がして仕方がないのだ。

元就は闇の中で目を開き、自分が失ったものをさがそうとした。それは追おうとするとかえって遠ざかってゆくようだった。

二　家督

一

郡山《こおりやま》城の一角にある御里《おさと》屋敷の広間では、厳しい顔をした男が三人、元就と向かい合っている。

最初に立ち上がったのは、毛利家執権の志道広良《しじひろよし》だった。還暦が近いとはいえすらりと姿勢のいい広良は、「ではこれにて」と一礼して足早に歩み去っていった。

「それがしも、わが屋敷にもどって支度にかかりまする」

と福原左近《ふくばらさこん》も、長身をゆらして立ち上がった。

「頼んだぞ。くれぐれも悟られぬようにな」

声をかけてから元就は、余分なひと言だったかと小さく悔いた。いかに大事の前とはいえ、信頼する将にかける言葉ではない。いまほど信頼する気持ちが大切なときはないというのに。

「それがしには、一筆いただきましょうか」

近習頭《がしら》の井上左衛門尉《さえもんのじょう》が、元就の面前に来て言う。

「おお、そうだな」

気をとりなおし、元就は文机《ふづくえ》の前にすわった。頼みたいことがあるので城へ来られたし、とさらさらとしたためる。宛先は渡辺太郎左衛門《わたなべたろうざえもん》。そしてもう一枚は坂長門守《さかながとのかみ》あてだ。

「口上は、急な大事が出来《しゅったい》したため、出雲《いずも》への使者を頼みたい、尼子《あまご》と何を話してくるかを伝えるゆえ急ぎ登城されよ、といったところか」

ふたりとも呼び出しを断る理由はないはずだ。もしやと疑いつつも、登城せざるを得ないだろう。そうしたら……。痩せて長身の渡辺太郎左衛門と、短躯《たんく》だが胸板が厚くがっしりした体格の坂長門守それぞれの顔を、元就は憎しみとともに思い出す。

「承知いたした。されば、さっそく」

左衛門尉も一礼し、立ち去った。

——大丈夫だ。信じろ。

元就は自分に言い聞かせた。家臣に用心をしなければならないのはもちろんだが、この者たちだけは信じたいと思う。

ひとり広間に残った元就は、差し込んでくる初夏の朝陽を一瞥《いちべつ》したのち、妻のおひさがいる奥へ足を運んだ。

まずは、畳の上で藁《わら》で編んだ籠に入れられて寝ている、昨年生まれた長男の顔をのぞき込んだ。

「ややはどうじゃ」

「あれあれ、いま寝たばかりじゃ。起こさないでくだされ」

おひさがあわてて言う。

夫婦になって六年あまり。大永《だいえい》四（一五二四）年のいま、元就は二十八歳になっている。

最初にできた女児、おはつは、二歳のときに北方に領地を接する高橋家に人質に出した。つぎに得たこの子は大切な跡取りでもあり、風にも当てぬようにして育てている。そのせいか、いまでは丸々と太って泣き声も大きい。数日前には不意に立ち上がって一、二歩あるき、夫婦を喜ばせたものだ。

「顔色もいいな」

「ええ。今日は機嫌もよくて、乳もよく飲んだようで」

となりで乳母《うば》がにっこりと微笑んだ。元就はうなずきながら聞いていたが、すぐに表情を引き締めて言った。

「大儀じゃがな、これより本城《ほんじょう》へ移ってくれ」

「本城へ？」

おひさは怪訝《けげん》な顔になった。

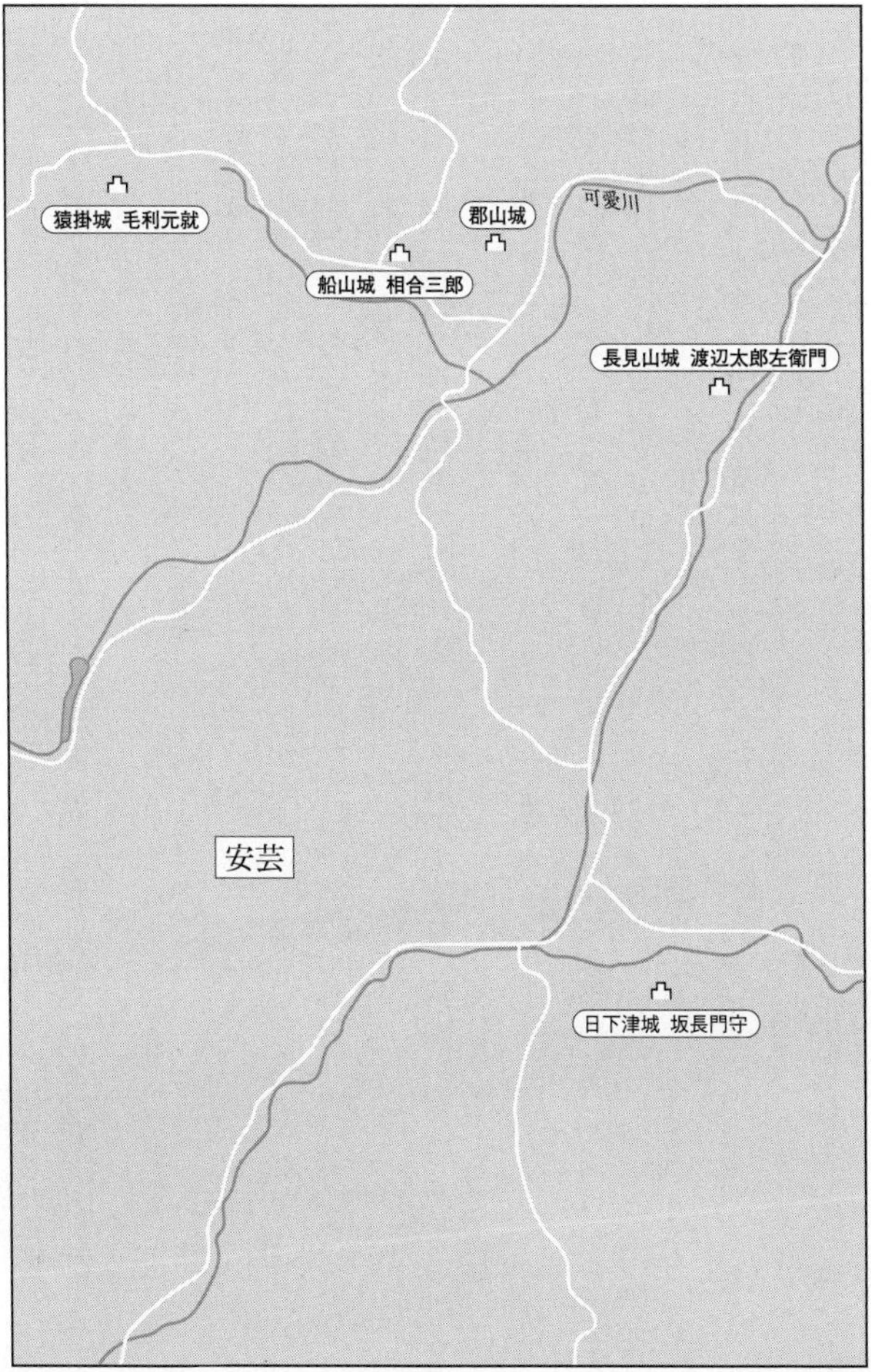
猿掛城 毛利元就
郡山城
可愛川
船山城 相合三郎
長見山城 渡辺太郎左衛門
安芸
日下津城 坂長門守

山麓の御里屋敷から見て南東の方角にある尾根筋に、土塁と頑丈な門に守られた三つの曲《くる》輪《わ》からなる本城が築かれている。城主はふだん御里屋敷で暮らしているので、山を登って本城に籠もるのは合戦の時だけである。

「これからわしが呼び返すまで、そこでじっとしていてくれ」

「何か……、あるのですか」

「心配せずともよい。ただ、用心のためにな。万が一ということもあるからな」

それで察したのか、おひさの表情が引き締まった。

「行くのは、わらわと子と……」

「大方《おおかた》さまもな。連れてゆく侍女は二、三人にしておいてくれ。警固《けいご》の者は、こちらからつける」

「いますぐに？」

「すぐに支度にかかって、登ってくれ。そうさな、夕暮れ時には終わるじゃろうから、そうしたら呼びにゆく」

おひさは、ただちに侍女と乳母に支度を命じた。

つぎに元就は大方さまが住む離れをたずね、おなじことを頼んだ。

「この城で何かあるのかえ？」

と大方さまは問い返してきた。

「ええ、ちと手荒なことも、しなければならぬかもしれませぬ」

「そなたの身は、大丈夫かえ」

大方さまは心配そうな顔をする。

「わが身は心配ありませぬ。今日は山の上から里の景色でも眺めていてくだされ」

「されば参ろうか。たまには高いところから風景を愛《め》でるのも、よいものじゃわ」

大方さまは、おひさより察しがいい。侍女に身支度を命じた。

ついで元就は近習を呼び、

「よいか、暮れにかけてふたりの客が来る。従者も来るであろう。十名、いや二十名が来てもよきよう、控えの部屋をしつらえておけ」

と言い、さらに声をひそめて、

「非番の近習たちもみな呼び出せ。そして武器蔵から弓と槍を出して、見えぬところに隠しておけ。騒ぐな。城外に漏れぬようにせよ。わかったか。すぐにかかれ」

と命じた。近習は一瞬、目を瞠《みは》ったが、何もきかずに一礼して下がった。

さらに近習をもうひとり召し寄せ、旗本たちを召集するよう命じた。

「よいか。明るいうちは動かず、暮れ方に武備をととのえ、郎党をつれて屋敷の裏手へあつまれと申せ。なにごとも人に知れぬよう隠密に運べ、とも伝えておけ」

近習は命令を復唱すると、すぐに駆け出していった。

屋敷内には、日を決めて重臣たちが出仕している。今日の当番は幸いなことに、桂元澄《かつらもとずみ》と国司右京亮《くにしうきようのすけ》だった。元就はふたりを広間に呼び出し、

「折り入って頼みたいことがある」

と切り出した。

「何ごとでござるか」

と身を乗りだすふたりには、

「よいか、これから申すことは堅く他言無用。といっても、今日中に片がつくことゆえ、他言する暇もないであろうが」

と前置きしておいて、今日の企てを告げた。

聞いたふたりは、言葉もなくその場にかたまってしまった。

「それゆえ、右京亮は大手門を、元澄は搦手《からめて》を警固してくれ。従者にもたせる弓と槍は、こちらから配る。いまよりは城内からひとりも出さぬようにしてくれ。万が一にも、漏れることがあってはならぬ。よいな」

元就に厳しい顔で命じられては、拒めるはずもない。ふたりは黙々と指図された持ち場へ向かった。

――あとは待つばかりか。

がらんとした広間で、これから自分がすることを思って慄然《りつぜん》とし、元就はひとつ大きく息

を吐いた。

罪深いことだろうか。天道にもとることだろうか。

いや、侍として当然のことだ。やらねばならない。

とわかっていても心は晴れない。やらずに済めば、どれだけいいかとも思う。

思い出すのは、角張った顔の尼子の武将である。昨年六月、この広間へきて、毛利家に難題をふっかけてくれた。

——あやつが災厄を持ちこんできたのじゃ。

尼子家が安芸にまで出しゃばって来なければ、こんなことにはなっていないと思う。

元就の脳裏に、あのときの情景が甦《よみがえ》ってきた。

二

「御当家の安泰を思えばこそ、こうして参っておるのでござる」

と広間で声を張りあげるのは、揉烏帽子《もみえぼし》に鎧直垂《よろいひたたれ》を着した武将である。細い目に平たい顔、張り出した顎全体を鬚《ひげ》がおおっている。出雲国富田《とだ》に本拠をもつ尼子家の重臣、亀井能登守《かめいのとのかみ》と名乗っていた。

「鏡山《かがみやま》の城を落とすのは、われら雲石《うんせき》（出雲・石見《いわみ》）五万の軍勢にとっては易《やす》きことなれど、それでは安芸国の殿原《とのばら》に失礼にあたる、とわがあるじは申してござる。安芸国のことは、安芸の者たちの手によって始末をつけるべしとのお考えじゃ。そして安芸国の者といえば、一番に毛利の名を挙げられた。これは名誉なことでござろう」

能登守が顔を向けている正面上段には、九歳の子供が落ち着かなそうにすわっている。毛利家の当主、幸松丸《こうまつまる》だ。

幸松丸の左手に居ならぶのは、叔父で後見人の元就と執権の志道広良。右手には重臣の坂長門守と渡辺太郎左衛門がすわっている。

むし暑い中、みな素襖《すおう》に袴《はかま》と一応の礼装である。

大勢力である尼子からの正使というので、わざわざ幸松丸まで立ち会わせたのだが、能登守は戦場からそのまま来たような姿であらわれた上、挨拶もそこそこに、尼子方へ味方せよと迫ってきた。無礼といえば無礼、傲慢《ごうまん》といえば傲慢な態度だった。

鏡山城は安芸国の南部、毛利家の郡山城から七里ほど離れた西条《さいじょう》という地にある。

もともと大内氏が安芸国を支配するために築いた城だったが、少し前に尼子氏の息がかかった国人が奪い、安芸における尼子氏の足がかりとなっていた。

しかしこれを近年、大内氏に奪い返されたので、ふたたび奪回しようと尼子家当主の経久《つねひさ》みずからが五万と呼号《こごう》する大軍をひきいて安芸国にまで進出してきた。

そして毛利領のすぐ北隣までせまり、能登守を遣わして毛利家に「われに味方せよ」、つまり大内家を裏切って尼子に臣従せよと強談判《こわだんぱん》におよんでいるのだ。

「して、尼子どのはわれらに、鏡山城への道案内をせよとの仰せでしょうかな」

志道広良が問うと、能登守は首をふった。

「毛利どのには、鏡山城攻めの先手を受け持っていただきとうござる」

「先手。われらに鏡山城を攻めよと仰せか」

広良の声が高くなる。

「さよう。安芸の城のことは、安芸の者が一番よく知っておるはず。ならば先手をつとめるのがよろしかろう」

尼子方に寝返って臣従するのであれば、さっそくはたらいてみろというのだ。寝返った者を先手に使うのは戦国の常道とはいえ、実際に使われる身はたまったものではない。

――父上も兄者も、こんな立場に立たされつづけてきたのだろうな。

ふたりのやりとりを聞きながら、元就は胸の内で嘆息した。だから父も兄も酒に溺れたのだろう。その挙げ句に体をこわして若死したのだ。弱小国人の家に生まれた身をつくづく呪いたくなった。

「尼子どのは、安芸一国を傘下におさめるおつもりでしょうかな」

志道広良がたずねる。

「おお、安芸、石見どころか、いずれは中国一円をすべて治めることになろうて」

能登守は当然だというように答えた。

「中国一円となると、周防《すおう》・長門《ながと》もでござるか」

元就は思わず口をはさんだ。周防と長門の両国は、大内家の本領である。

「もちろん。さほど手間のかかることではなかろうよ」

能登守は平然として答える。大きく出たものだなと思ったが、もちろん口には出さない。

「お味方いたせば、いかなる褒賞をいただけるのでしょうかな」

坂長門守が愛想笑いを浮かべながら訊く。

能登守は一瞥をくれてから答えた。

「まず本領安堵は請け合いましょう。それからのことは、手柄次第にござろう」

まるですでに毛利家の主になったような言い方だ。さすがに長門守も鼻白《はなじろ》んだ。

だが、傲慢きわまるこの使者を叩き出すだけの力は、いまの毛利家にはない。

毛利家は先代の興元《おきもと》が急逝してから、元就が中心となって幼い当主、幸松丸を守《も》りたて、領地近くまで攻め寄せてきた武田元繁《たけだもとしげ》の軍勢を破るなど危機を乗り越えてきた。

その後も元就は、毛利家の将兵をひきいて近くの壬生《みぶ》城や備後《びんご》の赤屋《あかや》城を攻め落とすなど、大内家の安芸における先鋒《せんぽう》として感状《かんじょう》をもらうほどはたらいた。

いくつもの戦場を踏み、もはや合戦と聞いて震えるようなことはないが、とはいえ毛利家が動員できる兵力は、いまだ一千が精一杯といったところだった。

対して尼子家は出雲、隠岐《おき》の二国ばかりか石見国の一部も領し、備後、備中《びっちゅう》、伯耆《ほうき》など山陰山陽の各国へもその手を伸ばしている。いまや数万の兵を動かせるだけの力をたくわえていた。

能登守ははっきりとは言わないが、もし申し出を断れば、すぐ近くまで来ている数万の大軍がこの郡山城へ攻めかけてくるのだろう。

といって申し出に応ずれば、大内家を裏切った上にしたくもない出陣をして、堅い山城に毛利の兵をぶつけなければならなくなる。多くの手負い死人が出るのは必定だ。

応じても拒んでも、どちらにしろ毛利家は窮地におちいる。

元就は首筋が熱くなり、汗が噴き出すのを感じた。

「尼子どののお申し出、しかと承ってござる。この上は家中にて談合いたしたく、今日はまずお引き取りくだされ。二、三日のうちにも、こなたより返事を仕りましょう」

広良の答に、能登守が皮肉混じりに言う。

「大内どのは厳島《いつくしま》神社の跡取りの件で手一杯のご様子じゃ。鏡山のことなど家来まかせにして、とんと気遣いもなし」

毛利家が盟主とあおぐ大内家は、数年前に当主の義興《よしおき》が長年の在京を切り上げて周防の山口へもどってきたものの、勢力圏にあった厳島神社の対岸にある桜尾《さくらお》城を尼子方の国人に奪われ、さらには北九州の兵乱にも悩まされており、動きに精彩を欠いていた。

「さようなお方に忠誠を尽くしても、甲斐《かい》なきことでござろう」

能登守の指摘に、坂長門守と渡辺太郎左衛門がもっともとばかりにうなずく。

このふたりが尼子家との仲介をして、能登守を郡山城まで案内してきたのだ。

会見が終わり能登守が帰ったあと、広良は重臣たちを召集した。

夕刻には広間に十数名の重臣がひしめき、家中《かちゅう》の合議がはじまった。

「では、まずは尼子どのより申し越しの件じゃが、こういうことじゃ」

先ほど終わった会見のもようを、元就は私見をまじえずに語った。鏡山城攻めの先手をつとめよと要求されたと明かすと、重臣たちがどよめく。

「さあ、わが家はどうすればいいのか、みなの意見を聞きたい。遠慮のう申してくれ」

元就がうながすと、まずは福原左近が口火を切った。

「尼子の態度は腹に据えかねるが、さりとて逆らっても益はないと見申した。ここは申し出に従うしかありますまい」

三白眼がいくらか小さくなったように見える。現にそこまで尼子の大軍が来ている以上、ほかに道はないと言いたげだ。

「さよう、さよう。ここは尼子どのに味方し、恩を売るのが肝要。さすればお家の御運も開けましょうて」

と賛同するのは、渡辺太郎左衛門だ。前々から尼子家と連絡をとっていただけに、尼子家寄りであることを隠そうともしない。

「やはり、いま尼子どのに逆らうことはできますまい」

元就の腹違いの弟、相合《あいおう》三郎も言う。以前は合議に出ても静かにしていたが、合戦での活躍を重ねて自信をつけたか、このところ活発に発言するようになっている。

「しかし、そうなると大内どのを裏切ることになるが、よいのかな。大内どのを怒らせては、あとで困ることになりはせぬか」

重臣のひとりが指摘する。もっともな心配だった。

これまで毛利家が指南を仰いできた大内氏は、昔から西国に根を張る名門で、周防長門をはじめ数カ国の守護として大きな力をもっていた。

対して尼子氏は出雲の守護代から成り上がった家だが、それだけに勢いがあり、いまや中国から大内氏を追い出さんばかりになっている。

そんな二大勢力にはさまれた毛利ら安芸の国人たちは、今日は大内、明日は尼子と、家を保つために右往左往しなければならなくなっているのだ。

「それよりこの際、一揆《いっき》を結んでおる家々に、はかったほうがよかろう」

と言うのは桂元澄だ。毛利家は先代のときにおなじような立場の安芸国人衆と一揆を結び、合戦をするにせよ大内や尼子の命に服するにせよ、進退をともにすると約束している。

「もっともじゃが、相談している暇がない。二、三日で返事をせねばならぬ。ここはわれらだけで決めるしかなかろう」

志道広良が指摘する。

お家の大事は自分の大事でもある。議論は白熱し、重臣たちはそれぞれ発言したが、尼子方につくのはやむを得ない、という意見が大勢《たいせい》を占めた。

裏切ることになる大内家の出方は恐いし、一揆を結んだ国人衆との約束も破ることになるが、大軍に迫られている以上、毛利家には選択の余地がないのである。

「みなの意見はわかった。さればあとはまかせてもらいたい。次郎どのと話をした上で、みなに報せる。ああ、出陣の支度はぬかりなきよう、頼みまするぞ」

広良の言葉で、合議は終わった。

最後の決断は、元就の手にゆだねられたのである。

三

「尼子氏はもともと近江源氏《おうみげんじ》の血筋でござって、バサラ大名として有名な佐々木道誉《ささきどうよ》の末裔《まつえい》と称しておりまする」

明かりをともした広間で、琵琶法師の勝一《かついち》の話を、元就と広良はじっと聞いている。

元就は、父の代から仕えていた勝一のほか、琵琶法師三人を草の者として使うようになっていた。

弱小国人である毛利家は、兎や鼠のように周囲の動きに敏感でなければ生き残れない、と元就は思っている。その目や耳となるのが、勝一のような草の者たちである。

勝一は四人の琵琶法師の中でも語りがうまく学もあり、結果としてあちこちの武家屋敷に招かれて、多くのうわさ話を耳にしてくる。まことに役に立つ間諜《かんちょう》だった。

「当初は出雲の守護代をつとめる家柄でござったが、天下が乱れた応仁《おうにん》の乱《らん》後に、守護の京極《きょうごく》家をおさえて出雲東部を領するまでになり申した」

夏虫がすだく中、勝一は尼子氏の来歴を語る。

いまの当主は伊予守《いよのかみ》経久という者で、二十歳のころに父から家督を譲り受けると、寺社領を押領したりしてその勢力を西出雲にまで伸ばした。

その後、一時は失脚して城も失い、浪人暮らしを余儀なくされたが、やがて復活し、出雲一国を手に入れた。さらに石見や備中などにも兵を向けて、勢力をひろげつつある。

「なかなかの器量人にて、家来が自分の持ち物をほめるとすぐにその者に与えてしまうので、家来たちは経久どのの持ち物をほめぬよう注意していたそうな」

元就はうなずきつつ聞いている。

「それでもある者が、庭の松の木なら大丈夫だろうと思ってほめたところ、その松を根から掘り起こして与えようとしたとか。ところが松が大きすぎて運べないので、やむなく細かく打ち割って、薪《まき》にして家来に与えたと聞いております」

「なんとも不思議なご仁じゃな」

「器量はあれど、少々変わり者のようで」

元就は笑った。

さらに勝一は、鏡山城の内情についても語った。守将は大内家臣の蔵田備中守《くらたびっちゅうのかみ》という者で、叔父の日向守《ひゅうがのかみ》とともに堅固に城を守っているという。

「二十歳過ぎの若い当主を、劫《こう》を経《へ》た叔父が支えておりまする」

「ふたりの仲はどうじゃ」

「よいとも悪いとも聞きませぬ。ふつうの叔父甥の仲のようで」

「ふむ。ふつうか」

元就はしばし考えたのち、勝一にたずねた。

「そなた、叔父のほうの家臣に心当たりがあるか。こちらから使いの者を遣わしたい。手引きできるか」

いまなら毛利家はまだ大内方だから、蔵田家の者たちも疑いをもたずに使者を受け入れるだろう。城内に手がかりを作っておけば、あとで役に立つはずだ。

「なんとかなりましょう。知り合いにあたってみまする」

勝一は請け合った。

「よし、これからも話をあつめてくれ。頼むぞ」

勝一に褒美の銀子を与えて帰すと、元就は広良と向き合った。

「尼子方につくのはやむを得ぬとして、大内が心配じゃ。鏡山城を攻めているあいだに、大内方からこなたが攻められはしまいか」

「大内方も、いまは九州と厳島のほうで手一杯ゆえ、すぐには攻めて来ぬでしょう。しかしいずれは来ると覚悟すべきでしょうな」

「なんとか、大内方に納得してもらう手はないものかな」

「そんな都合のいい手は、どこにもありますまい」

広良は深刻な顔で首をふった。

「次郎どのはまだ覚悟が足りませぬな。主を替えるのは武士としてよくあることなれど、ぬらくらとした八方美人は武士にあるまじきこと。仕える主を替えるなら替えるで、すっぱりと思い切るのがようござる」

広良は教え諭すように言うが、元就は納得しなかった。

「そうかな。毛利家が生き残るためには、これからも尼子と大内のあいだをうまく泳ぎ渡らねばならんだろう。八方美人のつもりはないが、いい手を考えておかぬと、やがて袋小路に追い込まれるぞ。わしは体面にこだわるより、醜くとも生き残るほうをとりたい」

広良は、はっとした顔になった。

「それはそれでひとつの覚悟でしょうな。しかし……」

「しかし、どうした」

「辛き道になりまするぞ」

「……」

いずれにしても、弱小な毛利家はどちらかの配下につかねば生き残れない。尼子方につかねばわが家は潰されるとな。

「とりあえず釈明の使者を大内方に出しておこう。もちろん内密でな。その上で尼子につくとするか」

これで毛利家の方針は定まった。亀井能登守に、申し出を承知したと伝えると、

「幸い、わが殿が毛利どのにお会いしたいと申しておる。ぜひ陣中へおいでめされ」

との返事だった。尼子方へ降《くだ》ったという証《あかし》に、毛利家当主みずからが出仕せよというのだ。

となれば九歳の幸松丸が出なければならないが、だれが付き添うのかが問題となる。

「されば、それがしがまいろう」

と元就はその役を買って出た。

昨日まで敵だった者の陣地に行くのである。当主とその叔父がともに討たれる危険があると広良は止めたが、尼子経久という人物を見るよい機会と思い、元就は聞かなかった。

さっそく、郡山城から二里ほどはなれた尼子本陣に出向く。案内役は渡辺太郎左衛門がつ

とめた。

尼子経久はその地の寺を陣所《じんしょ》としている。

陽炎《かげろう》が立つほどの強い日射しの中、寺の周囲は人馬で埋まっており、ひどく騒がしい。強烈な革と汗の臭いをはなつ兵どものあいだを縫ってすすみ、寺の境内にはいると、そこは森閑《しんかん》としており、まるで別世界だった。

寺の本堂で、ふたりは経久に対面した。

経久は白髪で顔の皺も深い老将だった。垂れ気味の目が、笑っているようでもどこか余所《よそ》を見ているようでもあり、感情が読みとれない。なんとも不気味に思えた。

「こなたが毛利家の当主、幸松丸どの、あなたが叔父で後見人の多治比少輔次郎《たじひしょうのじろう》どのにござる。お家の陣の端に加わりたいと申しておりますれば、お言葉を賜りますよう」

亀井能登守が紹介すると、経久は表情を変えずに言った。

「汝《なんじ》が武田刑部《ぎょうぶ》を破ったのか」

数年前に有田《ありた》の城で元就が戦った相手、武田元繁は、尼子の手先でもあった。咎《とが》められたのかと思ったが、否定もできない。

「は。武運にめぐまれ、勝ちを得申した」

元就は静かに答え、つぎに何を言われるのかと身構えていると、経久は意外なことを言った。

「そのほうは猪武者をうまくあしらったようじゃの。しかし、大将がみずから先頭を切るような戦い方は感心せぬな。いちいち大将が矢面《やおもて》に立っては、いずれ武田刑部のようになる。気をつけるがよかろう」

元就はおどろいた。

この老将は、かなりこちらを調べているようだ。

気がつけば、経久は元就をじっと見ている。

思わず見返しそうになったが、目上の者を直視するのは礼儀にはずれる。

「ありがたきご忠告、身にしみてござります」

と頭を下げたが、背後からやんわりと抱きすくめられたような気味の悪さを感じた。

「安芸の城は安芸の者がよく知るはず。先手を申しつける。以後、忠誠を尽くすように」

元就は「はっ」と平伏し、ついで幸松丸に「お言葉を」とささやいた。

「ありがたき仕合わせ。必ずや手柄をたててご覧にいれましょう」

元就に教えられたとおりに、幸松丸が高い声で答えた。経久が、

「よしよし。坊よ、上出来じゃ」

と破顔一笑して対面が終わった。

「されば、支度がととのい次第、出陣されよ。われらはお手並みを拝見いたす」

と能登守にせかされ、元就らは帰城した。

四

十日ほどかけて支度をすると、元就は幸松丸を擁し、兵をひきいて郡山城を出て西条まで南下した。鏡山のふもとに着くとただちに城下の町を焼き、応戦に出てきた城兵を追い散らして緒戦に勝利したが、それくらいでは城はびくともしない。

「これは、ちとむずかしいか」

志道広良が城の姿を見てうなった。

城のある鏡山は、桶を伏せたような形をしている。山頂に本丸と二の丸があり、山腹にもいくつかの曲輪がもうけられていた。それぞれの曲輪は多くの堀で守られ、近づくには細い一本道しかない。まことに攻めにくい城だった。

まずは小手調べと手勢を攻めのぼらせたが、ふもとからのぼってゆくと堀に阻まれ、そこに石や矢が飛んでくるので、なかなかすすめない。手負いの者ばかりふえて、曲輪に手をかけることとすらむずかしかった。

「やはり尋常な攻め方では落ちぬな」

何度目かの攻撃が失敗したあと、元就は本陣とした城下の満願寺《まんがんじ》で、志道広良ら重臣たちと軍議をひらいた。上座に、これが初陣《ういじん》となった幸松丸をすえ、評議をはじめる。

「兵糧攻めになさるか」

広良は言う。毛利勢は少し前に備後の赤屋城を攻め落としているが、そのときは城内を水不足に追い込んで開城させたのである。

「いや、あまり手間をかけては大内の援軍がやってこよう。なんとか数日のうちに落としたい」

「しかし力攻めをしても、こちらに手負い死人がふえるばかりじゃ」

相合三郎が苦々しげに言う。元就にもその気持ちはわかる。毛利家の将兵のことを考えれば、無理攻めは避けたいところだ。

「尼子の軍勢は、高みの見物か」

と福原左近はくやしそうだ。

毛利勢が攻めあぐんでいるというのに、尼子勢は鏡山からやや離れた下見《したみ》峠に陣を敷き、居すわって動かない。兵の損耗《そんもう》をきらって、堅い城を落とす過酷な仕事は毛利勢にやらせるつもりらしい。

しかも尼子勢は元就の出陣前に、猿掛《さるかけ》城が空き城になるから尼子の軍勢を入れさせろ、と申し入れてきた。

他国の軍勢を自分の城に入れたいと思う者などいない。元就が困っていると桂元澄が察して、自分が堅固に守っておくから心配なく、と留守居をかってでてくれたので平穏に済んだのだが、それやこれやで元就の胸の内では尼子への不信感がつのっている。

「われらを試しておられるようですな。毛利の手並みを見せるときでござろう」

と勇ましく言うのは坂長門守だ。

「ここは一番、早く城を落として、われらの力を見せつけるがよかろう。城攻めに手負い死人が出るのは、もとより覚悟の上じゃ。城兵に息をもつかせず攻めに攻めて、毛利家の力を見せつけるべし」

渡辺太郎左衛門も、鼻息荒く元就を急かす。

別に尼子家にいい顔をする必要はないが、早く落とさねば毛利家も消耗するばかりだ。何か手を打たねばならない。

といって、重臣たちから目覚ましい案は出てこなかった。

何も決めずに軍議を終えると、元就はある男を呼んだ。こうなることを見越して、出陣前に手を打っておいたのである。

暗くなってから、三十歳前後の頬に薄あばたがある男が、粗末な小袖につぎあての目立つ四幅袴《よのばかま》をはいた姿で元就の前にあらわれ、膝をついた。

元就は男を近づけて小声で問う。

「いますぐ城中の蔵田日向守に連絡をつけたい。できるか」

「は。城の外に難を避けている親族の者がおりまするゆえ、その者に言付ければ城内の日向守に伝わりまする」

男は芦田小太郎《あしだこたろう》といい、元就が使う忍びである。小者として敵地に入り込むためこんな姿をしているが、五十貫文の領地をもつ歴《れっき》とした侍だった。中井出《なかいで》の戦いのあと、間諜がもっとほしいと思い、雇い入れたのである。

城主の備中守の叔父、日向守と元就は、すでに勝一を通して交わりを結んでいた。その連絡役が、小者に扮した小太郎だ。

日向守は城中の曲輪のひとつをあずかっているという。

元就はさらに問う。

「寝返りさせられそうか」

小太郎はうなずいた。

「備中守を討てば城とその所領をくれてやる、と伝えれば、おそらく寝返るでしょう」

そのあたりが手の打ち所だと、元就も思う。

「よし。さればこう申せ。いまよりわれら、昼夜を分かたず攻めて、城は必ず落とす」

小太郎はうなずく。

「その前に日向守がわれらに同心して備中守を討てば、城と所領をそのまま与える。いま備中守と一緒に死ぬことは、蔵田の一族滅亡に他ならず。早くわれらの味方に降って家系相続をはかることこそ、孝行の第一であろう、とな。憶《おぼ》えたか」

「承ってござる」

「よし、すぐに行け」

小太郎は静かに庭から去った。

翌日から元就は手勢を三手に分け、交替で昼となく夜となく城に攻めかからせた。城兵を休ませぬよう、夜であっても太鼓を打ち、法螺貝を鳴らして火矢をはなち、山腹の曲輪にしつこく攻め寄せる。

そうしているうちに、様子見をしていた尼子の兵も城の搦手から攻めかかった。寄せ手の人数が何倍にもふえて、城方も震えあがっただろう。

しかし大軍が押しかけても細い道ばかりで攻めのぼりにくく、また城兵の守りも堅くてなかなか攻めきれない。城兵は大内家の援軍をあてにしているのか、戦意は盛んだ。

数日のあいだ、そうした攻防が繰り返されると、尼子勢の動きが鈍くなってきた。昼夜を問わず攻めても城が落ちないので、戦いに倦《う》み疲れてきたようだ。

当然、毛利勢も疲れている。家中の者の手負い死人がふえてゆく。それでも元就は攻めをつづけさせた。

将兵のあいだに不満がたまってゆくのが見えるようだった。元就にとっても胃の腑がきりきりと痛む日々がつづいた。

小太郎が元就の許《もと》へもどってきたのは、攻めはじめて四日目である。

「日向守より伝言あり。これよりわれらは備中守に攻めかかるゆえ、混乱に乗じて攻めのぼられよ、と」

小太郎の話では日向守らは本丸に詰めていて、城主の備中守は本丸より広い二の丸にいるという。

日向守は背後から備中守に攻めかかるつもりだ。

「わかった。よくやった」

待ちわびた回答を得て、元就は志道広良ら重臣たちに命じた。

「城方が内応するぞ。いますぐ兵を二の丸に向けて攻めのぼらせよ」

山麓から見ていても、小太郎が伝えてきた通り、山頂の二の丸で戦いが起きているのがわかる。

ここぞと毛利勢は攻勢をかけた。

だが細い道しかない上に、山腹の曲輪はまだ戦意が盛んで矢を放ってくるので、なかなか攻めのぼれない。

元就も中腹まできて手をつかねていた。

それでも日向守は奮戦していて、山頂の戦いは夜を徹してつづいた。元就ははらはらしながらその戦いを見守るしかなかった。

夏の短い夜が白々と明けるころ、山頂が静かになった。どうなったかと訝《いぶか》しんでいると、刀を頭上でくるくると振り回しながら、武者が山頂から下りてきた。

刀を回すのは、使者のしるしである。

「城主、備中守の使いの者でござる。毛利の大将はいずこにおわすか」

と叫ぶので、元就は自分の許へ呼びよせた。使者は膝を折り、元就に告げる。

「われら、降参いたす。妻子さえ助けてくだされば、備中守は腹を切り、城を明け渡しまする」

堅かった鏡山城も、内側から攻められては持ちこたえられなかったのである。

ほっとして、承諾の返事とともに、検使として井上左衛門尉を添えて使者を返した。

重臣たちと待っていると、しばらくして左衛門尉が下山してきた。首桶ひとつをたずさえ、備中守の妻子と日向守をつれている。元就の前で膝をつき、報告する。

「蔵田備中守どの、それがしの目の前で見事に腹を切ってござる」

期せずして、元就の周囲で勝ち鬨《かどき》があがった。つらい戦いを勝ち抜いたよろこびで、兵たちは躍り上がってよろこんでいる。

喜びの輪の中でも、元就は冷静だった。

「妻子は丁重《ていちょう》にあつかえ。左近は山頂へ向かうがよかろう」

「心得た」

福原左近に城を受けとらせる一方で、元就は備中守の首と日向守、そして幸松丸をつれて、戦勝の報告に尼子の本陣に乗り込んだ。

「城主、蔵田備中守の首を持参いたした。そしてこなたは、お手柄の蔵田日向守にござる」

幔幕《まんまく》を張り巡らした本陣で経久と対面した元就は、日向守との密約とその活躍ぶりを説明した。

「おかげで堅固な城も落ち申した。それゆえ、この城と領地はそのまま日向守に与えること、お許しを願いまする」

と締めくくった。となりにすわった日向守も頭を下げる。じっと聞いていた経久だったが、最後になって首をふった。

「城と領地だと。ならぬ。誰がさようなことを許した。領地のあてがいは大将のほかはできぬことぞ」

元就は言葉に詰まった。たしかにその通りであり、事前に許しを得ていなかった元就の手抜かりと指摘されれば反論できない。

「独断で約束したことは重々お詫び申しあげまする。しかし、日向守どののはたらきがなくば城は落ちませなんだ。ここは手柄に免じて、なにとぞ城と領地をお許しを……」

「何が手柄じゃ。そもそも一家の総領であり、甥でもある者を討ちとるとはなにごとか」

経久の顔が赤くなり、口調に怒気がこもる。

「おのれの利のために大義を忘れるとは、犬猫にひとしい者ぞ。褒賞などとんでもないわ」

その勢いに元就は呆気《あっけ》にとられた。勝一が「少々変わり者」と言っていたのを思い出していると、経久はさらに顔をしかめ、

「えい、汚らわしい。その無道者を許すな。捕まえて首をはねよ」

と近習たちに命ずるではないか。

「いや、お待ちあれ。これは約束にてあれば、破ればわれらの名がすたりまする。せめて命ばかりは……」

あわてて元就は声をあげたが、その声を無視するように経久の近習たち数名が寄ってきて、日向守を荒々しく引き立てた。

「なにを、話が違うぞ！」

叫んで暴れようとした日向守の腹を、近習が素早く刀を抜いてひと刺しした。うめき声とともに膝からくずれ落ちた日向守を地面に押しつけると、別の近習が一刀のもとにその首をはねてしまった。

あっという間の出来事だった。

首のない胴体がびくびくと痙攣《けいれん》している。切り口から流れ出る血が、本陣の地面を赤黒く染めてゆく。

元就はすわったまま何もできなかった。

ふと横を見ると、幸松丸が青ざめた顔でうつむいていた。体が震えている。九歳の子供に

はあまりに恐ろしい光景だっただろう。

幸松丸のためにも、この場は早く去ったほうがよい。そう思ったときだった。

「ちょうどよい。幸松丸どのには、首実検をしてもらおうか。なにせ城を落としたのは毛利勢じゃでの」

経久の勝ち誇った声が響いた。その目が笑っている。元就はあわてた。

「いや、まだ子供にござれば、作法も知りませぬ。ひらにご容赦を」

「なあに、作法などここで憶えればよい。さあ、まずは備中守の首をもて」

応ずる声があって、三方《さんぼう》にのせられた首が経久の前に出てきた。

「さて、首実検じゃ。そこではできぬ。ここへ来なされ」

経久が薄笑いを浮かべながら幸松丸を手招きするが、幸松丸は救いをもとめるように元就を見るばかりだ。

元就は動けなかった。

五

鏡山城を落としたあと、尼子勢は余勢を駆って、大内家に味方する周辺の国人たちを攻めようとした。

しかし国許の出雲から、山名《やまな》一族が隣国の伯耆から攻め入ってきたという注進が相次いだため、陣を引き払って出雲へ帰っていった。

そのため元就も軍勢を引き、多治比の猿掛城にもどった。

しかし落ち着く間もなく、すぐに郡山の城に駆けつけねばならなくなった。

幸松丸が病にかかり、寝込んでしまったのである。

出陣中から具合が悪そうだったが、城へもどって気がぬけたのか、起きることもできなくなっていた。医師にみせて薬を飲ませているが、高熱を発して食事もできないという。

「寝ているあいだも、うわごとを言ったり奇声を発したりして、落ち着きませぬ」

看病している近習たちは言う。

「うわごと？　どんなことを言うのじゃ」

「それが、首、首、と……」

元就はすべてを察し、ため息をついた。

——尼子の本陣につれていったのが悪かったか。

初めての戦旅で疲れ果てた上、目の前で人が殺されるさまを見て、さらにそののち、多くの生首を実検させられたのだ。九歳の子供にはあまりに過酷だったのだろう。

尼子経久の、薄ら笑いを浮かべた顔が目に浮かんだ。まさかと思うが、こうなることを予期していたのではないかと疑ってしまう。

あのときもっと強く拒んで、陣に引き返してくるべきだった。それが後見人の役目ではなかったか。

だが悔やんでももう遅い。

看病を尽くしたが、帰陣して十日ほどで幸松丸は世を去ってしまった。

戦乱の中である。当主を失った毛利家には、悲しんでいる暇もない。簡素な葬儀が行われたあと、さっそくつぎの当主を立てる話し合いが行われた。

幸松丸には跡取りの子も兄弟もいないので、万人がみとめる跡取りはいない。

こうした場合、つぎの当主を決めるのは家の重臣たちである。

そこで志道広良や福原左近らが、寄合をひらいて話し合った。

順当であれば、当主の叔父で一番年長の元就が跡取りとなるが、元就には三郎と四郎《しろう》とふたりの異母弟がいる。四郎は仏門にはいっているので当主にはならないが、重臣たちの中には三郎を推す者もいた。

また尼子、大内の二家もさまざまに口をはさんできた。それぞれ自家に近い者を当主に据えたがり、尼子家などは、自分の血筋の者を養子として毛利家に入れて当主にしよう、とさえ考えているようだった。

そんな中で元就はあえて動かず、猿掛城でじっとしていた。

「すべて、それがしにおまかせくだされ」

と志道広良に耳打ちされていたからだ。

元就ももちろん、自分が当主の座につくべきだと思っていた。

他家《ほか》から養子をとるなど、毛利家の名と領地を他家に乗っ取られることに他ならず、もっての外だ。

だからといって、自分から当主になると騒ぎ立てるつもりもなかった。強引に当主の座についても、反対する者がいれば家中が混乱するだけだからだ。

――ま、なるようになるさ。

もし三郎など腹違いの弟が重臣たちに支持されるのであれば、自分は支える側に回ってもいいとも思っていた。

様子見を決め込んでいると、

「おまえさま、当主になるのに、何か手を打っているのですか」

と、おひさがたずねてくる。元就があまりに平然としているので、周囲の者たちがかえって気をもんでいるようだ。

「まあ、重臣どもが推すなら、受けるつもりじゃが」

「では、重臣たちに何かはたらきかけは？」

「べつに何もしておらん」

「まあ……」

おひさはあきれ顔だったが、それ以上は押してこなかった。夫のやることに関心はもっても、口ははさまないよう気をつけているらしい。

大方さまも、もちろん元就が継ぐべしとの意見だった。

「当主になってもならなくても、どちらにしても辛いことになろう。おなじ辛いなら、自分で道を選べるようにすべし」

というのだ。元就がはっきりとした返事をしないでいると、

「なにをためらっておる。まだ坊主に未練があるのか。一度選んだ道は、最後まで行くしかないぞえ」

と尻を押そうとする。元就はその剣幕に辟易《へきえき》し、

「わかっておりますゆえ、ここは静かに見ていてくだされ」

と宥《なだ》めねばならなかった。

そんな中、志道広良が猿掛城へやってきた。幸松丸の死から五日後の夕のことだった。

「半分は目途がつき申したが、まだまだむずかしゅうござる」

過半の重臣たちが元就を推しているが、尼子の息のかかった渡辺太郎左衛門や坂長門守らは、相合三郎を推そうとしているという。

「尼子にすれば、次郎どのより三郎どののほうが扱いやすいのでしょうな」

有田の城攻めや鏡山城攻めなどで、いくさ駆け引きに抜群の腕前を見せた元就を、油断な

らないと尼子は見ているのだろう。

弟の三郎はかわいいが、尼子の息がかかっているとなると、どうだろうか。経久の幸松丸への仕打ちが頭の中に甦る。尼子に毛利家の将来を託すのは不安だ。

「するとどうなる。入れ札《ふだ》でもするのか」

「よもや。当主を入れ札で決めるなど、聞いたこともござらん。あくまで重臣一同が一致して推す形にせねば、家はまとまりませぬ」

「ふむ。それで、どうすればよい」

「気になるのが、井上党の動きでござる」

井上一族は、もともと毛利家と同格の国人だった。元就の曽祖父の時代に毛利の臣下となったが、もとが同格の国人だっただけに、宗家と庶家を合わせると家中でその力は抜きん出ている。重臣の列には常に四、五人がつらなる。

毛利家で重臣といえるのは十四、五人だから、井上一族の勢力がわかるというものだ。

「いまのところ井上党は日和見《ひよりみ》というか、様子見を決め込んでおりまする。これを何とかせねば、重臣が一致して次郎どのを推す形になりませぬ」

それどころか井上党が三郎を推すようになれば、毛利の家は二分されてしまうと言う。

「井上党を取りこむために、かの者たちに何か利を食わせるがよかろうと存ずる」

「利を食わせるとは？」

「反銭《たんせん》をいくらか目をつぶる、と約束するのは、いかがでござろう」

反銭は本年貢とは別に、田畑一反につき何銭と決めて徴収する税で、当主宗家のものとなる。これを井上党についてはいくらか甘くしろ、というのだ。

「さようなことを約束したら、家中の統制がとれぬではないか」

元就は首をふった。井上党に甘くするなら、自分も納めないと言いだす者が出てくるにちがいない。

「そこはもちろん、明らかにはしませぬ。文書にするなどもっての外。暗黙のうちに認めるという形にいたしまする」

「……」

元就は腕組みをして考え込んだ。

それでなくとも井上一族には恨みがある。小さいころのことだけに、胸に焼き付いていて忘れられない。

しかも、いまでさえ力があり、重臣の合議では、井上一族の意向を汲《く》まないでは何ごとも進まないほどだ。

そうした者に、なおも利を食わせるというのか。

広良はつづけて言う。

「筋が通らぬとお思いでしょうが、やむを得ませぬ」

「たしかに筋は通らぬな」

「しかしおそらく三郎どののほうでも、井上党を取りこもうとするでしょう。取りこまれたら、お家はまとまりませぬぞ」

「しかし……」

「これから当主としてお家を治めようとするなら、目をつぶらねばならぬことも多々出てきましょう。我慢すべきは我慢し、清濁併せ呑む度量が、当主にはもとめられまする」

しばし考えたのち、元就は膝をたたいた。

「わかった。まかせる」

広良は得心して帰っていった。すると翌日、広良から使者がきて、井上河内守《かわちのかみ》に会ってくれと言ってきた。河内守は井上一族の総領である。

「反銭のこと、次郎どのに確かめたいとのことでして」

ここで河内守に会うとなれば、当主になるために重臣の歓心をかうようで屈辱的だが、やむを得ず了承した。

すると直後に、渡辺太郎左衛門が登城して面会をもとめてきた。

渡辺家は三郎を推しているはずである。さては様子見に来たかと思いつつ会うと、太郎左衛門は時候の挨拶や諸国の動きなど雑談ばかりして、なかなか本題に入らない。

元就はじれて、

「ときに尼子どののほうでは、当家の跡取りに尼子どのの血筋の者を入れたいと画策しておるやに聞くが、そなた、子細を知らぬか」

と突っ込んでみた。太郎左衛門は首をふった。

「さようなうわさも聞きまするが、とてものこと、重臣衆が受け入れますまい。当家には次郎どの、三郎どのもおわす。どちらかに継いでいただくのが順当でしょう。そこで」

太郎左衛門は長身をかがめ、元就を睨《ね》めつけるようにしてたずねた。

「当主にお成りになったら、尼子どのとの間柄をどうなされましょうや」

なるほど、直に確かめにきたのだ。

尼子との付き合い方は太郎左衛門にとって、毛利家中で自身の勢力を保つために切実な問題なのである。

「もちろん、いまのままよ。大内どのとは縁を切り、尼子どのに指南いただく」

元就ははっきりと言った。尼子氏に対してはあまりいい感情をもっていないが、現状では尼子氏に近づくしかないのは明白だった。

すると太郎左衛門は明るい顔になった。

「それを聞いて安心いたした。それがしも、尼子どのを頼るしか当家が立ち行く道はないと存ずる」

「さもあろうな」

「やれ、お考えを確かめたからには、ぜひ次郎どのに当主になっていただきたく、お願い申しまするぞ」

おや、三郎から乗りかえたのかと思ったが、口には出さない。申し出は承った、とだけ返答しておいた。

一方、河内守は、暗くなってから猿掛城へやってきた。

「志道どのより話を聞き申した。それがしも、次郎どのこそ当主にふさわしいと思うておりましたぞ」

元就に向かって言う河内守は、うれしそうだ。元就は表情を動かさず答えた。

「それは恐縮」

「いくさの手並み、他家との交渉、家中の仕置き、すべて申し分ござらん。その上、井上党にいささか恵みをいただけるとか」

「まさに。反銭のことは承知しておる」

「できれば書きものにしていただきたいが」

「それはせぬ。あくまで内密の約束じゃ」

河内守はむっとした顔になったが、それも束の間で、さらに押してきた。

「では反銭のほかに、普請の奉公を課さぬと約束していただけませぬかな」

「………」

元就は考え込んだ。当主の権限として、城や土手などの普請を家中の者たちに課すことがある。それを井上一族には免除せよと言うのだ。

そこまでわがままを許していいものかと考えていると、河内守は言う。

「じつは三郎どののほうからも誘いがありましてな、三郎どのはふたつとも請け合うとのことじゃ」

元就はおどろいた。自分は天秤にかけられているのか。

「……わかった。呑もう。ただし内密に」

ひと呼吸おいてから、元就は言った。ここまできたら外に道はない。

「ははっ、内密が好きなお方じゃ。よし、わかり申した。この河内守、いや井上党は、次郎どのを支えましょうぞ」

笑顔の河内守を門まで見送りながら、当面はこれで乗り切ったと、元就はほっと息をついた。

しかし内心は穏やかでなかった。

道にはずれた密約をしてしまったため、今後は井上党に遠慮せざるを得ない。家中を治めるにあたって、それが禍根となるのではないかと気にかかるのだ。

——どこまで行っても、険しい道がつづく。

元就はしばらく門の内にたたずみ、鈴虫の声を聞きながら、外に広がる闇を見詰めていた。

元就が毛利家当主の座についたのは、井上河内守に会って数日後のことだった。

国司右京亮らが使者となり、毛利家重臣十五人の連署状をもって元就に当主就任を要請してきたので、それを請けたのだ。

広良が重臣衆を説得し、支持をとりつけた結果だった。

尼子家にも元就相続の通達を出した。重臣たちの総意なので、尼子経久も承諾せざるを得ず、元就に祝賀の使者を送ってきた。

さらに後日、京へ使者を出し、将軍からも認可をもらった。

そうして家中をかためたあと、吉日を選んで、元就は猿掛城から毛利家の本城である郡山城にうつったのである。

そののち郡山城下にある八幡宮の社殿で、一族の者たちをあつめて祝儀の連歌を興行した。

元就は力強く連歌の発句《ほっく》を詠みあげた。

「毛利の家　わしの羽《は》をつぐ　脇柱《わきばしら》」

毛利家を猛々《たけだけ》しく強い鷲になぞらえ、その羽──「覇」にも通ずる──を脇柱、つまり次男の自分が継ぐ、という意である。

元就のほか毛利家重臣の十八人で百句を詠みあげ、できあがった連歌を八幡宮に奉納して、毛利家の長久繁栄を願ったものだった。

六

年が明けて桜も散り、新緑がまぶしい季節となっている。

昼下がり、元就は御里屋敷の広間で、志道広良たちと向き合っていた。

広間の空気は重く、どの顔も真剣だった。元就は何度もため息をついた。

「ご決断を」

と福原左近が三白眼を光らせて迫る。

「こうなっては仕方ありますまい。災いの元を断たねば、お家が危うくなり申す」

志道広良も一貫して、兵を出せと主張している。

「……ほかに手はないのか」

「この期《ご》におよんでは、もう……。早くしないと、逆にわれらが討手に追われましょう」

元就は目を閉じ、何かを振りはらうように首をふった。

「間違いではないのか」

「お疑いであれば、御みずからあの者を問い質《ただ》してみまするか。ちと醜い姿になってはおりますが、まだ息はしております」

弟の相合三郎を討て、と広良らは言うのだ。

元就はまた深くため息をついた。

ことの起こりは、勝一が坂長門守の居城、日下津《ひげつ》城で聞き込んできたうわさだった。坂家と渡辺家とが組み、当主の座についたばかりの元就を討って、かわりに相合三郎を当主に据えようという企みがすすんでいるという。

その裏では尼子家の亀井能登守が糸を引き、元就を倒すのに必要とあれば尼子の兵を貸すことになっている、というのだ。

勝一からこれを聞いた元就は仰天し、志道広良に相談した。

広良はすぐに配下の者を使って坂長門守の家来を拉致《らち》し、縛り上げて水を飲ませるなど責め問いをして白状させ、うわさが真実であることを確かめた。

どうやら渡辺と坂の両家は、元就が当主になったために自分たちが冷遇されたと思い込んだらしい。

ことにこの正月、重臣たちが年頭の礼に登城した席上で、井上一族が慣例をやぶって坂長門守より上座にすわったのが衝撃だったようだ。

元就が席次を指示したわけではないのだが、井上党の横暴を止めなかったのは事実である。当主に就くために密約を結んだ件もあり、遠慮してしまったのだ。

もともと坂家は執権を出す家柄なのに、いまは坂家の傍流の志道家に執権の職を奪われた形になっているのも不満らしかった。

そこへ尼子方の亀井能登守から、相合三郎を当主に据えるよう指図があり、必要なら兵も貸すというので、ならばと元就を討つべく支度をすすめているという。

広良はこうしたことを調べあげ、福原左近と語らって元就に報告にきたのだった。

「これは謀叛《むほん》に違いなし。さすれば先手をとって謀叛の輩《やから》を討つしかありませぬぞ」

というのが、広良と左近の一致した意見だった。

しかしそうなると渡辺、坂だけでなく、弟の三郎も討つことになる。

——当主になどなるのではなかったか。

家臣はともかく、血のつながった者は信じられると思っていたのに、それも甘かったようだ。

むごい決断を迫られて、元就は懊悩《おうのう》せざるを得ない。

「三郎を討つなど、とてもできぬ。腹違いとはいえ、血を分けた弟だぞ!」

とうとう元就は声をあげた。

「わかっておりまする。しかし戦国の世では、仕方のないこと」

志道広良は諭すように言う。

「もともと侍の道は修羅の道。その侍の上に立つ総領ともなれば、人がましい心などもっていてはつとまらぬ。そう思《おぼ》し召せ」

「それでは畜生とおなじではないか」

元就は思わず叫んだ。だが広良は容赦ない。

「なんの。畜生以下でしょうな。畜生は自分の腹を満たす分以上の殺生はせぬと聞きますゆえ。殿は、これからもさまざまな理由で、多くの殺生をせねばなりませぬ」

元就は唖然《あぜん》として広良を見た。広良は厳しい顔をしている。

「侍の総領とはそうしたお人のことじゃ。殿のお父上も兄上も、そんな世渡りに耐えられず、酒を浴びるように飲んでは、おのれの心を誤魔化しておられた」

「……それがわかっていて、わしを当主にしたのか」

「殿ならば、耐えられると見たゆえにござる」

「耐えられる？　そうか。わしならば、平気で殺生をすると見たのか」

「いや、平気とは申しませぬ。ただ善いことも悪いことも併せて呑んで、平然としていられるだけの器量がおありと見申した」

「………」

「善いことと悪いこと。すべてを呑み込んで、なおかつ判断を間違わず、もっともよい方向へお家を導いてくれるお方。そう見たればこそ、家督を継いでいただいたのでござる」

「であるなら、見込みちがいじゃ。わしにはそんな器量はない」

元就は下を向いた。

「いや、殿はまれに見る器量人であられる。それでも殺生がつらいとお感じならば、こうお考えあれ」

広良は断言する。

「もし殿が毛利の家を導かねば、ますます多くの殺生がなされ、多くの人が無駄に死にましょう。殿が多少の殺生を犯しても、それで多くの人々が救われるのだと」

「……それは、脅しているのか」

顔をあげた元就に、広良はゆっくりと首をふった。

「いまの世は、そういう世でござる」

元就は腕組みをし、目を閉じた。

広良に言われるまでもなく、やらねばならぬことはわかっていた。しかし気持ちがついていかない。自分の気持ちをなだめ、受け入れるためには、少し落ち着く必要があった。

やがて元就はうなずいた。

「わかった。家のためには、やらねばならぬな」

諦念というよりは、もう少し力強い何かが胸の内にわき起こっていた。

「は。つらいご決断になりましょうが、致し方ありませぬ。なにとぞわれらにお命じくだされ」

「ならば、すぐにも手配りせい」

一度決断すると、元就の動きは早かった。三郎たちに悟られぬよう、いますぐ兵を動かすこととした。

「三郎どのは、それがしが」

「ではそれがしは長門守を」

相合三郎の船山《ふなやま》城へは志道広良が手勢をひきいて向かう。坂長門守は福原左近が、そして渡辺太郎左衛門は元就が引きうけた。

むずかしいのは、三人を同時に倒さねばならない点だった。

討ち漏らしたり戦いが長引いたりすれば、家中が混乱して尼子につけ込まれる恐れが出てくる。工夫をこらさねばならない。

三郎の船山城は、郡山の西にのびた尾根の先にあって、御里屋敷からさほど離れていない。まず勝一を様子伺いに出して、平家物語など語らせて油断させ、そのあいだに兵を侵入させて城を取り囲むことにした。

渡辺太郎左衛門と坂長門守には、元就から呼び出しをかける。

御里屋敷に本人が出てきたところを討ちとれば、あとはそれぞれ主人のいない城に討手をさしむけ、残った一族を討てばよい。

「では、これにて」

「それがしも、わが屋敷にもどって支度にかかりまする」

志道広良と福原左近は屋敷から去った。元就も妻子と大方さまを本城へ逃がすなど屋敷で支度をして、井上左衛門尉を使者に出し、渡辺と坂の両人に呼び出しをかけた。

渡辺家の城、長見山《ながみやま》城は御里屋敷から一里弱、坂家の日下津城は二里ほどはなれている。

渡辺太郎左衛門のほうが早く来るだろうと予想したとおり、夕方近くに太郎左衛門がやってきた。

「従者を五人、つれております」

近習が告げる。五人は多い。やはりいくらかは疑念をもっているのか。

「控えの間に入れて、出てこぬようしっかり見張っておけ」

と命じ、元就は広間に着座して太郎左衛門を迎えた。

太郎左衛門は脇差《わきざし》を帯びて素襖袴姿であらわれた。

「お呼びにより参上つかまつった。火急の用とは、何でしょうかな」

その声を聞いた途端、元就は激しい怒りが湧いてくるのを感じた。

——こやつが余計なことをしたために、三郎を討たねばならなくなった!

目の前の円座に腰を下ろした太郎左衛門に、元就は我を忘れて飛びかかっていた。

七

「謀叛の企み、あらわれたぞ。ここで成敗してくれる!」

元就は、渡辺太郎左衛門の髷《まげ》と顎をつかんで床に押し倒した。左手で髷をつかんだまま膝で腹を押さえつけると、右手で脇差を抜きとり、部屋の隅へほうり投げた。

だが太郎左衛門も負けてはいない。

「なにを！　この若造が！」

と元就の左腕をつかんで反撃に出た。

髷をつかんだ左腕を取られて逆にひねられる。さらに太郎左衛門の足が元就の胴体にからみつく。

下に組み敷かれた体勢からの腕取りは、合戦の場で用いられる小具足《こぐそく》という組み討ち術のひとつである。

このままではあおむけにひっくり返され、攻守が逆転してしまう。

元就は足を踏ん張り、おのれの左腕を右腕でつかんで腕取りから逃れようとした。

太郎左衛門も腕に力を込め、逃すまいとする。たがいに懸命に力をふるった。

だがそこまでだった。

がたん、と広間に音が響き、武者隠しの戸が開いた。近習三名が走り出てきて、

「殿、ここはおまかせを！」

と叫びつつ、左右から太郎左衛門を取り押さえた。

「おお、ちと遅かったぞ」

太郎左衛門から引きはなされた元就は、左腕を押さえて顔をしかめた。もう少しで肘を挫《くじ》かれるところだった。

太郎左衛門はなおも暴れたが、力自慢の若者三人にはかなわない。押さえつけられて後ろ手に縛り上げられ、足も縛られて、身動きもならぬ姿で床の上にころがされた。

「殿、ご無事で」

近習のひとりが元就の腕をとって見る。

「膏薬《こうやく》をとってまいりましょうか」

「いや、これしきのこと、なんでもない」

痛みはしだいに薄れてゆく。元就は左腕をふって、異状のないことをたしかめた。

「従者たちは、どうした」

「見てまいります」

近習のひとりが走って出ていった。すぐにもどってきて、

「みな、始末いたしました」

と告げた。おそらく控えの間は血の海だろう。

元就は床に転がっている太郎左衛門を蹴飛ばし、あお向けにした。

「よくも……、よくもやってくれたな」

恨みをこめて太郎左衛門をにらみつけた。

「うぬのおかげで、かわいい弟を成敗せねばならぬわ。のう、血を分けた弟を、この手でな。うぬにその痛みがわかるか」

「な、なにを。三郎どのは喜んで家督を継ぐと申したぞ」

太郎左衛門の目はいそがしく左右に動いている。

「思慮の足りぬ弟をそそのかし、その気にさせたせいじゃ。おまけにうぬは、毛利の家を尼子に売り飛ばそうともした」

そう言うと近習たちをふり返り、

「こやつを担げ。ああ、その前に猿轡《さるぐつわ》をかませろ。無駄な命乞いは聞きたくないからな」

と命じた。

太郎左衛門の小袖の袖が切りとられ、口に詰め込まれた。その上から手拭いが巻かれる。

そこへ井上左衛門尉が使いからもどってきた。

「坂どのは、今日は手がはなせぬゆえ明日に願いたいと申しております」

と報告する。

「気付かれたか」

「さて、わかりませぬ。城は静かでした」

少し面倒になったようだと思ったが、元就はすぐに気持ちを切り替えた。

「そなた、福原左近のところへ行って、すぐに坂の城を攻めるよう申し入れてくれ。気付かれたかもしれぬから、油断するなとな」

「承知いたした」

左衛門尉が立ち去ったあと、うなり声をあげる太郎左衛門は、近習ふたりに担ぎあげられた。重荷をかついだ近習ふたりは、そのまま元就とともに母屋を出て、郡山の頂上への道を登ってゆく。

途中、近習たちからはなれて、元就は南東の尾根にある本城へ向かった。

「いるか」

声をかけると、おひさが出てきた。いくらか青ざめた顔になっている。

「おまえさま、ご無事で」

「おお、無事もなにも、危ないことなど何もないと申しただろうに。もう、すべて終わった。下りてよいぞ。ただし控えの間は見るな」

「さようですか。ではすぐにも」

赤子は、侍女に抱かれて寝ている。大方さまも出てきて、

「無事に済んだかえ」

とたずねた。

「は、いましがた、終わりました。屋敷へおもどりくだされ」

「その顔つき、よほどのことをしたな」

言われてはっとした。そんな顔になっているのか。

「当主の辛さは、これからじゃ」

大方さまの言葉が身にしみる。

「当主は非情でなければつとまらぬぞ。そなたの父上もそうじゃった」

そう言って大方さまは視線をはずした。

「では、下りましょう。ここは眺めはよいけれど、風が強くてねえ」

おひさとともに、大方さまはさっさと道を下っていった。その落ち着きぶりが元就の心を少しだけ軽くした。

ひと息ついて、元就は天を見あげた。

茜《あかね》色に染まった西の空と、闇色に沈んだ東の空のあいだに、どこまでも透明な空が広がっている。見ているだけで心が静まってゆくような光景だった。

――天は、いつも変わらぬ。どっしりとそこにある。

矮小《わいしょう》な人間たちだけが、裏切ったの裏切られたのと騒いでいる。まるで塵芥《ちりあくた》の中でうごめく蛆虫《うじむし》のようではないか。

しかし蛆虫であっても、生き抜いていかねばならない。

西北の方を見た。相合三郎の居城、船山城のある方角だ。

とりたてて変わったようすは見えない。

元就は小さく見える船山城を探しだすと、念ずるようにその周辺を見詰めた。

打ち合わせのとおりに運んでいれば、いま城内では勝一が琵琶を弾きつつ平曲《へいきょく》を語っているはずだ。三郎と近習たちは、勝一の声に聞き惚れているだろう。

そのあいだに、志道広良の手勢がひたひたと城を囲んでいるのも知らずに。

胸の内を焼かれるような気がして、やりきれない。しばらくそうしていたが、見切りをつけて頂上へ向かった。

左衛門尉たちが待っていた。その足許で、縛り上げられた太郎左衛門がもがいている。

「いま、言い聞かせてやったところです。これからどうなるのかを」

近習が薄笑いをうかべながら言う。

「殺生なやつだな」

元就は渋い顔になった。

「じゃが仕方あるまい。それだけの罪を犯しておる。となると、あまり苦しめるのもかわいそうじゃな。やい太郎左衛門よ」

元就は太郎左衛門を蹴った。

太郎左衛門が横たわっている先はほぼ垂直の崖になっており、深い谷が口を開けている。

「わが弟をそそのかした罪、いまそそがせてやるわ」

元就が目配せすると、近習たちは太郎左衛門を担ぎあげ、二、三度ゆすって反動をつけると、「それ」と声を合わせて崖へとほうり投げた。くぐもった悲鳴を残し、太郎左衛門の姿が視界から消えた。

少しの間をおいて、肉と骨が砕ける重く鈍い音が谷間から昇ってきた。

「小者を遣わしますか。検死ということもござれば」

近習が問う。元就は首をふった。

「捨てておけ。けだものが片づけてくれよう」

家中にこの言葉が漏れれば、元就の怒りがいかに激しかったかが伝わるだろう。実際、いまだに許せぬ気分だった。怒りが体の中を駆けめぐっている。

「すでに、兵の支度はととのっております」

近習に言われて我に返った。呼びあつめた兵たちが、屋敷の裏手にあつまっている。

「あとは、長門守か」

元就はつぶやいた。

坂長門守の顔が目の前に浮かぶ。呼び出しに応じなかったところを見ると、こちらの意図を見破ったのかもしれない。すぐにも手を打たねば、面倒なことになる。

「よし、いまより出陣じゃ」

坂長門守が気付いたとなれば、福原左近の手勢だけでは心許《こころもと》ない。加勢するつもりで、元就らは山道を駆け下りた。

いそいで甲冑《かっちゅう》をつけると、三百の兵をひきいて街道へ出た。

「おお、煙が」

坂長門守の日下津城へ向かう途中、北の空に黒い煙が立ちのぼるのが見えた。

そこに武者が馬を飛ばしてきた。志道広良からの伝令である。

「船山の城、ただいま落ち、三郎さまのみ首級《しるし》を頂戴いたしました」

馬を下り、膝をついた母衣《ほろ》武者《むしゃ》が叫ぶ。

「三郎め、果てたか」

元就は馬を下り、船山城の方角に合掌した。しばらくそのまま動かなかった。子供のころ、三郎といっしょに遊んだ思い出が甦ってくる。かわいがっていたその三郎を、自分は謀叛人として殺《あや》めてしまった。当主として、家を統率するために。

——いかん。いまは思い出すな。

気持ちを揺さぶられては動きが鈍る。元就は思い出を振りはらうように大声を出した。

「されば残りの裏切り者、坂長門守を成敗してくれる。者どもつづけ！」

ふたたび馬にまたがると、先頭に立って駆け出した。

坂長門守の日下津城は、戦備をととのえる間もなく元就と福原左近の手勢に急襲され、あっけなく焼け落ちた。そののち元就は渡辺太郎左衛門の城も同様に攻め落とした。

坂一族と渡辺一族の多くを討ち、謀叛に関わった者の成敗は終わったが、当主の舎弟と重臣ふたりが関わった内乱の影響は大きく、なおも家中の混乱はつづいた。

もっとも痛かったのは、元就の腹心である桂元澄の父、広澄《ひろずみ》の死である。

広澄は坂長門守の兄で、分家して桂姓を名乗っていた。坂一門の嫡流《ちゃくりゅう》として弟らの不始末の責任を感じ、元就が止めるのも聞かずに自害してしまった。

すると父の死に惑乱した桂元澄が、どうせ坂一族の縁者として疑いを受けるだろうから、一族みなで腹を切ると申し出てきた。だから検使をひとり自分の館へよこせという。

「あやつまでもか……」

元就は疲れ果てていた。

仲のよかった弟を討ち、譜代の重臣たちも討った。さらに年齢が近く、腹心として、また話し相手としても重宝していた元澄までも、自分から去ろうとしている。

ただ家督を継ぐというだけのことが、これほどの災いを呼ぶとは思わなかった。

元澄はもちろん、桂一族も失いたくない。だがそれは容易なことではない。

御座の間で考え込んでいると、志道広良がはいってきた。

「検使を出すおつもりで？」

元就がぐずぐずしていると見たのか、意向を問うてきた。

「いや、そんなことはできぬ」

「では、説得の使者を出されませ」

「無駄じゃろう。すでに何人も出した」

「それがしが行ってまいりましょうか」

「……そなたでも、無理じゃろう」

元澄の性格は元就のほうがよく知っている。家の執権に言われたとて、一度決めたことを変える男ではない。

「では、どうなさるおつもりで」

ひと息おいて、元就は言った。

「わしが説得に行こうと思うておる」

「殿が？　それは危のうござる。叔父の仇と斬りかかってくるかもしれませぬぞ」

「元澄たちにはこれまで通りに仕えてもらいたい。ならばわしが出るほか、手がなかろう」

「いや、それは……」

広良は首をふる。

「殿は、もはや分家の身ではありませぬぞ。自重なされませ。それがしが行って説得し、それでも考えを変えぬなら、桂の一族が滅亡しても仕方ありませぬ。それが毛利の家を保つ道でござる」

そう言われて、元就の中で抑えていた何かがはじけた。

「うるさい！　それ以上言うな。もし元澄に討たれて死んだのなら、わしには家督を継ぐ器量も運もなかったということよ。誰かほかの者を当主に立てよ」

元就は御座の間を飛び出した。

——あやつを救わねば、わしの心がもたぬ。当主の地位より、忠実な家臣、いや友の命のほうが大切だ。自分は畜生ではないのだから。

「馬を引け、供は無用。ひとりでゆく」

と命じつつ元就は廊下を駆けた。

三　現形

一

山々には新緑が萌え、畑では金色の麦の穂が風に揺れている。

享禄《きようろく》二（一五二九）年四月初め。

毛利元就の一行は、可愛《えの》川ぞいの道を東へと向かっていた。

早朝から、桂元澄《かつらもとずみ》、福原《ふくばら》左近《さこん》ら近臣衆とともに吉田《よしだ》の南西にある竹原《たけはら》へゆき、井水《いみず》（用水）の取り合いの現場を見て話し合いをした。いまは吉田郡山《こおりやま》の城へもどるところである。

「どうにも、頑固なやつらじゃの」

元就がこぼすと桂元澄が、

「まあ、誰もが必死でござれば」

となだめるように言う。

相合三郎《あいおうさぶろう》の一件で家中《かちゅう》が乱れた際に、一度は自決しようとした元澄だったが、元就がみずから城に乗り込んで説得したために思いとどまった。以後は元就の忠臣になりきっている。

せっかく出張っていったのに、小川の水を分ける話し合いは、現場ではうまく決着がつかず、さらに城で話し合うことになってしまった。

どの村へどれほど水を引くかは、稲の生育にかかわるので、誰もが必死になる。

これをうまく収めるには、上に立つ者の権威が重要になるため、わざわざ毛利家当主の元就自身が顔を出したのである。

しかし、新田がふえたので多くの水を引きたい、いま七三に分けている水を六四にしてくれ、と申し出た村に対し、これまで通り七三は変えられないという村の側が頑《かたく》なで、元就の説得も言《げん》を左右にして聞き入れない。

おかげで話はまとまらず、家中の水争いも収められないという、元就にとっては面目を失う事態となったのである。

——まずは当主の力を強くせねばな。

馬上で揺られながら、元就は考えていた。

毛利家の家督を継いで六年。三十三歳になるが、いまだに毛利家当主の力は弱くて、話にならない。

もともと毛利家中は庶家出身の重臣たちが多くて、また力も強い。当主はそうした者たちの上に立って調整に腐心する、という形になっていた。だから当主の言い分も、なかなか通らない。

　こうした水争いなら、まだいい。しかし戦場で家臣たちが言うことを聞かなくなったら、命に関わることになる。当主の権限を強めることは、毛利家歴代当主の宿望《しゆくぼう》だった。しかし誰もかなえられずに、いまに至っている。

　城で裁定を下し、それでも聞かぬようであれば、村ごと成敗しなければならないか、とも考えていた。だがそんなことをすれば、家中は大さわぎになる。何かいい方法はないものか……。

　そのとき、耳のそばをヒュンという音とともに、何かが飛び去った。

　元就は、思わず馬の首を盾《たて》にして身を隠した。さらに二度、三度と風を切り裂く音がして、背後で悲鳴があがった。

「曲者《くせもの》！　曲者じゃ、油断めさるな！」

「あれ、あそこにおるぞ」

　供の者たちが口々に言う。列の後方でひとり、矢を胸に受けた者が倒れている。

　見れば前方、道の右側に山裾が張り出しているところに、弓を持った男がふたり、木の上でこちらに向けて矢をつがえていた。

「おのれ、どこの者じゃ！」

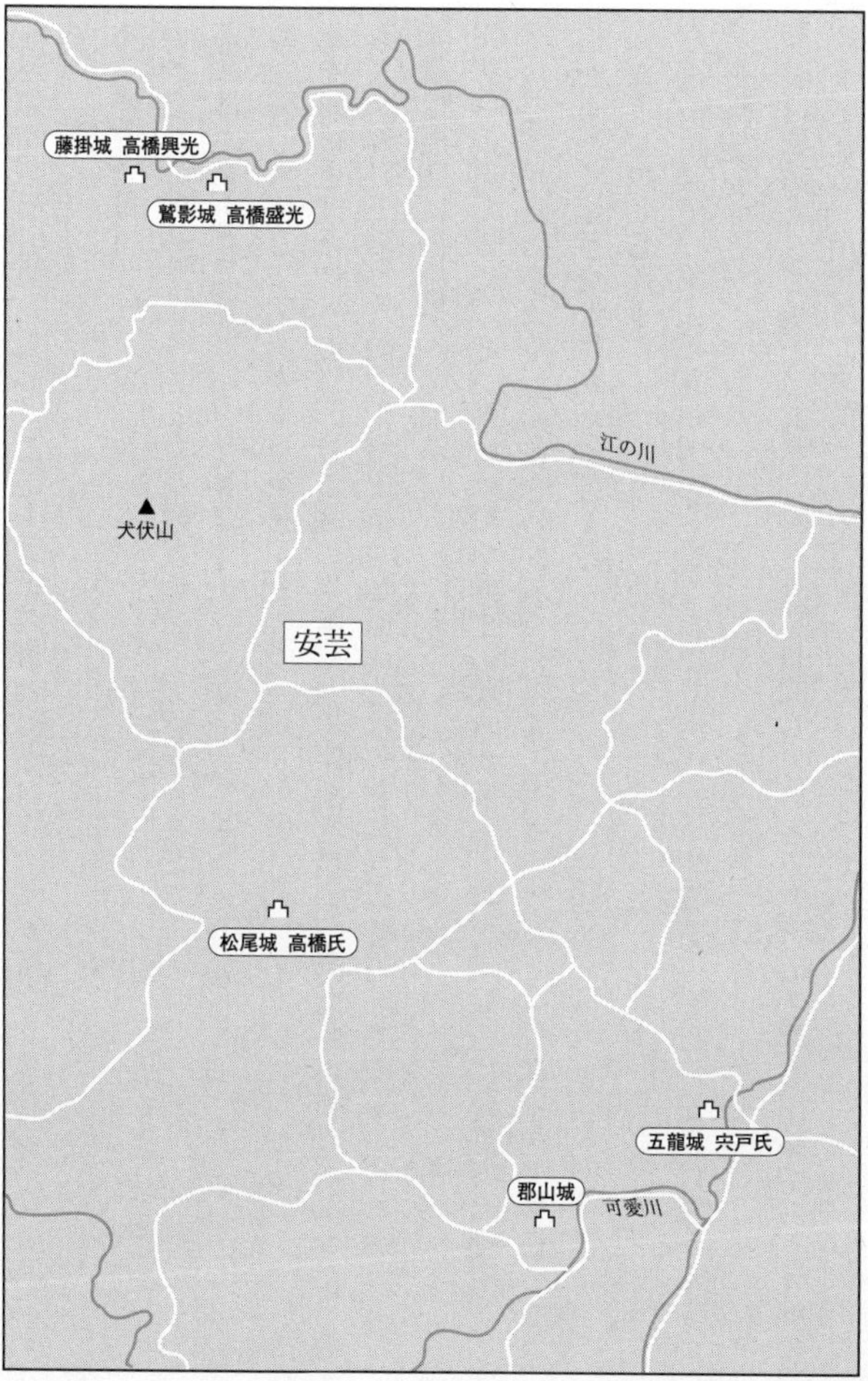
藤掛城 高橋興光
鷲影城 高橋盛光
江の川
犬伏山
安芸
松尾城 高橋氏
五龍城 宍戸氏
郡山城
可愛川

肥大漢の桂元澄が、家人《けにん》をひきいて馬を飛ばす。すでにその手には抜き身の刀が握られている。

いっしょに前へ出ようとした福原左近を、元就は止めた。

「あ、そなたは待て」

「あれは囮《おとり》かもしれぬ。用心しろ」

左近はうなずき、家人たちを前後に配った。

馬を駆けさせた桂元澄は、見る間に半町ほどの距離を詰め、男たちに斬りかかった。数人の家人がついていったので、弓を持った男たちは矢をおさめて逃げてゆく。

元就は周囲に目をやっている。

川ぞいの道だけに、あたりには葦《あし》や灌木《かんぼく》の茂みが多く、兵を伏せるには絶好の場所だ。

案の定、河原の葦の茂みから、数名の兵が飛び出てきた。兜《かぶと》こそないが、腹巻をつけ、手槍をもって土手をかけあがってくる。

「来たぞ。ぬかるな！」

左近の指図で、家人たちが刀を抜きつれて立ち向かう。双方、かけ声をあげながらぶつかり、乱戦となった。

元就は依然として馬上にあり、あたりを見回している。左近の手勢も出払って、元就の周辺には左近と、元就の近習三人がついているだけとなっている。

――ここで敵にもう一段の備えがあれば、わしも終わりだな。

いま三十三歳で死ぬとすれば、兄よりは長生きしたが、父より早い死となる。早世は毛利家の宿命なのか。おひさは嘆き悲しむだろう。息子の少輔太郎《しょうのたろう》は、うまく跡を継げるだろうか。

そんな思いが、まるで他人事《ひとごと》のように頭をよぎる。

しかし幸いなことに、新手が出てくる気配はない。

前方の敵を始末した桂元澄らがもどってきて、河原の敵に横合いから突っ込んだ。側面を突かれた敵は戦意をなくし、逃げようとする。元澄たちがそれを追う。

「殿、まずは城へ。さらに狼藉者《ろうぜきもの》があらわれぬとも限りませぬ」

逃げてゆく敵のうしろ姿を見ていると、左近がうながした。

「わかった。ひとりくらいは手捕りにして生かしておけと、元澄に言っておけ」

元就は馬腹を蹴り、近習らとともに城へ向かった。

二

翌日、元就は郡山の御里《おさと》屋敷で、文机に向かっていた。

昨日は、城に駆けもどると門を閉じ、兵をあつめて警戒を厳しくした上で、物見を放って領内のようすをうかがった。大きな謀叛《むほん》が起きるのではないかと用心したのだ。もちろん、逃げた曲者たちの探索を命ずるのも忘れなかった。

しかし結局は何ごともなく一日が終わり、城内も今日は朝から平常にもどっていた。

屋敷にいるときの元就は、人と会っているのでないかぎり、文机に向かっている。年貢の納帳を点検したり、絵図を見たりしているか、書状を書いていた。

いまも筆を手に、半折りにした紙に井水裁定の案文を書き付けていた。しかしなかなか進まず、一、二行書いては目を庭にやり、ため息をついている。

そこに小姓がきて、桂元澄が来たと告げた。

「待っていた。すぐにこれへ」

筆をおいて、文机を脇に寄せると、元澄が左近とともに入ってきた。礼もそこそこに元澄が高い声で言う。

「昨日の曲者、正体が見えてまいった」

「どこの者であったか」

昨日、襲ってきた者の大半は逃がしたが、三人を斬り、ひとりを生け捕りにした。そのひとりを責め問いにかけ、吐かせたという。

「坂《さか》家の残党でござったが……」

五年前、元就にかえて相合三郎を毛利宗家の当主に立てようとした坂長門守《ながとのかみ》と渡辺太郎左《わたなべたろうざ》衛門《えもん》を、元就は討った。坂長門守の城を焼き、家門は潰したのだが、領外に逃れた者がいて、復讐に来たらしい。

「しかしただ復讐のためとは考えられませぬ。うしろで糸を引いて、お家を乱そうとする者がおりまする」

「うしろで糸を引くのは?」

「それが、どうやら高橋どののようで」

元澄は言いにくそうだ。

「高橋どのは、坂の残党を手なずけ、いままで生かしておいたようですな」

福原左近が言う。

元就は無言になった。

高橋氏は、毛利家と領地を接し、安芸だけでなく北の石見《いわみ》にまで領地をもつ大国人である。その所領は一万二千貫文といわれ、毛利家の二倍以上になる。佐東《さとう》の武田《たけだ》家とならび、強大さでは安芸国人衆の中で双璧である。

しかも毛利家とは何代も前から縁戚であり、元就の兄で以前の当主、興元《おきもと》の正室の実家でもある。

元就が当主となる前、興元の子、幸松丸《こうまつまる》が当主であったときには、当主の祖父かつ後見人として、高橋久光《ひさみつ》があれこれと毛利の家政に口出しをしてきたものだ。

その久光は、数年前に備後の国人、三吉《みよし》氏との合戦で討死していた。そののち家督をめぐって内紛があったようで、いまは久光の子の代を飛ばし、孫の興光《おきみつ》が跡を継いでいる。

いま高橋家の勢力はいくらか弱くなっているが、それでも侮《あなど》れるものではない。

さらに元就は長女のおはつを、人質として高橋家に差し出してある。まだ十歳にもならぬかわいい盛りなのに、親と離れて高橋家の本拠、藤掛《ふじかけ》城で暮らしているのだ。

もし高橋家と戦いになれば、おはつの命がどうなるか、考えるまでもない。

「当の者は、ただ坂家の立て直しをねらって、邪魔になる殿を討つつもりとしか申しませぬが、高橋どののほうは、殿を討ったあとこの毛利のお家を乗っ取ろうと企てておったに違いなし」

「坂の残党はよいように使われただけ。これは自明でござる」

これまでは口出しだけだった高橋家が、今後は毛利家に敵対してくるとなれば、おそろしい事態となる。

「その上、尼子《あまご》の手が、高橋どのにまで伸びているようでござる。尼子の使者が、ひっきりなしに来ているとか」

「いまや石見の者ども、みな尼子に目が向いておりますからな」

「さよう。これでは、わが家もまた尼子にしてやられまするぞ」

「尼子はともかく、高橋どのには一度、探りを入れるがよろしかろう。使者を出すなら、それがしにお命じくだされ」

元澄と左近が口々に言うが、元就は腕組みをし、だまったままだ。しばらく無言をつらぬいたあと、

「苦労であった。なお調べをすすめてくれ」

そう言ってふたりを下がらせた。

——国人の当主というものは、どうしても静かな暮らしはできぬようだな。

ひとりになったあと、西日が差して橙色《だいだい》に染まる庭を眺めつつ、元就は嘆息する。

所領をもっていると、それを狙う者がいる。自分だけ安穏《あんのん》に暮らそうとしても、許してはくれない。

兄、興元の死によって毛利家の家政を担うようになって以来、元就は毎年のように合戦をしてきた。もちろん、望んでのことではない。合戦に出ざるを得ない立場に追い込まれて、やむなく出陣してきたのだ。

甥の幸松丸の死をうけて家督をつぎ、その直後に異母弟、相合三郎を討ったあとも、元就の過酷な立場は変わらなかった。

三郎を討った翌月——元就が二十八歳のときである——、大内家が二万五千の大軍で安芸へ進軍してきた。安芸から尼子氏の勢力を追い払おうとしたのだ。

大内家の大軍は、国境を越えると二手にわかれた。そのうちの一手は、佐東の銀山《かなやま》城を囲

んだ。

銀山城は、武田家の城である。武田家は安芸南部において、尼子方国人の筆頭格ともいうべき立場にあった。

元就は二十一歳のとき、有田《ありた》城の攻防戦で、当時の武田家当主、元繁《もとしげ》を討ちとった。

しかしそれでも武田家は崩壊せず、元繁の子、光和《みつかず》が家督を継いで勢力を維持していた。

そこに大内勢が攻めかけたのだ。

一報をうけて、尼子家は安芸へ援軍を送ってきた。そして尼子方の安芸国人もそこに加わった。

毛利家も、この援軍に入った。尼子家の目が光っており、入らざるを得なかったのである。

七月、大内勢と安芸国人をふくむ尼子勢は、銀山城外でぶつかった。

緒戦は尼子勢の敗北に終わったが、どちらも損害は軽く、両軍の対峙《たいじ》はつづく。

元就は大将の尼子経久《つねひさ》に、地理を知る安芸勢による夜襲を提案した。そしてひと月後の雨の夜、元就は安芸国人衆をひきいて大内陣に襲いかかった。

不意を討たれた大内勢は大混乱におちいり、銀山城の囲みを解いて逃げ出すという醜態を演じる。

この一戦をきっかけに、大内勢は安芸から撤収していった。

元就は大手柄を立てたのだが、尼子家からの恩賞はなにもない。以前、五十貫文の領地をもらったきりである。

相変わらずの仕打ちだなと思っていたところに、志道広良《しじひろよし》から、大内家への帰参をすすめられた。

広良は昔から大内家の重臣、陶興房《すえおきふさ》と親しい。

興房は、先の毛利勢の活躍をみて元就の腕前に感じるものがあり、悪いようにはせぬからと、帰参の話をもちだしてきたという。

「帰参もなにも、大内家に断っていったん尼子方についただけじゃからの」

元就は言った。多くの安芸国人は、大内方か尼子方かの区別を曖昧にしている。もとめられれば、どちらの側にもつく。そうしなければ、生きてゆけないのだ。毛利家も、その点は変わらない。尼子方についている間も、大内家への気配りは忘れずにいた。

「されば大内帰参、よろしゅうございますな」

という広良に、

「わしはなにも書き物は出さぬ。そなたのほうでよろしくやっておいてくれ」

とまかせた。広良は自身のほかに、家中の重臣である井上七郎三郎《しちろうさぶろう》と粟屋弥三郎《あわややさぶろう》から陶興房に書状を出させ、大内家への帰参を明らかなものにした。

直後、陶興房より井上らに対し、

今度少輔次郎《しょうのじろう》殿、無二の儀をもって御現形《げんぎょう》候、あわせて各々《おのおの》御入魂《ごじっこん》いたす所に候……。

という書状がきた。元就の帰参を賞する内容である。

現形とは文字通りなら「いまの形」という意味だが、「いままで見えなかったものが、その姿をあらわす」という別の意味もある。つまり裏切りを、やんわりと言い換えた言葉である。

——現形か……。

自分のような小国人など、いつも現形、現形で暮らしている、と自嘲したくなる。だが、生き残るためにはやむを得ないことだ。

このたのち大内家からは、可部《かべ》七百貫文、温科《ぬくしな》三百貫文など、安芸南部において一千貫文以上もの領地が与えられた。現形の見返りというわけだ。

尼子家からもらった恩賞がわずか五十貫文ということからすると、大きな差のあるあつかいである。

ますます尼子家に愛想が尽きたが、それでもなお、表だって尼子家に楯突《たてつ》くわけにはいかなかった。大内家との交渉は秘密にし、尼子とのあいだに余計な確執が起こらぬよう、気をつけてきた。

それから三年。

尼子と大内の争いがつづく中、毛利家は両家の機嫌をうかがいながら生きのびてきた。大内家に帰参したものの、いまも尼子の本城《ほんじょう》、富田《とだ》城には毛利家の人質がいる。

安芸国はなお混沌としたままだ。

尼子方なのか大内方なのか、旗幟《きし》をはっきりとしている国人のほうがむしろ少なく、どちらとも連絡をたもっている国人がほとんどだった。

そして合戦のたびに、どちら側へつくか決断を迫られる。

銀山城外の合戦を最後に、毛利家は尼子方と袂《たもと》を分かち、大内側について戦ってきた。もちろん尼子家は、毛利家の豹変《ひょうへん》ぶりを快く思っていない。

今回、高橋家から刺客《しかく》が送られてきたということは、すなわち尼子家からの警告ととらえたほうがいいのだろう。

これ以上、大内家に味方するなら、尼子家の敵として攻撃すると。その手先が高橋家ということだ。

となれば、一大事だ。相手は強大な上に娘が人質にとられている。

考えていると、鳩尾《みぞおち》のあたりが痛くなってきた。よくない兆候だ。

痛みのあるところを手のひらで押さえつつ、元就は思う。

自分をふくめて、安芸の国人たちは力がない。だから舐められて、いいようにあつかわれる。

強い者は弱い者の都合など考えない。弱い者はいつもおびえていなければならない。力がほしい。なんとかして、この苦しさから抜け出したい。そのためには、どうすればいいのだろうか。

――まずは……。

元就は小姓を呼び、命じた。

「小太郎《こたろう》と勝一《かついち》を呼んでくれ。すぐ来るようにとな」

そのあと、なおも文机に向かっていると、廊下を踏む軽い足音が聞こえた。この足音だけは誰なのか、すぐにわかる。

「おまえさま」

妻のおひさだ。

「なんだ」

「きのう、あのようなことがあったので、言いそびれておりましたが……」

と言う顔が、どこか戸惑っているように見える。

「おりましたが、どうした?」

「その、どうやら、ややができたようで」

「おお、まことか!」

元就が大きな声をあげると、おひさは控え目な笑顔でうなずいた。

「なんと、めでたいではないか。すると、来年に生まれるのか」

「ええ」

「年子だな」

今年、次女が生まれているのだ。おつぎと名付けられた赤子は、いま屋敷の中をはい回り、元気な泣き声をあげている。

長男が生まれて以来、数年は子ができなかったが、つづけて二人の子に恵まれることになる。

「よしよし。でかした。気をつけて養生してくれよ。体を冷やさぬようにな」

「それより、おまえさまも気をつけて。出歩くなら、警固の衆をたんとつけなされ」

「わかっておる。心配せずともよい」

十分に気をつけて、と言いながらおひさは下がっていった。

元就はひとつため息をついた。これからは妻だけでなく、四人の子を背負って生きていかねばならない。出家などとんでもない話だ。

そこまで考えて、はっと気づいた。

いま、高橋家には長女を人質にとられている。このままいけば、大内家にも人質を出すことになるだろう。これから生まれてくる子も、どうなることやら。

そしていずれ大内、尼子のどちらにつくか、旗幟を鮮明にしなければならなくなる時がくる。そうなると人質に出した子の命が危うい。

——弱いから、人質を出さねばならぬ。

元就は唇を嚙んだ。

わが子のためにも、強くならねばならない。

そのためにも、まずは高橋家をなんとかしなければ。

三

夜明け前に起きた元就は、身支度をととのえて庭に出ると、透き通った紫色の空を見上げ、昇ってきた黄金色の朝日を拝み、いつものように念仏を十遍《じっぺん》唱えた。

気持ちが落ち着いたところで御座の間にはいり、仕事にかかる。今日の最初の相手は、志道広良である。ふたりで安芸の絵図を見ながら、高橋家への対応を話した。

「家中が揺れましょうな」

と広良が大きな目を向けて、心配そうに言う。

「もとより覚悟の上よ。やられた以上、仕方があるまい」

「まことに。向こうから手を出してきましたからな」

「ここでやらねば、いつまでも鼠のようにおびえて逃げ回らねばならぬ。いまこそ、大内に帰参した利を生かすときぞ」

「とはいえ、家中をふたつに割ることになるかもしれませぬ」

ひと息、間があった。

「やむを得ぬ」

元就が言うと、広良はうなずき、

「承知つかまつった。さればお指図のように」

と言い、下がっていった。

——いよいよ勝負か。

元就は、あらためて決意を固めた。

家中には秘密にしてきたが、元就と広良は、少し前から高橋家中に調略の手を入れていた。毛利家が生き残るためには、高橋家が邪魔になる、と判断してのことである。

毛利家の所領は、四方を他の国人の所領にかこまれている。

しかし南と西の方角は、ともに大内家に味方する仲間意識の強い国人が多く、まず侵略される心配はない。

東には五龍《ごりゅう》城に住む宍戸《ししど》氏がひかえており、兄の代から不仲になっているが、所領も小さく、さほどの脅威ではない。

北で境を接するのが、高橋家である。

縁戚ではあるが、それだけに何かと家政に口だしをしてくる姿勢に、元就は困惑させられてきた。そればかりか、あわよくば毛利家を呑み込んでしまおう、との姿勢も見えた。

ところが幸か不幸か、幸松丸の祖父、久光が討死して以来、家督相続のごたごたで、高橋家は分裂気味になっている。

家中を強い力でまとめる者がおらず、当主の大九郎《だいくろう》、その父の伊予守《いよのかみ》、その弟の弾正《だんじょう》など、数名が対立するようになっているのだ。

これを好機とみて、元就と広良は高橋家中の重臣たちに接近した。草の者を使って、たがいにいがみ合うようなうわさを領内に流したり、それぞれと別個によしみを結び、いざというときには毛利家が味方になると思わせたり、といったこともしてきた。

いずれは高橋家中を崩壊させ、その所領を奪うか、家を存続させるとしても、毛利家の意のままに動くようにしたいと考えている。

他家を侵すのは、元就にとってははじめてのことだ。しかし食うか食われるかしか選べないのなら、食うほうにまわるしかない。そこでためらっていては、命とりになる。

あるいはこうした調略を高橋家中のだれかが気づいて、逆襲してきたのかもしれない。であれば、もはや悠長なことはしていられない。全力をあげての戦いとなる。

広良がいなくなると、元就は庭へ出た。

初夏の陽射しに目を細めていると、どこにいたのか、小太郎が静かに寄ってくる。小声で告げた。

「千田《せんだ》どのの屋敷に、夜中にたずねてきた者がござった。帰りにあとをつけると、その者は北へと向かい、犬伏峠《いぬぶし》を越えて、松尾《まつお》の城に入ってゆき申した」

犬伏峠は高橋領との境近くにある峠であり、松尾城は高橋伊予守の城だ。

「やはりそうか。福沢《ふくざわ》のほうはどうか」

「手の者に見張らせましたが、いまのところあやしげな動きはないようで」

「ふむ。ほかには」

「ご一門衆には、とりたてて動きはなし。井上党の中には、松尾や藤掛の城下へ行く者もいるようですが、これは商売の絡みかもしれませぬ」

「そこは、くわしくわからぬか」

「手が足りず、ひとりひとりの動きまでは……。しかし、ひとりかふたりなら、調べられましょう」

「そうか。頼むぞ。苦労じゃ。されば千田と福沢の見張りもつづけてくれ」

元就が言うと、小太郎は一礼して去って行こうとした。

「あ、待て」

あることを思いついて、元就は小太郎を止めた。

「もうひとり、見張りを頼みたい者がいた」

「いずれのお方で」

「常楽寺《じようらくじ》にいる、四郎よ」

小太郎は目を瞠《みは》った。しかしそれも一瞬で、承知いたした、と言うと一礼して去って行った。

一服していると、今度は桂元澄と福原左近がやってきた。

「先の襲撃のとき、逃げた者どもの行方がわかりましたぞ」

と左近が気負い込んで言う。

「半数は郷境《ごうざかい》を越えて北へ逃げ、残りの多くは南へ向かったようで」

領内の百姓たちに聞き合わせれば、あやしげな者の行く先は、容易にわかる。

「北へ向かったのは高橋どのの手の者、南へ逃げたのは、おそらく銀山城の武田の手勢でござろうて」

元澄が腕組みをして告げる。

「ところが、ひとりだけ郷境を越えぬ者がいたようで。その者、この吉田の里にきたことはわかっておりまするが、そこから足取りがつかめませぬ」

さらに左近が、三白眼を細めて言う。

「まだこのあたりに潜んでいるやもしれませぬぞ。用心めされ。まずはそのことを申し上げにきた次第で」

「この吉田か。なるほど」

元就はうなずいた。

「その顔だと、どこへ隠れたか、およその目途はついておるようだな」

元就の言葉に、左近と元澄はたがいに顔を見合わせ、小さくうなずく。

「お察しのとおりで」

「では、どうすればいいのじゃ」

「どうもこうも、用心するよりござらぬ」

元就の問いに、元澄が高い声で即答する。

「相手が悪うござる。いまは自重し、身を守りながら機会を待つしか」

「その機会は、いつ来るのじゃ」

元就は重ねて問うた。

「いや、それは……」

元澄は口を閉じた。

「しかし、高橋どのをまともに相手にしては、こちらに勝ち目はござらぬ。いまは自重するのがよいかと」

左近も言う。元就の娘を人質にとられていることも、頭にあるのだろう。

「まことに勝ち目はないのか」

「兵をあつめても高橋どのはこちらの二倍、三倍となりましょう。尼子の援軍もありましょうし、藤掛の城も堅いと聞きまする。いま手を出すのは、いかがかと」

「それに、高橋どのが相手となれば、家中でも裏切りが出ると考えねばなりませぬ」

となりの国人だけにその付き合いは長く、毛利家中でも高橋家と縁戚になっている者は、かなりいる。高橋家に調略をしかけていると明らかにすれば、家中が動揺するのは必定だった。だからこのふたりにも、まだ教えていない。

「それもそうじゃの」

これ以上の議論は無駄だと感じた。大将は、配下の者にすべての考えをさらす必要はないのだ。それは危険ですらある。

「わかった。よく調べてくれた。礼を言う」

ひとまず元澄たちを下がらせた。

それからしばらく来客はなく、夜になってからひそかに勝一がたずねてきた。蛙の鳴き声が聞こえる中で対面する。

元就に命じられたとおり、高橋家の藤掛城下を探ったところ、合戦支度をするでなし、攻め込まれる用心をするでもなし、とくに変わりはないという。

「とはいえ備後の三吉氏とはよく戦っているので、出陣の支度など日頃からしておるのでしょうが」

「ふむ。変わりなし、か」

元就の命を狙って失敗したのがわかったのなら、毛利家が仕返しに攻めてくるのを警戒しそうなものだが、その気配もないということは、よほど毛利家を舐めているのか。もっとも、舐められても仕方がないほど、力の差があるのだが。

「それより、ちかごろご城下でちらほら聞こえるうわさをご存じでしょうかの」

勝一は言う。

「うわさ？　どんなうわさじゃ」

「毛利のお家は、もうすぐご当主が替わるという」

「……………」

「ご近臣衆などはご存じないでしょうな。しかし、あちこちで聞きまするぞ。だれかが流しておるにちがいなし。用心なされ」

やはり来たか、と思った。初めて聞いた話だが、高橋家が手出ししてくるなら、あり得ることである。意外な感じはない。

「ではそなた、これよりうわさを広めてくれぬか。高橋家は、大内を見限って尼子についた、というのじゃ。安芸だけでなく、石見、備後、あちこちで広めてくれ」

真相はわからない。しかし石見、安芸の多くの国人が尼子、大内のあいだを右往左往しているのだから、高橋家の動向も、見方によってはどのようにも解釈できる。いったん火をつければ、うわさは風次第で煙のように広まるだろう。

「なるほど。うわさのお返しですな」

勝一は承知し、静かに退出していった。


その後しばらくは、吉田の里も静かだった。日ましに強くなる陽射しの下で、荒代掻《あらしろか》きなど田植えの支度がすすめられていた。

元就が動き出したのは、志道広良が大内家からの返答を得たと、報告に城へ登ってきてからである。

「弘中《ひろなか》どのより返答がござった。山口も委細承知、助勢は和智《わち》どのとともに二千ほど出すゆえ、存分になされよと」

大内家の安芸の拠点、東西条《ひがしさいじょう》の代官をつとめる弘中中務丞《なかつかさじょう》が、備後の国人、和智氏もひきいて、毛利家の後詰めをつとめてくれるというのだ。

「二千か。まずまずじゃの」

元就はほっとした。これで兵力の上で高橋家に対抗できる。大内家に帰順した利点を、ここで活用したのである。

「されば、高橋家の中へはたらきかけまするか」

「ああ、そうしてくれ。こちらも手を打っておるが、ふたりで動いたほうが早そうだ」

広良が御座の間から退出すると、元就は文机に向かって書状をしたため、近習を二カ所に使者に出した。それが終わると、聞き慣れた足音がして、おひさが入ってきた。

「おまえさま、高橋どのとことを構えなさるのかえ」

顔色が変わっている。これまで何も知らせてこなかったから、無理もないかもしれない。

「やむを得ぬ。すでにこちらが襲われておる」

ひと月ほど前に元就が襲われた事件が、高橋家の指図であったことを話した。おひさは息を呑んだ。

「高橋の家と取り合いになるのでは……、おはつは、どうなりましょうや」

高橋家の藤掛城に人質になっている長女のことを、おひさは心配している。

「案ずるな。何とかする」

「何とかするって……」

「いいか。ここで手を打たねば、これから生まれてくる子も、人質に出さねばならなくなるぞ。しばらくだまって見ておれ」

元就は強く言った。おひさの思いはわかるが、危ない橋でも渡らねば安全なところへは行けない。とすれば渡るしかないではないか。

おひさはまだ何か言いたそうな顔のまま、下がっていった。

――やり切れぬのは、こちらもおなじじゃ。

つくづく弱いいまの立場がうらめしい。

そして、まだやることがある。元就は城内の離れに大方《おおかた》さまをたずねた。

「高橋家のことで……」

話を切り出すとき、少々言い淀んだ。大方さまは、高橋家の庶家出身である。

「重臣でも一族の者でもいいので、こちらの味方になってくれそうな者を教えてはくださらぬか」

すべて包み隠さず話し、頼んでみた。実家を敵に回すという無残な話である。怒り出すか、取り乱すのではないかと気が気ではない。

大方さまはいちいちうなずきながら聞いていたが、聞き終えてほっとため息をついた。

「戦国の世では、血を分けた者でも敵味方になるのはよくあることとはいえ、わらわがそうなろうとはな」

しんみりと言う。考えてみれば、大方さまが側室として毛利家に輿入れしたのも、高橋家からの人質という意味があったのかもしれない。

「さようなことなら、わが実家《さと》の者がよかろうが……」

大方さまは、そこまで言ってからしばし黙り込んだが、やがて、

「実家の者は、いま高橋家当主の叔父に仕えておる。その叔父はずいぶんと欲深との評判ゆ

え、領地を与えると言って釣れば、釣れるじゃろう」

と教えてくれた。どうやら割り切って気持ちの整理をつけてくれたようだ。

「わらわに遠慮はいらぬ。そなたの思うとおりにやるがよい」

と言ってくれたので、元就はほっとした。

当主の叔父というのは、高橋弾正盛光《もりみつ》といい、石見国は羽須美《はすみ》の鷲影《わしかげ》という城に住んでいる。すでに勝一らから話を聞いて、目をつけていた人物である。高橋家の中では一大勢力なので、籠絡《ろうらく》できれば大きい。

――やはりその御仁か。

礼を言って離れを出ると、つぎに近習たちを呼び、十名ほどの隊伍を組んで城を出た。

目指すは、吉田から南に一里ほど離れたところにある常楽寺。

寺の境内につくと、元就はひとりすたすたと庫裏《くり》に入ってゆく。

「お待ちしておりました」

二十代と見える僧がすわったままで元就を迎えた。先に使者を出して来訪を告げておいたのだ。

元就はだまってその前にすわる。

「………」

しばらく無言のまま、僧を見つめる。僧は元就の視線をうけきれず、もじもじし始めた。

「な、何もしておりませぬ。兄者は、われをお疑いか」

僧の言葉をうけて、

「四郎よ」

と元就は声をかけた。僧は元就の異母弟である。尋常なら毛利家の一員として一城の主になっていたはずだが、生まれつき足が悪いので、武将にならず仏門に入っていた。

「そなたが高橋から甘言をうけて、毛利家当主の座を狙うておると、わしに告げる者がいる。そなたの申し開きを聞きにきた」

低い声で、元就は迫った。小太郎に見張らせたところ、高橋家の使者と見える者がしきりに出入りしているという。

「いや、ちがいまする。高橋家から誘いがあったが、断ったのじゃ。兄者の座を狙いなどはせぬ。信じてたもれ」

四郎と呼ばれた僧は、あわてて手を振る。

「されば、それをなぜわしに知らせぬ。高橋がわが領地を呑み込もうとしておること、明らかではないか。それでもいいと思っておったのか」

「いいや、そんなことは……。すでに仏門に入った身ゆえ、俗世のことは与《あずか》り知らぬ。断って、それで終わりと思うておったのじゃ」

元就はなおも僧の顔をじっと見ている。

「兄者を裏切る気など、露ほどもござらぬ。愚僧はこの寺で、命じられたままに父上や兄上の菩提《ぼだい》を弔っており申した」

僧は懸命に言いつのる。

その眉の形は、自分や兄興元、そして三郎とも似ていると思った。

「わかった」

しばらくだまって弁明を聞いた元就は、落ち着いて言った。

「そなたを信じよう。そなたは毛利家を裏切らなんだ。立派なことじゃ。わしは得心した」

元就の言葉を聞いた僧の顔に、安堵の色がうかぶ。

高橋家の者が何度も来たということは、おそらく誘いに心を動かされていたのだろう。

だが心を決めかねて、ずるずるといままで引っ張ってきたのだ。そういう者なら、まだこちらに取りもどせる。

「わが家の多難なことよ。父も兄者も早世したし、三郎は尼子にそそのかされて、謀叛を起こそうとした。もはや血のつながる親兄弟は、そなたひとりじゃ」

元就はしみじみと言う。

「その上、まわりは敵だらけじゃ。東の宍戸家とも不仲じゃし、北の高橋家は、わしを討とうとした。家中も油断がならぬ。渡辺、坂といった連中は始末したが、尼子の手が伸びておる重臣どもは、まだまだいよう」

つい愚痴っぽくなる。なにしろこんな話をできる者は、家中にもいないのだ。

「そこでじゃ。そなた、還俗《げんぞく》せぬか。武士になって、わしを助けてくれ」

「は？　還俗とな」

僧は目を見開いた。

「ああ。所領は用意する。三郎がいた相合の城と領地が空いておる。まずはそこに落ち着け。それからまたふさわしい所領を与えよう」

「それはまた、異なことを承る。このような足でも、武将としてやっていけるとおおせか」

僧は自分の足を叩いた。歩くときに、片足を引きずるのだ。

「なあに、合戦に出るにはおよばぬ。年貢の取り集めや公事《くじ》の裁定、ほかの家との付き合いなど、やってもらいたいことは山とある。それにどうしても出陣となれば、輿に乗って指図すればよい」

元就は言ったが、僧は迷って返事をしかねている。

「とにかく一族の者として、わしを助けてくれ。いま、頼れる身内が少なくて困っておるのじゃ」

やはり最後に頼れるのは身内だけだ、と元就は力説した。それは半ば本心であり、半ばは嘘である。身内とて、みな信用しているわけではない。だがこの四郎は裏切らぬだろう、との直感はあった。

元就の話を聞く僧の顔が明るくなってゆく。やはり俗世に未練があるようだ。

「承知した。では、還俗するといたしまする。なにぶん、よろしゅうお導きくだされ」

僧は、いや四郎は深々と頭を下げた。

高橋家は、元就を倒したあと、四郎を跡継ぎの当主にたてて、陰で毛利家を操ろうとしたのだろう。これでその芽を摘み、逆に味方を増やしたことになる。元就も満足して城に帰った。

――さあ、これからが忙しい。

元就の頭には敵の顔がうかんでいる。

四

「これは、どうしたことじゃ！」

兵たちに囲まれた屋敷で、御後室《ごこうしつ》さまが叫んでいる。

「福原どの、無礼は許しませぬぞ！」

郡山城下、御里屋敷にほど近い一角に、元就の兄、興元の後室の屋敷がある。御後室さまは興元とその子、幸松丸の死後も毛利家にとどまって、実家である高橋家を背景に、いまだ無視できぬ力をもっていた。

いま福原左近が、その屋敷に数十名の兵をひきつれて乗り込んでいる。兵を屋敷中に配った上で、元就の義姉にあたる御後室さまと、広間で対面したところだった。

「先月、殿を襲った曲者のひとりが、この屋敷に逃げ込んだとの話がござってな。あやしの者はおらぬか、調べさせていただく」

左近は、丁寧な物言いながら、抵抗は許さぬといった口調で言う。

「さようなことが、あるものか。調べていないとわかれば、どうするつもりじゃ！」

練貫《ねりぬき》の小袖に紅梅の打掛《うちかけ》をはおった侍女が叫ぶ。

「いなければ幸いなことゆえ、何もいたしませぬ。しかしながら、当分、この屋敷は閉門していただく。高橋家の者に出入りをされては、ちと困りまするのでな」

そのうちに兵たちが、屋敷にいた御後室さまの家人、千田与三郎《よさぶろう》をつれてきた。

「このお方は、連れて行く。聞き質《ただ》したいことがある。それと、福沢どのはおらぬか」

「何を聞くと申すのじゃ！」

兵ふたりにうしろから捕まえられた千田与三郎が、わめく。

「わが家中で、だれとだれを籠絡しようとしたか、教えてもらいたい。高橋どのより指図が出ていることは、つかんでおるが」

千田の顔色が変わった。

「よい。あとでじっくり聞かせてもらおう」

屋敷中をさがしても、福沢某《なにがし》とあやしげな者は見つからなかった。しかし、それは織り込みずみである。屋敷に踏み込む口実にすぎない。

屋敷の門前に竹矢来を組んで見張りをたて、千田与三郎を城へ連行した。

毛利家中の者へ寝返りをはたらきかける高橋家の拠点を、潰したのである。

そのころ郡山城内は、出陣の支度でごった返していた。

登城してきた重臣たちが、小具足姿で広間にあつまっている。小姓や近習たちは、おのれの甲冑《かっちゅう》をまとうのに忙しく、家臣たちの世話まで手が回りかねていた。

武器蔵から槍や弓が引き出され、兵たちに配られた。女たちは、腰兵糧《こしびょうろう》となる握り飯の炊き出しにかかっている。

城下には兵があつまっていて、それぞれが背負う幟旗《のぼりばた》が、城門前の広場に林立している。中には備後の和智氏と、大内家の東西条《ひがしさいじょう》代官、弘中中務丞の軍勢も見える。約束どおり助勢に来ているのだ。

元就も、ざんばら髪に揉烏帽子《もみえぼし》をつけ鎧直垂《よろいひたたれ》を着て、用意はおこたりない。

しかし家臣たちのいる広間には出ず、御座の間に居すわったまま、いらいらと膝を揺らしていた。

「まだ知らせは来ぬか」

近習に問いかけるが、返事はない。

出陣前に、人質となって藤掛城にいる長女のおはつを、脱出させようとしていた。

おはつには、供として侍女と警固の侍をつけてある。数日前に、なんとかして城を抜け出せと連絡してあった。途中まで迎えの者も出しているので、無事に城を抜け出せれば、そろそろ知らせがきてもおかしくない。

「ただいま櫓《やぐら》にあがって道を見晴らしてまいりましたが、それらしき者は見当たりませぬ」

小姓のひとりが、御座の間へ駆けもどってきて告げた。元就は渋面《じゅうめん》を作り、

「富田城のほうも、まだか」

これは無理と思いつつ問いかけた。

尼子氏の居城、富田城にも人質を出してある。重臣である井上と粟屋両家の若侍だが、高橋家に攻めかければ尼子から大内へ寝返ったととられ、人質が始末されるのは必至なので、脱出を指示したのだ。

だが出雲《いずも》の富田城は遠い。うまく脱出できたとしても、この吉田にたどりつくまでに半月はかかるだろう。今日明日に知らせが来るはずはないのだ。

——おはつは、どうなった！

広い額に手を当てて悩んでいると、

「そろそろ軍議をなされませ」

志道広良が御座の間に顔を出した。

「みな、あつまっております。お下知を出さねば、おさまりませぬぞ」

「わかっておる。すぐに行く」

おはつのことは、ひとまず頭から追い出すしかない。焦るなと自分に言い聞かせ、立ち上がった。

今回の陣触れは、毛利家領の東側にある国人、宍戸家の五龍城へ攻めかけるため、としてあった。もちろん、高橋家を油断させるためである。

軍議の席で家臣たちに行軍の順番を言いわたすと、毛利勢は出陣した。

幸いここまで、家中で裏切り者は出なかった。御後室さまを押さえたのと、大内家から援軍を引っ張ってきたのが、効いているようだ。

城を出た軍勢は、出雲街道を五龍城のある方角、北東に向けてすすむ。

城下をはなれ、山あいを半刻《はんとき》ほど進んだところで、元就は突然、軍勢を北西へ向けた。

「聞け。これより攻めるのは、高橋伊予守の松尾城じゃ。高橋家は先月、殿のお命を狙った憎き相手ぞ。さような者の城など、一日で落とすぞ。みな、奮えや！」

志道広良が、大声で軍勢に伝える。おう、と兵たちが応じた。

高橋家は、安芸と石見にまたがる所領に、重臣や庶流がそれぞれ一家を構え、領地の中にある城に住んでいる。そこは毛利家と変わりがない。

安芸においては高宮郡《たかみやごおり》と山県郡《やまがたごおり》の北方に広く領地をもっているが、中でも高宮郡の松尾城が目障りだった。毛利領の北、わずか二里ほどの小山に構えられた城である。ここにはいまの当主である高橋大九郎の父、伊予守が住んで、毛利領ににらみをきかせている。

まずは、この城を落とさねばならない。

毛利勢は、山道を松尾城へと急いだ。

「和智どのは搦手《からめて》へまわっていただく。弘中どのは、後陣にて二の矢のはたらきをお願いいたしたい」

と、松尾城まであとひと足というところで、元就は軍勢を三手に分けた。正面を受けもつのは、むろん毛利勢である。

「松尾の城、いまだこちらに気づかず、籠城の支度をしているようには見えませぬ」

先に出した物見の者からそうした報告が入ってくる。狙いどおりのようだ。

「われらは先陣も後陣もない。城が見えたら、みなで押し寄せて攻め落とせ！」

家中の軍勢には、そう言って士気を鼓舞した。うまくゆけば、城主が山上の曲輪に籠もってしまう前に、山麓の屋敷を襲って討ちとってしまえるだろう。

山裾をめぐり、松尾城が見えるところへ出た。城の前は平地になっており、田畑の中に百姓家が点在している。

そして皿を伏せたようになだらかな小山の麓に、いくつかの屋敷と、ひときわ大きな堀と土塁をめぐらせた屋敷があった。小山の中腹と頂上に見えるいくつかの曲輪には、まだ旗もあがっていない。

城主の伊予守は、まだ山麓の屋敷にいるにちがいない。

——よし、不意討ちが成った。

このまま兵を突っ込ませ、備えの弱い山麓の屋敷を衝けば、多くの血を流さずに勝てる。

元就がそう思ったときだった。

山頂の曲輪に、旗があがった。

元就の軍勢が近づくにつれて、山上から中腹、山麓の屋敷まで、旗はつぎつぎにあがり、さらに太鼓、法螺貝まで鳴りはじめた。つづいて、おう、おう、と鬨《とき》の声《こえ》があがる。

敵は、気づいていたのだ。

五

毛利勢の歩みが止まった。

先頭をゆく井上党は、城の変貌《へんぼう》におどろき、ようすを見ようとしているようだ。

「何をしている。突っ込め!」

元就は命じた。ここまで来たら、ためらいは許されない。

押し太鼓を急調子で打たせた。法螺貝が腹に響く。

井上党をはじめ千あまりの毛利の総勢が、喊声《かんせい》をあげて駆けだしてゆく。

山麓の屋敷から、矢が飛んでくる。先頭を走る若い兵が、幾人か矢をうけて倒れた。

それでも毛利勢の勢いは止まらない。攻めかかった兵は堀をわたり土塁を乗り越え、屋敷の中へ侵入していった。

ほどなく、屋敷から炎と煙があがりはじめた。それはまたたく間に大きくなり、黒煙は巨大な柱となって天に伸びてゆく。

そのあいだに元就は、城下を見晴らす高台を本陣とした。

幔幕《まんまく》をめぐらし、馬印をたてて床几をおいた。そこへ早くも、首をひっさげた兵たちが駆けもどってくる。一番首の名誉を競う者たちだ。

右筆《ゆうひつ》に名を告げる大声を聞きながら、元就は小山の上にある曲輪を見ていた。

山上の曲輪を落とすのは、山麓の屋敷ほど容易ではない。

よく見れば、小山の山頂は削平《さくへい》されて五段になっている。土塁と柵や土塀にかこまれたそれぞれの曲輪の中に、小屋や櫓などの建物が見える。中腹にも櫓と小屋があり、合わせれば四、五百の兵を収容できそうだ。

山肌には幾筋もの竪堀《たてぼり》があり、尾根筋には堀切《ほりきり》が切られている。かなり堅固な構えと見えた。

「あれにまともに兵をぶつけたら、手負い死人が数限りなく出るだろうな」

「おおせの通り。まともには攻められませぬ」

と広良は言う。

「しばらく待つが上策にござりましょう」

「そうだな。兵どもにそう伝えよ。攻めのぼるのは、しばし待てとな」

伝令の近習を、先陣に走らせた。

下知がゆきとどいたのか、太鼓や法螺貝、矢声《やごえ》が絶えて、城の周辺は静かになった。

そのまま小半刻ほどようすを見ていると、頂上の曲輪から声が聞こえてきた。なにやら争うような気配である。

「そろそろ、はたらき始めたようでござるな」

広良が薄笑いをうかべている。元就は内心、胸をなでおろしていた。

やがて、五つある頂上の曲輪の真ん中あたりから、黒煙があがった。曲輪と曲輪のあいだを人があたふたと行き来する姿が、こちらからでも見える。

広良は、知人を通じて城内に内通者をつくっていた。その内通者が、曲輪の中であばれ始めたのだ。

「よし、もうよかろう。兵どもに攻めのぼるよう伝えよ」

先陣に伝令の近習が走り、本陣の太鼓が打ち鳴らされる。

毛利勢は、頂上の曲輪めがけて山の斜面をのぼりはじめた。搦手にまわった和智勢も、伝令をうけて城の裏手から攻めのぼる。

内と外から攻められては、いくら堅い城でももたない。ほどなく頂上の曲輪はことごとく炎上し、松尾城はその日のうちに落ちた。

しかし、城主の伊予守の行方はつかめなかった。

「しまった。討ちもらしたか」

広良と嘆いた。ここで伊予守を討てば、高橋家に大きな打撃となったはずだった。逃げられたのでは、今後の手立てを考え直さねばならない。

ところが本陣で首実検をすると、中に城主、高橋伊予守の首もあった。落城のどさくさで逃げも自刃もできず、名もない兵に討ちとられてしまったのだ。

元就はほっとした。

緒戦は、まず完勝である。

しかし、悲しい知らせもとどいた。

藤掛城でおはつに付き添っていた侍女が、街道で見つかったのだ。しかしおはつは連れておらず、たったひとりだった。

どうやらおはつは、供の侍と侍女らとともに城は抜け出したものの、途中で見つかり、逃げ切れずに侍たちと一緒に殺されたらしい。

「なんと……、おいたわしや」

広良は悲痛な声をあげる。側にいた桂元澄や福原左近も、沈痛な顔になった。

元就は、床几から立ち上がって後ろを向いた。気分の乱れを悟られたくない。深く息をして、こみあげてくる感情をぐっと抑えつけた。そして振り返ると、みなに告げる。

「やむを得ぬ。いまは合戦のことのみ考えよ」

その言葉で、本陣の中は静まった。

「さて、これで藤掛城はどう出てくるか」

「怒り出すでしょうな。そこに付け入る隙ができましょう」

広良は落ち着いて答える。

高橋家の当主、大九郎興光は、伊予守の子である。父親を討ちとられては、怒らないはずがない。

その本拠である藤掛城は、松尾城よりさらに四里ほど北、石見の阿須那《あすな》という里にある。いまごろ興光は、松尾落城の報を聞いてあわてているだろう。

首実検を終えたころには、阿須那に放った物見の者がもどっていた。藤掛城では陣触れをして兵をあつめているという。

「どれほどあつまったか、わかるか」

「しかとは、わかりませぬ。さりながら、あの城の大きさからして、千はあつまりましょう」

それを聞いてから、元就は軍勢をまとめて北へ向かった。その日のうちに石見との境にある犬伏山まですすみ、峠のあたりに野陣《のじん》を張る。

「では」

「うむ。手はずどおりに」

広良と示し合わせると、元就は犬伏山に残り、広良が手勢をひきいて北西へと向かった。

一方、桂元澄と福原左近は、三百の兵をひきいて藤掛城をめざした。

元就は、犬伏山の野陣で待つだけである。梅雨入りが近いせいか、曇空の下を湿った風が吹きぬけてゆく。

その夜のうちに、まず広良がもどってきた。

「どうじゃった」

元就の問いかけに、広良は顎を引いた。

「うまくゆき申した。弾正どの、忠節を尽くすとのこと」

「それは重畳《ちょうじょう》。では元澄に命ずるか」

「そうなされませ。こちらも弾正どのへ、知らせを出しておきまする」

使番《つかいばん》の武者が桂元澄のもとへ出立した。

翌日、夜明けとともに数十名の物見を各地へ出した。健脚を誇る物見の者たちは、それぞれ受け持ちの場所へ散ってゆく。

昼すぎに昨日出した使番の武者がもどってきた。元就の床几の前に膝をつき、言上《ごんじょう》する。

「出羽《いずわ》川の河原に桂、福原勢が陣を敷き、気勢をあげたところ、藤掛城の衆、七百の人数で城を出て、桂、福原勢に打ちかかってござる。半刻ほどもみ合ったのち、桂、福原勢は退散。藤掛城の衆は勝ち鬨をあげ、城へと引きあげてござった」

「そこに大九郎は出ておったか」

「大なる馬印、たしかに見てござる」

元就は広良とうなずきあった。

「されば、あとは待つのみでござるな」

「ふむ。うまくゆけばよいが」

と言いながら、元就は膝を揺すっている。

しばらくして、物見の兵がもどってきて告げた。

「弾正どの、鷲影の城をご出陣。手勢、およそ三百」

これに広良は膝を打った。

「よし、その調子じゃ」

それから物見の者が続々ともどってきて、見たことを告げる。おかげで元就と広良には、阿須那とその周辺で起きていることが、手にとるようにわかった。

だから翌日の朝、鷲影の城主、高橋弾正が犬伏山の陣にあらわれたときには、すでにすべての支度ができていた。

「では、それがしが」

広良が元就に会釈し、弾正を迎えるために本陣を出て行った。

弾正は高橋家当主、大九郎興光の叔父で、藤掛城の東にある鷲影の城に住む。強欲で、智恵もあまり回らぬお方と人々の評判が悪いのは、大方さまの言うとおりである。もともと家中でのあつかわれ方に不満を抱いていた。父である久光が死んだあと、家督をつぐか、そうでなくとももっと大きな所領を与えられるべきだと考えていたのだ。

ところが家督は甥の興光が継ぎ、自分は脇に置かれた。所領もふえず、家政の相談にも呼ばれない。不満は高まるばかりだ。

そこに目をつけ、元就と広良が裏切りをすすめていた。

「いまの若きご当主では、尼子に振り回されるばかりで、高橋の家はもちませぬぞ。あなたさまこそ、高橋家の当主にふさわしい。その気があるなら、毛利家としてもお支えいたしまする。大内どのへも取り持ちをいたしましょう」

などと持ちかけて弾正の気を引き、弾正がその気になったのを確認したところで、まず松尾城を攻め落とした。

これで高橋家はおよそ三分の一の戦力を失い、一気に弱体化した。

当主の大九郎がいくら頑張っても、直属の兵力は高橋家のおよそ三分の一でしかない。大内家の支援をえた毛利家の兵力に、もはやかなわなくなっている。

油断しているうちに、毛利家との優劣が逆転したのだ。

高橋家の重臣たちは、そのあたりを察して様子見を決め込み、大九郎のもとに参じる者も少なくなっていた。

そこで広良は、松尾城を落とした直後に弾正を鷲影の城にたずね、こう吹き込んだのだ。

「わが方が大九郎どのを誘い出し、隙をつくりまする。手勢をひきいてそこを衝き、大九郎どのの首をあげたまえ」

「すると、どうなるのじゃ」

「高橋家はすべてそなたのものじゃ。大内どのにも、高橋家の総領として推挽《すいばん》いたす」

これを信じた弾正は、手勢をひきいて出陣した。

一方、大九郎は元澄と左近の軍勢と出羽川の河原で合戦し、勝って意気揚々と城へ引きあげてきた。

その軍勢を、弾正は城の近くで待ち伏せした。不意を突いて一気に大九郎の軍勢を蹴散らし、その首級《しるし》をあげたのだ。

いま弾正は、大九郎の首を元就に見せるために犬伏山まできている。元就から、高橋家の当主に推挽する、との言葉を得るつもりである。

甘いにもほどがある、と思う。

弾正が元就の本陣にあらわれた。四十すぎと見える。糸のような細い目に厚い唇。凡庸な中年男だ。

「これが大九郎の首にござる」

と折敷《おしき》にのせて差し出した。

「これでお約束のとおり、高橋家の所領安堵と、当主への推挽を、大内どのにお願いできましょうや」

と、弾正は笑みをたたえつつ言う。

「何だと」

そこで元就は声を荒らげた。

「わしはさようなこと、ひと言も言っておらぬぞ」

弾正の目が、飛び出そうなほど見開かれた。

「そんな！　志道どのはそう申されたぞ」

「何かのまちがいであろう。毛利の家臣たる者が、裏切りをすすめるなど、あるものか」

しらじらしくそう言って、元就は大九郎の首に向かった。

「いたわしや大九郎どの、侍の道を知らぬ臣下に討たれるとは、さぞ悔いが残る最期でござったろう」

大九郎の首に瞑目《めいもく》すると、つぎの瞬間、元就はきっと目を上げ、命じた。

「やあ、ここな忘恩無道の者を引っ捕らえよ。かりにもおのれの宗家の当主を討つとはなにごとか。こやつの首をはね、大九郎どのの無念を晴らしてくれる」

元就の言葉が終わらぬうちに近習たちがわらわらと寄ってきて、弾正を取り押さえた。

「なに、話が違うぞ。志道どのはどこにおわすや！」

と叫ぶ弾正をその場で刺し殺し、首を切り落としてしまった。

六

享禄五年七月――。

「これで、まずは祝着《しゅうちゃく》」

蟬しぐれが降る中、郡山城内の御座の間へきていた志道広良が、上座にすわる元就に言う。

「殿のご裁許に文句を言う者は、うんと減りましょうな」

「長くかかり申したが、家中は一段と落ち着き申そう」

と桂元澄と福原左近も、満足そうだ。

四人の前には、一通の起請文《きしょうもん》が置かれている。紙を貼り継いで長くなっているのは、署名する者が三十二名にもおよぶからである。

それは福原左近を筆頭に、家中の重臣衆らが連署したものだった。井水の整備の方法と、逃亡した家人や下人らのあつかいを定め、もしこれに違反した者があれば、お下知、すなわち元就の命令によって処断されることを、承諾する内容になっている。

これで井水の裁定に関して、元就のいうことを聞かない者は、討手を差し向けられても文句は言えないことになった。

毛利家当主としての元就の力を、わがままな重臣衆が認めたのである。

「たしかに長かったな」

と元就はもらした。

ようやく、当主が重臣衆より一段上の存在であると、家中が認めたのだ。

ここまで来るには、高橋家を討ち滅ぼしたことが大きかった。

高橋家の所領は、大内義隆《よしたか》の安堵状が出て、すべて元就が自由にできるようになった。

はじめて自分の手で他家を倒し、その領地を奪ったのである。それは意外なほどすんなりと行われ、また良心の呵責《かしやく》に苦しめられることもなかった。

そればかりか、鷹狩りで獲物を仕留めたときのような満足感まで得られたのである。

——わしもずいぶんと悪人のようじゃな。

元就自身にもおどろきだった。自分の知らない自分を発見した思いである。

だが食われたくなければ、食う側にまわるしかない。それはこの世に生きている以上、善悪を超えて誰も逆らえない自然の理《ことわり》である。

そして元就は高橋家の所領をさまざまに利用した。

まずそのうち五百貫文分を、兄の代からいがみあっていた宍戸氏に与え、仲直りのきっかけを作った。これで宍戸氏も態度を和らげ、毛利家所領の東側も安泰となった。

宍戸家には、いずれ次女のおつぎを嫁がせ、縁戚にしてしまおうと思っている。

そして高橋家の所領であった阿須那の地は自分のものとし、残りの安芸国側を、還俗した異母弟の四郎にあたえた。

四郎は高橋家の庶流である北《きた》家をつぎ、北式部少輔就勝《しきぶしょうゆうなりかつ》と名乗った。

高橋家所領のうち石見国側は、志道広良の息子、通良《みちよし》に、その地の豪族、口羽《くちば》家をつがせた上で与え、外敵にそなえさせた。

これで、吉田の地を守る防壁ができたのである。

それればかりか、以前に大内家から与えられた可部、温科などを合わせると、安芸国を南北に貫く所領を築きあげたことになる。

こうして直轄領をふやした上、東と北から攻め込まれる危険もなくした元就の力は、格段に強くなった。家中の者たちもそれを認めざるを得なくなったのだ。

高橋領の強奪は、元就に大きく甘い果実をもたらした。

――こうした世だからな。

元就の心は醒《さ》めている。

「あと気になるのは、尼子の出方ですな」

と広良が言う。

「確かに、このままだまっているとは、思えませぬ」

と桂元澄も言う。

一座は静かになった。

高橋家を滅ぼしたことで、毛利家が尼子家に楯突いたことが明白となった。

のちにわかったことだが、藤掛城の高橋大九郎は、尼子家の塩冶《えんや》衆に助けを求めていた。塩冶衆そのものが尼子家内部で謀叛を起こし、討たれたこともあり、助けの手をさしのべようにも無理だったのだが、尼子家にとってはおもしろくない話だろう。

奇妙なことに、こんな元就に対し、尼子家は懐柔の手に出ている。尼子家の跡取り、尼子詮久《あきひさ》と、義兄弟の契《ちぎ》りを結ぼうという申し出があったのだ。

元就はとまどったが、尼子とのあいだでことを荒立てて得るものは何もない。素直に申し出をうけておいた。だからいまも元就と詮久は義兄弟ということになる。

しかしその後、尼子家からは何も言ってこない。不気味といえば不気味だった。

「ま、そのときはそのとき。いまから心配しても無駄なことよ」

元就はそう言って、近臣たちを帰した。

御座の間にひとりでほっとしていると、軽い足音がして、おひさが静かにはいってきた。

おひさは二年前に次男の次郎を産み、二男一女の母となっている。

「あの子が逝って、もう三年になるのかしら」

と、ぽつりと言う。

高橋家に殺された長女、おはつのことを言っているのだ。高橋領強奪による、ほとんど唯一の犠牲だった。

「かわいそうなことをした」

元就は、それだけしか言わなかった。しばらくのあいだ、夫婦でだまって庭を見ていた。

おひさの心情は、わからない。おそらく元就のことを、冷たい夫だと思っているのだろう。

——仕方がないではないか。

元就としても、娘は愛《いと》しい。しかし、ああしなければ家全体が生き残れなかったのだ。

元就は静かに息をついた。

妻や子のためにも、そして自分のためにも、もっと強くならなければ、と思うばかりだった。

四　籠城

一

馬を後方に置いておき、槍には鞘《さや》をつけたまま、毛利勢は足音を殺して進軍した。

空には蒼《あお》い月が出ている。満月は昨夜だったが、今宵も十分な月明かりがあって、闇になれた目なら道をまちがうことはない。

夏虫の声が四方をかこむ中を、兵たちは粛々《しゅくしゅく》とすすむ。

先行した物見の兵がもどってきて、行列の中ほどを歩いていた毛利元就の前に膝をついた。ささやき声で告げる。

「砦《とりで》の中は寝静まっており、警固の者もわずかにござる。砦までの道にも見張りはおりませぬ」

「中の人数はわかるか」

甲冑《かっちゅう》姿の元就の問いに、兵は答えた。

「夕刻から特段の出入りは見ておりませぬ。ゆえに二百のままかと」

元就はうなずき、

「そなた、このまま先導せよ」

と命じた。物見の兵を先頭にたて、軍勢はまた前進をはじめる。

造賀《ぞうか》の砦は街道を見下ろす丘にある。

砦といってもあたりの木を伐りはらって櫓《やぐら》と寝小屋《ねごや》を建て、そのまわりに柵をもうけただけの簡素なものだ。一里ほど東にある本城《ほんじょう》、頭崎《かしらざき》城をまもる出城《でじろ》である。

砦の近くで元就は手兵を二手にわけた。同士討ちを避けるために兵に白いたすきをかけさせ、合い言葉「安芸」に「周防《すおう》」を周知させた。

「よいな。合図の太鼓が聞こえたら柵を乗り越えて攻め込め。それまでは潜《ひそ》んでおれ」

と一手をあずけた福原左近《ふくばらさこん》に告げる。

「承知。では武運を祈っておりまする」

福原左近は、あずけられた兵をひきいて足早に闇に消えた。

小半刻《こはんとき》ののち、砦近くの闇の中にぽっと火の玉があらわれた。それは高く飛びあがると、弧を描いて砦の中へと落ちていった。ひとつではない。ふたつ、三つ、四つ……。

「敵じゃあーっ、敵が攻めてきたぞうーっ」

櫓の上の見張りが声をあげたのは、火矢が寝小屋の茅葺《かやぶ》き屋根に落ち、炎と黒煙を噴きだしてからだった。急を告げる鉦が打ち鳴らされ、砦の中はにわかに騒がしくなった。

だがそのときには、大手門は開かれていた。

闇にまぎれて柵を乗り越え忍び入った先手の者が、警固の兵を倒して閂《かんぬき》をはずし、内側から開いたのだ。

雄叫《おたけ》びをあげて、元就の手兵が砦の中へとなだれ込む。

「一兵残さず討ちとれ。容赦するな!」

敵にも聞こえるよう、砦を望む高台にかまえた本陣から、わざと大声で下知する。

「うまく不意をついたようじゃの」

緋縅《ひおどし》の派手な甲冑に身を固めた井上河内守《かわちのかみ》が、そばへきて言う。

「ああ。これならこちらの兵を損ずることはなかろう」

「そして敵の首も多くとれる。大内の殿の覚えもめでたい」

河内守の言い方にどこか針が含まれている気がして、元就は無言で河内守を見た。

「さ、家人《けにん》どもの尻をたたいてくるか」

元就の目を受け流し、河内守は槍を手に砦の中へと駆け入ってゆく。河内守ははたらき者で合戦の役には立つが、どうもひと言多い。

——ほかに手があるのか。あるなら言うてみよ。

元就は胸の内で毒づいた。

この造賀という地は毛利家の本拠、高田《たかた》郡《ごおり》吉田《よしだ》の郡山《こおりやま》城から東南に五里あまりも離れている。そんなところまで軍勢を出して戦っても、切りとって自分の所領にできるわけではない。

それでも手勢一千をひきいて出陣してきたのは、大内氏から下知されたからである。頭崎城を落として安芸国から尼子《あまご》の勢力を追い出すのが、大内氏の数年来の念願になっていた。そのために元就ばかりでなく、大内方についている安芸の国人たちはみな駆け回らされている。出陣の下知をうければ、拒むわけにはいかないのだ。

砦の寝小屋の炎が大きくなり、夜空を赤々と染めている。砦の兵たちも眠りから覚めて、立ち向かいはじめたようだ。矢声《やごえ》、雄叫びの声もすさまじく響く。

「もうよかろう。太鼓を打て」

元就が近習に命じると、合図の太鼓の音が闇を震わせて鳴り響いた。

しばらくすると、砦をはさんで元就本陣の向かいにあたる林の一角が明るくなり、鬨の声があがった。福原左近の手勢である。

そこから砦の柵に縄がかけられ、引き倒される。できた隙間から兵が攻め込んでゆく。

不意の襲撃から立ち直りかけた砦の兵たちは、新手の敵があらわれて動転するはずだ。やがて防戦もかなわぬと悟り、逃げ出すことになるだろう。

まだ血のしたたる首をひっさげて本陣に走り込んできたのは、若い武者だった。

「殿、一番首じゃ！」

「おお、たしかに一番首じゃ。でかした」

元就は若武者を大仰にほめて、そばに控えた右筆《ゆうひつ》に捻首帳《ひねりくびちょう》につけるよう命じた。すると右筆がたずねた。

「お名前を」

「渡辺太郎左衛門じゃ！」

誇らかに名乗る若武者の声に、元就はおなじ名だったその父親を思い出し、少々複雑な思いを味わった。

十数年前に謀叛《むほん》を起こそうとした渡辺太郎左衛門を、元就は先手を打って誅殺《ちゅうさつ》し、領地を奪って一家を潰した。

しかし子供は逃れて、備後国の山内《やまのうち》氏に養われていたのだ。

山内氏は領地はさほど広くないが、尼子にも大内にも属さず自立を貫く数少ない国人で、不思議な人徳があってどちらの陣営からも一目置かれていた。

のちに元就が山内氏に接触すると、山内氏のほうから渡辺家の子の帰参を申し入れてきた。屈強な若者に育っており、役に立つにちがいない、本人も帰参を望んでいる、というのである。

その子にとって元就は父の仇となる。

いつ仇討ちを思い立つかわからない者を家来にするのもどうかと、当初、元就は受け入れを渋っていた。しかし山内氏は執拗に薦《すす》めてくる。

熟慮の末に、元就は帰参を許した。

もちろん用心して、なるべく自分の身に近づけぬようにしているが、累代の主従の間柄というのは、一代くらいでは損なわれないものらしい。若い太郎左衛門は父のことなど知らぬかのように、元就に忠実に仕えている。

太郎左衛門のあとを追うように、つぎつぎと首をひっさげた武者たちが駆けてくる。

砦に目をもどすと、櫓も燃えあがっていた。搦手《からめて》門が開き、敵兵が逃げ出している。

元就は床几から立ち上がり、近習に命じた。

「あまり深追いするなと伝えよ。逆襲をくらわぬようにせよとな」

命を受けた近習が走ってゆく。

これで砦は落ちた。あとは引き鉦《がね》を鳴らす時を見はからうだけだ。さっと兵を引いて、首実検は明朝にする。そして代官の杉《すぎ》どのに報告したあと、郡山城へ引き揚げる……。

元就は通い慣れた道を歩くように、これからの手順を思い描いていた。

翌日——。

蝉の声がかまびすしい。

軍勢の本陣として接収した寺の本堂で、元就は書状をしたためていた。

元就は四十四歳になっている。

高橋家を討ち滅ぼしてから今日まで十年あまりのあいだ、小さな戦いはあったものの、家の存亡を賭けて走り回らねばならぬような大乱はなく、まずまず平穏に暮らしてきた。

そのあいだに元就の家族も変わった。

次男についで三男の徳寿丸《とくじゅまる》が生まれ、次女のおつぎを宍戸《しし ど》家に嫁にやった。長男の太郎《たろう》を大内義隆《よしたか》のもとに人質に出したが、今年の春にもどってきた。いま元就はおひさと息子三人と暮らしている。

元就の顔には皺《しわ》がふえ、髪にも髭《ひげ》にも白いものが目立つようになっている。

「杉どのがお越しでござります」

と近習が告げにきた。

「わかった。通してくれ。ああ、河内守と左近も呼んでくれ」

文机から目をあげて答えると、書きかけの書状に手早く筆を走らせ、最後に自分の名と花押《か おう》を書いた。

「安芸国造賀合戦頸注文《あ き くにぞう か かっせんくびちゅうもん》」と書いた別紙——昨夜の合戦で首をとった者の名前と首の数を記してある——とまとめ、包紙に入れたところで、初老の小柄な男がはいってきた。供の者をひとりつれている。

「これは、わざわざのお越し、恐縮にござる」

元就は立ち上がって小柄な男、杉二郎左衛門隆宣《じろうざえもんたかのぶ》に一礼すると上座にまねき、自身は下座について相対した。

杉隆宣は大内家の重臣で、安芸国の大内領であるここ、東西条《ひがしさいじょう》の代官をつとめている。以前の代官、弘中中務丞《ひろなかなかつかさじょう》から役目を引き継いだのだ。

東西条が尼子氏の勢力圏との境にあることから、大内方の安芸国人をまとめて尼子氏に立ち向かう指南役（指揮官）でもある。

杉隆宣は柔和な笑みをうかべて言った。

「いつもながら鮮やかな手並み、感服つかまつった」

「いやいや、こたびも武運にめぐまれ、なんとか勝ちをひろったただけにござる」

「なにをご謙遜。砦ひとつをあっという間に落としてしまうなど、並みの者にはとてもできぬことにござろうて」

「なんの、敵の油断を突いただけでござってな」

明るく挨拶をかわしてから、元就は書き上げたばかりの書状を渡した。

「昨夜の合戦の顚末《てんまつ》でござる。どうぞ一覧くだされ」

「ほう、これは早いこと」

と言いながら杉隆宣は包紙から書状をとりだし、目を通した。

「頸注文と……。なんと、一夜で三十名以上も討ちとったとは、大勝にござるな」

「夜中ゆえ逃がした者も多く、その程度で終わってござるわ」

「承知いたした。ではこれは、それがしのほうから殿へ披露するといたそう」

殿、つまり大内家当主の大内周防介《すおうのすけ》義隆は、いま本拠の山口を出て安芸国に近い防府《ほうふ》に陣を敷いている。義隆は安芸国から尼子勢を追い払おうとしているのだ。だから元就らのはたらきは、義隆の露払いということになる。

「どうぞよしなに。さて、今後われらの陣組みはいかが相成りましょうかな」

「そのこと、相談にまいった」

と杉隆宣が言ったとき、井上河内守と福原左近が本堂へはいってきた。

「いやあ、ここは涼しい。広い上に四方が開いて吹きさらしじゃからな」

と河内守は遠慮がない。

「そろそろ暑さもおさまってくれぬと、兵たちも弱ってしまう」

と左近。杉隆宣が微笑みながら話を受ける。

「もっとも。とはいえまだ敵方があきらめる様子はござらぬ。もうひと踏ん張り、願いましょうかの」

「はあ……」

手柄をたてたのでしばらく休んでよい、と言ってもらえないところがつらい。

「さて、今後でござるが」

隆宣は供の者をうながし、持参の絵図をひろげさせた。

畳一枚ほどの絵図には安芸国だけでなく周防、石見《いわみ》、備後に出雲《いずも》、伯耆《ほうき》と中国の六カ国のおもな山や川、街道と城などが見やすく色分けして描かれている。

元就には見慣れた、というか四六時中、頭からはなれない絵柄である。

絵図の西のほうは大内領、東のほうは尼子領とみてほぼ差し支えない。

瀬戸《せと》の海に面する安芸国は絵図の中央にあり、両家の境目にあたる。それもどこからが大内領、どこからが尼子領とはっきり区分けできるものではなく、尼子方につく国人の領地と大内側につく者の領地とが入り乱れている。両者を白と黒に分ければ、碁盤の上のように複雑な模様を作るだろう。

尼子方の領地の中でも目立つのが、安芸国東部にある広大な高屋保《たかやのほ》という地で、頭崎城もここにある。それに安芸国の中央南部に位置する銀山《かなやま》城。

このふたつが尼子家の大きな拠点になっている。そして大内家の所領である西条は、この尼子方のふたつの拠点に東西からはさまれており、たびたび攻められては危機におちいっていた。

大内方としては、高屋保の頭崎城を落としたい。そうすればもう一方の銀山城は孤立し、たやすく落とせるはずである。大きなふたつを片づけてしまえば、残りの国人たちはおのずと大内方につくだろう。

折しも銀山城では城主の武田光和《たけだみつかず》が急死し、城内で内紛が起きているとのうわさも流れていた。大内方にはいい機会なのである。

「つぎはこちらの砦を落としたい。守兵は四、五百もあるようじゃ。こちらの兵ももう少しふやさねばなるまい」

と、杉隆宣は頭崎城の近くを扇子で指す。どうやら大内氏の代官どのは、さらに毛利勢をこき使うつもりのようだ。

「どうじゃな。毛利家であれば千五百、いや二千の兵でも無理ではあるまい。二千あれば一日とは申さずとも、十日二十日で落とせよう。小城を落として包囲の輪を縮めるのじゃ。いまこそ頭崎の城を落とす機会ぞ」

小柄な代官の熱弁を聞きながら、元就は頭の隅で別のことを考えていた。

自分が毛利の家督をついだのが二十七歳のとき。それから今日まで十七年、いや初陣《ういじん》から数えれば二十年以上ものあいだ、毛利の家はずっと尼子と大内の二家の争いに巻き込まれ、翻弄《ほんろう》されつづけてきた。

そもそもこの大内領の東西条でも、以前にあった大内氏の属城、鏡山《かがみやま》城は尼子に命じられて自分が落としたものだ。大内方はのちに鏡山城を奪還したが、一度落とされた城は用心が悪いとされて場所を移し、いま西条の城は槌山《つちやま》というところにある。

その自分がいまや立場を変え、尼子の城を攻めるようになっている。最初は大内方だったのに、一度は尼子方につき、また大内方に現形《げんぎょう》したのだ。

生き延びるためには仕方がないとはいえ、なんともあさましい。

いや、あさましいばかりではない。

二十代から四十代までの人生の日盛りといえる時期を、両家の勢力争いの中でもまれて、右往左往するばかりで過ごしてしまった。

高橋家領を奪い、二十年前とくらべて毛利家の所領はふえたし、大内家の推挽《すいばん》をうけて、朝廷から右馬頭《うまのかみ》という正式の官名ももらったものの、いまも大内方の下知を唯々諾々《いいだくだく》と聞くだけで、自分の考えで動ける余地はほとんどない。

そうして気がつけば四十半ばだ。はや人生の黄昏《たそがれ》が迫っている。自分はいったい何をやってきたのだろうか、と情けなくなる。

べつに天下を望むといった野心を抱いていたわけではないが、それでもこの年齢になってみると、他人に追い使われるいまの立場がうらめしい。命令に従うばかりで、やりたいこともできないのでは、生きている甲斐もないと思うのだ。

周りに人がいなければ、思い切りため息をついているところだった。

二

郡山城にもどっても、元就の憂鬱はつづいていた。

「父上、ご戦勝、おめでとうございまする」

昼下がりに御里《おさと》屋敷に帰り着き、母屋の前で下馬したとき、真っ先に声をあげたのは元就の子供たちだった。

「うむ、そなたらも、かか殿のいうことを聞いて利口にしておったか」

はい、と声をあげるのは次男の少輔次郎元春《しょうのじろうもとはる》十一歳と、三男の徳寿丸八歳のふたりである。長男の少輔太郎隆元《しょうのたろうたかもと》は十八歳になるだけに落ち着いていて、弟たちの後方から会釈を送ってくる。

三人の息子はそれぞれ性格はちがうが出来がよく、元就は宝物だと思っている。すでに近くの国人、宍戸家に嫁いだ次女おつぎも、もちろんいつも心にかけている。

「さあ、まずはお召し替えを。すぐに食事になさいますか」

妻のおひさが笑顔で気遣いを見せる。

「ああ、そうしてくれ」

鎧直垂《よろいひたたれ》を脱ぎ、小袖に着替えると、元就は仏間にはいって先祖の位牌に戦勝を報告した。

さらに奥の離れに暮らしている大方《おおかた》さまにも、無事の帰着を告げた。

「おお、おお。よう無事で帰ってきたのう」

大方さまは顔を皺だらけにして迎えてくれた。さすがに寄る年波に勝てず、近ごろは離れにこもって念仏をあげることが多くなっている。

ふたりでしばらく話し込んだ。体の具合から家のこと、世間のこと、亡き父のことなど、大方さまと話していると元就の心も穏やかになる。

それから母屋にもどり、台所の板の間で湯漬けを食べた。腹がくちくなると、思わず大きなため息がでた。

「どうなさったえ。勝ちいくさでも満足なさらぬのかしら？」

おひさが微笑みを浮かべながら問う。

「まあな」

「あら、それは大変。もっといくさをしようという魂胆かえ」

「いや、逆じゃ。隠居しようと思う」

ちらと目をあげておひさの顔色をうかがった。おひさは一瞬、とまどったようだが、声音《こわね》は変えなかった。

「もうそんな歳かしら」

「四十四じゃ。そろそろ考えぬとな」

「それは……、志道《しじ》どのには話したのかえ」

「いや」

「されば、まずは志道どのと話してたもれ。わらわに言われても、妻は夫に従うのみじゃ」


「隠居を？　ほう、それはまた」

元就が告げると、志道広良《ひろよし》は大きな目をさらに大きく見開いた。

「父上は三十三で隠居した。わしはもう四十四じゃ。遅いくらいではないかな」

そう言いながら、元就は右手で白髪が目立つ鬢《びん》をかいた。

隠居話を切り出す前には、合戦のようすから大内方の内情まで広良に話して聞かせた。造賀で一戦をしたのに、杉隆宣はもうひとつ砦を落とせという。またしばらくすると出陣しなければならない。剛直な性格で信頼できるのだが、人使いの荒い代官である。だが大内氏に忠誠を誓った身ではさからえない。

そんなことも、元就の心を隠居に駆り立てている。

「隠居、隠居と。四十四で隠居でござるか」

志道広良は七十の坂を越えている。髪はほとんど真っ白になり、いくらか腰が曲がってきたが、まだ元気で元就に仕えていた。今回は留守居役を命じたが、遠くの合戦に出張るのもいとわない。

「人生は五十年。であれば、そろそろせがれに跡をゆずってもよかろう」

「ま、太郎どのも無事に山口から帰ってござった。跡取りには申し分のないお方でござる」

長男の少輔太郎は毛利家の人質として三年ほど大内家の本拠、山口で暮らしていた。この春に帰ってきたばかりである。

「しかし、また唐突なことで。造賀でなにかありましたかな」

「合戦には勝ったが、嫌になった。何もかもな」

「何もかもと仰せでござるか」

「考えてもみよ」

元就は言う。

「この十数年、あくせくはたらき、合戦で家臣たちの命を落としても、なにもいいことがなかった。何のために命を的《まと》にして駆け回っておるのやら、わからぬ」

「いや、所領がふえてはおりましょう」

広良は反論する。

「高橋の所領を奪った上、大内どのから加増してもらっておるではありませぬか」

そう。大内家よりは可部《かべ》、温科《ぬくしな》などの地の加増をうけた。

「大内どのには感謝しておるがな。とにかく空回りじゃ。いくら頑張ってもよいことなどひとつもない。こんな暮らしはもうご免こうむりたい」

それは本音だった。

「近ごろは目もかすむようになった。夜中に小便に起きることもたびたびじゃ。悪い夢も見る。もう若くはない。これでは合戦に出て不覚をとらぬともかぎらぬ」

広良は諭すように言う。

「愚痴でござる。人は初めて老いを感じると、どうしても愚痴りたくなるものでしてな」

老いを感じたのはたしかだが、それればかりではないと言いたかった。一言でいえば、先の見えない人生に倦《う》み疲れているのだ。

そんなことをふたりで話しているところに、近習がはいってきた。

「どうした」

「勝一《かついち》がお目にかかりたいとのこと。火急の用と申しております」

近習の答に、元就は広良と顔を見合わせた。

「何かあったな。すぐにこれへ」

内庭に、くたびれた黒衣に高下駄をはき、琵琶を背負った盲目の老僧があらわれた。元就の間諜《かんちよう》、勝一である。静かに庭の砂利の上にすわり、一礼した。

そり上げた頭が胡麻塩になっているのを見て、こやつも年をとったな、と元就は思った。無理もない。父の代から仕えているのだ。もう六十を超えているだろう。若い間諜を補充しなければ、などと考えた。

「そこでは話ができぬ。もっと近《ちこ》う寄れ。なにがあった」

元就の言葉に勝一は濡れ縁から座敷にあがり、元就まで一間《いっけん》ほどに近づいた。

「申しあげます。出雲に不審な動きがあり、これはすぐに知らせばやと思い、急いで帰国してまいりました」

「出雲……、尼子か。その子細は?」

「まず播磨《はりま》に出張っていた民部《みんぶ》どの、出雲に帰着しております」

「ほう」

尼子氏は京へ出ようとして東へ勢力を伸ばしており、当主の尼子民部少輔詮久《みんぶのしょうあきひさ》は軍勢とともに播磨に出陣していたはずだ。

「播磨のほうが一段落したか」

「いえ、依然としてきびしい取り合いとなっておるようで。それでも帰国したのは大事が出来《しゅったい》したからと、出雲ではもっぱらのうわさにござりまする」

「大事とは?」

「西に大事あり、とのこと」

「西? 西とは……」

勝一は身を乗りだし、告げた。

「家中の軍勢、出雲は言うにおよばず、伯耆、石見、因幡《いなば》、美作《みまさか》、備後の軍勢をこぞり、数万の兵を安芸に向けると」

「なに、安芸へとな」

一瞬はっとしたが、それほど意外なことではない。尼子が安芸に勢力をもつ以上、兵を出すことは十分に考えられる。

「頭崎城を後《うしろ》巻《ま》きにまいるかな。おそらく槌山の城を落とそうというのじゃろ」

「おそらくそんなところでござろう。尼子方は押されてござるでの。助けに出てくるのでしような」

広良の考えもおなじだった。

「槌山の城となると杉どのが矢面《やおもて》に立つか。大きな合戦になりそうじゃの」

「われらもいずれ出陣せねばなりませぬな」

「いえ、槌山城を目指すのではござりませぬ」

勝一がふたりの話に割ってはいった。

「槌山ではない？　ではどこじゃ」

「出雲でさまざまな家に出入りし、漏れ聞いたところでは」

ひと息いれてから、勝一は言う。

「尼子が目指すのは、この郡山城のようにござりまする」

「なんだと！」

元就は思わず大きな声を出してしまった。広良も息をのんでいる。勝一はつづけた。

「槌山の城を攻めるのであれば、備後路を使いましょう。ところが秣《まぐさ》、兵糧《ひょうろう》の支度をするのは石見路のほうとか。この足で石見へもまいりましたが、国人衆は大軍の屯営の支度や道《みち》普請《ぶしん》で大わらわになっておりました。石見路をくるとなれば、安芸で最初に当たるのはこの郡山城となりまする」

数万の軍勢がこの郡山城を囲んでいる光景が頭に浮かび、元就は背に汗を感じた。

「なぜ……、なぜこちらへ来る。救いたいのは頭崎城であろうに」

「いや、ありえましょうな」

広良が目を大きく見開いて言う。

「もし尼子が槌山の城を狙うとなれば、こちらの領分深くまで兵を入れねばならぬ。数万の大軍となれば兵糧を送るのが大変じゃ。ところが郡山は石見のすぐ近くなので、糧道《りょうどう》を断たれる心配はない。だから郡山を襲う。すると大内勢は郡山城を見捨てるわけにいかず、軍勢を送らねばならぬ。当面、近くにいる槌山から兵を送るのじゃろう。そうなれば……」

「頭崎城の囲みが解けて、しばらくは攻められなくなる。それが狙いか」

言われて初めてよくある手だと気づいた。元就の兄、興元《おきもと》もその昔、おなじ手——遠い己《こ》斐《い》城を救うために近くの有田《ありた》城を攻めた——を使ったではないか。

頭崎城だけでなく武田氏の銀山城も内紛を起こすなど、安芸国の尼子勢はがたがたになっている。加えて大内義隆も国境《くにざかい》まで出て安芸国攻略に本腰を入れているのだから、尼子氏としても何らかの手を打つ必要があると判断したのだろう。

勝一が言う。

「出雲ではいま出陣の支度をはじめておりますれば、秋のうちには出立し、こちらへ姿を見せましょう」

「秋か。もう日がないな」

広良を見た。顔に赤みがさしている。

「籠城《ろうじょう》するとなれば、やることは山ほどありまするぞ。いますぐにも取りかからねば」

元就はうなずいた。

「よくぞ教えてくれた。苦労であった。さっそく出雲へもどって、なお見張ってくれ」

褒美に銀子を三枚渡して勝一を帰すと、元就は近習に命じた。

「小太郎《こたろう》を呼べ。それと、世鬼《せき》もな」

世鬼は高橋家に仕えていた忍びである。高橋家が滅んだあと、元就の家来となった。世鬼太郎兵衛《たろうひょうえ》という父の下に息子がふたりいて、どちらも手練《てだ》れの忍びだった。

芦田《あしだ》、世鬼らを出雲、石見のほうへ出して、ようすを探らせねばならない。

「とても隠居していられませぬな」

広良に言われて、元就は言い返した。

「なあに、尼子を退散させてから隠居するぞ。太郎にいくさを教えるよい機会よ」

三

「わらわは、寺にでもこもったほうがよいのかえ」

妻のおひさの顔は曇っている。

「なにをたわけたことを。側にいて城内の束ねをしてもらわねば困る」

元就は強く言った。

「やることは山のようにあるぞ。負けてこの城が焼け落ちるのを見たくなくば、泣き言をいうておる場合ではない。さあ、まずは城の兵糧をかぞえてくれ。半年、一年と籠もるのに足りるか、足りねばどこかからもってこさせねばならん」

まだむずかしい顔をしているおひさの尻をたたくようにして、兵糧蔵へ行かせた。

おひさの実家は所領が石見に近い吉川氏だが、いま吉川氏は尼子方についている。所領を接しているから、おそらく尼子の先手として攻めてくるだろう。それをおひさは苦にしているのだ。

――やむを得ぬ。気にしないほうがいい。

安芸国が尼子と大内の勢力争いの場になっている以上、たとえ親戚であっても敵味方に分かれることは、ありえる。

ちらりと弟を殺したことを思い出した。あれも尼子のせいだと思う。尼子がけしかけさえしなければ……。

まとわりつく思いを振りはらうように、元就は御座の間にはいり、文机にむかった。

筆をとると元就の心は静まる。まずは槌山の城にいる杉隆宣あてに、尼子の動きをしらせる書状を書く。

隆宣は人使いは荒いが、木訥《ぼくとつ》で剛強な男だから小細工は無用だ。城が大軍に襲われそうだということだけ記せば十分だろう。力になってくれるはずだ。さらさらと書きあげると、近習のひとりを呼び、口上を言い聞かせてさっそく出立させた。

ついで周辺の国人衆への書状だ。これは書き方と使者の口上に工夫がいる。

毛利の家督を継いで十七年。

兄の興元がむすんだ国人一揆はすでに有名無実となっているが、それでも周辺の国人とはつながりを保っている。

そして元就自身、これまでに多くの国人とぶつかり、あるいは和解してきた。だから味方の国人といっても、その間柄には濃淡がある。元就はしばし考えた。

――まず、あやつに遠慮はいらぬだろう。

真っ先に思い浮かべたのは、安芸南部の米山《こめやま》城主、天野《あまの》六郎《ろくろう》興定《おきさだ》の、よく日に焼けた髭面である。

もともと、毛利家とおなじく大内についたり尼子についたりしていた国人だった。十五年ほど前のこと、尼子方についているときに大内氏の軍勢に米山城を囲まれたのを、元就が仲裁にはいって説得し、大内方へ引き入れた。あわや攻め殺されるところを助けられたのだから、ずいぶん感謝されたものだ。

その後、元就は興定と書違《かきちがい》と呼ぶ起請文《きしょうもん》をかわし、互いに助け合う契約をむすんだ。以来、数々の合戦で協力し合ってきた。

興定は骨のある男だから、よもや元就を見捨てはしまい。ありのままを書き、使者には口頭で助けてほしいと言わせることにした。

つぎは、郡山城より南西に五、六里ほど離れた三入庄《みいりのしょう》にある高松《たかまつ》城の熊谷伊豆守信直《くまがいいずのかみのぶなお》。

熊谷氏は、元就が初陣の有田中井出《なかいで》の戦いで破った国人である。伊豆守信直は、そのとき元就が討ちとった当主、次郎三郎元直《じろうさぶろうもとなお》の子だった。つまり元就は信直にとっては父の仇ということになる。

しかし信直は元就に助けられて大内方についている。信直が仕えていた武田光和――こちらも元就が有田中井出の戦いで討った武田刑部少輔元繁《ぎょうぶしょうもとしげ》の子だ――と不和になり、城を攻められて窮したとき、元就が手をさしのべて、「今度攻められたら加勢する」と約束したのである。

これで武田方は手を出せなくなったので、信直は元就に感謝して味方となった。父同様、実直かつ勇猛な人柄であり、信頼がおける。この男にも正直に頼むべきだろう。

さらに、郡山城のすぐ近くにある五龍《ごりゅう》城の宍戸家は長らく毛利家の仇敵《きゅうてき》だったが、高橋家をほろぼしたあとで和睦し、娘を嫁がせて縁戚となっているので、こちらも遠慮はいらない。

安芸の海近くにある竹原《たけはら》の小早川《こばやかわ》四郎《しろう》興景《おきかげ》は、元就の姪——兄、興元の娘——が嫁いでいるので、早くから親密だった。

このあたりは、一筆書いて使者に口上をのべさせれば、格別なこともなく味方してくれるだろう。

しかし、そんな国人ばかりではない。

たとえば安南郡の鳥籠山《とこのやま》城主、阿曽沼中務《あそぬまなかつかさ》などは大内方とはいえ、毛利家とは疎遠だ。またおなじ小早川家でも沼田《ぬた》の高山《たかやま》城に拠《よ》る一族は、昨年、尼子に内通しようとして露見、大内側に城を乗っ取られて城代を置かれた。とても信用できる存在ではない。

いまは身内を固める時だろう。味方とわかっている国人たちを大切にしよう。

そう心を決めると、元就は書状を書きあげ、国人たちにあてて使者を急ぎ派遣した。

籠城となれば、城下の民百姓たちのことも考えなければならない。

　敵勢が城下までやってくれれば、町には放火され、女子供たちは手捕りにされる。田畑の作物も刈りとられ、家財は盗まれるものだ。敵の足軽たちは褒賞より乱暴狼藉を楽しみにして合戦へ出てくるのである。

　領主は、そんな民百姓を守らねばならない。平生から年貢を納めているのは、危難の際に守ってもらうためというのが、民百姓と領主との暗黙の了解だった。

「尼子が攻めてくれれば、城下の民百姓はみなこの郡山に籠もらせる」

　と元就は領民たちに指図した。

「ただし寝小屋は各自で作れ。籠もっているあいだの食い物も、それぞれで用意せよ」

　そんな指示をうけて、城下の町人や百姓たちは町や集落ごとに力を合わせて郡山のそここを切り開き、小屋を建てた。

　八月半ばには、ついに尼子の軍勢が出雲を出立したとの知らせがもたらされた。

「普請を急げ」

　と元就は諸将に命じた。城の手入れだけでも櫓をあげて堀を深くし、塀をつくろって、とやることは多い。また城下の西南にある光井山《みついやま》の麓から、多治比川《たじひ》にそって竹柵をめぐらし幕を張り、見張りを立てて北から来る敵への備えとするつもりだが、そちらもまだ完成していない。

「これでは間に合わぬぞ」

城下町に出て竹柵の普請を督励していた元就は、そこにいた広良にこぼした。

近ごろまた憂鬱な気分がぶり返している。強大な尼子勢から兵と領民の命を守らねばならないという思いが、寝ても覚めても重石《おもし》のようにのしかかってくるのだ。

「なんの。少々のほころびなど気になさるな。城が戦うのではなく、人が戦うのじゃ。将《しょう》士《し》と百姓、それに仲間の国人衆を大切になされば、たとえ堀一重、土塀一重の城でもなかなか落ちぬものでござる」

広良は言うが、なぐさめにもならない。

城のある吉田の里は、東西に流れる可愛《えの》川に北からそそぐ多治比川が、ちょうど丁《てい》の字に合流するあたりにある。多治比川をはさんで東に城のある郡山、西に青山《あおやま》と光井山がそびえており、郡山の麓に家臣の屋敷と家人の家、ちょっとした町屋が建ち、周囲の平地には田畑と民家が散在している。

麓から郡山城を見あげると、色づきかけた木々の中、中腹にある本城に加えて尾根筋のあちこちに曲輪《くるわ》らしきものができている。見ようによっては全山が曲輪で固められているようにも見えるが、じつは多くは百姓たちの寝小屋だから、頼りにはならない。

「大内どのからの援軍は、どうでしょうかな」

広良がぽつりと言う。

「あまり期待できんな」

「そうでしょうかの」

「頭崎城攻めを先にするじゃろう。援軍が来るとしても、頭崎城を落としてからだ」

元就の気分は重い。

尼子勢の動きは日々伝えられてくる。九月にはいると、ついに大軍が石見の都賀《つが》に着いた。安芸との国境までもう一歩だ。

百姓たちは稲の刈り入れを急いだ。少々青い穂でも刈り入れてしまわないと、敵勢に刈られて兵糧にされてしまうからだ。城下の田は、みるうちに稲の切り株だらけとなった。

敵勢が犬伏山《いぬぶしやま》の裾をまわっている、いま河井《かわい》の渡《わたし》をわたった、と続々と物見からの報告がはいってくる。

九月四日、尼子勢はついに郡山城の北方に姿をあらわした。

そして多治比川の対岸にある風越山《かざこしやま》に陣を張った。郡山城から一里ほどしか離れていない地である。

物見の見積もりでは、その兵数は三万。

城の太鼓を打ち鳴らして急を告げ、兵と領地の百姓たちを城に収容した。城内は二千の兵と八千の民百姓でいっぱいになった。

さらに急報を味方の国人衆に送った。

すると思いがけぬことに、ほとんどの国人から即座に返答があった。すぐ助勢に駆けつける、というのだ。実際に米山城の天野興定は、手勢をひきいて駆けつけてきてくれた。

「おお、よくぞ来てくれた！」

大兵肥満の天野興定の鎧姿を見た元就は、つい大きな声を出した。十倍の敵を目の前にしているのに、こちらに味方してくれるというのである。うれしくないはずがない。

「困ったときの味方こそ真の味方じゃ。いくら感謝してもし足りぬ」

「なんの、われらは一味同心。困ったときはお互いさまじゃ」

興定は日焼けした髭面をほころばせ、さらりと言ってくれた。

ほかに槌山城の杉隆宣と竹原の小早川興景も、手勢とともに駆けつけると伝えてきた。娘を嫁がせた宍戸隆家《たかいえ》も入城し、熊谷信直は人質を送ってきて忠節を誓った。

——こんなに味方がいたのか。

いくらか興奮したが、すぐに元就はゆるみかけた気持ちを引き締めた。

この者たちは、恩義ばかりで味方するわけではない。大内家と尼子家の力を見比べて、有利な方へつこうとしているだけだ。弱いと見れば、たちまち離れてゆくだろう。

そこを見誤るな、と自分に言いきかせた。

とはいえ、味方がふえたのは事実だ。

尼子の大軍は目の前に迫っているが、気分はいくらか晴れてきた。

四

秋晴れがつづいて、空が高く感じられる。例年なら百姓たちは稲刈りを終えて、籾干《もみほ》しなど休みなくはたらく時期だが、今年はみな避難してきた郡山の小屋でふて寝している。

尼子勢が風越山に陣を敷いた翌日から、足軽が郡山城下の吉田上村にあらわれ、民家に火を放つなど狼藉をはじめた。

しかし元就は逸《はや》る城兵たちをとどめ、応戦せずにいる。しばらく敵の出方を見るつもりだった。

その翌日、敵勢はさらに城に近い太郎丸《たろうまる》という地にまで出て火を放った。そのようすを本城から見下ろしていた元就は、

「敵は城下の家財を盗みにきておるだけじゃ。ひと当てして追い散らせ」

と兵を出した。本気で攻めようとはしていない、と見抜いたのである。

案の定、猛然と突っかけた城兵に、敵勢は数十人を討たれて退いた。敵の歴《れっき》とした侍たちはまだ陣を築くのに忙しく、出てくるのは足軽ばかりだったのである。

数日後、今度は数千の軍勢がいくつもの手にわかれて城下の竹柵を突破し、城の大手門に近い大田口《おおたぐち》に迫ってきた。城下町の端にある後小路《うしろしょうじ》に放火し、気勢をあげている。敵の一

部とはいえ、油断ならぬ人数だ。

「これは本気で攻めてきたか」

桂元澄《かつらもとずみ》がさっそく出陣しようとする。

「どうなさる。敵は大軍じゃぞ」

井上河内守が寄ってきて唾をとばす。

「緒戦に勝ったゆえ百姓どもも喜んでいるが、調子に乗って兵を出すと手痛くやられるぞ。ここは自重したほうがよかろう」

手を出すなと言うのだ。元就は取りあわず、敵勢の動きをじっと見ている。兵の戦意と将の能力を見定めようとしたのだ。そして、

「あれなら勝てよう」

とつぶやいて渡辺太郎左衛門を呼び、命じた。

「そなた、今日の軍大将《いくさたいしょう》をせよ」

「は、ありがたき仕合わせ」

太郎左衛門は目を輝かせている。元就は、

「敵は数を頼みに驕《おご》っておる。こうせよ」

と策をさずけ、五百の兵とともに送り出した。その上で、

「河内どの、そなたも出陣なされよ。太郎左衛門のあとを追うがよい」

と河内守の井上党にも出陣を命じた。

渡辺太郎左衛門は城下、内堀近くの大田口に足軽の一隊を出し、敵勢に突っかけさせた。

もとより人数が少ない上に足軽ばかりである。たちまち打ち負けて東へと走った。

敵は逃がさじと追う。数町走って城下のはずれ、遣分《やりわけ》という野にきたとき、藪《やぶ》にひそんでいた太郎左衛門の手勢が立ちあがり、追ってきた敵勢の横合いから喊声《かんせい》をあげて突っ込んだ。

あわてふためいた敵勢は矢をうけて多くが倒れ、大将の本城信濃守《ほんじょうしなののかみ》も太郎左衛門に討ちとられてしまった。

一方、井上党を中心にした一隊は大手門から打って出て、そこにいた敵勢めがけてひと筋に突っ込んだ。不意を突かれた敵勢は態勢を立て直せず、荒れ狂う井上党に数十人を討たれて逃げ散った。

「あわてるな、敵は小勢《こぜい》ぞ。もどせや者ども！」

と敵の将が声を嗄《か》らして士卒を叱咤し、ようやく陣形をととのえたが、そのときには井上党はさっと門内に引いている。

城下町に広く散らばった敵勢を、毛利勢は素早く個々に撃破したのである。

「よくやった。それでよい。みなの手柄ぞ」

元就は、敵の首を手にして城にもどってくる兵たちを誉め、その日のうちに首実検をして兵たちの戦果を認めてやった。

小競り合いとはいえ、連勝して城内の士気はあがっている。百姓たちも、

「尼子どのは雲客《うんかく》引き下ろしてずんぎり、ずんぎり」

という謡《うたい》ではやしたて、戦勝を喜んだ。

そのあいだに杉隆宣と竹原の小早川興景が、約束どおり手勢をひきいて駆けつけてきた。尼子勢がにらんでいるので城内には入れなかったが、城の南東にある日下津《ひげつ》城に籠もって尼子勢を牽制することとなった。

後詰《ごづ》めがきたのである。

これを知った城内は喜びに沸いた。元就も安堵した。杉隆宣の来援は、大内氏が毛利家を見捨てていない徴《しるし》だからだ。これで籠城の先行きに光が見えてきたのである。

そんな中、九月二十三日になって風越山の尼子本軍が動いた。

大軍が多治比川にそって南下し、郡山城と城下町をへだてて西にある光井山と青山——ふたつの山は南北に連なっている——にのぼり、陣を張ったのである。

郡山と青山のあいだは半里もない。しかも遮《さえぎ》るものがないから、山中に尼子の旗がひるがえるのがよく見える。総勢三万と号するだけに、山頂から中腹にかけて幟旗《のぼりばた》で埋まった。山麓には足軽たちが小屋掛けして町場を作ろうという勢いである。

それだけでなく、尼子勢は一隊を出して日下津城の杉隆宣と小早川勢に攻めかけた。

早馬の一報を聞いた重臣たちは、みな渋い顔で元就の指図をあおいだ。助ける余裕はない

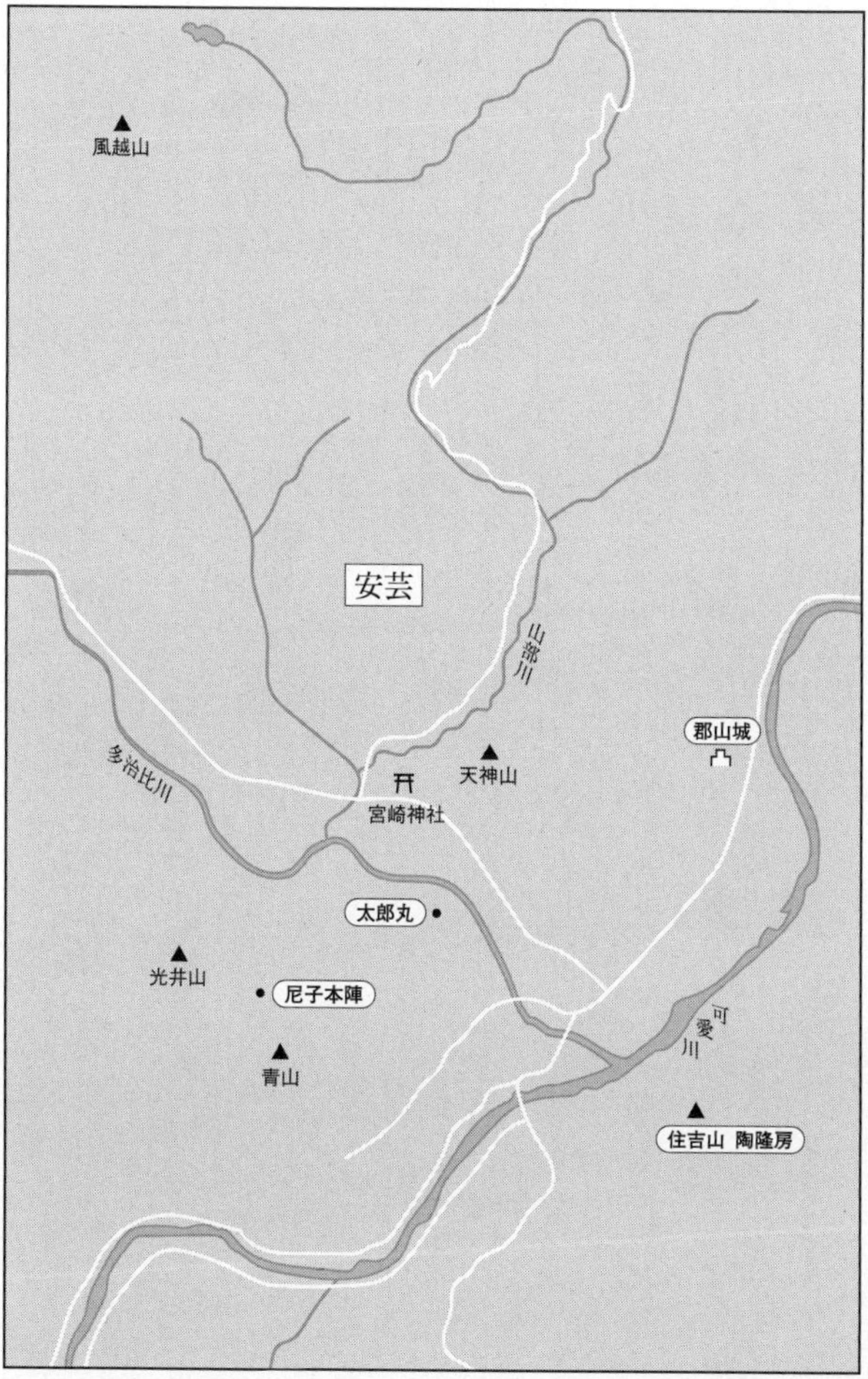
風越山
安芸
山部川
郡山城
天神山
多治比川
宮崎神社
太郎丸
光井山
尼子本陣
可愛川
青山
住吉山 陶隆房

と言いたげだった。しかし元就は逆にいい機会だと感じた。

「よき敵ござんなれ。杉どのらと挟み撃ちにすれば勝てぬはずはなし」

と配下に出陣を命じた。

城の裏手から駆け出した粟屋《あわや》、山県《やまがた》といった武将たちは、杉隆宣や小早川勢と示し合わせて尼子勢を挟み撃ちにし、一気に打ち破ると、敗走する兵を日暮れまで追い回して、湯原弥《ゆはらや》次郎《じろう》という尼子の大将を討ちとる手柄をたてた。

またしても小競り合いに勝ったのである。

「さあ、どう出てくるか」

元就は本城の櫓にのぼり、西に見える青山を見ている。尼子勢も山を削ったり柵を立てたりと、青山の陣城《じんじろ》の構築に忙しいようで、しばらく大がかりに兵を出す気配はない。

「なんの、まだ尼子は小手調べくらいに思うておりましょう」

広良は言う。

「こちらは地の利をえて勝ちをひろってきただけじゃ。尼子はこれから勝負をかけてきましょうぞ」

「そうかな。そればかりではあるまい。尼子も迷っておるのではないか。なにしろ尼子民部は若いからな」

元就は、十七年前に見た尼子経久《つねひさ》の皺深い顔を思い出していた。

経久はあのころすでに還暦を過ぎており、老練で得体の知れぬ大将だった。勝一の話では齢《よわい》八十を超えたいまも出雲で存命しているが、病の床にあるという。今回の遠征の前に、

「毛利は小勢なりとも、侮《あなど》るな」

と民部少輔をいさめたと聞いている。

いまの尼子当主の民部少輔詮久は、経久の孫である。嫡男《ちゃくなん》が討死してしまったので、経久は孫に家督をゆずったのだ。それだけに当主とはいえ、まだ三十にならない若さだった。

「兵の数が多ければ重臣の数もまた多い。若い尼子民部は重臣に振りまわされて、うまく大軍を指図できぬのではないかな」

兵力を小出しにするこれまでのまずい攻め方を見るかぎり、そう思わざるを得ない。

「民部は兵を損なわぬよう兵糧攻めをしようとしているのに、配下の者がいうことを聞かずに突っかけてくるのではないかの」

元就の見解に、広良は首をひねる。

「いずれにしても、まだ尼子は力をためておりまする。一気に攻めかけられたら、城はどこまで耐えられるやら」

広良の心配は、十月にはいってから現実となった。

十月十一日、早朝から城内が騒がしくなった。尼子勢が動いたのだ。青山から多くの兵が下り、城下の民家に火を放ちながら大手門へと迫ってきた。

城下にあがる黒煙を見て、元就の許に重臣たちが急遽《きゅうきょ》あつまり、軍議となる。

「これはいかん。八千、いや一万はいるじゃろう。しかも旗印は勇猛をもって鳴る新宮党《しんぐうとう》じゃ。手向かいせず、守りを固めるにしかず」

と櫓にのぼって見てきた井上河内守は言う。たしかに、内堀の向こうにひしめく兵はひと目で大軍とわかる数だった。

「数倍の軍勢に平地で当たるのは無謀。城門を閉ざして矢と石であしらえば、やがてあきらめるでしょう」

桂元澄も、大敵を相手にしては守るしかないと言いたげだ。

「いかがかな」

元就は広良をふり返った。

「門を固めて戦えば、こちらに利があるのは当然。しかし以後、敵はこちらを呑んでかかってきまするぞ。激しい攻めがつづくと思わねばならぬ。こちらの士気は衰え、守ってばかりとなりましょう。門を固めるにしても、一撃はくらわさねばなりますまい」

広良の意見に、元就はうなずいた。

「そのとおりじゃ。尼子の思いどおりにさせてなるものか。大軍を相手にするならば、常にその鼻面を引き回さねばならぬ。打って出るぞ」

元就の決断を聞いて、重臣たちは険しい顔になった。元就は表情をやわらげて言う。

「なに、小勢でもはかりごとを使えば負けはせぬ。わしに考えがある。まかせよ」

半刻ののち、元就はみずから軍勢をひきいて打って出た。

「そなたはわしの側をはなれるな」

傍らに嫡男の少輔太郎隆元をしたがえている。これが初陣となる隆元は、鎧兜《よろいかぶと》で身を固めて言葉少なにたたずんでいた。

元就の指図によって内堀をわたって敵勢に突っ込んだのは、赤川《あかがわ》、児玉《こだま》といった譜代の家人に井上党ら先手の四百人余。

広く散っていた敵勢は、これを見て得たりとばかりあつまってきた。大手門の前で矢合戦から槍合わせとなる。

はじめは押し気味だった先手が、人数にまさる敵勢に包み込まれそうになると、元就は引き鉦を打たせて門前までもどした。

追ってくる敵勢には、手許の旗本勢をぶつけて押しもどす。押された敵が散ったところで、また先手を送り出した。さらに多勢の敵が迫ってくると、いったん兵を門内に入れ、櫓や狭間《はざま》から矢をはなって敵を押し返す。敵が退くと、また兵を突っ込ませた。

そうして城を利用して一刻、二刻とあしらっているうちに、敵勢に疲れが見えてきた。

「よし、みなの者、突っ込め！」

元就は兵に下知すると同時に、櫓の上で合図の旗を振らせた。

するとと左右から伏兵が起こった。右手の竹藪には渡辺太郎左衛門はじめ国司右京亮《くにしうきようのすけ》ら四百人を、左手の草むらには桂元澄ら二百人を、あらかじめひそませておいたのだ。

正面の元就の兵と揉み合っていたところに左右から挟撃《きようげき》された敵勢は、混乱したのち潰走《かいそう》しはじめた。一度崩れると、大軍ほど立て直しがむずかしい。敵将が声を嗄らすが、浮き足だった兵たちは止まらない。

「敵は崩れたぞ。この機会を逃すな！」

元就は軍勢の後方から指図していたが、大声を出して駆け出し、軍勢の先頭に出てきてなおも叱咤した。

毛利勢は逃げる敵を青山の麓まで追って、多くの兵を討ちとった。

「深入りするな。ひけ、ひけ」

敵を追い込んだところで、元就は軍勢を素早く引き、城門を固く閉ざした。

こうして初めての大きな合戦にも勝った毛利勢だったが、尼子の大軍はなおも青山に陣どって動かないので、城からは出られない。

その後はまた小競り合いがつづく。

「兵糧攻めにしようとしているのか」

元就は首をひねっていた。どうも尼子の狙いがつかめない。

広良もはっきりとわからないようだ。

「この地に姿を見せてふた月。少なくともあせってはおらぬようでござるな」

城攻めが長引くのは、どこでもおなじだった。兵糧攻めか夜襲、あるいは城兵を内通させて門を開かせるか。そんな手を使わぬかぎり、城はなかなか落ちない。大内方の頭崎城攻めも、もう何年もかかっている。

「兵糧攻めなら、こちらがやってやろう」

三万の兵に兵糧を運ぶのは大仕事である。補給路をたたけば尼子勢は困るにちがいない。元就は郡山に籠もっている百姓たちを指図して、石見からの道をたどる米俵を運ぶ隊列を襲わせた。百姓たちは喜んでこの仕事を果たし、中には奪った米俵をかついでもどってくる剛の者もいた。

そうしているうちに寒気が厳しくなり、十一月末には初雪が降った。

郡山はもちろん、青山も一面の雪景色である。その中で尼子勢の幟旗はしおれて見えた。

「雪も味方のうちか」

と元就はつぶやく。おなじ山籠もりでも、本拠地の城に籠もっているのと急拵《きゅうごしら》えの野陣《のじん》にいるのとでは、寒さの堪《こた》え方がちがうはずだ。尼子勢は弱っているのではないか。

それでも尼子勢は青山を動かない。

——何を狙っているのか。

不気味だった。小競り合いばかりで全力で攻めもせず、雪にたたられてもなお動かないとは、尼子勢は何をしようとしているのか。

いずれにせよ、三万の軍勢ににらまれた郡山城は、すくんでいるしかない。

そして十二月にはいった。

三日の昼下がり、突然、遠くから太鼓が響いてきた。

乱打される太鼓の音は、郡山にはね返ってあたりにこだました。

なにごとか、と城内の者たちはおどろいたが、やがて正体がわかるとおどろきは歓喜に変わった。大内勢の大軍が、城の南にある住吉山《すみよしやま》に姿を見せ、旗を振りつつ太鼓を打っていたのだ。

元就はさっそく歓迎の使者を出した。大内勢からも使者がきて、軍勢は一万、大将は陶隆《すえたか》房《ふさ》だとわかった。

隆房は、元就に尼子から大内への帰参をうながした陶興房《おきふさ》の子である。

広良を通して感謝の意を伝えると、隆房からは、

「年内は寒さをしのぎ、年明けに雪が解けたころを見はからって戦おう」

という申し入れがあった。元就はもちろんこの申し入れを受けた。

五

籠城したまま、年が明けた。

城内でいつも通り元旦の儀式を終えたあと、元就は広良をさそって櫓にのぼってみた。

「わが城から、敵の幟旗を見ながら正月を迎えるとはな」

南西にある青山は、山麓から中腹にかけて木々が伐採され、柵が結われたり小屋が建てられたりと、巨大な陣城に造り替えられていた。もちろん幟や旗も盛大に立てられ、あたりを圧している。

夜ともなれば篝火《かがりび》を煌々《こうこう》と焚くので、山全体に星がちりばめられたようになる。

「十倍の敵に囲まれて悠々と正月を祝うのも、また一興。武士の誉《ほま》れと思《おぼ》し召せ」

広良が言うと、強がりに聞こえないから不思議だ。いや、強がりではないかもしれない。

「八月に出雲を出たのなら、はや五カ月になる。尼子勢もそろそろ弱ってきたかな」

「おそらく。兵糧も足りず、寒さにふるえておりましょうな」

山あいにある吉田の里は例年どおり寒気が厳しく、朝には池や深田はもちろん、台所の水瓶にまで氷が張っている。山中に野陣を張っている尼子勢には堪えるはずだ。

「そろそろ引き揚げるのではないかな」

元就の言葉に、広良は首をふった。

「いや、油断は禁物でござる。あるいはさような考えではないかもしれませぬぞ」

「では、なんじゃ」

「はじめは郡山城を囲み、頭崎城を救うのが狙いだったでしょうが、杉どのがこちらへきて頭崎城を救う狙いを達したいま、尼子はもうひとつの狙いに切り替えたのではないかと、いささか心配しております」

「その狙いとは」

「大内勢と決戦し、粉砕すること」

元就はしばし考えたのち、うなずいた。

「なるほど。考えられるな」

ここまで尼子勢は、全軍をあげて城を攻めてはこなかった。せっかく三万もの軍勢をはるか遠国《おんごく》からつれてきたのに、せいぜい数千から一万の先手を繰り出すだけで、尼子民部の旗本勢は本陣に居すわって動かなかった。

その煮え切らぬ姿勢が、来《きた》るべき大内勢との決戦に備えて兵を温存するためと考えれば、辻褄が合う。

「陶どのの軍勢は、大軍とはいえ一万。われらを合わせても一万五千に満たず、尼子の優勢はあきらかじゃ。小競り合いを繰り返して陶どのの軍勢を山の陣地から平地に引き出し、一気に勝負をつけようとの魂胆と見申した」

弱っているなどと尼子勢を見くびるのは、とんでもない誤りだ、と広良は言う。

「あの構えをご覧《ろう》じろ」

広良は眼下の南西を指さす。

「宮崎《みやざき》と長尾《ながお》に敷かれた陣。あれこそ大内勢を誘い出す罠にちがいなし」

尼子本陣がある青山のふもと、宮崎、長尾と呼ばれている平地に、尼子勢が三段の陣を敷いている。ほかの尼子勢はみな山の上の陣城にこもっているから、唯一の攻めやすそうな陣地である。

しかし、もし大内勢が宮崎、長尾の陣に襲いかかったら、尼子勢が山を下りて横合いから突っ込んでくるのは必定だ。

「見え透いた罠《わな》でござる。とはいえ放ってもおけぬ。もし宮崎の陣を攻めずに青山の本陣を攻めたら、後方から食いつかれることになり申す。よってお味方は攻めざるを得ぬ」

「では軍勢を二手に分けて同時に攻めたら？」

「それこそ尼子の思う壺じゃ」

広良は首をふる。

「大内方は、ただでさえ尼子勢より少ない兵力をさらに小さく分けることになり、数に勝る尼子本陣の軍勢にひとつずつ潰され申す」

尼子方は寒さや兵糧の不足に耐え、陶どのが罠に食いつくのをじっと待っている、と広良は言う。

「寒さと飢えで弱っている、と見せかけるのも、尼子の罠のひとつかもしれませぬ」

「なるほど。そういうことか」

いろんな疑問がすっきりした。

「されば、その尼子の罠を上まわる智恵を出せばよいのじゃな」

元就は言った。相手の考えさえわかれば、その裏をかくのはむずかしいことではない。広良と話し合って方策を詰めていった。

正月二日から、郡山城と住吉山に陣取った陶隆房の陣とのあいだに、使者が行き交った。元就は自分の策を説明し、陶隆房から了解をとりつけようとした。

策に自信はあったが、気がかりは陶隆房の気性だった。かなり思い切った策なので、実行するには胆力が要る。大将が弱気だったり愚かだったりではうまく行かない。

そして隆房にはよからぬうわさがあるのだ。うわさどおりなら、この策は無理だ。

打合せを繰り返すあいだ、正月三日に小競り合いをしたほかは、城下町をへだててにらみ合ったまま、両軍は静かに日を送っていた。

ところが十一日になって突然、陶隆房の軍勢一万が動いた。郡山城の南にある住吉山から、城下町を突っ切って城の西、天神山《てんじんやま》へと陣替えをしたのだ。

青山に陣取る尼子勢の眼下を横切るという大胆不敵な行動だったが、素早い動きに尼子勢はついてゆけず、大内勢の横腹を突く機会を逃してしまった。

天神山にのぼった大内勢は、多治比川をあいだにはさんで青山の尼子勢と近々と対陣することとなった。

「鮮やかな手並みじゃ。陶どの、どうやらなかなかのやり手のようでござる」

広良の言葉に、元就はうなずいた。

翌日、元就はわずかな供をつれて城を抜け出し、天神山の大内陣に大将の陶隆房をたずねた。

いくさの手だてはすでに何度も使者を往復させて練りあげており、あとは大将同士が合意するだけとなっている。

陶家は大内家の庶家で代々重臣をつとめる家柄であり、隆房は昨年、父の急死をうけて家督をついだばかりだった。たしか二十歳そこそこのはずだ。

幔幕《まんまく》の中、小具足姿で床几にすわる隆房は、つややかな肌と明るい目をもっていた。匂い立つような美しい若武者である。

――なるほど、うわさどおりだ。

元就は感嘆した。隆房は大内家当主、義隆の寵童《ちょうどう》だったと言われている。

「毛利どのはいくさの上手と聞く。こたびの申し出も、たしかにうまく行くと思える策じゃ。

思い切りはたらいて、ひとつ尼子民部の肝を消してやろうではないか」

挨拶する元就に、隆房は若く張りのある声で答えた。二十歳以上年上の元就をたてようとする配慮も見える。

「恐れ入りまする。陶どのが来援された以上、お味方の勝ちはまぎれもなきものと勘考《かんこう》いたしておりまする」

「なんの、油断はできぬ。尼子は大軍じゃでの。一撃で倒せる敵ではない。優勢を保ちつつ、何度でも挑みかからねばな」

隆房は落ち着いて応答する。元就は、天候が変わった時や、敵の対応がこちらの意表を突いた場合などの話をしつつ、隆房の話しぶりや頭のめぐりの速さを観察した。

小半刻ほど話をして、元就は一礼した。

「それがしの存念はすべて話してござる。されば明朝、出陣いたしまする」

「うむ。武運を祈る」

「陶どのにおかれても、ご武運強きことを祈っておりまする」

ふたりの初顔合わせは、円満に終わった。

元就は安堵した。隆房は義隆の寵童だったから、能力以上に買われて今回の大将をまかされたのでは、とのうわさがあって心配していたのだ。

しかし話をしてみて、美男ぶりはうわさ通りだが、賢くて勇気もありそうだと感じた。

――あれなら任せられる。

元就は隆房の力量に賭けることにした。

六

その日の午後から、城内はにわかにあわただしくなった。侍衆だけでなく、山中に籠もっている女子供まで、みな明日の支度をはじめたのだ。

侍衆はもちろん出陣の支度である。矢をととのえ弓の弦《つる》をいくつも用意し、槍や刀の刃を研ぐ。これまでの激戦で傷んだ甲冑の修理もする。

女子供や老人たちも、それぞれ竹や紙で甲冑を作った。鍋や釜を兜に似せたり、長い竹の先に金銀の箔紙や扇子をつけて槍に仕立て上げたりもした。みな明日にそなえて懸命にはたらいている。

明けて十三日。

毛利勢は夜明けとともに山を下り、宮崎、長尾の尼子陣にいっせいに襲いかかった。

その数三千。

天野や宍戸の軍勢を合わせ、郡山城の兵をすべて投じての、大博奕《ばくち》ともいえる攻勢である。

城を空《から》にするわけだから、尼子勢に城を攻められると大変なことになる。そこで百姓から女子供まで動員し、紙や竹で作った鎧を着せ、竹の先に扇子をつけた偽の槍をもたせて堀際にならばせた。

あたかも大勢の兵が城を守っているように見せかけたのである。

元就は郡山の中腹にある本城の中で、鎧をつけずに樺《かば》色の小袖のまま床几に腰かけていた。

時に櫓にあがり、合戦のようすを眺める。傍らには甲冑姿の隆元が立っている。

尼子勢の陣には柵が三段に備えられていた。弓兵をならべてさんざんに矢を射てくる。毛利勢は矢の雨をものともせず、柵に向かって突っ込んでいった。

「今日は、なぜ鎧をつけずに？」

桂元澄が不審そうな顔でたずねる。元就は答えた。

「一日は長いからな。この歳で最初から重い甲冑をつけていては、夕方には疲れてしまう。そなたも、朝からあまり逸って深入りせぬようにするがよいぞ」

元就が答えると、元澄はいきり立った。

「さて、聞こえませぬ。城を空にして全力で敵をたたくのではござらぬのか」

「もちろん、敵はたたく。しかしな、あの敵は囮《おとり》じゃ。敵の本隊は山の上にある。だからわれらも囮となって、敵を引き付けるのよ」

「囮？　われらが？」

「いまにわかる」

元就は目を天神山のほうへ移した。陶隆房がひきいる大内勢の旗が、山全体をおおい尽くしてひるがえっている。

「ここまではうまく運んでおりますな」

広良が言う。広良もまた小袖に道服《どうふく》、頭には頭巾《ずきん》という姿だ。

そのあいだにも、毛利勢は激しく尼子の陣を攻めている。一の柵はたちまち突破し、敵を追い散らして二の柵に攻めかかった。

尼子勢が陣を敷く青山を見ていると、兵がじわじわと東側、すなわち宮崎、長尾のほうへ下りてきているのがわかった。

——そうそう。それでよい。

尼子勢は、大内勢が山を下りて宮崎、長尾の陣に攻めかかるのを待っている。平地に大内勢と毛利勢が展開したところに尼子の総勢三万をぶつけ、一気に勝敗を決める。それが尼子の狙いだ。

毛利勢は、勇猛さを発揮して二の柵をも破った。

三の柵に攻めかかるが、そこの守将は吉川興経《きっかわおきつね》である。元就の妻の実家だ。領地も近接しており、家中の者たちも知り合いや縁者を抱えている。どうしても攻めがにぶる。

三の柵の手前で揉み合いとなった。

「これはしたり。攻めあぐむと青山から尼子勢が下りてくるぞ。尼子の思う壺じゃ」

井上河内守が言う。

「あまり手間がかかっては、わが勢の横腹を突かれましょう」

と桂元澄も心配している。

元就はまた天神山に目をやった。先手は山を下りているが、大内本陣は旗を林立させたまま動かない。

――しかし、そろそろ……。

目をあげると、陽が中天にある。正午は過ぎたようだ。

青山の尼子本陣を見ても、山頂の旗は動いていない。

「よし。前に出るぞ」

元就は初めて鎧をまとった。広良をその場に残し、近習や旗本の侍を引きつれて山を下りかけると、後方から声がした。

「父上、それがしもお供いたしまする！」

見れば少輔次郎元春が、同い年の小姓たちと駆けてくるところだった。一人前に鎧兜をつけてはいるが、まだ十二歳である。背は元就の肩までしかなく、細身の腰に鎧の胴が合わず、ゆれている。

「こら、次郎よ。そなたはまだ幼い。今日はやめておけ」

と止めたが、元春は首をふる。

「合戦はいくらもある。いずれ連れていってやる」

となだめても聞き入れない。

「これまでも出陣を止められて悔しい思いをしております。今日こそは御免こうむり、出陣するのじゃ」

と食い下がってくる。

「ならんならん。ああ、河内どの、この利《き》かん坊を連れて城へ帰ってもらえぬか」

そこにいた井上河内守に頼むと、

「大人にも劣りはせぬのに、なんと情けないことを！」

と悔し涙を流しはじめた。河内守は腰をかがめて元春の顔をのぞき込み、

「よき面構えをしておる。さすが殿のお子じゃ。もう少し背が伸びればあっぱれ大剛の大将になろうて。さあ、今日のところは帰りたまえ」

腕を引いて城へとうながしたところ、元春はその手を振り切り、

「河内どのはわれを馬鹿にするか！」

と刀を抜いて河内守に向き直った。

「おおっと、これは情の強《こわ》いお子じゃ」

河内守が辟易《へきえき》した顔で遠ざかると、そのあとはもうだれも近づこうとしない。一部始終を見ていた元就は、

「えい、聞かぬやつじゃ。そんなことでは家中の者も従えられぬぞ」

と叱りつけた。乾坤一擲《けんこんいってき》の勝負の前にとんだ邪魔者だが、始末に困るほどではない。

「ここまで来たからには仕方がない。邪魔にならぬよう、うしろに従っておれ」

と命じた。元春はうれしそうに「はっ！」と答え、小姓たちともども陣に加わった。

元就が山を下り、毛利勢のうしろにつくと、家中の者はさらに勇んで吉川勢に攻めかかった。しかしまだ吉川勢が支える柵は健在だ。

元就は吉川勢より青山の尼子勢を気にしていた。いつ襲いかかってくるのか。

天神山の大内勢を気にしているのか、まだ襲ってこないが、いずれ必ずくる。すでにかなりの人数が山麓に下りてきている気配だ。

——間に合うのか……。

いま尼子三万の軍勢に襲いかかられたら、毛利勢は壊滅する。覚悟していたこととはいえ、腹の底から震えてくる。

吉川勢は、まだ耐えている。柵は、破れそうにない。

青山の尼子勢は、徐々に下りてくる。

「このままでは挟み撃ちにされまするぞ！」

気づいた桂元澄が駆け寄ってくる。

「いったん下がって、立て直しを」

「ならぬ。退かぬ」

「されば、せめて青山の敵勢に手当を！」

迫る敵勢が見えるだけに、元澄も必死だ。

「いいや、われらはあの柵を破るのが役目じゃ」

「それでは敵に包まれて、大負けに負けまするぞ！」

言い争っていたそのとき、左手の青山から喊声が聞こえてきた。

振りあおぐと尼子の旗印はそのままだが、矢声や下知の声、兵を呼ぶ声などが混じって聞こえてくる。混乱しているようだ。

「おお、攻め込んだか」

元就はつぶやいた。青山の尼子本陣に、陶隆房のひきいる大内勢が突っ込んだのだ。

毛利勢が宮崎、長尾の尼子陣に攻めかけているあいだに、大内勢はひそかに天神山から郡山の裏手に下り、可愛川を渡り山かげをつたって南下する手筈になっていた。

幟旗は天神山に残し、いかにも大軍が駐屯しているかのように見せかけてある。姿を隠して進み、青山の西側へ出てから一気に山をのぼり、兵が下りて手薄になっていた尼子の本陣を襲撃したのである。

その間、毛利勢は囮である宮崎、長尾の陣に攻めかけて罠にかかったように見せかけ、尼子の注意を引きつけて、大内勢の奇襲を助けたのだ。

毛利勢だけでは十倍の尼子勢に太刀打ちできないので、自分たちは身を捨て、かわりに大内勢に勝負を託したのである。

元就が考えた、乾坤一擲の大勝負だった。

「兵をまとめよ。深入りするな」

元就は武将たちに命じた。こうなったら吉川勢を攻める必要はない。兵を引き、一団となって守りを固めた。青山の尼子勢の動きによっては、大内勢を助けるべく攻めのぼるつもりだった。

だが、やはり三万の軍勢は強力だ。毛利勢を警戒して山麓に兵を残しつつ、多くの兵が山頂の本陣へ駆けもどっていった。

物見の兵がもどってきて告げる。

「尼子勢、一度は浮き足だったものの、すぐに兵をもどして備えを立て直し、大内勢を押し返しつつあります」

元就は唇をかんだ。

「備えを固められては、いかん。一気に押し切れなかったのか」

見ていても、青山山頂の旗は動かない。どうやら仕掛けが早すぎたようだ。

結局、大内勢に尼子勢を押し切る力はなく、夕刻には物別れとなった。大内勢は引き揚げたと、物見が告げる。

——陶隆房は、若い。勝負どころを知らぬ。

じつにもどかしい。尼子勢に気づかれずに大軍を動かした手並みは見事だったが、それでも詰めを欠いてはいけない。尼子勢が予想より強かったのだろうが、大将みずからが突進してでも、一撃で息の根を止めるべきだった。自分ならもっとうまくやったのに、という思いが去来する。

だが考えても仕方がないことだ。賭けは不調に終わった。

毛利勢も朝からの戦いで疲れている。元就は兵を城へと引き揚げさせた。

兵を休ませる一方、使者を陶隆房のもとへ遣わし、今日の戦いを慰労するとともに、重ねて一戦する覚悟を伝える。隆房からも、さらに尼子勢をたたくつもりであるとの返答があった。

「さらに叩くとな……」

青山の方角を見れば、今夜も全山に明かりが灯っている。

大軍がどっしりと構えている証拠だ。

大内勢の一撃など屁でもなかったのだろう。隆房の言葉が負け惜しみに思えた。

「ええい、もう寝るぞ。見張りだけ残して、みなも休め」

仕方がない。遅い夕餉《ゆうげ》をかきこんで、元就は欲も得もなく眠った。

だが、すぐに叩き起こされた。

「殿、たいへんじゃ。起きてくだされ！」

不寝番《ねずのばん》をつとめる桂元澄の声だった。

「どうした。敵が攻めてきたか」

眠い頭に思い浮かんだのは、敵の逆襲だった。油断したか、とあわてて上体を起こした。

しかしそうではなかった。元澄は言った。

「敵が、逃げてゆきます」

「なんだと！」

「篝火をそのままにして、陣を抜け出して多治比のほうへ……」

青山の陣はもぬけの殻、軍勢は闇の中を多治比川ぞいに北へと駆け去っているという。

元就は瞬時に悟った。尼子勢は飢えと寒さ、そしてこれまでの敗戦に耐えきれなくなり、今後も勝ち目はないと見て逃げ出したのだ。

大軍がどっしり構えているなど、こちらが尼子を買いかぶりすぎていたのだ。

元就ははね起きた。体中に力が漲《みなぎ》ってくる感じがした。

「貝を吹け。太鼓を鳴らせ。みなを起こして追い討ちさせよ！」

元就の下知をうけて近習衆は素早く動いた。櫓の太鼓が急調子で打ち出され、法螺貝の奇怪な音が全山に響きわたる。

郡山城内がにわかに騒がしくなった。

七

半年後——。

御里屋敷内庭の桜の木にとまった蟬の声が、広縁に降りそそいでいる。

すでに暦の上では秋だが、まだ陽射しはきびしく、広間に入ってくる風は生ぬるかった。

広間には志道広良や桂元澄、福原左近ら元就の腹心があつまっていた。

元就は扇を使って風を衿元に入れながら、板の間にひろげた絵図を見ている。

「いくらか変わったのう」

「いくらかどころか、ずいぶんと変わっており申す」

桂元澄が答える。

「安芸から尼子の色が消え申した。石見も、多くの国人が尼子と袂を分かち、大内方となり申した。備後や備中でも尼子の勢いは衰え、播磨でも敵がふえる始末。もはや尼子も恐るるに足りませぬ」

「それはどうかな。ちと甘く見過ぎじゃろう」

といいつつも、元就も気分は悪くない。

一月十三日の夜、闇にまぎれて退却をはじめた尼子勢に気づいた元就は、全軍をあげて追い討ちにかかった。

あわてて逃げる尼子勢は、雪に阻まれて犬伏山の峠を越えられなかったり、石見への途次にある江《ごう》の川を渡り切れず溺れるなどして、多くの死者を出す。

しかし毛利勢も闇とまだ残る雪が邪魔になり、思ったようには戦果を挙げられなかった。とはいえ勝利にはちがいない。これを大勝利として、元就も大内側もおおいに宣伝した。

大内氏は使者を京へ送り、管領《かんれい》細川晴元《ほそかわはるもと》に戦勝のようすを報告させたし、元就はみずから筆をとって「天文九年《てんぶんくねん》秋《あき》至芸州吉田《げいしゅうよしだにいたる》尼子民部少輔《あまごみんぶのしょう》発向之次第《はっこうのしだい》」と題する書状を書き上げ、幕臣に送った。

これによって元就は、管領や幕府奉行衆から感状や太刀を贈られるという栄誉に浴したのである。

さらにこの一戦は、安芸国内の尼子の勢力にも大きな影響をおよぼした。

合戦の発端となった頭崎城は、余勢を駆った杉隆宣や陶隆房らの手で一月のうちに攻め落とされ、安芸国東方の尼子勢は消え失せた。

もう一方の尼子の拠点、銀山城は、城主の武田信実《のぶざね》――急死した光和の養子――が尼子勢の敗退を知ると城を抜け出して出雲へ奔《はし》ったので、元就は天野や宍戸ら諸国人と協力して、家臣だけが残った城を落とした。

こうして六月には、尼子の勢力は安芸国から一掃されたのである。

七月にはいると、元就は大内氏から今回の戦功の賞として佐伯郡緑井《さえきごおりみどりい》、安芸郡原郷《はらごう》などで一千貫文の地をあずけられた。代官として支配してよいというのだ。

今日はその地を絵図で確認し、家臣のだれを代官にするか、合わせて家臣への恩賞をどうするか、腹心のみなで論議していたところだった。

「みなに椀飯振舞《おうばんぶるま》いをなされるよう、願いたいものですな」

福原左近が言う。

「大内どのは、この勢いですぐにも尼子退治に出雲へ乗り込まれるとか。そのときの武備を調えるためにも、多くの者に加増されることが望ましいと思いまするぞ」

元就は軽くうなずきながら聞いている。

――これだけ勝っても、さして領地がふえたわけでもない。

今回の恩賞といっても、それ以前に与えられた可部、温科といった地を取りあげて、その替わりにあずけるという話であって、実質的に領地がふえたわけではない。山間の高田郡でなく、海に面した安芸郡に領地を得て、山陽道に進出できることは利点だが、それだけのことである。

大内氏に支配される国人、という立場はまったく変わっていないのだ。

それでも、昨年までの憂鬱な心境はどこかに消えていた。

なにしろ長年、とてもかなわないと思っていた尼子氏に勝ったのである。前途に立ち塞がっていた厚い壁に、思いがけず大穴があいた感じだった。

――あるいは自分も……。

尼子や大内なみの広大な所領がもてるかもしれない、と思うようになっている。

少なくとも自分の合戦の手腕は、これまでに出会ったどんな敵将や味方の将より上だ、との自信が芽生えていた。ならば合戦に勝ちつづければ大領主になるのも夢ではない。そうなれば、もう誰かの下知に従う必要もない。好きなように生きることができる。

毛利の家督を継いで以来、暗くて先が見えなかった前途に、はじめて光が射してきたと元就は感じていた。

五　遠征

一

重い蹄《ひづめ》の音をひびかせて早馬が着いたのは、灰色の雲が垂れ込める冬空の下、猿掛《さるかけ》の小さな沼のほとりで鷹狩《たか》りに興じていたときだった。

元就は、青鷺《あおさぎ》をねらって飛ばそうとしていた鷹を鷹匠にあずけて、

「人払いせよ」

と命じた。

近習たちは声をかけ合って元就から離れ、あたりを警戒する態勢をとった。

元就の前に残ったのは、行縢《むかばき》から小袖、顔まで泥を浴びた姿で立つ侍ひとり。

大内氏の本拠、長州《ちょうしゅう》の山口に置いておいた家臣からの注進である。

およそ三十里の道のりを駆け通して郡山《こおりやま》のふもとの御里《おさと》屋敷に着いたが、元就が鷹狩り

に出ていたので、また馬に乗って追いかけてきたのである。よほど重大な知らせのはずだった。

「よし。聞こうか」

片膝をついた侍に、元就もかがんで耳を寄せる。侍は言った。

「申しあげまする。一昨日、山口のお屋敷にて評定《ひょうじょう》があり、来春早々に出雲《いずも》への陣出しが決まった由」

「おお、やはり出るのか」

腹にずしりとこたえる言葉だった。巨大な災厄が目の前に浮かびあがってきたのだ。

「家中をあげての陣出し、人数はおよそ一万五千、上様おんみずからご出馬、軍奉行《いくさぶぎょう》は陶《すえ》どのと聞こえてござる。諸国の国人衆にはさっそく陣触れをするとのこと」

長年のあいだ中国で勢力争いをしていたふたつの大大名、大内氏と尼子《あまご》氏の当主同士が、はじめて直に戦うことになる。双方合わせて数万人がぶつかる大合戦になるだろう。

大内氏の一翼をになう毛利家も、もちろん出陣しなければならない。一家の存亡を賭ける一戦となるのは必至だ。

「わかった。あとは屋敷で聞こう。ついてまいれ」

侍に命じたあと、元就は近習頭を呼んだ。

「鷹狩りはしまいじゃ。屋敷にもどるぞ。そなたは上野介《こうずけのすけ》を呼んでまいれ。すぐ屋敷に来てくれとな」

元就は馬に乗ると、単騎で駆け出した。あとを早馬の侍と近習たちが、あわててついてゆく。


御里屋敷の御座の間で絵図を見ているところに、志道《しじ》上野介広良《ひろよし》がはいってきた。七十を過ぎてなお矍鑠《かくしやく》としている広良は、大内氏の内部の動きにも精通している。元就が重大事を相談する相手は、いまでも広良のほかにいない。

元就とふたりで、早馬の侍から山口の動静についての報告を聞くと、広良は大きくうなずいて言った。

「やはり陶どのが勝ちましたか」

「陶どのは若いが度胸もあり弁も立つ。しかもこの郡山で尼子を退治して手柄も立てた。上様も動かされようて」

元就の声は無念さを帯びている。

大内家中で出雲への出陣の是非が熱く討議されているとの報告は、山口に張りつけた家臣から逐一はいっていた。

遠く出雲の富田《とだ》城まで出陣し、尼子を討つべし、と唱えるのは武将の陶隆房《たかふさ》を頭とする一派。

そんなに敵地深く侵入するのは危ない、いまは自重して安芸と石見の平定に力を入れるべしと唱えるのは、大内義隆《よしたか》の側近で奉行人の相良武任《さがらたけとう》ら、文官の一派。たがいに重臣たちを味方につけ、大内義隆に意見を具申していた。そこに重臣の冷泉隆豊《れいぜいたかとよ》が、

「石見にしばらく在陣し、赤穴《あかな》城を攻め落として足がかりとし、出雲へ攻め入る」

と陶隆房の具申を補強する案を出したので、出陣が決したとのことだった。

「危ういいくさをするものじゃ。われらも尼子には恨みが多々あれど、いま出雲まで攻め入るのは踏み込みすぎじゃろう」

陶隆房が器量人で猛将であることは、先日の郡山城の合戦で知った。しかしまだ若く、国と国との取り合いといった大きな枠の中で智略を発揮するかどうかはわからない。どちらかといえば、武威《ぶい》を重んじて智略を軽視する男ではないかとも思える。

そんな男の具申にのっていいものか。

「それがしもさように感じておりまする。石見はまだ大内のものとなっておらず、ましてや出雲にはなんの手がかりもない。大軍とはいえ、そんな中に飛び込むのは、いかにも危のうござる」

首をひねりつつ広良が言う。元就とおなじ意見だ。

「されど一方では、伊予守《いよのかみ》どのが亡くなり、尼子も運の末と見る者が多いゆえ、この先どう

転がるかはわかりませぬ。案外、押し出してみれば尼子もころりと倒れるかも知れず」

そのあたりは見極めがむずかしい。

尼子家を一代で大大名に押し上げた伊予守経久《つねひさ》は、つい先日亡くなっていた。八十三歳だった。大黒柱を失って、それまで尼子にしたがっていた国人の中に動揺が走っている、とのうわさも流れている。

「ま、危なかろうが、出陣せねばおさまらぬ流れではあるな」

昨年からこの春にかけて、元就と隆房は郡山城に迫ってきた尼子の大軍を打ち破り、余勢を駆って安芸国内から尼子に味方する国人を一掃した。

その功によって大内義隆は幕府から安芸守護に任じられ、以前に元就を助けて高橋家と戦った弘中中務丞《ひろなかなかつかさじょう》が守護代となった。

そして元就も、安芸の国人たちをたばね、大内氏の指図を伝える役目を命じられた。安芸国人の中では筆頭格と位置づけられたのである。

名誉なことではあったが、実利はさほどない。それればかりか、国人たちと大内家との板挟みになって苦労しなければならない地位である。

国人たちは貪欲で、大内家に命じられて出陣するたびに恩賞をほしがった。

しかし合戦があったとて領地がふえるとは限らない。郡山城を守った合戦では、領地は一寸もふえていない。

大内家としても国人たちに分け与える領地がないので、恩賞の要求には応じていない。すると戦いに動員された国人たちの不満はつのるばかりで、そのはけ口が元就に向けられる。

元就はなにもしていないわけではなく、せっせと要望を書状にして守護代の弘中隆兼《たかかね》や山口へ送っているのだが、大内家が応じないのだから、どうしようもない。

そうした事情はわかっているはずなのに、やれ毛利どのは吝嗇《りんしょく》だ無曲《むきょく》だと、国人たちが言いつのっているとのうわさが、元就にも聞こえてくる。たまったものではない。

「大内どのも、おなじように苦しんでおられるのでしょう。戦ってくれた国人たちに分け与えるためにも、やはり領地がほしい。それで尼子から分捕るべく、出陣と相成ったのでしょうな」

広良の見解も元就と一致している。

「さて、となると、いくさはどうなるかな」

目の前の絵図をのぞきこむ。

「雲州《うんしゅう》富田までは、ここからまず三十里。山口からなら七十里か。尼子方の城を落としつつ進まねばならぬから、ひと月やふた月ではとても迫れまい」

「半年、いや一年は覚悟しておくべきでしょうな」

「そうだな。すると兵はどれほど出せばいいかな」

「遠いところでもあるし、家中で千、国人衆をふくめて五千といったところでしょうな。それぞれ催促せねばなりますまい」

「兵糧《ひょうろう》はどうする。送れるか」

「三十里なら、馬の背にのせて送れましょう。しかし金銀をもっていってその場で買い求めたほうが、いっそ便利でしょうな」

「買えるかな」

「石見の国人どもの多くは寝返っておるので、石見までは支障はないかと。出雲へはいってからは、石見で買って送ればよろしい」

それでうまくいくのか。薄氷を踏むようなやり方ではないかと、思わずため息が出た。

広良が見とがめて、

「たしかに辛い仕事でござる。だからといって、いまから隠居する、などと言いだすのはやめてくだされ」

と言う。元就は苦笑した。

「いや、そろそろと思うてはおるが、いまは無理かな」

広良は優しい目を向けてくる。

「それがしにも憶《おぼ》えがござるが、男の四十路《よそじ》は正念場、長く苦しい坂道でござる。ひと息つきたくなるのはもっともなこと。しかしこの坂を乗り越え、五十になればまた先が開けてくるものにて」

「そういうものかな」

当年四十五歳の元就にはわからない。

「さようで。それとこのいくさも、さほど悪いものではありませぬぞ。たとえ負けたとしても、毛利家には得るものがあり申す」

「負けていいわけがあるまい」

「いや、さにあらず。勝てばよし、負けてもよし、といったところでしょうな」

「負けてよしだと？」

「負ければ、毛利家を押さえている重石《おもし》がとれるかもしれませぬぞ」

「重石とは……、大内家か」

広良はこっくりとうなずいた。

元就はしばし無言になった。

昨年、大軍でこの郡山城を攻めて敗退した尼子家は、いまやゆらいでいる。その尼子家を、戦勝の勢いのまま攻めようとしているのが大内家だ。

勝てば中国の覇者となれるが、もし負ければ今度は大内家がゆらぐ。

中国を二分する大大名が二家ともゆらげば、この毛利家が頭をもちあげる隙間が生まれる。

広良はそう言いたいのだ。

「……あまり言わぬほうがいいのではないかな、さようなことは」

広良が毛利家を大きくしたいと思う気持ちはわかるのだが、そんな野心があると周囲の国人たちに聞こえたら、どんな反応があるかわからない。

元就にしても、いまはふりかかる火の粉をはらうのに精一杯で、自分と家の将来について確かな見通しをもっているわけではない。それどころか、こんな苦労の多い立場から早く引退したいと思っているほどだ。

広良は目を細めて白い歯を見せた。

「むろん、申しませぬ。殿もいまは隠居を言いださぬ方がよろしかろうと存ずる」

「……わかった」

「出雲に諜者《ちようじや》をたくさん入れなされ。目と耳が多ければ、迷うことも少なくなり申す」

近ごろ元就は、草の者をふやしている。芦田《あしだ》、世鬼《せき》のほか、相島《あいじま》という者も召し抱えた。それぞれ数十貫文から百貫文ほどの所領をもち、数人の手の者を使っている。

勝一《かついち》ら琵琶法師が気になる話を聞き込むと、草の者は中間《ちゆうげん》小者《こもの》になりすまして相手の屋敷に入り込み、さらにくわしく調べる。場合によっては暗殺、拉致《らち》という手も使う。そうして元就に役に立つ話をもたらすのだ。無知は恐怖や錯誤のもとになる。知ることは最大の武器だ。だから孫子のいう用間の術こそ、この乱世を生きのびるのに必須の心得だと、元就は信じている。

「わかっている。そちらは重臣どもに明日、来るよう触れてくれ」

互いに言いたいことを言ったのち、広良は帰っていった。

「さて」

元就は大きく伸びをした。

明日は重臣衆と評定をしなければならない。それも気が重いことだった。少々大袈裟《おおげさ》に言えば、敵と戦う前に味方と一戦しなければならないのである。

二

その夜、郡山城のある吉田の里に雪が降った。風もない夜に雪は静かに舞いおりたようで、朝になってみると、あたりは白一色に染まっている。

雪を踏んで御里屋敷の広間にあつまってきた桂《かつら》、福原、国司《くにし》、井上ら重臣衆に山口の情勢をつたえ、早めに出陣の支度をすませるよう命じたところ、案の定、文句が続出した。

やれ一気に出雲まで出陣とは遠すぎる、兵糧が大変だ、もっと足許を固めてからにすべきだ、昨年来、尼子勢に領地を踏みつけにされて麦の収穫がなかったから今年は大変だ、出陣はもう少しあとにしてくれ、などなど。勇んで出陣する空気はどこにもなかった。

近ごろは合戦がつづいてみな疲れているし、やはり遠く出雲まで足を延ばすとなると、かさむ出費が気になるようだ。

渋る家中の者たちを督促し、兵を出させるのが当主の役目である。広良とふたりで、出陣は大内家からの下知で拒めない、早く兵数をととのえるべしと、しつこいほど念を押して評定を終えた。

——厄介なことじゃ。

実際に出陣するまで、家中の者たちにうるさく言いつづけなければならないだろう。

「みな人数をそろえて出陣するかな」

重臣衆を帰し、残った側近の桂元澄《もとずみ》と福原左近《さこん》、それに嫡男《ちやくなん》の隆元の三人を相手に、元就は愚痴をこぼした。

「河内守《かわちのかみ》どのなどは、ひと揉めあるかもしれませぬな」

と福原左近が三角の目を細くして言う。

「そもそも出てくるのか。近ごろは商売に熱を入れているようで、合戦ではあまり見ぬが」

と低い声で言うのは、このところ一段と太ってきた桂元澄。

元就は表情を動かさずに聞いている。

家中で、井上党はあいかわらず大きな地位を占めている。重臣の数でも兵数でも、一族を合わせれば毛利家中全体の五分の一ほどになるだろう。

その井上党の総領である河内守は、今日の評定にも出ていなかった。井上党でも傍流の二、三人が顔を出しただけだ。

「近場ですぐにすむ合戦なら出るが、遠くて長くかかる合戦は出たくない、というのでしょうな。わがままなお人ゆえ」

「それに恩賞に不満もありましょう。出陣して感状《かんじょう》はもらっても、一向に所領がふえぬと文句を言うておりましたから」

桂元澄と福原左近がこもごも言うのは、当たっているだろう。おそらく多くの者たちが感じていることで、口に出すか出さぬかのちがいだ。河内守は力をもつがゆえに遠慮がなく、露骨に不満を態度にあらわす。

元就は何も言わなかった。

河内守は評定に出ぬばかりか、城の修繕など賦役《ふえき》も果たさず、反銭《たんせん》も納めない。元就が家督を継いだときに交わした密約のせいだが、近ごろでは元就が下す裁定にも従わない。

まさにやりたい放題だった。

井上党のことは、元就が抱えている難問のひとつだ。もちろん対策は練っているが、ここでは言えない。

「家中はよいとして、国人衆にはいつ伝えましょうか」

元就の心中を悟ったのか、隆元が話を変えた。

「まだ陣触れは出ておらぬ。出てからだろうな。幾人かには耳打ちしておいてもよいが」

いまや元就は、もともと毛利家の傘下だった家、つまり家中の者と、これまで毛利家とは同輩だった安芸国人衆と、双方をひきいる立場だ。

「素直にしたがうでしょうか」

隆元が心細そうに言う。

「したがわせねばならぬ。それがわが家《いえ》の役目だ」

家中の者たちとおなじく、安芸の国人衆も遠い出雲までの出陣には渋い顔をするだろう。その尻をたたいて出陣させねばならない。

「されば早いほうが……」

「そうだな。支度をするよう触れを回しておくか。使者を選んでおいてくれ」

桂元澄と福原左近が帰ったあとで、元就は隆元に告げた。

「そなたもこたびは出陣じゃ。怠りなく支度をしておけ。まずは鷹狩りでもして山野を駆けめぐり、馬の調練もせよ。文字にばかりうつつを抜かしておってはいかん」

およそ三年、人質として山口で暮らした隆元は、大内家の典雅な都ぶりの暮らしになじんだようで、この郡山城でも歌会や書物に親しみ、家の中にこもってばかりいた。たまに外出したと思えば、城の南にある興禅寺《こうぜんじ》にゆき、和尚や雲水たちと禅問答や漢籍の話をしてきたなどという。

張り出した額は元就に似ているが、体つきなど元就より小柄だし、目の形など、元就よりおひさに似たようだ。気性も、細かいところに気が回り、やさしい感じがする。

そのあたりが跡取りとしては頼りなく思えて、つい口やかましく注意してしまう。

「は、わかっております」

隆元は頭を下げたが、気のない返事だった。そそくさと元就から離れていった。

――家中の者も子供も、素直に言うことを聞いてはくれぬ。

元就はひとつ息をつき、奥へ向かった。

内庭で子供たちが雪合戦をしている。

渡殿《わたどの》に立って見ていると、次男の元春《もとはる》と三男の徳寿丸《とくじゅまる》が、それぞれ家来の子供たちを手勢に仕立てて対戦しているようだ。

年長の元春は子供たちの先頭に立ち、力いっぱい雪玉を投げている。そして雪玉の威力で徳寿丸の陣を乱すと、喊声《かんせい》をあげて突っ込んでいった。

徳寿丸の陣は蹴散らされ、子供の兵たちは逃げてゆく。それを元春たちが追いかける。

おやおや勝敗が決したかと思っていると、建物の陰から別の子供たちがあらわれ、元春たちに横合いから雪玉をぶつけはじめた。元春の家来たちが右往左往するところに、徳寿丸たちももどってきて雪玉をぶつける。

挟み撃ちにされた元春たちは、ついに逃げ出した。

元就は声をあげて笑った。

「はは、やるな徳寿丸。元春もいいぞ」

久しぶりに心から笑ったような気がした。やはり子供たちを見ていると、胸の内がなごむものだ。

奥の屋敷にはいり、妻のおひさと対面した。年明けに出陣してしばらく城を空けると話すと、なにやらもじもじして、

「吉川《きつかわ》の家はどう動くでしょうか」

と聞いてくる。

「今度は吉川どのもいっしょに出陣するだろう。なにも心配することはない」

と話すと、ほっとしたようだった。

おひさの悩みは、実家と毛利家との関わりにある。

おひさの実家、吉川家の当主興経《おきつね》は元就の甥——吉川家に嫁いだ元就の妹の子——である。

つまり吉川家と毛利家は二重に縁組していることになる。

なのに興経は昨年から今春まで、尼子勢の一武将としてこの郡山城を攻めてくれた。親戚といっても頼りになるどころか、敵に回っていたのだ。

元就が尼子勢を撃退すると、興経は本拠地の小倉山《おぐらやま》城に逃げ帰ったが、そののち安芸国山《やま》県郡《がたごおり》の所領の多くを差し出すことで、大内家に帰順を許された。

興経は敗退した尼子家を捨てたのである。

そして今度は一転して大内氏に、早く尼子攻めをと出陣を催促する書状を——吉川家だけ

でなく、備後、出雲、石見の十三家の国人が同心して——出していると聞く。十三家の国人は、富田城を攻めるのなら先駆けするので、勝利の暁には領地を倍に加増してもらいたい、と願い出ているという。

これを大内義隆にとりついだのが陶隆房で、隆房が強硬に富田城攻めを主張する一因となったようだ。

大内氏と尼子氏のあいだでゆれ動くのは安芸や石見の国人衆の常だが、それにしてもあからさまな裏切りである。

そんなこともあり、興経といういまの吉川家の当主を、元就は危ない男と見ていた。

興経は二十歳をすぎたばかりで、近隣に聞こえるほどの大弓を引く力自慢の上に、いくさでは勇猛なところを見せる。しかし大内と尼子とのあいだの動き方を見ていると、あまり思慮深くはなさそうだ。

勇猛なだけで智恵のない男というのは、危険である。

おひさもそれを感じてか、なにかと実家の心配をしている。

おひさの兄、吉川経世《つねよ》が興経を補佐しているので、元就は経世と連絡をとりつつ、吉川家とはつかず離れずの姿勢でのぞんでいた。しかしそれでも興経が突飛な行動に出れば、毛利家への影響は避けられない。まことにはた迷惑な親戚といえる。

「それと、徳寿丸はどうなりましょうか」

おひさの心配の種はもうひとつある。安芸の国人、竹原《たけはら》の小早川《こばやかわ》家から、毛利家の三男、徳寿丸を養子にと乞われているのだ。

「わしが出雲へ行って留守のあいだはお預けだ。どうにもならぬ」

「ああ、そのほうが助かりまする」

おひさは母の顔を見せて微笑んだ。養子話が実現すると、まだ元服もしていない徳寿丸を手放さなくてはならなくなる。おひさにはそれが辛いらしい。

安芸国の南部、竹原の小早川家は、この夏の銀山《かなやま》城攻めで当主の興景《おきかげ》が陣没してしまっていた。早くつぎの当主を決めなければならないが、興景には子がなかったので、養子を迎える話が起きた。

そこで小早川の家臣たちが、元就の三男、徳寿丸の養子入りを望んできたのである。

元就には次男の元春もいるが、こちらは元就の異母弟、四郎こと北就勝《きたなりかつ》への養子入り——就勝にも子がなかった——の話がきていたので、残る徳寿丸に白羽の矢が立った。

亡き興景の妻が元就の姪という縁もある。また安芸国人の筆頭である毛利家と縁つづきになっておけば、行く末頼もしかろうというのが、小早川家臣団の考えのようだった。

徳寿丸にとっても悪い話ではない。

三男坊が家に残っても家臣となって、長男の下知を受けるしかない。それよりは他家で養子になったほうがいい。将来は国人の当主になれるのだ。

小早川家は安芸の国人という点で、毛利家と立場は対等なのである。

といっても三男の徳寿丸はまだ十歳だ。とても国人の当主などつとまらない。いまのままでは毛利家が小早川家に差し出す人質になってしまう。

だからそれなりの家臣団をつけなければならない。人選がむずかしいし、本家として養家の面倒を見る覚悟も必要となる。元就は心を決めかね、徳寿丸の養子入りは一日延ばしになっていた。

しかしことは毛利家と小早川家のあいだにとどまらず、大内家にも聞こえていた。当主の義隆から元就あてに、三男の徳寿丸を養子にするよう、督促する書状まできている。

外濠を埋められた形だが、出雲へ出陣すれば養子入りどころではなくなる。徳寿丸の年齢を考えれば、そのほうがいいかもしれない。

「こたびは隆元もつれてゆく。留守中はそなたが家を守ってくれ」

「それはわかっております。そなたさまも身を堅固に」

毛利家の当主で安芸国人の筆頭といっても、思うに任せぬことだらけだけに、妻の思いやりが身にしみる。

――素直に言うことを聞いてくれるのは、おひさだけか。

おひさはしっかり者で、自分はなにひとつ贅沢をするではなく、帯も着物も粗末なものしかもっていないが、子供たちの面倒をよくみるし、家のことはきびきびと片づける。

少々意固地なところがあり、元就と小さな喧嘩をすることもあるが、四十を超えたいまも、外見は娘のように愛らしい。

そんなおひさに、元就は何もむくいていない。いささか後ろめたい思いを抱いている。この大いくさが終わったら、なにかしてやらねばと思う。

そののち、奥の離れに向かった。

離れには大方さまがいる。声をかけて濡れ縁に腰をかけると、

「なんじゃ浮かぬ顔をして。いかがなされた」

と大方さまが出てきた。

そろそろ還暦というのに、丈夫でいてくれることが何ともありがたい。

「どうやら未曽有《みぞう》の陣出しになりそうで。一年は留守にするかもしれませぬ」

元就がそれほど長いあいだ城を空けたことは、いまだかつてない。それも心配の種だ。

「亡き兄者が京へ何年も行っているあいだに、毛利の家は乱れ申した。あのころのようになりはせぬかと、心配でなりませぬ」

「ならば信用できる家人《けにん》を置いておくしかなかろう。上野介どのなら大丈夫じゃ。あとはおひさどのにまかせなされ」

大方さまは微笑んでいる。どんなことがあっても元就の味方だと、その顔は告げているようだ。元就も大方さまには心を許していた。

おひさと大方さまと、ふたりがいれば大丈夫かとも思う。

元就は礼を言って離れを辞した。

ともあれ今度の出陣は、なんとか無事に切り抜けたいと切に思う。

三

夏の強い陽射しが兜《かぶと》を灼《や》く。

野も山もむせかえるような熱気につつまれ、重い鎧《よろい》をまとった体は汗びっしょりだ。

「先頭に出ているのは誰だ」

兵たちの動きを本陣から望見していた元就は、近習のひとりにたずねた。

「あれは渡辺の一党と見えまする。太郎左衛門どのでしょうか」

「出すぎじゃ。そなた、行って下がるよう伝えてまいれ。下知を守れとな」

元就の下知を伝えに、近習は駆けていった。

「太郎左め、あせりすぎじゃ」

元就はつぶやいた。

太郎左衛門の渡辺家は、先代が謀叛《むほん》に加担したため誅殺され、先祖伝来の所領も失っていた。太郎左衛門が毛利家に帰参したとき、元就は所領を返したが、全部ではなく一部にとどめた。忠誠心を判じかねたためである。

そこで太郎左衛門は先祖伝来の所領をすべて返してもらおうとして、手柄をたてるのに懸命になっているのだ。

それはそれでいいのだが、時にはやりすぎて統制を乱すので困っている。

とはいえ井上党のように、軍兵を出し惜しむ者たちよりははるかにましだ。今回、井上党は期待していた人数の半分も出さなかった。

「一向にすすみませぬな」

元就のそばにひかえる隆元がつぶやいた。

「いくさとは、こんなにまだるっこしいものですか」

「こら、言葉をつつしめ」

元就の叱責に、隆元は意外そうな顔をした。

「大将たるもの、いくさの最中に家来の士気を削《そ》ぐようなことを言うてはならぬ。言うのなら、みずから敵前に出張って、家来たちをふり返りつつ言うのじゃ」

隆元はだまった。

——こやつは、甘やかしすぎたか。

十代後半のもっとも多感な時期を、隆元は山口で文雅《ぶんが》におぼれて過ごしてしまった。いくさに不向きな男になってしまったのではないかと、元就は後悔すら感じている。

ただ隆元の言うように、今日は家来たちの攻めぶりが手ぬるいのも事実だ。

目の前には、擂《す》り鉢を伏せたような形の山がある。衣掛山《きぬかけやま》というが、尋常な山ではない。山麓から頂上にかけて、谷といわず尾根筋といわず山肌を削って曲輪《くるわ》が築かれ、旗や幟《のぼり》がひるがえっていた。全山が城塞《じょうさい》と化しているのだ。

赤穴城である。

出雲と石見、備後との国境にあり、出雲富田の本城《ほんじょう》を守るために各地に置かれた、尼子十旗《じっき》と呼ばれる城のひとつだ。尼子家の忠臣、赤穴久清《ひさきよ》、光清《みつきよ》の父子が守っている。

大内勢にとっては、出雲へ攻め込むための最初の関門だった。

毛利勢は早朝から山麓西南の都賀口《つがくち》にある曲輪にかかっていたが、どうにも攻めあぐねていた。

曲輪は人の背丈の何倍もある崖の上に築かれており、下から登る道がない。側面から迫ろうにも、曲輪を守るように深い堀切《ほりきり》が掘られていて、近づけない。

火矢をはなって中の櫓《やぐら》を焼こうとしたが、水がたっぷり備えられているようで、すぐに消し止められてしまう。

打つ手に困って、いまや曲輪を遠巻きにして矢を射込むだけになっていた。

毛利勢だけでなく、大内勢全体が赤穴城に手こずっていた。

総大将の大内義隆が出陣したのは年明けの一月十一日。陶、杉、内藤ら譜代の重臣衆と一万五千の兵をひきいて出雲へと向かった。

途中、厳島《いつくしま》で戦勝祈願をし、安芸国府で安芸の国人衆をあつめ、北上して石見の新庄で石見国人衆の参加を待ち、と軍勢をふやしつつゆるゆると進軍したため、総勢こそ四万にふくれあがったが、出雲との国境《くにざかい》に近い出羽《でわ》二ツ山《ふたつやま》に陣したときには三月になっていた。

江《ごう》の川を渡り赤穴城攻めにかかったのは、出陣から五カ月もたった六月である。長い陣旅に加えて、このところの暑熱で、すでに兵士たちは疲れ切っている。

それでも、赤穴城に籠もる兵は二千。

四万の兵で囲めばたやすく落とせそうに思えたが、城主の赤穴父子が頑強に抵抗したため、ひと月たっても曲輪のひとつも落とせていない。

業を煮やした義隆が総攻撃を命じたので、今日は軍勢を分けて四カ所からいっせいに攻めのぼっているのだ。

「本当に今日中に落とすのですか」

隆元が聞く。

「さあて、どうかな。落ちるかどうかは、だれにもわからぬ」

そう言って元就は、大手門のある北の方角を見た。喊声や矢声《やごえ》、攻め太鼓の音が聞こえてくる。

「あちらは派手にやっておるな」

大手門を受け持つのは陶隆房と吉川興経、内藤興盛《おきもり》らだ。五千あまりの人数をかけて、門を打ち破ろうとしている。

「大きな声では言えぬが」

と元就は隆元にささやいた。

「ここではあまり無理をするつもりはない。緒戦から全力で戦っていては、いずれ息切れしてしまう。まだ先は長い。ここの手柄は、陶どのや吉川どのにゆずればよい。われらは兵を損ずることなく進軍し、最後の富田城攻めで手柄をたてるぞ」

「なるほど。深慮ごもっとも。承知いたした」

隆元は深くうなずく。

その日は結局、日暮れ前に兵を引いた。曲輪には損害も与えられなかったが、毛利の兵はほとんど無傷だった。

それにくらべて、大手門のほうは激戦だった。

陶、吉川ら猛将といわれる者たちが、五千の兵ですり潰すように大手門に攻めかかり、ほとんど門を打ち破るまでになった。

ところが城兵は、山上からひとりでは抱えられぬほどの巨岩を落としたり、矢を雨と降らせたりして持ちこたえた。

そこへ城主の赤穴光清が駆けつけると、みずから先頭にたって大内勢を射立て、ひるむところに門をひらき、槍をとって突っ込んでいったから、大内勢はたまらず押し返されてしまった。

その後も大内勢は何度か押し寄せたが、そのたびにはね返され、大手門を打ち破れない。とうとう日暮れとなり、両軍は兵を引いた。

終わってみると、大内勢の損害はひどいものだった。

陶勢は数百の手負い死人を出し、吉川、平賀《ひらが》の国人衆もそれぞれ七十人あまりが討たれた。ほかの手勢を合わせると、全体で千人あまりの手負い死人を出したのである。

それでいて、城内には一歩も踏み込めていない。

これではとても城は落とせない、引き返して江の川を渡り、安全なところで手負いの疵《きず》を養生《ようじょう》してからふたたび攻めるしかない、という声が将兵からあがっていた。

元就も大手口の損害を聞いて、

「これは長陣になるぞ。初手からこれでは先が思いやられるわい」

と福原左近や桂元澄ら、側近たちにこぼした。いやがる国人たちの尻をたたいて出陣させただけに、長引けばまた文句が出てくる。できれば早く陣を収めたいのである。

ところが翌朝、本陣から使番《つかいばん》の武者がきて、

「城が落ちたから勝ち鬨《かどき》をあげる。声を合わせよ」

という。元就も側近の者たちもおどろき、顔を見合わせた。城に一歩も踏み込めていない

のに、勝ち鬨とはどういうことだ。

「何が起きた」

元就にもわからない。隆元などはきょろきょろするばかりだ。

話を聞くと、どうやらこういうことらしい。

昨夜、城から本陣に使者がきた。

なにを言いだすのかと思っていたら、降参するという。城を明け渡し、出雲へ引き退くから城兵の命を助けてくれ、というのだ。

昼間にあれだけ頑強に抵抗しておいて、夜になったら降参するとは信じられぬ話だったが、城が明け渡されるのを拒む理由もない。承知すると、尼子勢は夜のうちにさっさと城を捨てて富田の本城へ引き揚げていった。

城が無人になっているのを確かめて勝ち鬨をあげたものの、なにかだまされたようで用心していると、しばらくして真相が聞こえてきた。

城主の赤穴光清が、大手門の揉み合いに出陣したときに、喉に矢をうけたのだ。

城中に運び込まれたものの、しばらくして絶命してしまった。途方に暮れた重臣たちに、富田城から加勢にきていた武将が、城中をまとめる大将を失ってしまっては籠城など無理だと主張したため、城を捨てることになったらしい。

結果として、陶隆房や吉川興経の強引な攻めが功を奏したのである。

「いやいや、ただ運がよかっただけよ」

元就は苦々しい思いでいた。大将に矢があたるなど、滅多にないことだ。そんなことをあてにして攻めるなど、軍略でも何でもない。

大内義隆や陶隆房の智恵もたいしたことはない、と思い知った。もちろん、口にはしなかったが。

緒戦をものにした大内勢だったが、手負いと死人の多さはどうにもならず、しばらくは疵養生と兵糧を蓄えるために、出雲と石見の国境《くにざかい》付近にとどまった。

富田城をめざして大内勢がふたたび進軍をはじめたのは、三カ月もあとの十一月になってからである。

敵領の中を行軍したのだが、赤穴城を落とした大内勢に逆らう勢力は、もうなかった。街道をすすむうちに三刀屋《みとや》、三沢《みざわ》といった出雲の国人衆が尼子家を見かぎって帰順してきて、軍勢はふくれあがる一方だった。

「勢いというものは恐ろしい。一度転がり出すと、人の力では止められぬようじゃな」

元就も隆元にそんなことを言ったりした。

ここまで尼子家はなんの手出しもしてこなかった。というより、出せないようだった。

安芸、備後、石見はいうにおよばず、出雲の国人衆もあらそって大内勢についており、富田城は孤立しつつある。尼子家の滅亡は目前と思えた。

とはいえ、もう真冬になっている。山陰の山あいは寒気が厳しく、野陣《のじん》はとても無理だ。さらに雪まで降ってきて、大軍を動かすのがむずかしくなってきた。

軍議がひらかれ、城攻めは明春とし、この地で越冬と決まった。

義隆は軍勢を山間地から海沿いの地にまですすめると、富田城から三里ほど北西にある馬潟《まかた》の正久寺《しょうきゅうじ》に本陣をおいた。そして諸将を周辺に配置して守りをかため、春を待った。

毛利勢は宍道湖《しんじこ》の東岸、白潟《しらかた》という地に陣を敷いた。波のおだやかな湖をながめつつ、年を越すつもりである。

付近の百姓たちは軍兵をおそれて逃げ散っており、兵たちが風雪をしのぐ空き家はいくらもあった。兵糧も先に蓄えた分がある。湖には魚介も豊富だった。

それでも元就は、城攻めに甘い見通しはもっていない。

「富田城はこわい城じゃ。ここからが正念場ぞ。覚悟してのぞめ」

と将兵たちをいましめている。しかし福原左近らは元就の話を聞き流して、

「春のうちには安芸にもどれるかな」

と、毎日のように蜆《しじみ》や鯉《こい》を食べ、寄り合っては連歌《れんが》や謡《うたい》にうつつを抜かしていた。

四

年が明け、梅の花を見かけるようになると、大内義隆は諸将を召して軍議をひらいた。いよいよ富田城を攻めようというのだ。

上座に義隆、晴持《はるもち》の父子――義隆には子がなかったので、土佐《とさ》の一条《いちじよう》家の子を養子に迎えていた――がすわり、左右を側近や周防《すおう》、長門《ながと》の武将たちがかためる。下座には安芸、石見などの国人衆が居ならんだ。

座の中央には、大きな出雲の絵図が置かれている。

「もはや尼子に味方する者は近国におらず、富田城に後詰めがくる心配もありませぬ。この際、わが陣を城に近々と寄せ、城下を焼きはらい、他への通路を断って攻め寄せれば、お味方勝利は眼前でござる」

と陶隆房は説く。

「よって、われらは本陣をこの京羅木山《きようらぎさん》におく。諸将はさらに近々と陣を据え、城攻めをなされたし」

と言って絵図の一点を指した。

京羅木山は、富田城のある月山《がつさん》の西北にある。富田川をはさんで一里とはなれていない。

月山よりかなり高い山で、中腹に陣を敷けば、富田城を見下ろすことになる。

本陣をこれほど近くに据えるのは、すぐにも兵を城めがけて攻め登らせ、一気に揉みつぶそうとしているからに他ならない。

居ならぶ諸将は静まりかえっている。みな軍《いくさ》奉行の下知にしたがうつもりのようだ。

元就は強い胸騒ぎをおぼえた。

出陣前に勝一や芦田、世鬼らを使って、富田城の造りを調べあげた。それによって、とても短時日では落とせぬ城であると見極めをつけている。強引に攻めかけなどしたら……。

「おそれながら、申しあげまする」

元就は声をあげた。

「この儀については、いますこしご思案あるべしと愚考いたしまする」

「右馬頭《うまのかみ》（元就）どの、その内意《こころ》は！」

陶隆房から鋭い声が飛ぶ。元就は答えた。

「案ずるに、富田の城は籠もる兵も一万五千は堅くあり、さらには昔より名を得たる城なれば、力攻めとなれば六十余州の兵をもってしても、たやすくは落ちぬと存じまする」

座がしんとなった。陶隆房が不快そうに問う。

「それで、どうせよと申すのじゃ」

「は。諸所に付け城をかまえて城への出入りを差しとめ、大蒸《む》しに蒸し上げれば、あとは城

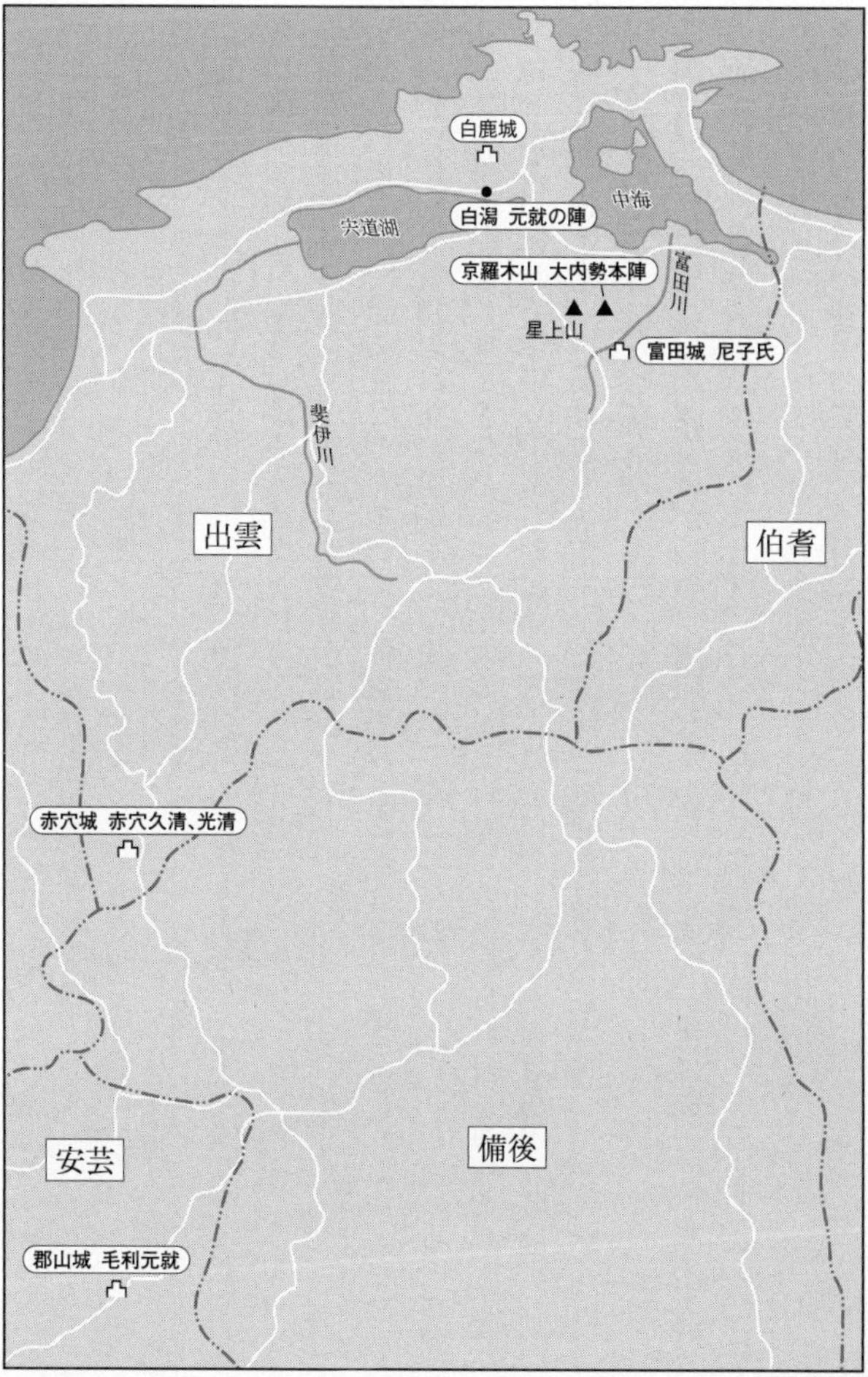
白鹿城
中海
白潟 元就の陣
宍道湖
京羅木山 大内勢本陣
富田川
星上山
富田城 尼子氏
斐伊川
出雲
伯耆
赤穴城 赤穴久清、光清
安芸
備後
郡山城 毛利元就

中の兵どもより、お味方に内通する者も出てまいりましょう。城攻めも容易になりまする。兵はいましばらくこの地に控えさせて、はかりごとを先にすべきかと」

座にはうなずく者もいる。一理あると思ったようだ。元就はつづけた。

「かの城は、東の伯耆《ほうき》に近いほうが囲みにくうござる。まずは伯耆の国人どもに命じて伯《はく》州口《しゅうぐち》を閉じて次第に押し詰め、さらに諸道の口をふさぎまする。さすれば城中の者ども、勇気が失せて城より落ち行く者も出てまいり……」

元就が言い終わる前に、上座近くから声があがった。

「いまこれほどまで詰め寄せておるのに、何を恐れることなどあろうか！」

その勢いに、元就は思わず口を閉じてしまった。声はつづく。

「ただ急ぎ押し詰め、城下を焼き払ってのち本城に向かい攻めのぼれば、城中の兵どもは耐えかね、あるいは味方に降《くだ》り、あるいは落ち行くに違いなし。しからば富田の城は、一両月のうちに没落しよう。いまは急ぎ京羅木山に御陣を寄せられるべし」

田子《たご》兵庫助《ひょうごのすけ》という義隆の側近である。

一両月という言葉に目を開く者が多い。出陣してからここまで一年になる。早く始末をつけて帰国したい思いは、誰しもおなじだ。一、二カ月ですむのなら、多少の無理はいとわぬという気にもなる。

「その儀、理を得たりと存ずる」

陶隆房が満足そうに言う。

「されどあの城のかまえを見れば、兵を攻め寄せてもまず矢で追われ、登ろうとしても道は細くひと筋で大軍は登れぬ。とてもまともには攻められませぬぞ」

元就は反論したが、陶隆房はもう聞いていない。上座の義隆に裁定をうながした。義隆はうなずき、

「田子の申すこと、もっともじゃ。京羅木山へ陣を据えるぞ」

と発言した。

元就が嘆息するうちに軍議は終わった。


さっそく京羅木山へ兵が送られ、陣城《じんじろ》の構築がはじまった。

立木を伐って堀を掘り柵をめぐらし、寝小屋《ねごや》や櫓が建てられる。義隆が本陣をうつしたのは、ひと月ほどのちの二月半ばである。

陶隆房は自陣を京羅木山より富田城に近い経塚《きょうづか》にすえ、田子兵庫助は石見、出雲などの国人衆をしたがえて、富田川をはさんで富田城に面する小丘、八幡山《はちまんやま》に陣をおいた。

元就は八幡山の裏手に陣をおいた。

——まずは手並みを拝見だな。

陶や田子らがどう城を攻めるのか、いくらか醒《さ》めた気分で見ていた。

軍議で力説したとおり、力攻めで富田城を落とせるとは思っていない。城のある月山はさして高い山ではないが、西に天然の濠として富田川が流れ、南に塩谷《しおたに》、北に菅谷《すがたに》という切り立った谷をかかえる。東側は険しい山岳がつらなり、はるか伯耆との国境までつづく。攻め入る隙は、どこにもない。これほど守るに都合のいい地が、よくあったものだと唸ってしまうほどである。

芦田、世鬼らが調べたところでは、城には塩谷口、菅谷口、御子守口《おこもりぐち》の三つしか出入り口がなく、しかもそれぞれ細道の難所があり、一兵が守れば千人がかかろうが打ち抜けぬ関門になるという。

中腹には花の壇《はなのだん》という侍所があり、大手門を上がった平地に山中御殿《さんちゆうごてん》が建てられている。そこから頂上まではきわめて急峻な坂がつづく。この坂道を七曲口《ななまがりぐち》と称する。

山頂は平坦で広く、本丸、二の丸、三の丸があって、大大名の本拠にふさわしい雄大な規模だという。

聞くだけで攻める気が失せる鉄壁のかまえである。

しかも麓の砦《とりで》から頂上までに一万五千もの兵が籠もっているというのだから、田子兵庫助が言うように一、二カ月で落ちるはずがない。

だから無駄なことはせずに兵を温存しておき、いつか来るかもしれない城攻めの好機をとらえるつもりだった。

とはいえその考えを声を大にして言うわけではないので、家中の者にさえも理解されていない。

「なぜ攻めよとお命じにならぬのか」

と詰め寄ってくる者がいる。渡辺太郎左衛門である。

「はるばる行軍してきて、やっと敵城を間近に見たというのに、いつまでも陣にいるのは無駄というものじゃ。早くお命じくだされ」

顔を赤くして言いつのる。

「まあそうあわてるな。いくさにも潮時というものがある」

元就は苦笑しながら抑えにまわる。

「その潮時はいつ来るのでしょうかな」

「いま仕掛けをしようとしておる」

「仕掛け？」

「ああ。獲物がかかるまで、しばらく待っておれ」

太郎左衛門を煙《けむ》にまいておいて、元就は本陣から動かない。

諜者に、籠城中の武将の縁者で城外にいる者を探せと命じてあった。縁者を通じて城中の者に寝返りをすすめるためである。

芦田、世鬼らは手下を使って、いまさかんに内通者になりそうな国人をさがしている。その報告を待っているのだった。

むずかしい仕事だが、内通者でも出さぬことには、この城は落ちないと元就は見ていた。そもそも大軍を動かすのに不向きな地形なので、ここまで麓や城下町で、数百人から二千人程度の小競り合いが何度かあっただけである。

元就も本陣から命じられて、気がすすまぬまま幾度か兵を出した。

三月半ばには、元就は隆元とともに兵をつれて菅谷口に進出し、尼子の武将、牛尾《うしお》遠江《とおとうみの》守《かみ》と河副《かわぞえ》美作守《みまさかのかみ》らと戦ったが、首ひとつを挙げただけに終わった。

四月下旬には、田子兵庫助がひきいる出雲の国人の軍勢への加勢を命じられて、手勢一千をひきつれて城の前に出た。

そして家中の者三百人ほどが富田川を渡り、尼子家臣の空き屋敷に陣を張った。ところが連日の雨で川幅が広がり、こちらの岸へもどれなくなった。

そこへ敵兵二千が城から出て襲いかかってきた。

注進によって元就が気づいたときには、すでに屋敷は取り囲まれ、三百の兵は危機におちいっていた。だが川の流れが速く、流木も多く流れており、渡るには危険でだれも救援に行こうとしない。

「これは無理じゃ。渡るにも川水に押し流されてしまう。あの軍勢は捨てるほかなし」

見ていた兵庫助がわめく。

渦巻く川の流れを見て元就も迷った。しかしここで味方を見捨てては今後の士気にかかわる。合戦が終わって安芸にもどったあとも、何を言われるかわからない。

——これぞ大将の出番よ。

そう心を決めると、激しい流れも渡れそうに思えてくる。

「ええい、なにを見ておる。つづけ！」

とみずから先頭に立って馬を川に乗りいれた。旗本、近習たちがあわててつづき、それを見ていたほかの毛利勢も、つぎつぎに川へ飛び込んでゆく。

途中、流されそうになりつつも、馬はなんとか富田川を泳ぎ渡った。対岸に着くと、そのまま旗本たちとともに敵に突きかかる。

新手の登場に敵はうろたえ、一時は退いたが、城内からこれを見てつぎつぎに加勢が出てきた。毛利勢も、大将を討たれては一大事と、しゃにむに川を渡って新手が駆けつけてくる。

数千人が入り乱れての合戦となったが、ついには元就が指揮した毛利勢が優勢となり、尼子勢を押し返して味方を救った。

だがこれも勝敗に響く戦いではない。

京羅木山に本陣を据えてふた月。小競り合いがつづくうちに四月も終わろうとしていた。攻めるにも手がかりがなく、城には手もついていない。

将兵たちは夜ごとに会合して酒を飲み、昼間は連歌や乱舞に暇をつぶすありさまだった。

ことに吉川ら、陶隆房に書状を提出した十三家の国人たちは、寄りあつまっては酒を酌《く》みかわし、だれそれの武功を評したり敵味方の強弱を論じたりしていた。

元就も動けずにいた。内通者による切り崩しをしようにも、草の者からなんの音沙汰もなく、手がかりがないのだ。

と思っていたところに、ひょっこりと角都《かくづ》という琵琶法師がやってきた。勝一とともに使っている草の者である。勝一より若く、出雲や伯耆に得意先が多い。

「急いでお耳に入れたきことがございます」

と言う。さっそく陣幕の中に入れ、隆元と福原左近、桂元澄の四人で話を聞いた。

「いえ、まだ内通しそうな者は見つかっておりませぬ。今日はそうではなく、気になることを聞きおよびましたゆえ」

「なにかあったか」

「おぼろな話ではございまするが」

角都は城の東方、伯耆において国人の屋敷をおとずれては平家物語を語りながら、尼子勢の動きをさぐっていた。

国人たちから漏れてくる話をつなぎ合わせると、どうやら城の背後に間道《かんどう》があり、伯耆の諸城とつながっているらしい。兵糧を運び込むことも可能だという。

「さもあろうな」

伯耆のほうまで大内勢の手が回っていないことは、元就もわかっている。だから軍議で伯州口を押さえるよう主張したのに、容《い》れられなかった。

「されど今日お伝えいたすのは、兵糧のことではありませぬ」

角都は声を低めた。

「富田城よりは間道をつたってしきりに人の出入りがあり、その者は出雲国内のほか石見、備後へ向かっているようすにござりまする」

「ほう」

「もしや石見、出雲などの国人衆に蜂起をうながし、わが軍勢の背後を襲う策ではないかと思い、一報に参上した次第にござりまする」

「ふむ、なるほど」

元就は、白いもののほうが多くなった顎鬚《あごひげ》をしごいた。

もしもその策が実現すれば、数万の軍勢が敵地で飢えるというおそろしいことになる。

「しかし、国人の当主どもがみなこの地に出陣している以上、領地の者が叛乱《はんらん》するなど、あり得ぬのでは」

と言うのは桂元澄だ。

「そのとおり。ここに来ている当主は人質同様。地元で蜂起するなど、ありえませぬ」

福原左近も言う。隆元もうなずく。理屈の上ではそうだと元就も思うが、

「尼子たる者、見込みもなく間者を出したりはせぬじゃろう」

経久が亡くなったとはいえ、尼子家にはまだ有能な家臣たちが多くいる。何かあるという
いやな感じがする。とはいえそれが何かは、今のところ見えてこない。

「よく教えてくれた。苦労じゃった。今後も励んでくれ」

角都に褒美の銀子を渡しながら、これは本陣に伝えておくべきだろうと思った。

しかし翌日、田子兵庫助に伝えると、一笑に付されてしまった。

「なにを恐れておられる。さような小細工に怯えてこの大軍を動かせば、天下の笑いものになるだけじゃ」

と取りあおうとしない。兵庫助は、一月の軍議での自分の主張にこだわっているのだ。

そのかたくなな態度に、元就もあきれて口をつぐんだ。

そして四月も晦日《みそかび》になった。

早朝、城から出てきた軍勢千ほどが、富田川の川岸に備えをたてた。旗印から牛尾遠江守と知れる。ひと合戦あるべしと大内勢を挑発している。

味方からも当然のように軍勢が出た。

出雲の国人、三沢三郎左衛門《さぶろうざえもん》の手勢、一千五百である。

吉川、本庄《ほんじょう》といった石見勢、三刀屋、桜井《さくらい》、山内《やまのうち》らの大内家新参の国人たちもあとにつづこうと、川岸へ進出した。

わずか千ばかりの敵がどんな合戦をするのか、と元就がみている中、進み出た三沢勢はするすると川を渡り、牛尾勢へ挑みかかった。

「おおっ」

元就は思わず声をあげた。

すさまじい戦いがはじまった、からではない。逆である。

三沢勢は牛尾勢のところまで行くと、戦うことなく一体となり、あろうことかそのまま城中へはいってしまったのだ。

何ごとが起こったのかとおどろいていると、吉川、本庄、三刀屋といった国人衆も川を渡って城の中にはいってゆく。

そこまで見せられて、ようやく気づいた。

進軍してきた大内勢の威《い》を恐れて味方になった石見、出雲の国人たちは、城攻めがはかばかしくないのを見て再度心変わりし、尼子方へもどったのだ。

もちろん、尼子方が城内から手引きしたのだろう。

元就も、ここまで堂々と裏切りがなされるとは、まったく予見していなかった。敵方に駆け込む軍勢を、手も出せず呆然と見ているしかない。

「角都の話をもっと真剣に聞いておくべきじゃった」

と後悔してもあとの祭りである。

結局、こちらの岸に残った軍勢は、周防・長門の大内衆と安芸の元就支配下の者ばかり。陶隆房に書状を出した石見、出雲などの十三家の国人たちは、みな富田城にはいってしまった。

大内勢の将士は騒然となった。

彼我の勢力をくらべて、まだ五分五分だから決戦すればよいと言う者、堅い城を抱えている分、尼子方が有利だと言う者、田子兵庫助の言い分とまったく逆の結果になったのを嘲る者、とそれぞれが陣中でさわがしくわめきたてる。

陶隆房が軍使をまわして、風説や悪口雑言を流す者は厳罰に処すると下知したので、翌日には騒ぎは鎮まった。しかし状勢が変わったわけではない。

——これは退《ひ》くべきじゃ。

元就は思った。石見の国人衆に裏切られたのでは、背後を衝かれるおそれがある。糧道も断たれるだろう。それでは戦えない。

だが陶隆房らは強気で、退くとは言わない。それどころか軍議さえも開かず、そのまま在陣をつづけた。元就も退けとは言いださなかった。言ったところで、臆病者呼ばわりされるに決まっているからだ。

ところが五月七日になって、いきなり退き陣《の》《じん》の下知が出た。

理由は明かされなかったが、直後、叛旗《はんき》をひるがえした石見の国人衆の地で、こちらへ送る途中の兵糧が奪われたといううわさが流れた。

やはり糧道がねらわれたのだ。それでは陣地は維持できない。

総退却である。

各自、陣を捨てて自分の領地まで逃げ帰るのだ。

「いまから退くのか……」

退路の困難さに思いがいたって、元就は慄然《りつぜん》とした。

退却をはじめたとわかれば、尼子勢は勇んで追ってくるだろう。郡山城まではここから三十里以上、敵地の中を通らねばならない。

無傷で通れるわけがない。いや、果たして生きて帰れるのか。

しかも陶隆房から追加の下知がきた。

「毛利どのは尻払《しっぱら》いをつかまつれ」

殿軍《しんがり》、つまり最後まで陣に残って、追ってくる敵を撃退しつつ退却せよというのだ。

大内家の支配下にある毛利家は、これを拒めない。

「そんな……。誤った下知の尻ぬぐいを、われらにさせる気か！」

桂元澄などは怒り狂っている。

元就は、どの道をとるかと考えていた。おそらく出雲街道は無理だろう。とすれば……。

いや、まずは兵たちに支度させるのが先だ。

「みな、あつまれ！」

元就のただならぬ声に、重臣たちが駆けつけてくる。元就はひとりひとりの顔を見ながら、一語一語をかみしめるようにして告げた。

「われらは殿軍と決まった。名誉なことじゃ。むずかしい退き陣じゃが、毛利の名を辱《はずかし》めぬよう、一丸となって切り抜けるぞ！」

もはや覚悟を固めるしかなかった。

五

元就は疲れ切っていた。馬上にあっても目を閉じそうになる。

「……隆元はいるか」

「うしろにおります」

力のない返事を聞きながら、ここからでも父子別々になったほうがいいかと思案していた。いっしょにいるところを敵に襲われては、下手をすると二人とも討たれて毛利の家が絶えてしまう。

それほど尼子勢の追撃はきびしかった。

大内義隆、晴持の父子が京羅木山を出たのが七日の昼すぎ。殿軍を命じられた元就は、一《いっ》刻《とき》ほど待ってから陣を払った。

尼子勢はすぐに異変に気づき、追い討ちをかけてきた。

隊列をととのえた毛利勢は当初、うしろから追いすがる敵に反撃しつつ退却した。

しかしそのうちに、最後尾の隊が討ち減らされて消滅。混乱のうちに陶勢との同士討ちもあり、さらに待ち伏せしていた地侍らの一揆《いっき》勢に何度も襲われたため、暗くなるまでに隊列が四分五裂となり、元就のもとには百ほどの兵が残るだけとなった。

元就一行は、なんとか尼子勢の追撃をまいて山中で一夜を明かし、明るくなってから海岸近くの平地へ出た。

赤穴城をめざして出雲街道を逆にもどるのが一番の近道だが、途中で三刀屋など裏切った国人たちの領地を通るので危ない。

船をもとめて石見の安全な地へ漕ぎ出すつもりだったが、すでに大内勢が船をさらっていったと見えて、湊《みなと》には一艘《そう》も残っていなかった。

やむなく海沿いを西へと行軍をつづけた。

だがいつ敵に襲われるか知れないから、鎧兜もつけたままで、夜討ちを警戒してほとんど眠れず、飯もろくに食べられない。みな疲れ果ててしまった。

しかもこの一昼夜でかせいだ距離はせいぜい七、八里だろう。まだ二十里以上も逃げなければならない。

敵地での敗走が困難だとはわかっていたが、これほど悲惨なものとは思ってもいなかった。

このまま逃げては、やはり危うい。

隆元とは別れた方がいいと思ったとき、顔に冷たいものがかかった。

「雨だ。くそっ、こんなときに」

兵たちから呪いの声があがる。悪いことに梅雨がはじまったようなのだ。

一行は雨に打たれながら歩く。馬に乗っているのは元就と隆元だけ。ほかの者たちはすでに馬を失っている。

甲冑《かっちゅう》が重い上に手負いの者もいるので、歩みは遅々としてすすまない。

「ここはどこか」

「まだ出雲の……、古志《こし》あたりかと」

朝からいくらもすすんでいない。しかも雨脚は強くなる一方だ。これでは前途に伏兵がいても気配がわからない。

「ひとまずあの森にはいれ。少し休もう」

一行は街道をはなれ、山麓の森へはいった。

森の中は薄暗かったが、鬱蒼《うっそう》としげる木の葉が笠のかわりになる。元就と隆元は大木の下に雨を避《よ》け、他の者もそのまわりの木の下に雨宿りした。

「さて、一、二刻でやむかな」

「……少なくとも、弱くはなりましょうな」

桂元澄が答える。

見渡せば、ついてきた者は桂、福原のほかに志道広良の息子の通良《みちよし》、国司右京亮、渡辺太郎左衛門、ほかに児玉《こだま》、井上といった面々だ。それぞれ数名から十数名の郎党をしたがえている。

「これだけ譜代の者たちがいれば、敵地であろうと恐れることはない」

自分に言い聞かせるように、声にしてみた。

「さようですな」

隆元は眠そうだ。

「まだ寝るな。始末をつけてからだ」

元就は将兵たちに命じた。

「よく聞け。まず半数の者がいまより半刻、休め。寝てもよい。あと半数の者はしっかり見張りせよ。半刻したら見張りと休みを交替せよ」

将兵たちはしばらくざわついたが、やがて静かになった。

「そなた、先に休むがよい」

と隆元にすすめると、

「では遠慮なく」

と兜を脱ぐとたちまち横になって、鎧を着けたまま寝息を立てはじめた。よほど疲れていたのだろう。

半刻後、隆元を起こして元就自身が休む番になった。敵地で油断はすまいと気が張っているつもりだったが、目を閉じるとたちまち意識が薄れてしまった。

夢うつつの中、隆元の声で起こされて気がつくと、なにやら甘酸っぱい匂いがする。

「父上はお飲みになりませぬか。酒が手にはいりましたぞ」

と隆元がうれしそうに言う。周囲からは笑い声も聞こえる。

「酒が？　どうした」

「いや、さきほどこの近くの村の者が、お疲れでしょうと言って握り飯と酒をもってきたので。みな先にいただいております」

「村人が、飯と酒だと？」

蜘蛛《くも》の巣が張ったようだった頭が、しだいにはっきりしてきた。

「ええ。われらに村を襲われては困ると思ったのでしょうな。怯えたようすでこちらへ来て、兵どもが手を出さぬよう禁制の書き物をくれと申すので、それがしが一筆、当手の者の乱妨《らんぼう》を禁ずると書いて渡しておきました」

「毛利と書いたのか」

「ええ……」

「馬鹿者！」

元就は起きあがった。

「みなの者、酒は飲むな。握り飯も捨てよ。毒がはいっておるかもしれぬぞ。ここは安芸ではないのじゃ！」

元就の言葉に、みなが一気に緊張した。

「居所を知られた以上、いまに一揆勢が押しかけてくるぞ。立て。すぐに出立する。駆けるぞ。余分なものは捨てよ」

隊列をととのえる間もおしみ、一行は森を出ると西へと小走りに向かった。

雨の中をしばらく走ったところで、果たして後方から一揆勢が追いかけてきた。最後尾の者たちが立ち向かい、乱戦になる。

あたりを見渡すと前方に坂があった。元就は、その上まで全力で走るよう命じた。

「止まれ。みな矢をつがえよ」

坂の上に達すると、横に兵をならべて矢いくさの態勢をとった。弓の弦《つる》に雨は禁物だが、かまっていられない。

しばらく矢であしらっているうちに、一揆勢はあきらめたのか後退していった。一行はこの隙にと足を速めてその場から立ち去る。

なんとか急場を逃れたのだが、この一戦で十数名が減っていた。最後尾の者たちが一揆勢の餌食《えじき》になったのだ。

馬上で元就は合掌して念仏をとなえた。一行は無口になり、ひたすら西へ向かう。

しばらくして国境の川を越え、石見へはいった。だがまだ油断はならない。石見の国人衆も多くは尼子方に寝返っているから、敵地とおなじだ。

雨はまだそぼ降っている。疲労困憊《こんぱい》した一行は、また坂道にかかっていた。

そのころから、道端で嘔吐《おうと》する兵が出始めた。先ほどの握り飯と酒に何か入れられていたのだ。隆元も苦しげな顔をしている。

「我慢して歩け。もう少しだ。味方の領地にはいれば薬もある」

元就は兵たちにそう言うことしかできない。そこに、

「敵！　敵にござる」

と後方から悲鳴のような声があがった。

馬上から見ると、数百の軍勢と見える。このあたりの国人の手勢だろう。

「あわてるな。三段にかまえて矢いくさの支度をしろ」

元就が下知すると、兵たちは陣を組み、のろのろと弓に矢をつがえた。しかし今度の敵は数が多いだけでなく、戦意も盛んだ。矢をものともせず突っ込んでくる。

元就一行の先陣は、たちまち切りくずされた。二陣めも押されている。

「ええい、ここで死ねや、みなの者！」

元就の大喝《だいかつ》に応じて近習や馬廻りの者たちも突っ込んでゆく。しばらく揉み合いになったのち、ようやく敵を押し返した。

だが敵は退かない。また新手の一隊が突っ込んできた。

味方の兵はもうふらふらになっている。兵の数も勢いもちがいすぎる。

これはもう防げないと思わざるを得ない。

山の中へ逃げ込むか。

いや、それではすぐに見つけ出される。雑兵《ぞうひょう》に討ちとられる見苦しい最期を遂げることになるだろう。しかもまだ敵の領地だ。いくら逃げても、郡山までたどり着けるとは思えない。

考え惑っているうちにも、敵勢が突っかかってきて、こちらの兵は後退している。

万策尽きた。もう逃れられない。

元就は天を仰いだ。

――こんなところで果てるのか。

運が尽きるときは、こんなものなのだろう。人の命など、はかないものだ。

妻子を残したまま死ぬとは無念極まりないが、迷っている暇はない。敵兵に首をとられるのだけは避けたい。

覚悟を決めた。

「いよいよ最期のようじゃ。わしは腹を切る。しばし時を稼げ」

そばにいた桂元澄に命じた。

「そんな！」

元澄は叫ぶが、元就は「頼む」と念を押す。

兵たちが支えているうちに、近くの山中に隆元とともに隠れた。したがうのは若い近習三人のみ。

雨はまだ降っている。馬を山道につなぎ、大木の根元に腰を下ろした。兜を脱ぎ、鎧の胴《どう》丸《まる》をはずす。草摺《くさずり》もとった。足を組み、脇差《わきざし》を前におく。

「だれか介錯《かいしゃく》を」

近習を見やると、三人は顔を見合わせていたが、ひとりがおずおずと歩み出てきた。

ぐずぐずしていると敵が来る。辞世の句を詠む暇さえない。

「わしと隆元の首は、どこかに埋めて敵にとられぬようにせよ」

と命じて、元就は鎧直垂《ひたたれ》の前をくつろげた。

そこに足音がした。すわ敵かと脇差をとると、見慣れた顔が駆けてくるところだった。

「殿、お待ちくだされ。お願いがござる」

そう言いながら元就の前にひざまずいたのは、渡辺太郎左衛門だった。荒い息をつき、顔は汗でびっしょりだ。

「太郎左よ、残念だがもはや何も聞いてやれぬ。いまから腹を切るのでな」

切腹の座を乱すとはなにごとかと腹が立ち、乱暴に言い放った。太郎左衛門は、荒い息に肩を上下させながら手を伸ばしてくる。

「その兜と鎧、それに馬をお貸しくだされ」

「兜と馬？」

「それがしが殿の御名を名のり、敵を引き付けまする。その隙にお逃げくだされ」

元就は一瞬、言葉を失い、まじまじと太郎左衛門を見た。

そんなことをしたら千に一つも助からない。敵に囲まれ、槍玉に挙げられるだろう。

だが太郎左衛門の目は真剣だ。

「それがしと郎党ども六人、最後のご奉公をいたしまするゆえ、家と妻子を末永くよしなにお願い申す」

そう言うと太郎左衛門は一礼し、元就の返事も聞かずに、脱ぎ捨ててある兜と胴丸を手にして走り去った。

山道のほうで馬のいななきと、郎党どもを指図する声がした。ついで蹄の音が遠ざかっていった。

——なんということを！　この手でそなたの父を殺したというのに……。なぜ身を捨ててまで、わしを生かそうとするのか！

全身が震えて、頭の中が真っ白になった。

ここまで、太郎左衛門は信用ならぬと思ってきたのに、これをどう解釈すればいいのか。

だがそれも、ほんの束の間だった。

「父上、この隙に、早く！」

隆元に言われてわれに返った元就は、立ち上がると山道を奥へと駆け出した。

六

蟬の声が耳に刺さってくる。

元就は、御里屋敷の仏間にすわり、位牌を前にして念仏をあげていた。

背後には隆元と次男の元春が、これもきちんとすわって念仏に唱和している。

唱え終わると元就はふり返り、息子二人に相対した。

「これからも妙玖《みょうきゅう》の命日には念仏するように。元春も、吉川の家に行ってからもきっと忘れず唱えてくれ」

は、と元春が頭を下げた。

「徳寿丸、いや隆景《たかかげ》にも言うておかぬとな」

目を遠くへやりながら、元就は言った。

「それにしても妙玖がいないとは、まだ信じられぬ。いまでも声をかければ、すぐにここへ顔を出すような気がするぞ」

ため息混じりの声に、息子二人も下を向く。

「早く慣れねばならぬが、なかなか」

妙玖とは、おひさの戒名である。今日はおひさの初盆だった。

おひさは昨年の冬、ふと引き込んだ風邪がもとで寝込んだ。

はじめは軽く見ていたが、医師にみせて療養を尽くしても熱が下がらない。これは大事だと加持祈禱《かじきとう》をしても無駄だった。結局、寝込んでひと月ほどで世を去ってしまった。

息をひきとる寸前にも、苦しいと訴えることもなく、

「隆元だけでなく、元春と隆景にも、きっといい嫁を。五龍《ごりゅう》にいったおつぎにも、忘れず目をかけてやってくだされ」

と、子供たちのことばかり心配していた。

元就には大きな衝撃だった。

おひさは、まだ五十にもならない。寝込む少し前まで元気ではたらいていたのである。人の定命《じょうみょう》は計りがたいとはいえ、どうしてそんなに急いであの世へ行くのか、とおひさに問い質《ただ》したいほどだった。

衝撃が大きかったのは、その半年前の夏に大方さまが身罷《みまか》っていたせいもある。

大方さまはすでに齢《よわい》六十をすぎ、足腰も弱って出歩くのも稀《まれ》になっていたから、元就にも覚悟はできていた。

「もう定命ゆえ、騒ぐことはないわ。義理の子とはいえ、よい子をもって、わらわは幸せだったぞえ」

と言い残し、穏やかに亡くなった。まず大往生といえたが、それでも自分を育ててくれた恩人の死はこたえた。

そこへおひさの死が重なったのである。

自分が合戦で九死に一生を得て帰ってきたあと、長いあいだ自分を支えてくれた女人ふたりが相次いで亡くなるとは、いったい何ごとかと思う。

おひさと大方さまの死ばかりでなく、この一、二年で元就の家族は大きく変わった。

まず三男の隆景――徳寿丸が元服した――は、もとめられるままに竹原小早川家の養子となった。いまは郡山城をはなれて小早川家の木村《きむら》城にいる。

そして次男の元春には、吉川家の養子にはいる話がすすんでいた。

興経の跡を襲うのである。

吉川興経は三年前の富田城攻めで尼子方についたが、石見はその後も大内家の勢力が強く、裏切り者の興経は富田城からなかなか石見へもどれなかった。そのうちに裏切りの代償として、領地をすべて大内家に奪われてしまった。

その領地は毛利家に与えられることになっていたが、元就は大内家に懇願して領地を吉川家に返してやった。おひさの実家をつぶすのは忍びなかったのである。

だがそのおひさが亡くなると、もう吉川家に情けをかける気になれなくなった。

そこでおひさの兄で興経の叔父にあたる経世《つねよ》と相談し、興経を隠居させ、そのあとに養子として元春を入れて吉川家を相続させるよう、手を打ちつつあった。

成功すれば、危ない親戚をこの上ない味方に変えられる。

そうして娘が嫁ぎ、妻と養母が亡くなり、次男、三男も手許をはなれてゆくとなれば、元就の身辺は寂しくなる。

——数年前のにぎわいが、夢のようじゃな。

元就は思い返す。家の中に妻と元就がいて、三人の息子と娘ひとりがじゃれ合っている。それを大方さまが笑みを浮かべて見ていた。

騒がしくてゆっくりもできなかったが、ほかでは得がたいぬくもりがあった。そんな日々はもう二度ともどってこないのだ。

そして元就も五十歳になっていた。

人生五十年とすればもういつお迎えがきても不思議ではなく、この先は余生でしかない。

——これから余生をどうすごすのか。

おひさの死の衝撃が薄れると、元就はそのことを考えざるを得なかった。

そして先日、ついに心を決めた。

「そこでふたりとも聞いてくれ」

今日、元就は隆元と元春に、考えてきたことを伝えるつもりだった。

「わしは隠居する。家督は隆元に譲る。今年のうちにな」

「そんなに早くに！」

隆元が大きな声をあげた。

「急な話ではありませぬか。わたくしはまだ未熟で、毛利の家を継ぐ自信がありませぬ。なにとぞご再考を！」

隆元の顔つきが変わっている。

「何を言うておるか。元服して何年たった。いまさら甘えてはおれぬぞ」

「しかし……」

「わしの兄者は十四で家督をつぎ、わしは二十歳で幸松丸《こうまつまる》どのの後見人として毛利の家を背負った。そなたは二十四歳にもなって、まだ未熟と申すか。いい加減にせよ」

「……」

「聞け。わしは家中では不人気じゃ。軍勢催促ばかりして、その割に恩賞をほどこさぬと、文句を言われておる。いまが引きどきよ。幸いそなたはまだ色が付いておらぬ。家中の者たちもそなたの若さに期待しておろう。跡を継ぐには悪くないぞ」

家中や安芸国人たちのあいだに、不満がたまっているのはわかっている。郡山城の籠城戦にしろ富田城攻めにしろ、みなを出陣させた上に犠牲が多かった。にもかかわらず、恩賞としての領地を誰にも与えていないのである。

これでは文句を言われても仕方がない。

「そんなことは、ありませぬ」

「まあよい。そなたの心配もわかる。わしとて家督をつぐときは恐かった。誰でもそうしたものよ」

「はあ」

「それと、誤解するな。まだわしも元気じゃ。なにも隠居して念仏三昧の日々を送ろうというのではない。これからも毛利の家は支えるし、いろいろと汗もかこう」

「まことでしょうか！」

「ああ。それゆえ、そなたは毛利家当主の日々の仕事に精を出せ。わしは先々のことを考え、そなたが動きやすいように計らってゆく」

「それなら、わたくしにもつとまりましょう」

隆元の声が明るくなった。なんともかわいらしいほどの素直さではないか。

「よいか、今後わしは、やりたいことをやる。もう誰にも遠慮はせぬ」

元就は、そう宣言した。

五十歳まで自分を殺して懸命に家を支え、跡継ぎも作った。もうこの世でなすべき義理は果たしたはずだ。

これまで自分を支えてくれたふたりの女人《にょにん》が亡くなったのも、何かの機縁と思える。

これから先の余生は、自分の思うがままに生きてもよいだろう。

三年前のことを思い出す。

窮地におちいった元就の前にあらわれた渡辺太郎左衛門は、元就の鎧兜をつけて馬に乗り、郎党六人とともに、

「われは毛利右馬頭じゃ。討って手柄せよ!」

と叫びつつ敵の前を駆けまわった。そうして敵を元就から遠ざけておいて、七人そろって討死した。

元就と隆元はおかげで危地を脱し、まだ大内方にとどまっていた国人の領地まで逃げ切った。そこで庇護をうけつつ逃げてきた兵をあつめ、あとは間道を通って郡山城へたどり着くことができたのである。

城へ着いた元就はさっそく渡辺家の者たちを見舞い、わけを話して「毛利の家がつづくかぎり、渡辺家を疎略にはせぬ」と伝えた。その証左として、つぎの年から正月の甲冑開きの儀式には、渡辺家を家臣の先頭に据えている。

危地を脱したあと、なぜ太郎左衛門は自分を救ったのかと、元就は考え込まざるを得なか

った。

太郎左衛門にとって元就は父の仇である。なのに身を捨てて元就を救った。その行為は、ただ手柄をたてて先祖伝来の領地を回復しようとの思惑からだけではないはずだ。

当初は、まったく理解しがたい奇跡のように、元就には思えた。

さまざまに考えた末に、救ったのは太郎左衛門ではなく、「天」なのだと思い至った。「天」は「神仏」といってもよい。すべては天のはからいだと考えれば、納得がゆく。

見えない大きな力が、あのとき太郎左衛門を動かした。つまり、いま自分がここにあるのは、天命なのだ。

天に選ばれ、天の後押しがあるから自分は生きている。そう確信した。

だから今後は、他人に何と言われようとやりたいことをすると決めた。

なにしろ天によって生かされているのだから、やりたいことをしてこそ天命に応《こた》えることになる。

では、これから何をするのか。

まずは領地を増やし、強大な大名になることだ。

だれにも指図されない、強い毛利家を築きたいと、切に思う。

いま中国路は、大内家の敗戦によって大きくゆれている。この小さな毛利家にも、頭を持ちあげる隙ができつつある。

武略をうまく用いて、毛利の家を強く大きくしたい。そうなれば家中の者たちも満足するだろうし、身を捨てて自分を生かしてくれた渡辺太郎左衛門の志にも、応えることができる。

「妙玖よ、それでいいな」

元就は位牌に話しかける。

ふっと脳裏に、おひさがほほえみかける姿が浮かんできた。

とたんに目頭が熱くなり、元就は手で顔をおおった。

六　誅殺

一

「攻め道具が鯛やヒラメとはな」

夕暮れの道を宿の浄光寺《じょうこうじ》へ向かいながら、元就はおくびをもらした。

「そんなおそろしい手があるとは、この歳になるまで知らなんだわ」

「攻め道具といわれては、鯛やヒラメも迷惑でしょう」

と横を歩く供侍《ともざむらい》は笑った。

「つきあいで酒も飲まねばならぬし、まったくかなわぬ」

元就の顔は、断り切れずに飲んだ酒で赤くなっている。熱をおびた頬を、早春の風がなでてゆく。

天文《てんぶん》十八（一五四九）年の春、五十三歳となった毛利元就は、次男の元春《もとはる》、三男の隆景《たかかげ》と井上、粟屋《あわや》など家中の者、それに安芸、備後などの国人衆もひきつれて大内氏の本拠、山口をたずねていた。

元就の隠居と隆元への家督相続、それに元春、隆景の養子縁組が成ったことを大内義隆《よしたか》に報告し、くわえて長年の厚恩への御礼を申しあげるため、というのが訪問の名目である。

到着した直後、一行は義隆に歓迎されて、大内館の大広間でお目見えをすませた。

何年かぶりに下座から仰ぎ見た義隆は、生白い肌で顎の下や首回りに肉がついており、とても大軍勢を指揮する武人とは見えない。

また近くにすわる陶隆房《すえたかふさ》も、郡山《こおりやま》で見たときの美青年の面影をさがすのが大変なほど肥え太っていた。

周囲には大内家の重臣衆のほかに京から下った公家がはべっており、聞き慣れぬ京言葉が飛び交っていたのも印象に残った。なるほど噂どおりだ、と元就は思ったものだ。

館で、三の膳まである振る舞いを初献とし、十献《じっこん》まである大がかりな酒宴をすませたのちも、一行は大内家の重臣の宴席によばれ、珍味佳肴《かこう》でもてなされる日々がつづいている。

宴席に呼ばれるのはいいが、すると元就たちも答礼として宴席を開かざるを得ないので、連日連夜飲みつづけることになる。

そうして慣れぬ豪華な酒食に攻められた元就は、いまや胃の腑をこわし、奮闘むなしく降参寸前といった旗色になっていた。贅沢な話だが、胃の腑はひとつだから仕方がない。

だが若い者たちの戦意は、五十過ぎの元就とはちがうようだ。

「塩辛くない海の魚というのは、けっこうな味ですな。しかも海からの風はあたたかい。われらが山育ちの猿だと、よくわかり申した」

というのは元春である。

山口の町は、周防《すおう》の南部を走る椹野《ふしの》川に流れ込む一《いち》の坂《さか》川という細流がつくった、さほど広くもない盆地の中にある。

そうした土地のありようは郡山城のある吉田《よしだ》の里に似ているが、山口からは川を下れば海までは二、三里という近さである。

また町が繁華なことでは、吉田の里はとうていおよばない。人通りは多く、建物はみな美麗で、京の都もかくあろうかというにぎわしさなのである。

二十歳になった元春は母親似の丸顔で、固太りの体をゆすって歩いている。吉川《きっかわ》家に養子入りが決まり姓も変えた。

昨年には備後神辺《かんなべ》城をめぐる合戦で、吉川家の軍勢をひきいて激戦を繰り広げてもいたが、まだ吉川家中がおさまらないので吉川家の城にはいらず、いまも元就とともに郡山城に住んでいる。

「なあに、海もよいことばかりではありませぬぞ。少しでも荒れれば、水夫《かこ》どもは漁にも出られぬ。ことに冬の海はこわいものじゃ」

と隆景が応じる。

こちらは三人兄弟のうちもっとも元就に似て、細面《ほそおもて》で額が広く、鼻筋がとおっている。十七歳だが、すでに小早川《こばやかわ》家を継いで、当主として海に近い木村《きむら》城に住んでいた。

小早川家は水軍をもっているので、舟や水夫にはなじみがある。しかも元春と同様、小早川家の大将として備後神辺城での合戦にその水軍をひきいて出陣、敵方の出城である竜王《りゅうおう》山《ざん》要害を落とす手柄をたてていた。

元春も隆景も、この山口でおおいに歓迎された。

一本気で勇猛な気性の元春は、陶隆房と馬があったらしく、たがいに分けへだてなく付き合うという誓書をかわした。義兄弟になった、といったところだろうか。

隆景には義隆から、京の公方《くぼう》さまに官途《かんど》を申請してもらうことになった。

そして郡山城で留守をまもっている隆元には、大内一族で重臣の内藤興盛《ないとうおきもり》の娘を、義隆の養女として娶《めあわ》せるとの約束をもらった。

どれも名誉なことで、毛利家としてはおおいに面目をほどこしたことになる。

しかし、元就はただ御礼をのべるために山口まで来たわけではない。

その夜。

すでに亥刻《いのこく》（午後九時）が近いというのに、元就の宿である浄光寺に忍んできた男がいた。

宿の奥の一室に明かりをともし、元就は元春、隆景とともにこの男に対した。

「では、過半をお味方につける目途はついた、とのことでしょうかの」

元就は眼前にすわる男に念を押した。

「さように思ってもらって結構。相良《さがら》どののやり方にはついてゆけぬ、と申す者は日を追ってふえておりまする。この勢いならば、重臣衆も多くがこちらの味方につくであろうとは、わがあるじの考えでもありまする」

答えるのは、陶隆房の使者である。

元就が山口へ来たのは、隆房の招きだった。

大内家の領内は一見、よく治まっているようだが、内情はちがう。家臣たちは相良武任《たけとう》を筆頭とする文官派と、陶隆房を中心とする武官派のふたつの派閥に分かれており、陰《いん》に陽《よう》に勢力争いを繰り広げていた。

大内家もほかの大名家とおなじく、重臣衆による評定《ひようじよう》によって家政を切り回している。いまその重臣衆は、まず周防守護代の陶隆房。杉重矩《すぎしげのり》は豊前《ぶぜん》守護代で、さきに話がでた内藤興盛は長門《ながと》守護代である。ほかには陶一族の陶隆満《たかみつ》、飯田興秀《いいだおきひで》ら。そして相良武任ももちろん重臣のひとりだ。

昔から陶家が大内家の重臣筆頭とされてきたので、評定も陶隆房を中心にまわるはずなのだが、大内勢が尼子《あまご》の居城、富田《とだ》城を攻めて敗走したため、富田城攻めを主張した陶隆房の威勢は地に堕ちていた。

逆に富田城攻めを止めようとした重臣、相良武任の勢いが強くなり、いまや評定も支配しているという。

しかし大内家当主の義隆が、敗戦を境にして政務に興味をなくし、歌や蹴鞠《けまり》、花見や月見にうつつを抜かすようになると、これをお家の大事と見た家臣たちがふえて、また武官派の勢いがもどってきているらしい。

安芸の郡山城にいても、そんなようすは伝わってくる。どんなものかと実見《じっけん》にきたのが、山口をたずねた理由のひとつだった。

「いま重臣衆でお味方となっている者は？」

「まず青景《あおかげ》どの、それに内藤どのとも入魂《じっこん》にしており申す」

「なるほど、青景どの、内藤どのか……」

元就の頭の中には、大内家の最新の勢力図が描かれつつある。安芸の山の中で想像していたものとは、やはりちがっていた。

そもそも義隆の評判が悪いという。

義隆が歌や蹴鞠といった芸能や朝廷への献金、下向してくる公家たちのもてなしに遠慮なく金銭を浪費するために、通常の年貢だけでは足りなくなり、臨時の税を領国に課した。

遊楽のために臨時の課税をするとは聞いたことがない、どこの世のことかと、下々《しもじも》の不満はつのるばかりというのだ。

義隆の失政により、大内家は乱れつつある。

しかも、義隆自身は直属の兵をほとんどもっていない、と目の前の使者は言う。兵力はみな守護代のもので、守護代を動かさねば当主の義隆といえど兵力は使えないのだと。

つまり守護代の二、三人が組めば、大内家はどうにでも動かせる。そして力をとりもどしてきた陶隆房は、遊興三昧の義隆を見限りつつある……。

——なるほど、来てよかったわい。

元就は内心でさまざまに勘定をしながら、使者に強調した。

「陶どのとは、末永く入魂に願いとうござる」

「むろん、われらもさように願っておりまする。貴意を得たこと、大慶にござる」

「いずれは陶どののご本人とも、一献を」

「あるじも、望むところでござりましょう」

そんな話の末に、使者は満足して帰っていった。

「どうやら義隆という御輿《みこし》が重すぎて、担ぎ手たちが困っているようじゃの。大内家を動かす梃子《てこ》となるのは、やはり陶どのか」

元就は元春と隆景に向かってつぶやいた。

「いまは大内家が胴体、われらは尻尾《しっぽ》じゃが、いつまでも振りまわされているつもりはない。いずれは尻尾が胴体を振りまわすことになろうぞ」

すでに元就の「思惑」を承知しているふたりは静かにうなずく。

富田城攻めの大敗から生還し、「天命」を悟って以来、元就は考え方を変えた。それまでは攻められて仕方なしに、あるいはだれかから指図されて合戦に出ていたが、今後は自分からすすんで仕掛けようと決心したのだ。

危難を恐れて受け身でいては、振り回されるばかりで安息は得られない。みずから強く出て相手を御《ぎょ》してこそ、勝利と安息が得られる。そこに必要なのは、ただ武略ばかり。そして武略についてなら、他人に負けない自信がある。

使者が帰ったあとも、元就は陶隆房と幾度となく書状をやりとりした。そのたびに、

「大内家を救うのは、やはり陶どのしかござるまい」

と元就は隆房を焚きつけていった。

ひと月ほどで帰るつもりだったところ、元就自身が思わぬ病気にかかって滞在が長引いてしまったが、その分、たっぷり大内家の内情を知ることができた。

義隆に暇乞《いとまご》いをして郡山城へもどったのは、五月半ばである。

城へもどった元就は、「思惑」を実現すべく動きだした。

元就が住んでいる郡山城の姿は、十年ほど前に尼子勢に攻められたときとはずいぶんと変わっている。

二

ふだんは御里《おさと》屋敷に住み、いくさになると東南の尾根にある本城《ほんじょう》に籠もる、という城のもろさに気づいた元就は、尼子勢が去ったあと、備えを堅くするための改修をはじめた。

以来、重臣たちに曲輪《くるわ》となる屋敷を中腹や尾根に造らせ、出雲《いずも》遠征からもどったあとには、山頂付近に物見櫓《ものみやぐら》をふくむ本丸から三の丸まである曲輪をもうけた。

出雲の富田城のように堅い山城をめざして、城郭を全山にひろげたのである。

そして家督を隆元にゆずったあと、隆元に御里屋敷と本城をまかせて、自分は山頂付近の曲輪にうつり住んだ。

御里屋敷とくらべると山頂の住まいはいかにも不便だが、戦時には何万という軍勢に囲まれても耐えられるし、平時に何者かに寝込みを襲われる危険も、ほぼない。

今後の毛利家がめざすところを考慮すると、これは重要なことなのである。

その日、志道広良《しじひろよし》が二の丸の御座の間に顔を出したとき、元就は中国路の諸国を描いた絵図に見入っていた。

「まずまず上首尾だったわい。大内家のようすもよくわかった。おおかたは思ったとおりではあったがな」

前にすわった広良に山口での出来事のあらましを伝えると、聞き終わった広良は、殿は変わられた、と言う。

「なんと申すか、明るくなられた。富田城攻めでの一難以来でござろうか。いや、それでこそお家も安泰でござる」

元就は白い歯を見せて応《こた》える。

「いつぞやそなたが申したな、男の四十路《よそじ》は長く苦しい坂道じゃが、五十になれば先が開けてくると。やっとわかった気がするわい」

毛利家当主の座を隆元にゆずった元就は、あいた時間に絵図に見入っているようになっていた。何をしているのかと問われると、

「家の将来を考えておるのよ」

と答えるのが常だった。

「愉快、愉快。こうしてはかりごとを巡らすのは、なんともいえぬ楽しみじゃ」

そんなことさえつぶやく。

「はかりごとさえうまく行けば、安芸、石見《いわみ》はいうにおよばず、備後、出雲、それにこのあたりも」

と元就は周防、長門のあたりを指さした。

「わがものになる。山口へ行って、まさにその感を強くした」

「それはようござった」

広良も当然のようにうなずく。

「では、あとは……」

「すぐには手出しできぬ。まずは足許をかためる。国の中がおさまらぬでは、外へ踏み出すわけにいかぬ」

「ごもっとも。それがようござりましょう」

そんな話をして広良が去ったあとで、長男の隆元がやってきた。手拭いで首筋の汗をふきながら、

「いやあ、やはり本城からここまでは遠すぎる。中腹の曲輪をひとつ、わが住まいとしたいもので」

のっけにそんなことを言い出した。

元就と相談するために、ふもとの御里屋敷や本城から頂上の本丸まで登ってくるのが大変だから、もっと本丸に近いところに居を移したいというのだ。

毛利家の当主になったものの、自分で毛利家を引っ張ってゆくつもりはさらさらなく、すべて元就に指示してもらう、という姿勢が見えている。

そう感じるたびに、最初の子供だけに甘やかしすぎたか、と元就は焦ってしまう。

だが、いまさら反省しても遅い。隆元はもう二十七歳の立派な大人なのだ。性格は変えられないだろうから、すこしずつ自覚をうながしてゆくしかない。

内藤の娘を大内義隆の養女として嫁にする話をすると、隆元は緊張した顔で聞いていて、

「名誉なことにござりまする。つつしんでお請けいたしまする」

と、そこに大内義隆がいるかのように頭を下げた。

「では婚礼の日取りなど、向こうと話をすすめるぞ。そちらは誰を奉行にする？」

とたずねたのは、隆元は隆元で当主としての仕事を処理するために、年の近い側近たちをとりたてて奉行人にしているからだ。

「では、赤川元保《あかがわもとやす》を」

「こちらは桂元澄にやってもらおう。それでいいな。ではつぎじゃ」

隆元と相談せねばならぬことが、いくつかある。

「わが家の三つの難題についても、むこうで話してきた。すべて内意を得たぞ。思うようにすすめてよい、というのじゃ」

この数年、毛利家はいくつかの難題を抱えてきた。その中に大きなものが三つある。

「そなたはどう思う。どれから手をつけるべきかな」

問われて隆元は首をひねった。

「さあて、まずは吉川からでしょうかの。元春がいつまでもこの城にいるのは、体面も悪いし不憫《ふびん》にも思えまする。つぎは沼田《ぬた》の小早川でしょうか。さほど手はかからずと見えまする。そして井上党はもっとも手がかかりましょう。ゆえに最後がよいかと」

うむ、と元就はうなって腕を組んだ。

――こやつ、武略というものをまったくわかっておらんな。

その無能さは悲しくなるほどだった。まだ若いから仕方がないといっても、いまや毛利家の当主なのだから、このままでは危険だ。元就のほうが頭をかかえてしまいたくなる。

「どれ、ひとつずつ考えてゆくか」

元就は隆元を教え諭《さと》すつもりで、話をすすめてゆく。

難題のひとつ目は元春の吉川家である。

吉川家の所領は、ほぼ大内家の勢力範囲であり、大内家との関係なくしては維持できない。しかし先の当主、吉川興経《おきつね》は尼子氏との関係がふかくて、何度も大内家を裏切っては尼子側についてきた。

大内家も興経に見切りをつけ、吉川家から所領をとりあげると宣告したこともある。そのときは、妻おひさの実家であることから、元就が興経をかばって大内家に頼み込み、所領をもとにもどしてやった。

だが興経は、そうした元就に感謝するどころか、かえって城を昔からの小倉山《おぐらやま》城から毛利領の近くの日野山《ひのやま》に移したりした。

毛利領を侵略しようとうかがう意図がある、としか思えない行為だった。

そこまでされると、さすがに元就も甘い顔ばかり見せてはいられない。

さまざまに考え、おひさの兄で興経の後見役でもある吉川経世《つねよ》とはからって、興経を当主の座から引き下ろす算段をした。

手はじめに経世と重臣の森脇和泉守《もりわきいずみのかみ》に、興経の寵臣《ちょうしん》、大塩右衛門尉《おおしおうえもんのじょう》を討たせた。大塩は吉川家の譜代ではなく、近江《おうみ》から来た新参者である。興経の寵愛をよいことに譜代や一族の者を無視して家政を左右し、年貢をきびしく取り立てるばかりか新しい課役《かえき》をかけて、領民にも嫌われていた。

これを討てば吉川家中が経世らの味方になる、と元就は読んだのである。

興経が鷹狩りに行っているあいだに、経世の手の者が大塩の屋敷に忍び込み、寝込みを襲った。首尾よく討ちとったあと、経世と和泉守は重臣の多くを味方につけ、与谷《よたに》の城にこもって興経に叛旗《はんき》をひるがえす。

怒った興経は家中の者をあつめて城を攻めようとしたが、大半の重臣が背いているので、城攻めには人数が足りない。

どちらも動けずににらみ合いになったところで、経世は興経に談判をもとめ、その席で興経に隠居をせまった。

興経が隠居して、あとの当主に毛利家から元春を養子として受け入れる。そして元春のあとは興経の子、千法師《せんぽうし》に継がせる、という内容で事態の打開をはかったのだ。

もちろん、元就とは打合せずみ、というより元就の入れ智恵である。そうすれば経世たちも家中で重用してやる、と吹き込み、興経への謀叛をけしかけたのだ。

まだ三十歳にもならない興経にとって、隠居を強いられるのは屈辱だが、吉川家は代々、隠居した前当主が新しい当主を補佐し、軍勢を指揮する権限をもっていたので、隠居料と住む城さえ確保しておけば、家中へ力をおよぼすことはできる。

大半の家臣に背かれた興経にとっては、悪い条件ではない。

興経はこの案をのみ、新たな当主を出すはずの毛利家もふくめて細かな条件の話し合いにはいった。

当初、興経は家中に自身の影響力をのこすような条件をつけていたが、元就はそれを許さず、興経の隠居所を毛利家の領内にもうけるよう提案した。

双方がのぞむ条件のへだたりが大きすぎて交渉は長びいたが、興経は家中の信頼を失っていたために強くは出られず、しだいに不利な条件をのむようになっていった。

そして二年前に約束が成立。興経は当主の座を下り、数十人の家人をつれて布川《ふかわ》という吉川領からは七、八里もはなれた山の中へ来て隠居した。

近くの領主、熊谷信直《くまがいのぶなお》が見張っているため、吉川家中の者たちとの連絡も自由にならない。

隠居といっても監禁されたも同然だった。

このあと元春は正式に養子入りして、吉川の姓を名乗るようになる。

ただ、まだ日野山の城にはいっていない。

元春が当主になるのを納得しない者が、吉川家中に多いからである。

現に二年前のこと、小倉山城の城代であった江田因幡守《えたいなばのかみ》という吉川一族の者が、城の明け渡しを拒んで城中で割腹して果てている。

そんな荒れた空気の中に備えもなく元春を入城させては、反対派と争いが起きかねない。

だからいまのところ、元春は当主になったといっても名ばかりで、実をともなっていないのだ。早く元春を日野山の城に入れて、吉川家を意のままに動かせるようにする必要があった。

「で、どこから手をつける。吉川家の誰を動かすつもりかな」

「いや、そこまではまだ考えておりませぬ」

隆元の返事に、元就はため息をつく。

「吉川家のこともよく調べて、せめて重臣どもの顔と名前は憶《おぼ》えておけ。いずれはそなたが指図の杖をふることになるのじゃぞ」

つい叱りつけてしまう。隆元は伏し目がちに頭を下げた。

「つぎは……、沼田の小早川か。これもどうするつもりじゃ」

すでに三男の隆景は竹原の小早川家に養子入りし、小早川家の城にもはいっているが、いま問題としているのは、竹原の本家である沼田の小早川家のほうだった。

こちらも当主を亡くしたのだが、跡継ぎが幼い上に病で失明し、とても当主がつとまらないので、養子を迎えるかどうかという話になっている。

そこで、すでに分家である竹原の小早川家を継いでいる隆景を、当主の妹の婿に迎えて、小早川家を統一しようという案が出ているのだ。だがもちろん反対する者もいて、沼田小早川家を二分する騒ぎになっていた。

「同時ではこちらも人繰りがつかぬゆえ、吉川家を仕掛けたあとでいかがでしょうか」

それでは何も案がないのといっしょだ。元就は頭をかいた。

「沼田の反対する者たちをどうするか、隆景と考えてくれ。では最後に井上党か」

そう言ったあと、元就は思わず目を左右に動かしてあたりをうかがった。誰も聞いているはずはないのだが。

家中の一大勢力である井上党を討つ、と元就は決心している。

もちろん極秘のうちにすすめなければならぬ事項である。少しでももれたら、元就の身さえ危うくなるだろう。三つの難題のうちでもっともむずかしいのは、言うまでもない。

それを隆元はどう考えているのか。

「はあ。しかし井上党はわがままな振る舞いが多いものの、武功もまた数多くありまするゆえ、いましばらく様子を見てはいかがかと思いまするが」

どうも、ゆるい。

「吉川と小早川への仕掛けを見たら、あるいは行いを悔い改めるかもしれませぬ。それゆえ、最後にするのがよいと思うておりまする」

井上党は毛利家中でもっとも力のある一族で、合わせればその兵数は数百にも達する。まともに戦っては大変なことになる。隆元がたじろぐのもわかる。

元就は首をふった。

「そなたはわかっておらぬ。井上党が悔い改めなどするものか。むしろさらに図に乗って、やりたい放題になるのが目に見えておる」

隆元は一瞬、目を見開いた。元就の語気におどろいたようだ。しかし、すぐにうつむいてしまった。

――やれやれ、手がかかるのう。

覇気のない長男を前にして、元就は腕組みしたまま天井をあおいでいたが、やがてはたと膝を打った。

「ここで話していてもはじまらぬ。ちと町へ出てみるか。さいわい今日は市日《いちび》じゃ。にぎわっておろう」

言うなり元就は腰をあげた。

三

郡山城の城下町である吉田の里は、多治比《たじひ》川と可愛《えの》川が山を削った盆地にある。四方を山に囲まれていて空がせまい。

郡山のふもとには家臣たちの屋敷がならび、その西方を流れる多治比川にそって百姓家の集落がいくつか点在している。

元就は隆元と警固の近習たちをつれ、大手門前の道を歩いた。笠を目深《まぶか》にかぶり、人目を避けている。

夏のきびしい陽射しの中にもかかわらず、けっこうな人通りがある。大きな荷をかついだ者が多い。みな商人で、市《いち》へ物を売り買いにくるのだ。

このあたりには三日市や十日市など、日によってちがう場所で市が開かれる。今日は可愛川の河原にある市場が開かれていた。

「わしが子供のころはこれほど人が通らず、市もさびしいものじゃった。だがいまはちがう。市場など倍ほどにもふくれあがっておる」

「銀山《ぎんざん》のせいと聞きましたが」

隆元が答える。

「さよう。瀬戸内の物産を運ぶ者や、遠く上方《かみがた》から物を売りにゆく者が、この吉田を通って石見の銀山へ向かう。それで繁盛しておる」

隆元が小さくうなずく。

石見の大森《おおもり》あたりから銀が出るのは昔から知られていたが、銀山が盛んになったのは二十年ほど前のことである。博多の商人が、海上から山が光るのを見て銀のありかを知り、掘り始めたという。

当初は、掘り出した銀の鉱石をそのまま船に積んで博多へ運んでいたが、十数年前に唐渡《からわた》りの新しい製錬法がもたらされ、山中での製錬がはじまった。

そして徐々に銀の産出がふえ、結果として銀山に鉱夫ばかりか、鉱夫相手の商人や女たちがむらがり集まってきて、石見、安芸では他に見ないほど大きな町となっている。

「だから早く吉川の家を押さえたいもので。あそこの領地を自在にできれば、銀山も間近ですからな」

「ま、尼子がまだ頑張っておるゆえ、吉川の家を得ても一筋縄ではいかんがな」

文字通り宝の山である銀山は大名たちの争奪の的《まと》になり、数年前まで大内家がもっていたが、いまは尼子側に奪われている。

「銀山を押さえれば、軍資金はよほど豊かになりましょう」

「その思いは尼子もいっしょよ。なかなか手放さぬぞ」

そして一行は可愛川の市場についた。

道の両側に軒の低い掘っ立て小屋が幾十とつらなり、それぞれに米、茶、塩といった品物がならべられ、売り手が声をあげている。行きかう人々は、ゆっくりと歩きながら品定めしている。

川岸には湊《みなと》があって、舟が何艘《そう》も繋がれていた。

可愛川は、場所によって江《ごう》の川とも呼ばれる大河の中流である。舟も数多く行き来しており、この吉田の里の市にも海の物や山の物など、さまざまな品を運んでくる。

元就は一段小高くなった川の堤に立って、にぎわしい市場のようすをまぶしそうに眺めていたが、

「あれを見よ」

と湊のあたりを隆元に指さした。

「舟のまわりで荷をあらためておる者たちが見えるか」

「ええ、なにか調べておりますな」

「あれこそ井上党の者たちよ。運上《うんじょう》をとろうとしておる。昔から井上党はこの川湊をにぎってておってな、毎年莫大な運上を手にしておった。それがやつらの最大の強みじゃった」

隆元がうなずく。

「川湊ばかりではない。井上党は家中でも一番の富者なのである。やつらは街道にも関所をもうけて、行き交う商人たちから『駒足《こまあし》

銭(せん)』と称して銭をまきあげておる。そのおかげで、近ごろは吉田の里を通る商人が減っておる」

「けっこう商人も通っているように見えまするが」

「いや、こんなものではない。石見の銀山には、いまや何万という人々があつまっておる。そこに食べ物や衣服を売ろうとする商人が、あちこちからあつまってくるからな」

「なるほど。商人の流れも変えるほど銭をとっているとは、井上党は強いはずですな」

「さよう。銭があるから、人があつまる。人が多いからいくさに出ても強い。強いからさらに人があつまり、ますます強くなる。もはや手に負えぬ」

元就は腕組みをした。

合戦やほかの国人たちとの交渉など、外向きのことでは元就が家中を指図するが、所領の中では、元就がものごとを決められる領域はかぎられている。

争いごとの裁きは重臣たちと合議しなければならないし、市場や関所などは、広い領域の人々がかかわるものなのに、それぞれの地の領主が管理していて、元就は口を出せない。

用水路や街道など、多くの家臣の所領がからむものも、利害のある者たちの合議によって運営し、最後は当主の元就が裁定するが、どうしても力の強い者の声が大きくなって、公平な運営ができなくなっていた。

そうしたことで、人が耳をそばだてるような事件がおきると——やれ市場で押し買いがおきた、用水をめぐって喧嘩沙汰がおきたというようなとき――、名前があがるのが井上党の者、ということが多い。

「このあいだも、それ、何と申したか、姦通をした男を、夫が妻とともに殺したことがあったな」

「ありました。姦通の証拠が明白ゆえ、夫は咎《とが》なしと裁きを下しましたが……」

「なのに殺された男の一族が騒ぎたて、夫に復讐しようとしたじゃろ。面倒を嫌ってそっと逃がしたところ、一族が鬱憤《うっぷん》晴らしに夫の母を殺しおった。あれも井上党の者どもよ」

「いや、そうでしたか」

「ほかにも、喧嘩両成敗で双方に切腹を命じたところ、井上党の者だけが一族で助命嘆願をして、うやむやになってしまったことがあったじゃろう」

「たしかに……。井上党がわがままなのは、わかっております。わが所領の代官を命じても、年貢のほとんどを、入り用がかかったと申して横取りするありさまですからな。反銭《たんせん》も一切、納めてきませぬ」

「昔からそうじゃ。以前に話したかな。わしが幼いころ、井上党に所領をとられて飢えそうになったこともあった。大方さまが憐れんでかばってくれなければ、わしは元服もせぬうちに野垂れ死し、いまごろ毛利の家は絶えておる」

「聞いておりまする」

「わが所領を奪いかけたやつは早くに死んだが、その弟がいま井上党の総領、河内守《かわちのかみ》じゃ」

元就は、胸の内にたまったものを吐き出すようにため息をついた。

「三十年、いや、もっとか。河内守ともにこやかに付き合ってきたが、内心では煮えくりかえる思いじゃった」

怒りを押し殺した元就の言葉に、隆元は声もない。

「もう何年も前から誅殺するつもりでおったが、合戦が打ちつづいて手がつかなかった。合戦のないいまのうちに片づけねばならん。ところで」

と元就は口調をあらため、隆元を見た。

「武略の要諦《ようてい》をひとことで言うてみよ」

「は、それは……」

いきなり問われて、隆元は目をくるくると動かしている。元就はさらに言う。

「これまでずいぶん兵書も読んだであろう。いくさ場も踏んだ。さあ、ひとことで言うてみよ」

「いや、さて、ひとことと申しまするど、迷いますな」

「いかんな。どの兵書も要はひとつじゃぞ。いいか、武略の要諦はな、『奇』よ」

「『奇』とは……」

「相手の意表を突くことじゃ。といっても、ただ相手を驚かせというのではない」

元就は一度、言葉を切ってからつづけた。

「まずは支度として、負けぬようにおのれの軍をととのえ、仕掛けの時機を見はからう。そうして負けぬ見通しが立ったのちに、相手が思ってもいない時に、思ってもいない手だてで討つのじゃ」

隆元はうなずく。

「そのためには、まず最初に家の中をととのえねばならぬ。家中に不和を抱えていては、勝てるいくさも勝てなくなる」

「ということは……」

「さよう。まずは井上党を除く。吉川も小早川も、そのあとよ」

自分に言い聞かせるようにして、元就は胸の内を披露した。そして付け加えた。

「よいか、下手をすればこちらの命が危ない。心してかかれ」

城門をくぐると、東南にある本城へ向かった隆元を見送ってから、元就は山頂の本丸へはもどらず、中腹にある中の丸へ向かった。

「まあ、いらせられませ」

と迎えてくれたのは、元就の後妻である。

元就も男としてまだまだ欲望はあるし、名目上であれ隆元に家督をゆずって気持ちにゆとりもできた。おひさの三回忌がすぎたあと、男所帯では不便だろうと世話する者がいたので、すすめられるままにもらったのである。

「そなたにも山口のみやげ話をせねばな」

「あらうれしい。でも、話だけですか」

中《なか》の丸《まる》どの、と家中の者から呼ばれている後妻は、ころころと笑った。三十半ばで色白太り肉《じし》、おひさよりも明るく、愛嬌がある。山口から城へもどったときに言葉はかわしたが、長い話はしていなかった。

「茶はよい。湯冷ましをもらおうか」

「はい、井戸水で冷やしてありまする」

中の丸はよく気がつく女で、安心して家の内をまかせておける。

「いや、山口では歓迎された。馳走攻めにあったぞ。鯛やヒラメに攻められたわ」

「あら、そんなことが！」

中の丸の前では、元就の口も軽くなる。山口であったことを語ると、中の丸も面白そうに合いの手を入れるので、知らぬ間に時がすぎてゆく。

話しているうちに、さすがに長い夏の日も暮れ、あたりが薄暗くなってきた。

「今宵は、いかがなされまするか」

中の丸の問いに、元就は即答した。

「おお、もちろんここで泊まるぞ。夕餉《ゆうげ》は気張らずともよい。馳走は食べ飽きたからな」

「ええ、わかっておりますとも。ではさっそく支度を」

中の丸はにこりと笑みを残して立ち去った。台所のほうで、侍女たちに夕餉の支度を命じる声が聞こえる。

——かわいい女じゃが、惜しい。

家を任せるのには十分だが、たったひとつの不満は子供ができないことだった。

もっと子供がほしいと思う。いま三男一女にめぐまれているが、胸に秘めた思惑を実現するには足りない。

中の丸とは別に若い側室をさがそうか、と考えている。

おひさがいたころは、側室をもつ余裕はなかったし、当主の仕事と隆元たちを育てるのに精一杯で、そんな気にもならなかった。しかし隠居したいまなら、気持ちにゆとりがある。

あとは費用だ。

側室をひとりおくにも、けっこうな物入りとなる。

——そのためにも、井上党を討たねばな。

可愛川の運上、関所の駒足銭など、井上党がもっている利権は大きい。毛利家にはそうした商売がらみの収入はあまりないから、それをこちらのものにできれば……。

元就は出された湯冷ましをすすった。

吉川家、小早川家との交渉はだらだらとつづいていた。

吉川家のほうは、経世と森脇和泉守が、早く元春に入城してもらいたいとしきりに催促してきた。毛利勢に来てもらわなければ吉川家中が押さえきれず、元春の養子入りを言いだした自分たちの立場が危うくなる、というのである。

だが元就は経世たちを突き放した。もっと汗をかいて吉川家中を押さえ込め、と要求したのだ。そのため冬になっても元春は郡山城にとどまっており、ついにそのまま年が明けた。

さまざまな懸案があっても、正月は例年のごとく祝われる。

元日の年始の礼にはじまり、出家や町衆の参礼、吉書《きっしょ》始め、弓始めなどがつづく。

正月二十日には城内に家中の者をあつめ、鎧《よろい》開きが行われた。

正月の最後の行事で、家伝来の鎧の前にそなえた大きな餅を下げ、木槌《きづち》で割り、そのかけらを家中の者に配る祝いごとである。

このとき元就と隆元は大広間の上座にすわり、家臣たちは少しはなれて席次の順に居ならんでいた。席次の順に大きなかけらをもらって下がることになっている。

神主のお祓《はら》い、祝詞《のりと》が終わって、餅が粉々に割られた。これを当主の隆元が手ずから家臣ひとりひとりに渡してゆく。

最初は毛利一族の者である。筆頭は元春、ついで隆景。そしておつぎの婿、宍戸《ししど》隆家《たかいえ》とつづく。

家臣たちの番がきたとき、座がざわついた。毎年のことだが、井上河内守と渡辺左衛門大夫が口論するのだ。

昔から家臣の一番手は井上家だった。しかし出雲富田城攻めから敗走するとき、身をもって元就父子を救った渡辺太郎左衛門の功を賞するために、渡辺家を一番手にする、と元就は言い渡した。

当初一、二年はそのとおりに渡辺家が一番手をつとめた。だがそれ以後は、太郎左衛門の跡を継いだ左衛門大夫がまだ幼かったこともあり、河内守はもとのとおり一番に餅を得ようと、早々と立ち上がるようになった。

もちろん渡辺家もだまっていない。それで口論になるのだが、これまでは貫禄勝ちする形で河内守が一番手となってきた。

また元就も、めでたい席で争うのははばかられるので、これを黙認していた。

今年も河内守が家臣の一番手として出てきた。派手な唐織物《からおりもの》の小袖の上に肩衣《かたぎぬ》、袴《はかま》という装束で隆元の前に立つ。

隆元は困惑して元就に視線を送ってくる。

元就は無言でうなずいた。そのまますすめろ、というのだ。正月早々、揉めごとを起こすのは縁起がよくない。

河内守も元就を見て満足そうな笑みをうかべた。隆元は硬い表情のまま餅を手渡す。河内守は微笑みをつづけたまま、一礼して懐紙《かいし》におしいただく。

元就は目を伏せていた。


正月明けから、吉川家のことが動いた。

経世たちは元就に、元春に忠誠を尽くす、吉川家中で元春に逆らう者はたとえ親兄弟といえど許さない、という誓書を出してきた。これをうけて毛利家からも、元春を吉川領によこす、という誓書を返した。

「そろそろ潮時か」

元就は山頂の二の丸に志道広良、福原《ふくばら》左近《さこん》、桂元澄《かつらもとずみ》らの近臣と隆元、元春を招いて談合した。

山口からもどって一年近くがすぎている。

「あまり引きのばすわけにもゆくまい」

「反対する者どもも、そろそろ少なくなっていると聞いております。もはや遅らせる理由もありますまい」

元春は、明日にも入城したいと言う。いつもながら強気である。

吉川家を継いだあと、元春は嫁をもらった。毛利家に忠実な国人、熊谷信直の娘である。

すでに子供もある。早く親元からはなれて自分の城をもちたいと思っているようだ。

「ふむ。それはそうだが……」

元就は、すぐには決断を下さない。ほかのふたつの難題とのかねあいを考えている。

「人数は、どれほどほしい」

元春にたずねると、即座に答が返ってきた。

「あまりに少なくてはあなどられ、また多すぎては反感を招きましょう。まず三百ほどでよいかと」

「三百か……」

元就はしばらく考え込んだ。

「ほどのよい数かと思いますがの」

と広良が言う。

「みなもそう思うか」

一座を見渡すと、うなずく顔が多い。

少し間をおき、元就は言った。

「三百では少ない。六百としよう」

元春がおや、という顔をする。

「ただし元春がつれてゆくのは三百じゃ。残りの三百はわが手許においておく。火急のときに備えてな」

「ああ、そうしていただければ心強うござる」

元春が安堵したように言う。

「あとは少々、仕掛けをせねばならぬな」

「仕掛けとは？」

今度は隆元が不思議そうな顔をする。元就はにんまりとした。

「よく見ておけ。よいか、三つの難題を一気に片づけてやる」

「一気に！」

隆元が高い声をあげた。元春も目をむいた。そんなことができるのかという顔だ。

元就は、芦田《あしだ》小太郎や世鬼《せき》、相島《あいじま》、そして琵琶法師の角都《かくづ》らの顔を思い浮かべていた。

四

梅雨明けのむし暑い盛りに、元春は三百の手兵と三十人あまりの武将をつれて、日野山城に乗り込んでいった。

元就と隆元は郡山城でなりゆきをうかがっている。日野山で変事があればすぐに手勢を送り込む手筈をととのえ、さらに福原、桂といった近臣衆にも出陣の支度を命じていた。

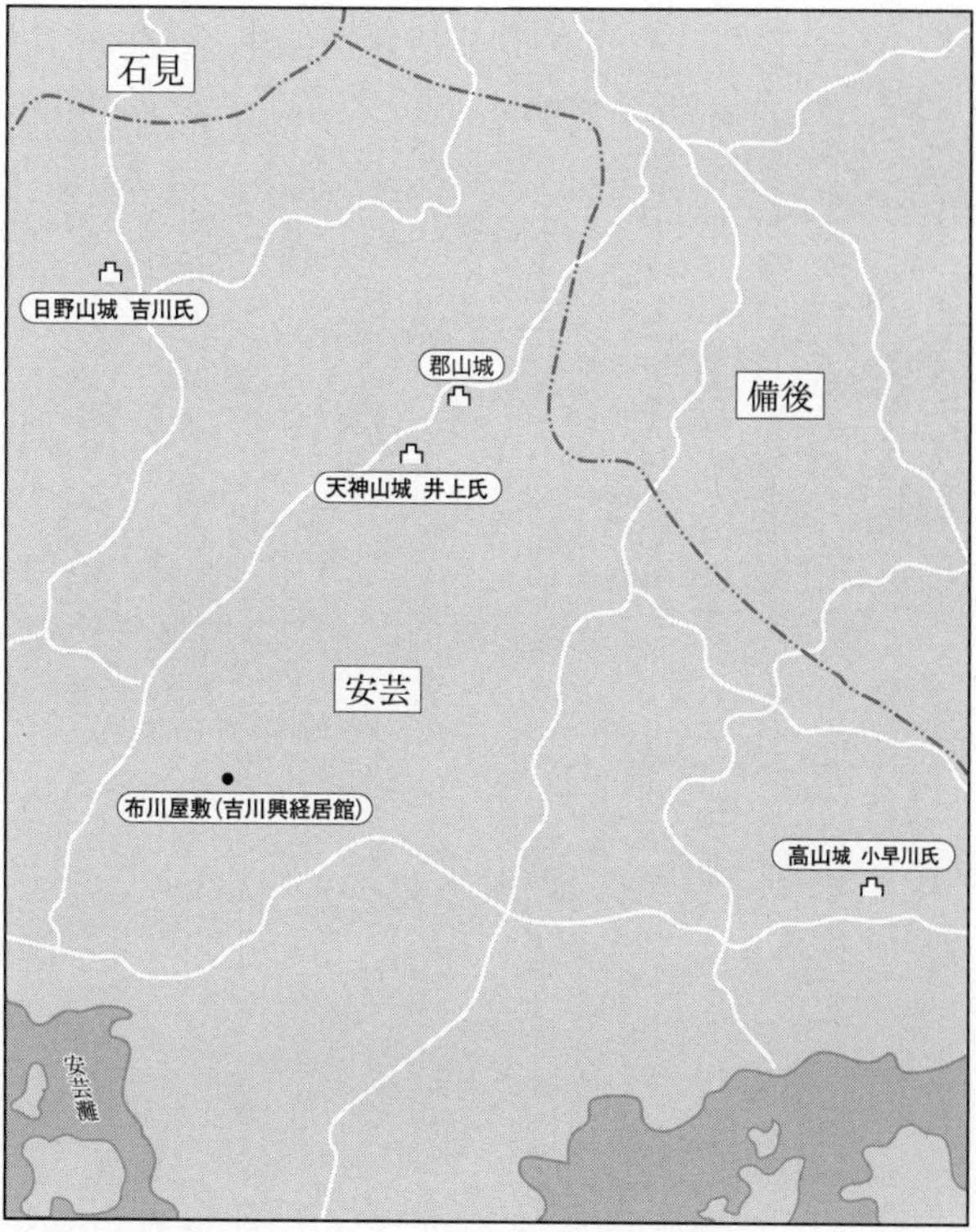
石見
日野山城 吉川氏
郡山城
備後
天神山城 井上氏
安芸
布川屋敷(吉川興経居館)
高山城 小早川氏
安芸灘

一方、吉田の里では、

「この機会に吉川興経が家中の者をあおり立て、蜂起をたくらんでいる」

というわさが立っていた。

当主の座を追われた興経が、無念を晴らして昔にもどろうとしているというのだ。ありそうな話なので、人々は口々にはやしたて、世間の目は布川にいる興経にあつまった。また郡山城にひかえている三百の兵も、吉川家への備えのためだと納得していた。

そうしているあいだに盂蘭盆会《うらぼんえ》が近づいてくる。農作業もひと休みとなり、人々は中日《ちゅうにち》におこなわれる風流踊りの支度にかかって、吉川家のことも口の端《は》にのぼらなくなった。

七月十二日の朝、この年十八歳となっていた隆景は、木村城の本丸で郡山城からの使者を謁見《えっけん》していた。

「……殿様よりの口上、以上にござりまする」

四十年配で肩幅が広く、胴も手首も太い男は井上与三右衛門《よそうえもん》という。井上党の中でも河内守についで勢力があり、領地も兵も多く抱えている。

元就からは、若年の隆景がちゃんと小早川の家を治めているか心配だから、年配者の目でよく見て報告してくれ、との下知をうけていると語った。

隆景は書状の封を解き、じっと読み下している。

内容は先日、隆景から隆元と元就に送った干物に対する礼状で、なんの変哲もない文面だったが、最後に「件《くだん》の条々においては、変わりあるべからず候」の一文があった。

元就と取り決めた合図の言葉だ。

読み終えた隆景は与三右衛門にほほえみ、

「遠路大儀であった。まずはゆっくりしていってくれ」

と言って家臣に別室へ案内させた。

そこには酒と肴《さかな》が用意してある。与三右衛門はなんの疑いもはさまずに酒を口にした。

隆景の近習と家臣たちが話し相手をする。

しばらくして酔った与三右衛門が厠《かわや》にたったが、廊下に出たところでぎょっとして立ち止まった。

白刃を手にした武者に囲まれたのだ。

「なんの真似じゃ！」

与三右衛門が叫ぶと、

「上意である。おとなしく首を差し出せ」

との答が返ってきた。

「なにを！　わしになんの咎があると申すのじゃ！」

脇差を抜こうとした与三右衛門に、白刃が殺到した。

国中が盂蘭盆会をむかえて農休みとなった七月十三日の早朝。

井上源五郎《げんごろう》は、隆元に呼び出されて本城へきていた。

きのう隆元から、日野山城にいる元春への使者を頼みたい、ついては用向きを伝えるので、朝一番で登城されたし、との伝言をうけたのである。

「吉川家中の台所具合や年貢の収納ぶりを見て、運上などの新たな課役ができそうか意見してほしい、とのことのようで」

と内意を伝えられていた。源五郎は毛利家中で軍役をつとめる一方、商売人でもあり、上方の豪商とのあいだで手広く取引をおこなうなど、商いと算勘《さんかん》にはくわしいので、得たりやと張り切って登城してきたのだった。

隆元の近習に案内されて本城の中へはいり、会所の控えの間に招き入れられた。そこに桂元澄の弟、桂源右衛門《げんえもん》があらわれた。

隆元の許へ案内してくれるのかと思いきや、すわりこんで世間話をはじめる。適当に付き合っていると、話は源五郎が金貸しをしていることにおよび、井上一族は金に汚い、と口を極めてののしりはじめた。

「もとめがあるから貸しておるのじゃ。そなたに悪く言われる覚えはない」

と言い返したが、源右衛門はだまるどころか、そもそも井上党は毛利家の宿痾《しゅくあ》だ、とまで言いはじめた。そうまで言われてだまっていては家の恥辱となる。

「おのれ、その口を閉じぬか！」

と叫んでつかみかかった。すると源右衛門はさっと立ち上がり、源五郎の衿と袖をつかむと、腰に乗せて投げ飛ばした。

源五郎は投げられながらも源右衛門の足にしがみつき、倒そうとする。

源右衛門は兄に似た肥大漢で、大力である。そうはさせじと足を踏ん張り、逆に源五郎の腕をとって肘を逆に極《き》め、ぼきりと折った。

痛みにうめく源五郎の背を膝で押さえて動きを封じると、前腕を首にまわし、締めつける。

源五郎は暴れるが、源右衛門は力をゆるめない。そのまま縊《くび》り殺してしまった。

「座敷を血で汚すのも、もったいないでの」

とつぶやくと、骸《むくろ》を庭に引きずってゆき、その首を斬り落とした。


そのころ、元就と隆元は、御里屋敷に下りてきていた。

広間に福原左近と桂元澄、国司《くにし》右京亮《うきようのすけ》、粟屋弥三郎《あわややさぶろう》らの近臣衆がいて、絵図を前にして打合せに余念がない。

近習がはいってきて、元就に小声で耳打ちした。元就はうなずき、

「ここへもて」

と命じた。いったん引っ込んだ近習は、すぐに布をかぶせた折敷《おしき》をもってあらわれた。

折敷を元就の前におくと、さっと布をひいた。あらわれたのは、四十男の首である。

「桂源右衛門が討ちとりたる、井上源五郎の首にござりまする」

近習の声に、元就は脇差をなかば抜いて、横目で首をにらみつけた。首に対する礼である。

脇差をもどすと、しんとなっている一座に向かい、告げた。

「聞け。見たとおり、ここにてまずは源五郎を討ちとった。さらにさきほど早馬がついた。井上与三右衛門、木村の城にて隆景が仕留めたそうな」

一座から、おお、とどよめきがあがった。

「これで矢は放たれた。あとは走るだけじゃ。おのおの方、ここ一番の忠誠を尽くされるよう、頼みまするぞ」

元就のそばにすわる志道広良が声をあげると、おう、と返事があり、みなが立ち上がった。

そして上座にすわる元就と隆元に一礼して、つぎつぎに広間を出ていった。

井上党を一掃すべく、近臣衆が出陣したのである。

吉川家の騒動にことよせて兵をあつめ、さらに盂蘭盆会の誰もが油断する時期に兵をあげて、不意討ちにする手はずだった。

広良と隆元だけが残ると、

「甲冑《かっちゅう》をつけまするか」

と隆元がたずねる。井上党の逆襲を心配しているようだ。元就は首をふった。

「われらが甲冑をつけるようでは終わりじゃ。昼までに片付いていなければ、毛利の家もそれまでよ」

隆元はだまった。

「さあ、そなたは本城へもどって首を待ち受けておれ。首をもたらした者に、ねんごろに言葉をかけるのを忘れるな。首がそろったら、本丸へ知らせを寄こせ」

隆元を東南の尾根にある古い本城へ追い返すと、広良とともに山頂の本丸へ向かった。

井上党の総領、河内守にしてみれば、元就に襲われるなど夢にも思っていないだろう。

井上党の力が強すぎて、自儘《じまま》な振る舞いが目にあまるといっても、多くはどんな家臣でもしていることで、ただ井上党の数が多いのと強さのあまり目立っているだけだ。

毛利家に反銭を納めないのは、元就が当主となるのを河内守に後押ししてもらった際の約束だからだし、自分の兄が何十年も前に元就の所領を押領しようとしたことなど、咎められても困惑するだけだろう。

それに河内守はじめ井上党は、数々の合戦で武功を立てて元就を守《も》りたててきた。毛利家が危機におちいった時にも、決して裏切らなかった。

だから恩賞をもらいこそすれ、元就に討たれるなど考えてもいないはずだ。

それでも、毛利家が大きくなるためには、河内守に死んでもらわねばならない。

山頂の本丸へのぼると、元就は御座の間で広良と向き合った。といっても話すこともない。だまりこんだまま時だけがすぎてゆく。

吉川家の騒動にそなえて手許においた三百の兵は、井上党の討伐に出た近臣たちに貸し与え、百だけ残して隆元の手兵とした。

もし井上党が不意討ちに気づいて逆襲してきたら、残った人数では支えきれない。だが多くの兵をあつめると井上党に警戒されるので、やむを得ないのである。

気詰まりな一刻《いっとき》がすぎた。

ひさしぶりに、胃の腑に重石《おもし》をのせられたような感じをおぼえる。

「そろそろ……」

と元就は顔をあげ、小声で広良をうながして、母屋より一段高いところに建てられた物見櫓にのぼった。

櫓からは、吉田の里とその周辺の山々が一望のもとに見渡せる。

郡山から見て南西、可愛川を渡った対岸に天神山《てんじんやま》という低い山がある。一帯が井上河内守の領地で、館もあった。

そのあたりに目をやるが、まだなんの兆しも見えない。

井上党はおもだった武将だけで数十名おり、それぞれに館をかまえている。武将たちにがっちり組まれたら大ごとなので、中でももっとも手強そうな者は、この城と小早川隆景の木村城に呼びよせてだまし討ちにした。そして残りの者たちをひとりずつ討ちとるよう、幾組もの討手を用意した。

河内守の館には福原左近と桂元澄らを向かわせた。こちらの手兵百に、左近らそれぞれの手兵を合わせて三百。山麓にある館を急襲するには十分な兵である。

だが河内守が気づいて天神山の上にある城に籠もったら、攻めるにはとても足りない。不意討ちが成功するのを祈るしかないのだ。

じっと眺めていても、まだ吉田の里に異変は見えてこない。

「いまから陣触れをなさるか」

広良もあせりを感じるのか、そんなことを言う。元就はきびしい顔のままでしばらく無言でいたが、ふと何かを思い出したように、

「そうするか」

と言った。その途端、天神山のふもとから黒い煙があがった。

「おお、討ち入ったようですな」

広良がほっとしたように声をあげた。

「よし。あとは待つだけにござる」

だが元就は同意しなかった。

「まだわからぬ。いまから陣触れをせよ。熊谷、天野らにも触れをまわせ。いや、来そうな

者すべてに触れをせよ」

と断固とした口調で命じた。

広良はうなずき、下知を右筆《ゆうひつ》らに伝えるべく、櫓を下りていった。

天神山のふもとの黒煙はますます大きくなり、高々と天にのぼってゆく。そしてその周囲でもひとつ、ふたつと煙があがりはじめた。

先ほど御里屋敷を出た元就の近臣たちが、井上党の武将たちの屋敷を襲っているのだ。

元就はひとり、櫓の上からその煙を眺めつづけていた。

本城の隆元から使者がきたのは、夕方近くだった。不意討ちは成功し、井上党の狙った者をすべて討ち果たしたという。

元就はゆっくりと山頂から下りて、本城の母屋にはいった。

内庭に、ずらりと首がならべてある。井上党の屋敷で討ちとられた従者、郎党たちのものである。

内庭に面した広縁に元就と隆元がすわり、

「実検をはじめよ」

と隆元が命じた。武者がひとりずつ庭にはいってきて、作法にしたがって討ちとった井上党の者の首を見せる。

「井上与四郎《よしろう》の首にござりまする」

などと奏者が告げる。隆元は討ちとった武者にいちいち「苦労であった」「よくぞはたらいた」などと声をかけてゆく。

井上党で生き残ったのは、山口に同行した右衛門尉や、毛利家と縁組みしている但馬守《たじまのかみ》など、十名ほどにすぎない。

三十あまりの首の最後に、見慣れた河内守の首が出てきた。

瞼を閉じたその顔には深い皺がきざまれ、染みも浮いている。無理もない。もう六十はとうにすぎているはずだ。

一瞬、ともに合戦をくぐりぬけた若いころの思い出がよみがえってきた。

初陣《ういじん》だった中井出《なかいで》の合戦も、この郡山城に籠もって尼子勢と戦ったときも、河内守と井上党がそばにいた。井上党がいなければ、どのいくさも負けていたかもしれない。

だが昔の思い出に浸ってはいられない。世の中は日々うつり変わる。生き残るためには変わっていかねばならない。

河内守は変わることを怠ったために、こんな姿になったのだ。

元就は大きな声で告げた。

「河内守よ、家臣の分際を忘れ、驕慢《きょうまん》をきわめた罪は重いぞ。そなたを討ったのはわしではない。天道にさからうふるまいゆえに、天の怒りを受けたのじゃ。しかし身をもって罪を償った上は、やすらかに成仏せよ」

内庭にならべられた首も見てまわり、すべての実検が終わったときには、あたりは薄暗くなっていた。周囲の者たちのあいだには、ほっとした空気がただよっている。

元就は、配下のみなに命じた。

「まだ終わりではないぞ。陣触れをしかと伝えよ。およそ家臣と思われる者にはすべて伝えて、城にのぼらせるようにせよ」

ここで立ち止まってはいられない。大事なのは、これからなのだ。

五

井上党を討ち果たし、さらに盂蘭盆会も終わったころに、陣触れを聞いた家中の者が三々五々あつまってきて、郡山の城下に兵が満ちた。

だがすでに井上党は壊滅している。元就に忠誠を誓っている者以外は討ちとられるか逃げ散り、合戦など起こりそうにない。

「もう終わったのですから、事情を話して帰らせましょう」

と言う隆元を、

「何を申す。この機会にやるべきことがたんとあろう。帰すなどとんでもないぞ」

と元就は叱り飛ばした。

「よいか。二度と井上党のような者どもを作ってはならぬ。そのために、あるじと家臣の別をみなに十分にわからせねばならぬ」

そう言って元就は一枚の草稿を示した。

「これをまず重臣どもで議論せよ。そして誓書の形にしてみなに名を書かせよ」

隆元に渡した草稿には、今後、家中として守るべきことが条書きにしてある。元就が前々から考えて書きつけておいたものである。

毛利家当主の下知にしたがうことをもとめた上に、所領や領民、用水、道のあつかい方など平時にいさかいを防ぐための取り決め事項と、合戦にかかわる取り決めである。国人たちをしたがえて安芸国を治めるために、最低限必要と思われることがならべてある。

「これは……、みなが承伏するでしょうか」

目をとおした隆元がつぶやく。

「ひとつ、井上の者ども、連々《れんれん》上意を軽んじ、大小のことをほしいままに振る舞い候につき、誅伐《ちゅうばつ》をとげられ候、もっともに存じ奉り候。これにより、おのおのいささかも表裏《ひょうり》別心《べっしん》存ずべからず候」

最初の条文を読みあげ、首をひねる。

「これはようござる。しかしつぎに、家中の儀、これあるように御成敗なさるべくの由、おのおのも本望に存じ候、とか、朋輩《ほうばい》中の喧嘩の儀、隆元の下知、裁判に違背《いはい》申すべからざること、とあるのは、いささかやりすぎではございませぬか」

家中の者について元就と隆元が成敗する権限をもつ、という項目だが、家臣たちが納得せず反対するのではないか、と隆元は心配するのである。

これまでは毛利家当主といえど、家中の者を勝手には成敗できず、訴えをうけて裁判をひらき、重臣衆と合議して処遇を決めていた。

なにしろ毛利家といっても、一族や他の国人で構成する同盟の中で指導的立場が認められているだけ、というのが実態だったからだ。

あるじと従者の関係ならば、あるじは従者を生かすも殺すも自由である。しかし同盟の中の指導者となると、他の者と同格だが、みなの合意によって指揮権をゆだねられている、といったほどの意味しかない。

だから何につけても独断は許されない。井上党のように逆らう国人がいても、みなの同意を得ずに罰するわけにはいかなかった。

それを今後は元就や隆元が独断で決めて成敗できるようにする、というのだから、他の同盟者は同格から従者の立場に落ちることになる。当然、反対する者も出るだろう。

「だがそれくらいでないと、また井上党のような者たちが出てくるぞ」

元就は強硬だ。

「それはそうですが……」

「そんな弱気で家中を治められるか。強く出て押し切れ。いまなら井上党のようすを見て、みな逆らえば討たれるかもしれぬと思っておる。よく言い聞かせれば聞き入れるはずじゃ」

この際、家臣たちを自分の下知によって動かせるようにしたい、と元就は願っていた。でなければ強い軍勢にはならない。また、家臣たちが謀叛を起こさぬようにもしたい。

どちらも、これから毛利家が大きくなるためには、欠かせない条件である。

安芸国には長いあいだ強い支配者がおらず、国人たちは一揆を組み、互いに助け合ってやってきた。だから国人のあいだに上下の差はなく、みな平等という思いでいる。

それを変えなければならない。

これからは毛利家がみなの上に立つ、とわからせるのだ。困難だろうが、一度は通らねばならぬ道である。

まずは福原左近、口羽《くちば》通良《みちよし》、桂元澄、国司右京亮ら、近臣たちで議論させた。

するとさっそくもめた。桂元澄が、

「これではわれらは自由にものが言えなくなる。殿さまの家だけがわれらを成敗できるのでは、ご先祖にいいわけが立たない」

などと言い出し、反対したのだ。

「いや、意見は言ってもらっていいが、最後に決める者がひとりでないと、なにごとも手早くすすまぬ」

と隆元が反論しても、納得しない。他の者がいろいろ説得しても首を縦にふらず、とうとう反対のまま先に帰ってしまった。

翌日、またおなじ顔ぶれで議論しようとしたが、元澄は出てこなかった。

「しょうのないわがまま者よ」

一途な元澄の性格を思って、元就は苦笑するばかりだった。

ご意見番としてひかえた志道広良の手前もあってか、元澄がいない中で原案が了承され、家臣から主人へあげる起請文《きしょうもん》の形にあらためられた。隆元は殿様、元就は上様と書きかえられ、いくつか細かな修正や追加がなされて、全部で十八条ある最終的な草稿となった。

——さあ、ここからがむずかしい。

家中のすべての者たちに、この条件をのませなければならない。そのためにわざわざ陣触れをしてみなをあつめたのである。

翌日、御里屋敷に家中のおもだった者を招じ入れた。

母屋の戸障子をはずし、広間から左右の控えの間、広縁までをひとつづきの間とする。そこに百を超える武者を入れたのだが、はいり切れずに過半は内庭にすわった。雲の多い空から薄日がさす中、武者たちはざわめきながら、話が始まるのを待っている。

「これは安芸国はじまって以来の光景でしょうな」

と志道広良が言う。

多くの国人たちがそれぞれ小さな所領をかかえ、喧嘩し合ってまとまらず、他国の大大名の草刈り場となっていたのがこれまでの安芸国である。

それが今日、この場がうまくゆけば、ようやくひとつにまとまるだろう、と感慨深げだ。

元就と隆元は広間の上座にすわっている。

すぐ前に近臣衆が居ならび、所領の大きい者たちがそのつぎに、そして所領が小さくなるにつれて下座へとはなれてゆき、広縁から庭へとつらなっている。

「みなの者、よく聞いてくだされ。今般、われらは井上党を討ち申した。そのわけは……」

とまず福原左近が話しはじめた。

井上党の犯した罪悪をならべたて、不届きな者はすべて討ち果たしたこと、そしてこれからは似たような者を生み出さぬよう、心得ねばならぬ、と説く。

「それゆえ、ここに起請文を作った。上様に対し、お下知にしたがうことを誓約するものじゃ。みなにも起請してもらいたい。いま読みあげるから、よく聞いてくだされ」

左近は、熊野牛王宝印《くまのごおうほういん》のある誓紙に書かれた条文を大声で読みあげた。

井上党の誅伐を認める、家中の者を成敗しても文句をつけぬこと、喧嘩の裁判は殿様の下知によること、合戦では前々どおり忠節を尽くすこと……。

「……以上、右条々、もしこの旨をいつわり候えば、梵天《ぼんてん》、帝釈《たいしやく》、四大天王、日本国中六十余州大小神祇《じんぎ》……、神罰冥罰《しんばつめいばつ》、おのおのの身上《しんじよう》にまかり蒙《こうむ》るべきものなり、よって起請件《くだん》のごとし」

最後の神文《しんもん》まで読み終わると、左近は起請文を頭の上にかざし、よびかけた。

「いかがかな。得心なされたか。なにかご意見はござろうや」

しばらく静かだったが、左近が重ねて呼びかけると、広間の下座にすわる者から声がかかった。

「おそれながら言上《ごんじょう》つかまつる。ただいま読みあげた中に、井手溝道《いでみぞみち》は上様のものとなるとあったように聞いたが、まことでござるか」

「さよう。井水《いみず》(用水)や道は多くの者が使うものなのに、だれかれの土地を通っておるため、使う使わせぬと争いが絶えぬ。これを上様のものとすれば、すなわち争いがなくなる道理じゃ」

左近の答に、問うた者は納得しなかった。

「それではわしの土地が減ってしまう。わざわざ自分の土地に井水をひらいたのに、取りあげられるのは勘弁してもらいたい」

言葉はていねいだが口調は硬い。

——やはり一筋縄ではいかぬ。

元就はだまって成り行きを見ていた。反対する者が出るのは予想されたことだ。なんとか説得しなければならない。

「しかし、それでは争いがつづく。井水に使う土地はさほど多くなかろう。ここはひとつ、みなのためを思って目をつぶってくれぬか」

福原左近が説いても、

「いや、井水も道も先祖伝来の土地でござる。これを取りあげられるのは、勘弁くだされ」

と承知しない。周囲からも、そうだ、もっともだとの声があがる。

そのあたりにすわっているのは毛利一族や重臣衆、国人ではなく、一、二村を領有するだけの土豪である。合戦になればみずから馬に乗り、足軽数人をひきいて参戦する者たちだ。これが頑固で、一寸たりとも土地を失うまいという態度でいる。

元就は隠居した手前、一切口出しをせずに、隆元と近臣たちにまかせるつもりでいた。こうした場を利用して、そろそろ隆元をひとりだちさせようとの思いもあった。

しかし説得は難航している。土豪たちの土地への執着は、思ったより強いようだ。そして左近のさばき方も、土豪も同輩だという思いがあるせいか、煮え切らない。

だらだらと言い合いがつづく。

——やはり無理か。

ここは自分が出て一喝せねばならぬかと思い、左近に声をかけようとしたときだった。

「しばしお待ちくだされ。われらにも言い分がござる」

庭のほうで声があがった。

そこにはもっとも所領の少ない者たちがすわっている。一村どころか数町の田畑しかもたず、合戦では痩せ馬にまたがり、従者ひとりをつれただけで出てくるような者たちだ。

「うけたまわる。申すがよい」

左近が声をかけると、

「われらはこの起請文に賛同いたす」

と立ち上がった男は言い切った。

「これまでも井水、道のもめごとは数知れずござった。いつも道理より力の強い者の言い分がとおって、われらは難渋してござる。これが上様のものとなれば、力の強い弱いにかかわらず、道理によって裁きが下されるようになりましょう。さすればわれらは大助かりじゃ。是非ともさようにしてくだされ」

発言が終わると、そうじゃ、もっともじゃ、と沸くような賛同の声があがった。

人数の多い小領主たちが、みな賛成したのだ。

広間の下座にすわる土豪たちはその声に押され、だまりこんだ。

左近の顔がゆるむ。

——世はうつり変わっておるからな。

元就もほっとしてこのさまを見ていた。

商人たちが行き交い、市場でさかんに物が売り買いされる世の中では、小さな所領しかもたぬ者も工夫しだいで銭もうけができる。そうして銭をたくわえた小領主は、今度はおのれの田畑をひろげようとする。

するとどうしても用水や道を新たに作ることになり、前々からあった用水や道の持ち主――多くは土豪たち――ともめることになる。そうしたもめ事を公平に解決する裁定者として、毛利家は期待されているのだ。

「では、この起請文に賛同する者は、ここにきて名を記してくだされ。僭越《せんえつ》ながら、それがしが一番にご免を蒙る」

硯《すずり》と筆がもちだされ、福原左近が一番に署名し、花押《かおう》を書いた。つづいて志道広良の孫の元保《もとやす》――広良の長男は亡くなっているため、十五歳ながら志道家の当主である――が二番手となった。その後も近臣たちが続々と署名する。つぎに国人たち、所領の多い土豪たちがつづく。

桂元澄も、大きな体でふらりとあらわれ、仏頂面《ぶっちょうづら》で署名していった。

紙が足りなくなると、糊《のり》で貼り継いで長くしてゆく。

元就は途中で退席したが、署名はその後もつづいた。家臣の当主だけでなく次男、三男坊も呼びかけに応じて署名したものだから、結局、一日かかって二百八十三名が名を記した起請文ができあがった。

それだけの者が、毛利家に臣従を誓ったのである。

「これでいろいろとやりやすくなったな」

長い起請文を見ながら、元就は隆元とよろこびあった。毛利家は同盟の盟主から、国人たちの主人になった。忠実で強力な軍勢を一夜で手に入れたにひとしい。

これをうけて、さまざまな動きが出てきた。

まず吉川興経から書状をもった使者がきた。

世の中には自分が謀叛を起こすといううわさが流れているようだが、とんでもないことで、自分はおとなしく蟄居《ちっきょ》している、と説くものだった。井上党誅伐を見てふるえあがり、釈明の必要があると思ったのだろう。

「わかっておる。うわさなどは信じておらぬゆえ、安心されよ」

と元就は答え、使者を帰した。うわさは元就が勝一らを使って流したものだったから、信じていないのは当然である。その一方で、

「これで興経も油断するじゃろう。誅伐の手配りをせよ。なに？　あたりまえじゃ。軍略は奇じゃと教えたじゃろうが！」

とためらう隆元を叱りつけるのだった。

六

手配りがおわったと隆元が伝えてきたのは、秋風も冷たくなった九月の半ばだった。

「熊谷、天野に討手を命じました。兵はそれぞれ百ずつ。わが手の者よりも百を出し、布川の館を囲んで討ちとりまする」

布川は熊谷家の領地の中にあるし、熊谷信直は娘を嫁がせて元春の舅《しゅうと》になっているので、この忌《い》まわしい役目も嫌がらないはずだ。ただし熊谷家だけでは不安なので、領地が近い天野にも手伝いを命じた。両人とも、先に起請文で元就の下知にしたがうと誓約しているので、断るはずもない。

隆元の軽い口調に、元就は不安をおぼえた。

「それだけか。興経は大弓を引く剛の者ぞ。近臣には武芸者もいよう。工夫せずに攻め込んで、逃がしたらどうする」

「それは……」

隆元は絶句する。細かいところまで考えていないようだ。何をしているのかと、元就のほうがあせってしまう。

「布川の屋敷にはな、こちらの間諜《かんちょう》がはいっておる。そやつにひと仕事させろ」

隆元に言い聞かせ、追加の手配りをさせた。

だが襲撃は、いきなり出足からつまずいた。

「逃がしただと！」

決行の前夜、隆元からの報告に、元就は大声を出した。

逃げたのは手島内蔵丞《てじまくらのじょう》という、興経の家臣で剛勇をうたわれる者だった。興経のそばに手強い武者がいては面倒なので、

「吉川家重代の宝刀を見せてほしい、ついては内蔵丞にもたせて寄こしてくれ」

と元就から要求したのだ。興経が断れるはずもなく、内蔵丞は宝刀をもって郡山城までやってきた。これを粟屋一族の者が接待し、隙を見て討つ手筈になっていたが、見透かされて逃げられたというのだ。

布川の興経に知られてはまずい。さっそく街道を封鎖し、布川の屋敷近くにも警戒の兵を送った。

翌早朝、吉川興経は、屋敷の外から聞こえてくる鬨の声で目を覚ました。

「殿、討手じゃ。毛利の手の者に違いなし！」

と宿直《とのい》の家臣が告げる。夜具を蹴って立ち上がると、興経は大声で下知した。

「者ども、門を固めよ。ひとりも通すな！」

ちかごろの毛利家の動きから、嫌な予感はしていた。家の力を伸ばすためには、なりふり構わずに手を下していると見えたのだ。だから毛利と聞いておどろきはしたものの、取り乱すことはなかった。

寝間に置いてあった弓と矢を手に、門前へ出た。用心のために、弓の弦《つる》はいつも張ってある。自慢の強弓《ごうきゅう》を見せてやろうと、門櫓《もんやぐら》の上にのぼって矢をつがえた。

と、ぷつんと音がして弦が切れた。

弓はもうひと張りある。つぎの弓に矢をつがえたが、これも切れてしまった。

「なんと、我が武運も尽きたか」

愕然《がくぜん》としながらも、刀をとって敵に備えた。

屋敷にいた家臣はみな鎧をつける暇もなく、刀や槍を手に門前にあつまっている。

寄せ手が掛け矢で門を打ち壊し、どっと屋敷内になだれ込んできた。

「者ども、吉川の名を汚すな。かかれ！」

興経はみずから先頭に立って、敵に向かっていった。

興経たちははげしく抵抗し、熊谷・天野勢にもかなりの損害が出た。一度は屋敷の外へ押し返されるほどだった。

だが毛利家の間諜になっていた村竹宗蔵《むらたけむねぞう》という吉川の家人が、興経がつねに弦を張って万一に備えていた弓と、愛用の刀に細工をしていた。そのため近隣に聞こえた興経の強弓も使えず、刀も刃引《はび》きしてあったため切れなかった。

その上、熊谷・天野勢を押し返し、屋敷から出ようとした興経を、村竹はうしろから矢で射て動けなくした。

剛勇をうたわれた興経も、これではたまらない。弱ったところを熊谷勢の武者に組み付かれ、首を打たれてしまった。

手島内蔵丞は途中の山中で切腹して果てていたし、乳母と逃げていた興経の一子、千法師も熊谷勢が見つけ出して首をとった。

吉川家直系の血は、ここに絶えたのである。

心に重くのしかかっていた一件が片づいて元就は安堵したが、さすがにこれだけ手荒なことをすると、吉川家中もだまってはいなかった。

さっそく吉川経世父子と森脇和泉守が郡山城へ飛んできた。約束をやぶったと元就をなじり、これでは家中の者たちに合わせる顔がないから切腹して詫びる、と騒ぐ。

「そなたら、家中を乱すのが本意ではあるまい。吉川家存続のために力を貸してくれ」

と元就は説得につとめる。ここで吉川家臣衆にそっぽを向かれては元も子もないから、必死である。

結局、経世の子が毛利領内で蟄居し、謹慎の意をしめして吉川家中を鎮めることで落ち着いた。幾人かの家臣が興経に殉じて自害したが、ほとんどの家臣は動かず、大きな騒ぎにはいたらなかった。

——ま、人の世はこんなものよ。

吉川家臣の多数は、一度見限ったあるじより新しいあるじを選びとった。忠義とは別の心情で動いたのだ。

元就が見込んだとおりである。

これで三つの難題のうち、井上党と吉川家は片付いた。残るは小早川家だ。

しかし、こちらは案ずることもなかった。

興経を討った翌十月、家中を治め、吉川家も押さえて大きくなった毛利家の力を背景に、隆景はすんなりと沼田小早川家の本拠、高山城《たかやま》へはいった。

そして反対する小早川の家人を、賛成派の小早川家重臣、乃美弾正《のみだんじょう》らの協力をえて、ひとりずつ静かに始末していった。元就がいちいち指示するまでもなく、隆景がひとりで着実に手を打っていったのである。

——はは、やるものよ。

元就は郡山城にいて、にんまりしながら報告を聞いていた。隆景は十八歳だが、どうやらふたりの兄よりも武略の才があるらしい。

こうして三つの難題は、天文十九年の冬に解決をみた。

「なんとか間に合ったな」

山頂の寒風を避けておりてきた御里屋敷で、元就は志道広良と碁を打っている。

「これで軽々と動けましょう」

白石をもつ広良は天元《てんげん》の横に石をおいた。

「あとは隆房の出方待ちじゃ」

元就は黒石を横につける。白と黒の石が交互にのびてゆく。

元就の目はすでに山口へ向けられている。

十一月、陶隆房は山口をはなれ、本拠の周防若山《わかやま》城へ籠もってしまった。義隆に叛旗をひるがえしたにひとしい行為だった。

今後、大内家は内乱に突入するだろう。

「それにしても、こう易々《やすやす》と引っかかるとはな。あやつもまだ若いな」

八月に隆房からきた書状には、大内義隆との仲が悪くなったので、義隆を廃してその子、義尊《よしたか》を擁立すべく、一味である重臣衆と話し合っていると書かれていた。それで元就は吉川興経を討つ決意をしたのである。

昨年、山口に行ったおりに元就は、大内義隆に不満たらたらだった隆房を、家中を一新すべく立ち上がれと焚きつけておいた。

義隆と相良武任を追って隆房が実権をにぎるつもりがあるのなら、協力を惜しまないとも伝えた。安芸衆がこぞって味方につけば、相良武任などは吹き飛ぶとも言った。

すべて、大内家中を乱すためである。

そうして蒔《ま》いた種が、いまや芽吹き、花開くときが近づいているのだ。

「いやいや、油断は禁物。なめてかかると痛い目にあいましょう」

「いや、なめてはおらんぞ」

大内家が乱れても元々が大所帯だから、弱るのはまだ先のことだ。しばらくは忍従の歳月がつづくだろう。

だが、いつか大内家は内乱から衰弱する。

そうなったら毛利家は大内家の軛《くびき》からのがれ、独立し、あわよくば大内家の所領をのみこむ。

それが元就の「思惑」である。

井上党の誅伐も興経の暗殺も、沼田小早川家を併合したのも、すべてそのための布石だ。

盤面を凝視していた元就は、にやりと笑った。急所を見つけたのである。

「これでその地はもらったな」

元就は静かに石をおいた。

七　奇襲

一

冬の朝の澄んだ青空をあおぎながら、毛利隆元は乳母に抱かせた一子、幸鶴丸《こうつるまる》をつれて、郡山《こおりやま》山頂の曲輪《くるわ》へのぼった。

吐く息が白く流れてゆく。

東南の尾根にあった「本城《ほんじょう》」に住んでいたときは、山頂の曲輪──本丸から三の丸まである──へ行くのにいったん堀切《ほりきり》のところまで下りて、そこからまた急な山道を頂上までのぼらねばならなかった。小半刻《こはんとき》もかかり、雨の日など大変だったが、いまは尾崎丸《おざきまる》という中腹の尾根の屋敷に住んでいるので、山頂へはほんのひと足で行ける。

三の丸にはいって小姓にたずねると、元就はこの奥にいるという。そのまま渡り廊下を歩いてゆくと、子供がはしゃぐ声が聞こえる。

「おお、きたか、幸鶴丸」

元就は、廊下から顔をのぞかせた隆元ではなく、そのうしろの乳母が抱く子――元就にとっては孫――に声をかけ、

「これへ、これへ」

と手招きした。元就の膝には、すでに小さな子がすわっている。孫ではない。昨年、側室の腹から生まれた元就の五男で、隆元にとっては年の離れた弟である。

さらに横には、よちよち歩きの子もいる。こちらは一昨年、別の側室が産んだ元就の四男だ。それぞれの乳母が、部屋の隅に緊張した顔ですわっている。

隆元たちの母である正室のおひさを亡くしたあと、元就は継室として中《なか》の丸《まる》どのを娶《めと》った。そしてさらにそのあとに側室をふたりも作った。それぞれひとりずつ子を産ませている。おそらく今後も小さな弟や妹がふえるのだろう。

隆元は元就の変心について何も言わなかった。おひさが亡くなったあとの寂しさは、そうして埋めるしかないのだと思っている。

「あ、いたい！」

と元就が悲鳴をあげた。膝の子に顎鬚《あごひげ》を引っ張られたのだ。それを聞いたよちよち歩きの子がよってきて、自分も引っ張らねば損だというように顎鬚に手を伸ばす。

「こりゃ、いたい、いたいぞ」

元就は手を突っ張って応戦している。

髪も髭もほぼ真っ白で、ふたりの幼い子と赤子の孫にかこまれて目尻を下げている元就は、まさに好々爺《こうこうや》といったところだ。たしか今年で五十七歳になる。

三年前に家臣の井上党数十人を誅殺し、自分の膝元で恭順《きようじゆん》の意を示していた親族、吉川《きつかわ》興経《おきつね》をも殺して、冷酷非情と恐れられている男とはとても思えない。

「お、どうした。なにかあったか」

元就は笑顔のまま、隆元にも声をかけた。

「は、ちと相談が」

「なんじゃ、不粋なことじゃな」

といいながらもまだ表情はやわらかい。

幸鶴丸をつれてきてよかったと思った。

近ごろの元就はきびしくて、当主の仕事上の相談をしようとすると、「それくらい自分で考えよ」とはねつけられることが多いのだ。

なおもぐずぐずと子供たちと遊んでから腰をあげた元就と、隆元は別室にはいった。

「じつは山口から使者がまいりまして、兵を出せとの催促にござった。来春、長門《ながと》の徳佐《とくさ》へと」

元就は真剣な顔になった。

「吉見のことか」

「御意。退治に手を貸せとのこと」

ふむ、と言って元就は腕を組む。

井上党を誅伐してから今日までのあいだに、安芸国周辺の情勢はおおきく変わった。

まず山口の大内家では、陶隆房《すえたかふさ》が叛乱《はんらん》を起こし、大内義隆《よしたか》を自害に追い込んで家中《かちゅう》の実権をにぎった。

大内家という大大名の主君が倒されるという、おどろくべき事件だったが、それは叛乱というのも拍子抜けするほど、あっけなく終わっている。

出雲富田城《いずもとだ》での敗戦以来、政治にも軍事にも興味をなくし、京から流れてきた公家たちと歌や蹴鞠《けまり》、舞など遊びにうつつを抜かしていた大内義隆は、進撃してきた陶隆房の軍勢に立ち向かいもしなかった。山口から飛び出して一日だけ逃げ、仙崎《せんざき》という地の寺で得度《とくど》したのち、迫ってきた陶の軍勢に追い詰められ、自害して果てた。

隆房が兵をあげたのが八月二十日。そして義隆が自害したのが九月一日。

事前にほかの重臣衆を味方につけていたこともあって、隆房はわずか十日あまりで、合戦らしい合戦もせずに大内家を手に入れたのである。

その後、対立していた相良武任《さがらたけとう》の城を攻め落とし、首を山口にさらしている。

元就はずっと以前から隆房と示しあわせていたので、隆房の挙兵と時をおなじくして軍勢をもよおし、安芸の大内家の拠点だった銀山《かなやま》城に攻めかけた。

数日の攻防で大内家の城代を追い出し、城をうけとると、その勢いで安芸国南西部の佐東《さとう》郡《ごおり》一帯を手に入れた。その後さらに東へと軍勢をすすめ、大内領であった東西条《ひがしさいじょう》の頭崎《かしらざき》と槌山《つちやま》の城も落とした。

安芸から義隆の息のかかった大内勢を一掃したのである。

陶隆房を焚きつけ、義隆を討たせたという点をとりあげれば、元就は謀叛《むほん》の共犯者というより首謀者のひとりだった。

隆房は九州の大友《おおとも》家からむかえた晴英《はるひで》――義隆の姉の子――を大内家の当主とし、自分は晴英の一字をもらって隆房から晴賢《はるかた》と名を変えた。そしてやはり主殺しに思うところがあったのか、入道《にゅうどう》して全薑《ぜんきょう》と名乗っている。

そうしてしばらくすると、佐東郡の一部が毛利家の直轄領として大内家から正式にみとめられた。これは陶晴賢入道が立ち上がる時に毛利家が味方する報酬として、以前から約束されていたものだった。

元就はありがたく受けとると、約束どおり銀山城を大内方に返した。

安芸国はそれで落ち着いたが、東どなりの備後国ではそうはいかなかった。

出雲《いずも》の尼子晴久《あまごはるひさ》――詮久が改名した――が、大内家錯乱《さくらん》の隙をついて兵を出してきたのだ。

しかも晴久は、京の公方《くぼう》さまにはたらきかけ、備後国の守護職を得ていた。もともと尼子の影響が強かったうえに、大内家の混乱を見た備後の国人衆は、ばたばたと「お屋形さま」となった尼子の側へなびいた。

さらに尼子家は、かろうじて大内側に残った備後国人衆の城を攻めはじめたので、陶入道も捨てておけず、元就に援護を頼んできた。

そこで元就は安芸の国人衆をひきいて出陣し、つい先月まで備後で戦っていた。

いまや元春《もとはる》、隆景《たかかげ》がそれぞれ吉川家、小早川家をひきいるようになったので、毛利家の兵力は格段に充実している。旗返《はたがえし》という城を落とし、尼子勢を出雲へ追い返して、郡山城へ凱旋してきたところである。

一方、北どなりの石見国《いわみのくに》では、大内義隆の姉婿である吉見三河守《みかわのかみ》が陶に叛旗《はんき》をひるがえした。陶に義隆を討つ大義なし、謀叛人にはしたがえぬ、というのである。

陶入道は兵を出し、三河守の居城、津和野《つわの》の三本松《さんぼんまつ》城へと向けた。しかし兵たちの士気が上がらず、城の手前で苦戦がつづいている。

そこで年明けに、入道みずから大軍をひきいて石見へ攻め込むとし、毛利家にも安芸勢をひきいて参陣するようもとめてきたのだ。

「使者はなんと申しておる。苦戦しておると、素直に申したか」

「いえ。安芸のほうからも兵を出して挟み撃ちにしたいとだけ」

「挟み撃ちか。なるほどな」

元就は目を閉じてだまりこんだ。

おそらく元就の頭の中では、内外の情勢があれこれと検討されているのだろう。

自分にはなかなかできない、と隆元は思う。

――とにかく、鍛え方がちがうからな。

幼いころに父母を亡くし、厳しい立場に立たされてきた父とちがって、自分は両親に守られてぬくぬくと育ってきた。この年にいたるまで、ほとんど苦労をしたことがない。

その上に毛利家はもはや吉田《よしだ》の里の一国人ではなく、安芸一国と備後、石見の一部をも動かす大名に成り上がっているだけに、手ひどい失策は許されない。出陣など家の大事は元就が手がけることが多くなり、若い自分が経験を積む機会は限られている。

だから今後も父との能力の差は開く一方だろう。ため息をつきたくなる。

「なかなか苦しいな」

元就は真っ白になった顎鬚をしごく。

じつはこれより前に、吉見方からも出陣の依頼がきているのだ。どちらへ味方するのか、早急に態度を決めねばならなくなった。

「いずれにしても、これは評定《ひょうじょう》をせねばな。さっそく重臣どもを呼べ」

元就の顔は、安芸国を牛耳《ぎゅうじ》る冷酷な領主のものにもどっている。

元就の呼びかけに応じてあつまったのは福原左近《ふくばらさこん》、桂元澄《かつらもとずみ》、国司右京亮《くにしうきようのすけ》、そして志道《しじ》広良《ひろよし》と息子の口羽通良《くちばみちよし》。

「ここまで陶どのを支えてきた以上、こたびも陶どのを支えるべきかと」

「いや、吉見どのを支えずば、われらの名声に傷がつき申す」

まず重臣たちが議論をはじめた。上座の元就と隆元は、だまって聞き役にまわっている。

冷え切った広間があたたまるほど熱のこもった議論が一段落すると、元就は言った。

「われらが吉見に味方したとて、支えきれまい。ここは陶どのに味方するしかなかろうよ」

多くの重臣衆がうなずく。これまでの経緯を考えれば、妥当な結論だろう。

しかし、と隆元は思う。本当にそれでいいのか。これ以上、陶入道をのさばらせていいのだろうか。

隆元は思わず声を出していた。

「いや、しばしお待ちを。陶どのに味方するのはいかがかと存ずる。いま一度、考え直しを願いまする」

みなの視線があつまる。好奇の目とおどろきの目が半々といったところか。無理もない。これまで元就を頼るばかりで、逆らったことが一度もない隆元が元就に異を唱えたのだ。

元就が問うた。

「考え直しとは、どういうことか。吉見に味方せよと申すか。すると陶を敵にまわすことになるぞ」

「陶に味方したとて、お家の長久はありませぬ。陶はいずれ大内を滅ぼした報《むく》いをうけましょう。早く陶を突き放し、われらはわれらの道をゆくのが得策と考えまする」

元就はぽかんとした顔になった。隆元が真っ向から自分に逆らうのが信じられない、といった顔だ。重臣衆もざわつく。

隆元は顔を傲然《ごうぜん》とあげ、ひとりでも意見を貫き通そうと気を奮いたたせていた。

二

「兄上が異を唱えておるとは、珍しいこともあったものですな」

小早川隆景は、若々しくつややかな頬に笑みを浮かべて言う。

「あれは山口に長く居すぎたかもしれん。どうも義隆どのにかわいがられた恩が忘れられぬようじゃ」

元就は貧乏ゆすりをしながらこぼす。

隆景は、居城である沼田《ぬた》の高山城からときどき郡山城へ顔を見せにやってくる。賢くて如才のない隆景は、いまや元就にとって格好の話し相手だった。

数日前に雪が降ったせいで、郡山はところどころ白く化粧しており、山頂の曲輪には寒風が吹きつけてくる。そんな二の丸で、ふたりは手あぶりの火鉢を抱えて話していた。

「で、吉見に味方して陶を敵に回すとなれば、大内家の大軍勢を相手にする策が要り申す。兄者はなにか考えがあるのでしょうかな」

「わからん。いや、おそらく考えとてあるまい。ただ義隆どのを討った陶はけしからんと、それだけじゃの」

はは、と隆景は笑った。隆元は陶に討たれた大内義隆の養女を嫁にしている。

「陶はいざとなれば二万五千、いや三万はひきいてくるぞ。わが方はせいぜい四、五千。そんな危ないいくさはできぬ」

「もっともで。しかし、せざるを得ぬ場合もありましょう」

そう言うと、元就が目をあげた。

「そなた、なにかつかんでいるのか、陶の動きを」

「いえ、いまのところは、なにも」

「ふむ。海の衆は早耳じゃからの。なにか聞き込んでおるかもしれぬぞ。乃美兵部《のみひょうぶ》あたりに問い合わせてみよ」

小早川家は海に近く、水軍も抱えている。乃美兵部――弾正の従弟《いとこ》――はその頭だった。元就は側室に乃美一族の娘を入れているほどで、乃美家とは親しい。沼田小早川家に隆景を養子として入れるとき、家中を毛利支持でまとめたのも乃美一族である。

「そういえば、村上《むらかみ》衆が不満をもらしているとか」

「村上の警固衆か。なんと申しておる」

「どうも陶どのが、警固料を村上衆からとりあげてしまわれたようで。ま、厳島《いつくしま》近くにかぎったことではあるようですが」

「ほう、それはおおごとじゃな」

「ええ。村上衆はかなり怒っているとか」

警固衆とは武装した船乗りたちのことで、水軍にもなれば海賊にもなる。荷を積んだ船を警固するという名目で、積み荷の一割から二割の警固料をとって暮らしているのに、その警固料がとれないとなれば暮らしが立たなくなる。怒るのももっともだった。

「どうも細かい気遣いができぬようだな、あの男は」

陶入道の顔を思い浮かべているのか、元就は宙に目をやっている。そして不意に隆景を見据えて、

「そなた、いまのうちに村上衆とつながりを作っておけ。なに、領地が近いのでご入魂《じっこん》に、でいい。乃美兵部を通じればできよう」

と言った。隆景は微笑んだ。

「ああ、それはもう済んでおります」

なぜというわけではないが、瀬戸内の海で強勢を誇る村上衆は味方にしたほうがいい、と

以前から感じていた、という。

「なんと、そうか。でかした。それはつづけておけ。節季ごとに贈り物をして、機嫌をとっておくのじゃ。いずれ役に立つときがくる」


年末になっても、毛利家の意向は定まらなかった。元就は陶に味方するとし、隆元は吉見を応援すべしと主張する。

ただし隆元は少しだけ折れて、どうしても陶に味方するのなら、元就は出馬せずに郡山城にいるべし、と言いだしていた。

「もし父上が出馬なさるなら、陶が父上を取り籠めて殺すかもしれぬ。父上を失っては毛利の家はもたぬ。そうでなくとも父上が郡山にいないとなれば、尼子が備後に攻め込んでくるのは必定。となれば安芸もあぶない。もしかすると、陶と尼子がこの機会にと組んで、毛利家をつぶそうとするかもしれぬ」

暮れの挨拶に郡山城にきていた弟の元春をつかまえて、隆元は力説する。

「それゆえ、父上の出馬は止めねばならぬ。陶のもとに参陣するのは、わしとそなたで十分じゃ。ふたりで行けば不足はなかろう。もし父上が陶に味方するというならば、じゃが」

丸顔の元春は、目を伏せて聞いている。おとなしい隆景とちがってやんちゃな弟だったが、吉川家の当主となって自信がついたのか、挙措《きょそ》が落ち着いたものになっている。

「その前に、父上が陶に味方するのは感心せんがな。陶は必ず主を殺した報いをうけるぞ」

「兄者、それはわかるが……」

元春は首をかたむける。

「陶を敵に回して勝てるのか。そこが肝心じゃろう。父上も、勝てぬと思うからこそ、やむなく陶の味方をしようとしておるのじゃ。兄者がお舅どのを殺された恨みはわかるが、それで家の行く末をあやまってはなるまい」

「たわけっ、わしは恨みだけで言うておるわけではないわっ」

「そうかな」

「おお、そうとも。目先はともかく、陶の味方をしては先々ろくなことにならぬと、そう思うから言うのじゃ」

「まあ、そうかもしれぬな」

元春も、その点は同意のようだ。

「なんと言い訳をしても、陶はお主殺《しゅごろ》しじゃ。そんなやつの言いなりになるのは、気分が悪くてかなわぬわ」

隆元はうなずく。やっとひとり味方を得たかと思う。

「次郎よ、わかってくれてうれしいぞ。桂や福原らへも書状をやって、父上を説得してくれるよう頼んでいるが、どうも頼りにならぬ。年明け早々にも、又四郎《またしろう》（隆景）に福原や桂も交えて話し合おう」

「又四郎はどうかな。あやつは父上べったりじゃでの」

「あやつも、わしが説けばわかってくれよう。父上を説得するなら、あとは五龍《ごりゅう》城じゃな」

「姉上の旦那か。そちらは兄者にたのむ」

なぜか元春は、義兄にあたる宍戸《ししど》隆家《たかいえ》とウマが合わぬらしい。

「それと、陶とどう戦うかも考えておいたほうがよかろう。つまるところ、陶に勝てねば言うことを聞くほかはないのでな」

「ああ、そうだな」

と言っても、隆元には陶に勝てる策など思い浮かばない。いや、こちらの何倍もの兵力をもち、勇猛で実戦の経験も多い陶入道に確実に勝てる策など、あるはずがない。

しかも、陶との戦いだけ考えればいいわけではない。そのあいだに、出雲の尼子に攻められないようにする必要があるが、そんなうまい方法があるとは思えない。だから元就も陶に味方すると言っているのだ。

結局、元就も決断を下せず、吉見にも陶にも曖昧な返事を送るばかりで年が明けた。

正月がすぎ、梅の枝に可憐な花が咲いても元就は動かない。隆元らがたずねても、はぐらかすような言葉ばかり返ってくる。

寒さがゆるみ、陽射しが日に日に強くなってきても、自室に籠もってなにやら絵図を前に考えにふけっている。ただ芦田《あしだ》、世鬼《せき》、相島《あいじま》ら草の者は、毎日のようにやってきているようだ。

一方、陶入道は予告のとおり、三月はじめに大内義隆の後釜にすえた大内義長《よしなが》——晴英が改名した——を奉じ、大軍をひきいて吉見氏の居城、石見津和野の三本松城へ向かった。

「もはや期限じゃ。われらの態度をはっきりせねばならぬ」

陶出兵の一報を聞いた隆元や元春はもちろん、桂、福原ら重臣衆もあわてたが、元就はそれでもはっきりとした意向を示さなかった。ただ自室で考えにふけっている。

そんなときに、頭崎城の平賀新九郎《ひらがしんくろう》から密使がきた。

「かような文《ふみ》が、防州《ぼうしゅう》よりまわってきておりまする」

応対した隆元に使者が示すのは、陶入道が差出人の書状である。

そこには、毛利家の動向が怪しいこと、平賀家は大内家に忠誠を尽くすことが肝心で、大内家とともに毛利家を討つならば褒賞はのぞみのままであること、などと書かれていた。

「なんと、陶どのはわれらを敵と見たのか」

一読しておどろく隆元に、使者はごていねいにも、書状をもたらした陶の使僧を搦《から》め捕《と》ってある、明日にはこちらに送り届ける所存、と告げた。

「平賀の家は毛利家と一心同体。何なりとお申しつけくだされ、との主人の言葉にござる」

頭崎城に拠《よ》る平賀家と元就とは、もう二十年来の行き来がある。敵味方に分かれて戦ったこともあったが、三年前にいまの当主、新九郎が城主となるのを元就が助けた。新九郎はその恩を忘れず、大内家を敵にまわしても毛利家を支えるというのだ。

あわてて元就に告げたが、元就は平然としていた。

「そうした知らせは、あちこちから入っておる。いまさらおどろくにはあたらぬ」

各地においた諜者《ちょうじゃ》から昨年のうちに、陶の動きが報じられてきていたという。

「それは……、われらには教えていただけなかったのでしょうか」

むっとして迫る隆元に、元就は笑いかけた。

「ゆるせ。敵をあざむくには、まず味方からというからな」

「では、陶を討つことに……」

「ああ。とうにそう決めておった。ただ難しいのは、大内家を敵にまわして勝てるか、ということよ。尼子もいるしな」

「安芸が一体となれば何とかなりましょう」

「何とかなる、で戦うのは愚か者のすることじゃ。はっきりと勝算が立たねば、立つまで隠《いん》忍自重《にんじちょう》するのが賢者よ」

「……で、勝算は立つのですか」

「それを昨年から考えてきたのじゃ。まあ、まずは平賀にねんごろな感謝の返事をするがよい。この恩は決して忘れぬとな」

勝算についてはっきり言わぬまま、元就はそう命じた。

吉田の里では桜が咲き乱れた。そして雨がふって落ちた花びらが地上を染め、あるいは風に舞って空を彩った。

花びらが消えてあたたかな風が吹くようになると、元就は人を呼んで話を聞いたり、数日のあいだ城を抜け出してどこかへ微行《びこう》したりと、さかんに動きはじめた。芦田、世鬼、相島といった草の者も、相変わらず城に出入りしている。

一方で隆景がしきりに郡山城へ来る。隆元にはあいさつするだけで、山頂の曲輪に入り浸って元就と話し込んでいた。ときには水軍の頭、乃美兵部もつれてくる。

なにをしているのかと元就や隆景にたずねても、もう少し待てと言われるばかりだった。

そのあいだに石見では、陶晴賢の軍勢が吉見家の属城を落として進撃していた。

四月には陶の本軍が三本松城にせまり、あせった吉見方から隆元のもとへ、救援の依頼がたびたび来るようになった。

これを元就に伝えると、

「よし。援軍を出すがよい。二宮《にのみや》隠岐守《おきのかみ》に三百もつければよかろう」

と言うではないか。

「では、陶と戦うので」

隆元が念を押すと、元就はうなずく。

「勝算が立ったのですか！」

「まあな。よほどうまくやらねばならぬが。われらも出陣するぞ」

五月十二日、元就と隆元は平賀、天野《あまの》ら同心している安芸の国人衆に向けて陶打倒の兵をあげると通知し、十三日には兵三千をひきいて佐東郡へ侵入した。

三

五日後——。

三本松城をのぞむ高台の本陣にいた陶入道は、もっていた扇子を鎧《よろい》の草摺《くさずり》にたたきつけ、

「あやつめ、やはり悪逆の徒であったか！」

と吐き捨てた。

毛利勢が佐東郡の銀山城を攻めとった、との報告をうけたのだ。

いまいましいことに、予告はされていた。

昨日、三本松城を取り囲んだ陶勢の前に、毛利の家臣、二宮某《なにがし》と名乗る者が出てきた。

そして御大将にお教えすると大音声《だいおんじょう》をあげ、

「毛利家は吉見勢に味方したぞ。いまごろは佐東の銀山城が攻められておろう」

と憎々しげに告げ、陶勢を仰天させたのだが、それが現実となったのだ。

「毛利め、重代の恩を忘れて、とうとう裏切りおったわ！　許せぬ」

居ならぶ諸将に怒りをぶつけた。丸々と肉のついた顔が赤く染まり、唇をかんでいる。

大内家配下の国人のくせに、石見へ参陣せよとの指図に従わず、それどころか大内家の所領を侵すとは、重罪ではないか。しかも三年前に義隆を除くべく旗上げしたとき元就は、それこそ大内家長久の道と、こちらを煽りさえしたのに。

陶入道にしてみれば、東に尼子、西に九州の大友など強敵を抱えているのに、武を忘れて遊楽にふける義隆では大内家がもたぬと思い、義憤にかられてやったことだ。

だから自分が大内家の主にはならず、大内家の血筋である義長を主とした。

名分は立っているはずだ。

そんな自分に逆らうとは。

しかも石見に出陣中に蜂起するとは、まるでだまし討ちではないか。

その上、よほど周到に準備していたらしく、佐東にある大内支配下の銀山、草津《くさつ》、己斐《こい》、桜尾《さくらお》の四城をわずか一日で落とし、厳島の町まで手に入れたらしい。

「先年、郡山の城を尼子勢が囲み、まさに落城せんとしたとき、この入道が数万の軍勢をひきいて後詰《ごづ》めし、尼子の陣に突入して城を救った恩を忘れたか。猛悪無道とはこのことよ。許すわけにはいかぬぞ。さっそく成敗してくれるわ！」

とはいえ吉見勢と交戦中なので、自身が出陣するわけにはいかない。安芸との国境《くにざかい》に近い周防《すおう》の山代《やましろ》に留まっている重臣の宮川甲斐守《みやがわかいのかみ》に、軍勢をひきいて毛利勢を討つよう指示した。ともかく一戦して、元就の鼻柱を折らねば、と思っている。

佐東郡から大内勢を追った毛利勢は、桜尾城に兵を入れて、周防との国境になる佐西郡《さいごおり》をうかがっていた。

桜尾城は佐西郡廿日市《はつかいち》の、海に突き出た丘の上にある。櫓《やぐら》に立つと、厳島が南西の沖合に錆《さび》色にかすんで見える。

六月のはじめ、隆元は、大内の兵が国境を越えてこちらに近づいているとの報告をうけた。

さっそく福原左近と桂元澄を物見に出したところ、すぐにもどってきて、津和野街道を南下して、いまは折敷畑山《おしきばたやま》の中腹に陣をはっているという。

「兵は七千、陶入道どの御《おん》みずから出馬、と見え申した」

と報告する。すわこそと元就と重臣衆をよびあつめて軍議をひらいた。

「よい機会でござる。一気に勝負をかけ、陶入道の首をあげましょうぞ」

元春が気負って言う。

「七千が陣をはる折敷畑山とは、この桜尾城から三里あまりしか離れておらぬ。夜半に城を発《た》ち、明日の明け方から仕掛けましょうぞ」

それは拙速だ、もう少しようすを見た方がよい、と隆元は思っていたが、おどろいたことに、日ごろは慎重な元就がこの意見をそのまま容《い》れた。

「待っていたとてわれらは有利にはならぬ。どうせこれから石見へ攻め上ろうとしていたところじゃ。ここを逃してはなるまいぞ」

こちらの二倍の強敵である。先手をとって奇襲するに如《し》かず、という。

ただちに陣形をさだめ、夜半に出立することになった。

――さすがの采配じゃな。

隆元は感心していた。ふだんは慎重だが、機を見て大胆に仕掛けるのも辞さない。緩急自在とはこのことかと思う。いまのうちにこの呼吸を学んでおかねばならない。

三千の兵が闇の中、津和野街道を北上する。

ときおり蛍が飛び交う中をすすみ、折敷畑山のふもとに着くと、元就が命じたとおり、元春の吉川勢と熊谷信直《くまがいのぶなお》、福原左近、宍戸隆家は北の道に、隆景の小早川勢は南に分かれていった。

隆元は元就とともに、敵陣の正面へとすすむ。

そのうちに夏の夜が白々と明けてきた。

元就は、坂新五左衛門《さかしんござえもん》と坪井《つぼい》将監《しょうげん》というふたりの将を目の前に呼び出し、

「そなたたちは先駆けし、一番に槍をつけよ。そして敵としばらく揉み合ったら、わざと負けて逃げてこい。敵を陣からおびき出すのじゃ。わかったらすぐに行け」

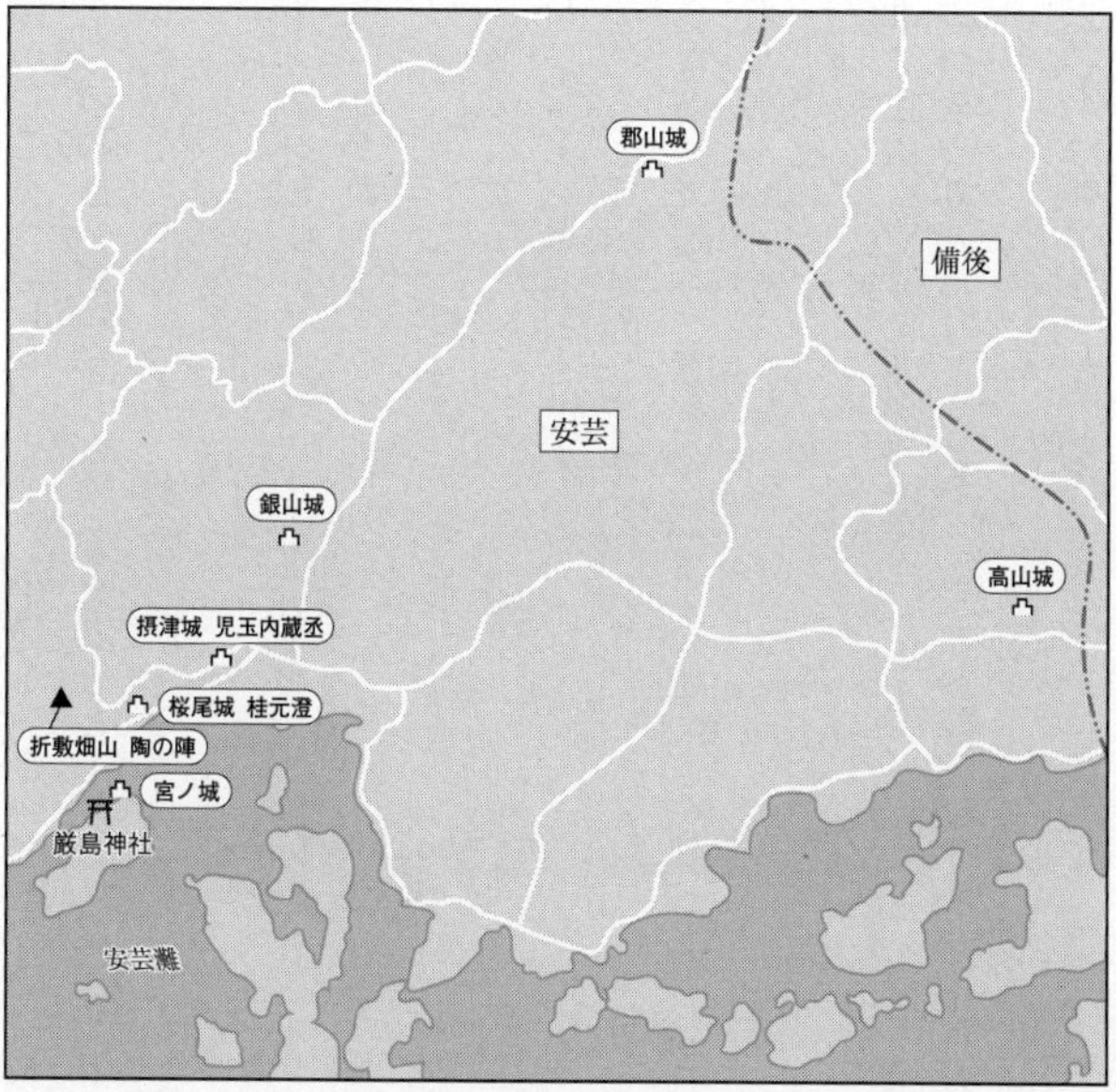
郡山城
備後
安芸
銀山城
高山城
摂津城 児玉内蔵丞
桜尾城 桂元澄
折敷畑山 陶の陣
宮ノ城
厳島神社
安芸灘

と命じた。両人はかしこまってしりぞくと、手勢をひきいて敵陣に打ちかかった。

敵勢もすでにこちらの動きを察知し、合戦の支度をととのえていた。

小勢で襲いかかった坂たちを迎え撃つ。坂たちが、ころはよしと引くと、敵勢は勝ったと思って追ってくる。

隆元と手兵はふもとの林に隠れていた。十分に敵を引き付けたところで元就は、

「みなの者、かかれ、かかれ」

と大音声をあげた。

「それ、かかれ、かかれ！」

と隆元も声をあげ、押し太鼓を打たせた。

配下の兵が、槍をそろえて駆け出してゆく。

敵勢は、小勢とあなどって追ってきたのに、千を超える軍勢があらわれたのだからたまらない。たちまち混乱におちいった。

敵味方がぶつかった。

最初は毛利勢が押したが、敵勢が踏みとどまり、揉み合いになった。敵は多勢《たぜい》である。中腹の陣地から後続がつぎつぎと下りてくる。そのため隆元の手勢は逆に押され、じりじりと下がりはじめた。

「下がるな！　ここで死ねや、者ども！」

隆元は声をかけるが、味方はくずれかかる。

そこに北側から吉川勢があらわれ、敵勢に襲いかかった。横合いから攻められて敵はうろたえ、逃げる者が出はじめた。さらに南側から隆景の小早川勢が突っ込んできた。

三方から攻められて敵勢はたちまちくずれたち、山腹の陣へと後退してゆく。

毛利勢が追うと、敵兵は陣地を通り越し、てんでに峰や谷へと逃げ散った。

味方の先鋒《せんぽう》が敵の本陣に突っ込んだが、そこはすでにもぬけの殻だった。

大将が逃げ、七千の兵も開戦から一刻《いっとき》もかからずに消え失せてしまったのである。

「勝ったぞ。鬨《とき》をあげよ！」

元就の声で、毛利勢の勝ち鬨の声が夏の峰々にこだました。

その日は終日、残兵狩りが行われ、夜には七百五十もの首が元就の許に届けられた。

中に大将の宮川甲斐守の首もあったが、陶入道は出てきていなかったと判明した。しかも七千の兵の大半は周防の国境であつめられた百姓で、大内家中で名のある武者は少なかった。

「なんじゃ、雑兵《ぞうひょうくび》首ばかりか」

と元春は吐き捨て、隆景は腕組みをして考え込んでいる。快勝ではあったが、よろこぶのは早い、というところだ。

「なにしろ陶は大敵じゃ。そうたやすくは勝てまいて」

と元就は苦笑している。

「さて、陶入道がむこうから来てくれるという僥倖《ぎようこう》はなかった。ならば初めから考えていたとおり、こちらから向かうだけよ」

と言い、手勢に進軍を命じた。

当初、隆元が元就から聞いた策は、

――佐東郡から佐西郡をへて周防に侵入し、そこから北上して、石州《せきしゆう》津和野に釘付けになっている陶勢の背後を襲う。

というものだった。籠城《ろうじよう》している吉見勢と力を合わせ、陶勢をはさみうちにする。さらに大内家中の陶入道をこころよく思わぬ者を寝返らせて味方につければ、

――寡兵でも十分に勝機はある。

というのだ。

いまの情勢は、まさにそのとおりに展開しはじめている。

宮川甲斐守が敗れたとの報せは、陶入道をおどろかせた。

「二倍の兵を、毛利は半日で打ち破ったのか」

それが信じられずに、報告した諜者に問い返したが、まちがいないと言う。

「毛利右馬頭《うまのかみ》ならば、あり得ましょうな。時に目の醒《さ》めるような手を打つ者ゆえ」

と大内家重臣のひとり、弘中《ひろなか》三河守《みかわのかみ》は言う。三河守は以前、中務丞《なかつかさじよう》と称していたとき

に、元就といっしょに高橋家を攻めたこともある。そのため元就をよく知っている。

「たまたま大勝ちをしただけじゃろう。甲斐守に武運がなかったと見える」

陶入道はそううそぶき、本陣にしている寺の本堂を見回す。軍議とて、江良丹後守《えらたんごのかみ》、三浦《みうら》越中守《えっちゅうのかみ》、大和伊豆守《やまといずのかみ》らの諸将が会している。

「ならばつぎはわしが直々に安芸に出向き、郡山城を落としてやる。そのためにも早くあの城を落とさねばならん」

陶入道は顎をしゃくった。三本松城のことである。三河守が言う。

「その前に、いま佐西郡にいる毛利勢を打ち払わねばなりますまい。放っておくとここまで攻め寄せかねぬ。腹背に敵をうけては面倒でござる」

「わかっておる」

入道はうるさいとばかりに顔をしかめ、近習に命じた。

「安芸の国人衆に、毛利退治の兵をあげろと指図せよ。それと山里《やまざと》の一揆《いっき》勢に銭を与えよ。毛利勢を通すなとな。まずはそれで十分じゃろう」

隆元は三千の軍勢をひきいて佐西の山地に踏み込み、津和野をめざそうとした。

ところが軍勢が北上しようとすると、吉和《よしわ》、山里などの土豪たちが行く手に立ち塞がった。村々の小城に籠もって一揆を起こし、毛利勢に立ち向かって通そうとしない。

このあたりには大内方の城はないため、数日で通過できると考えていたのに、土豪たちに抵抗されて、ひと月どころか秋風が吹きはじめても通過できない。山間の狭隘《きょうあい》な地だけに多くの兵が使えず、また地形を利した伏兵にも襲われ、手こずってしまったのだ。

そうしているうちに、おどろくべき報せがはいってきた。

三本松城に籠もっていた吉見が、陶入道と和睦したという。

城内の兵糧《ひょうろう》が不足したため、吉見方からやむなく和議を申し出たらしい。陶勢は吉見から人質をとって、城の囲みを解くと山口にもどったようだ。

「なんじゃ、甲斐のないことよ」

と元就はこぼす。これで陶勢をはさみうちにする戦略の前提がくずれてしまった。

となれば、出直すしかない。

毛利勢は山里の一揆を攻め潰したのち、桂元澄を桜尾城、草津湊をかかえる草津城には川内《かわうち》水軍の頭、児玉内蔵丞《こだまくらのじょう》を入れるなど、佐東の四つの城に信頼できる将兵を残して大内勢への警戒を厳重にし、ひとまず父子それぞれの城にもどった。

すでに冬にはいっている。

隆元が尾崎丸の屋敷に帰ってみると、二歳になった幸鶴丸があちこち歩きまわるようになっていて、それを止めようとする侍女たちの声でにぎやかになっていた。

しかし、子供にかまってはいられない。

陶入道を一気に倒すもくろみが潰《つい》えて、毛利家は危地におちいっている。

いまのところ陶入道はなりをひそめているが、いずれ大軍で安芸に攻め込んでくるだろう。数倍の敵にどう立ち向かうのか。

元就は昨年のようにあちこちに間諜や使者を飛ばしたり、もどってきた間諜たちから話を聞いたりと、さかんに動いていた。時に夜遅くまで明かりを灯し、絵図を見て考え込んでいる。

隆元は、やはり策がないのかと不安になり、

「籠城の支度をいたしまするか」

と問うたが、元就は首をふる。それだけでなく、

「防長《ぼうちょう》の敵には、昔から考えていた策がある。そなたに、そろそろ教えておかねばならんな」

と言うのだ。


小雪がちらつきはじめた日の朝だった。

四

元就に命じられて、隆元は軍議を開いた。郡山山頂の二の丸に元春、隆景、そして志道広

良がそろう。

「聞け。先日、尼子方で新宮党《しんぐうとう》が上意討ちに遭ったようじゃ」

冒頭の元就の言葉に、おお、と声ならぬ声があがった。新宮党とは尼子家当主である晴久の叔父、紀伊守《きいのかみ》の一族のことだ。富田城のある月山《がっさん》の北、新宮谷に屋敷をかまえていたのでこの名がある。もともと領地が多く、尼子家中でも強大な一族で、合戦の場でもその勇猛さを恐れられていた。

それが討たれたとなれば、尼子の力は大きく削がれたことになる。

「これで、しばらくは備後の心配をせずにすむわい」

尼子家中も混乱して、当分は外征などできないだろうと元就の声は明るい。

隆元は無言でいた。元就から聞いて真相を知っている。

新宮党はその強大さのため、当主の晴久から疑惑の目で見られていたのだが、そこへ元就は琵琶法師の角都《かくづ》を使い、

「新宮党は毛利と組んで晴久にとってかわろうとしている」

との風聞を流した。その上、

「晴久を討ちとれば、雲伯《うんぱく》の二国を与える」

という元就から紀伊守あての密書を偽造し、巡礼に扮装させた罪人にもたせて出雲の山道へ送り込んだ。そして密かに殺し、放置しておいた。

すべて元就の下知で、世鬼太郎兵衛の一派がしたことである。偽書が晴久の許へ届けられるように工作したのだ。

晴久は、まんまとこのたくらみに引っかかったと見える。

ともあれ、これで背後の心配をせずに陶勢との戦いにのぞめるようになった。

さらに、元就は大内家中への工作もしており、重臣の江良丹後守が内応してきているという。毛利家より三百貫文の所領を与えるという餌で釣ったのである。

こうして戦える態勢を築いてきた。そこで今後を見越して軍議をする、というのだ。

「いくら遅くとも来年のうちには、陶入道は安芸へ攻め込んでくるぞ。おそらく春から秋にかけて大軍を送ってこよう」

元就は言う。

「われらは迎え撃たねばならぬ。二万から三万の兵を四千で撃つ。さあ、どうする」

元就が問う。だれも答えられない。

「答はな」

と元就が含み笑いをしつつ言う。

「まず兵を分散させる。そして少なくなった兵に目くらましを仕掛け、前しか見えないようにしておいて、うしろから襲うのよ。『それ兵は詭道《きどう》』と、孫子《そんし》にもあろう」

そう言われても、わからない。

「どうやって兵を分散させるので?」

と隆景がきく。

「それよ。それが肝心よ。みなの考えはどうじゃ」

答える者はない。

「では訊くが、陶はどこから安芸へ入ると思う」

「まず厳島でござろう」

元春が言う。隆元はじめ、みながうなずいた。

「さよう。厳島に来よう」

元就も満足そうにうなずく。

周防と安芸のあいだは冠山《かんむりやま》など険しい山々で隔てられていて、主要な道は海岸沿いのわずかな平地を通る山陽道だけである。

厳島は、その山陽道を睨むように海上にある。

いままで大内家が安芸へ軍勢を送り込む際は、必ず厳島を奪ってから来た。そうしないと補給路の山陽道を扼《やく》される恐れがあるからだ。

しかも厳島にはあたりで一番大きな町があり、兵の宿や兵糧も豊かだ。船で渡らねばならず、敵に奇襲されるおそれも小さい。

大将の本陣をおくのに、厳島はふさわしいのだ。

安芸に攻め込もうとする陶入道は、まず厳島に旗本勢とともに渡り、本陣をおいて指揮をとるだろう。

そして陶に二、三万の兵がいても、すべてが厳島に渡るわけではない。多くは陸路をとって安芸を目指すはずで、陶とともに厳島に渡る兵は三が一もない、と元就は言う。

「厳島で陶を守る兵は、旗本勢だけになる。おそらく数千じゃろう。われらの兵とよい勝負じゃ。な、兵を分散させたじゃろう」

みなの顔を見ながら、元就はつづける。

「そこでわれらは厳島に渡り、油断している旗本勢に襲いかかる。そして陶の首をとる。これで勝ちよ」

「陶らが油断しているとは限りませぬぞ」

と隆景が言う。元就はうなずく。

「その通りじゃ。油断を突くために、われらは陶が予期しておらぬときに、すばやく厳島に渡らねばならぬ」

「さようなことができましょうか」

「できる」

元就は断言した。おそらくずっと前からその方法を検討してきたのだろう。

「そのためには、四千の兵が一時に渡れるだけの船をそろえねばならぬ。それもできるはずじゃ。隆景、やってくれるな」

味方の水軍をふやせ、というのである。隆景は頭を下げた。

「おおせの通り、つとめまする」

元就は今度は隆元を向いた。

「船さえそろえば、勝てる。隆元は隆景を助けよ。村上との縁辺《えんぺん》の儀、すすんでおるか」

少し前に、水軍の大将、村上家に嫁取りの斡旋《あっせん》をせよと言われていた。

瀬戸内の水運を支配し、海賊大将と恐れられている村上家は、本拠地の島によって三つに分かれている。因島《いんのしま》、能島《のしま》、来島《くるしま》である。

このうち安芸国にもっとも近い因島村上家は、すでに小早川家の勢力下にある。能島村上家にも、小早川家の水軍大将、乃美兵部の妹が嫁いでいて、つながりはある。

残る来島村上家は、四国の伊予国《いよのくに》に近いだけに、毛利家とはこれまで往来がなかった。そこに婚姻を通じてつながりを作ろうというのである。隆元は答えた。

「宍戸の娘をやるべく、話をしておりまするが、あれがなかなか……」

五龍城の宍戸家には隆元の妹、おつぎが嫁いでいるので、その娘は元就の孫ということになる。この孫を隆景の養女にして、来島の大将、村上康通《やすみち》に嫁がせようとしていた。

ただ遠い来島の、しかも海賊大将という危うい地位の家である。その上、康通にはすでに正室がおり、宍戸の娘は側室となってしまうので、娘の母であるおつぎが猛反対して話が難航しているのだ。

「是非もない。五龍にはわしから話す」

と元就がひきとってくれたので、隆元はほっとした。

その他、各地の城の守備や修築をぬかりなくすすめるよう念を押して、軍議は終わった。

五

年が明けると、まだ松もとれぬうちに、陶勢の水軍が草津の城下に攻め寄せてきた。さらに三月には厳島、五月には仁保島《にほじま》へと、毛利勢のようすをうかがうように攻めてきた。

かねて備えた兵でこれをはね返した毛利勢は、一方で元就の指示どおりに陶勢の侵攻にそなえて支度をすすめていった。

厳島の守りの要、宮ノ城の修築には、隆元と元春が中心となって人夫千人を動員した。

厳島神社の東方、岬の突端にある城ゆえ、三方を海に囲まれており、地つづきの東側からしか攻められない。そこで岬の付け根にあたる東の堀切を深くし、櫓を築いて敵兵が近づけないようにした。

といっても本丸しかない小城である。兵も四、五百ほどしか籠められないから、万を超す兵に攻められたらひと月とはもたない。

しかし「ひと月もてば十分」というのが元就の目算だった。この城が大軍の目くらましになる、というのである。

事情を知らない家臣たちは、無駄なことだと反対の声をあげた。それを抑えて修築を急ぎ、ひと月ほどで完成させた。そして己斐豊後守《こいぶんごのかみ》ら兵三百を籠めると、元就は一転して、

「しまった。宮ノ城などほうっておくべきじゃった。どうやっても堅固な城にはならぬ。いくら手をかけたとて、陶の軍勢に攻められて奪われるのが見えておる」

とこぼすようになった。

郡山城下にも諜者がはいりこんでいるはずなので、このぼやきはいずれ陶入道の耳にとどくはずだ。

しかしそれでもまだ、陶入道が厳島へ渡ると確定しているわけではない。山陽道をとって安芸に入ることも考えられる。

だが、なんとしても厳島に渡らせたい。

元就は、桜尾城をまもっている桂元澄を郡山城に呼んだ。

「はかりごとを巡らせたい。ついては頼みたいことがある」

「なんなりと、お命じくだされ」

元澄は大きな体を折り曲げて応じる。

ひと息入れてから、元就は言った。

「そなた、毛利家を裏切って陶方に現形《げんぎょう》する、と陶入道に伝えてくれぬか。そなたならば、陶入道もおおいに頼みに思うじゃろう」

聞いた元澄は、一瞬、動きを止めた。

元就と、互いに測るように目と目を交わす。

「こんなつらい役目を頼める者は、そうおらぬ。申しわけないが、やってくれ」

元就はささやいた。

割のいい役目ではない。汚い手だし、うわさが漏れれば家中での立場も危うくなる。それだけに、信用のおける家臣にしか頼めない。

元澄は目を閉じ、平伏した。

「しかと承ってござる」

そしてすぐに桜尾の城へとって返し、

「毛利の家を捨てて大内家に仕えたい。疾《と》く厳島へ来たれ。さすれば一族をあげて御陣に加わらん」

と密書をしたため陶入道の許へ送った。

すると陶入道からは、折り返して起請文を出せと言ってきた。

起請文は、牛王宝印《ごおうほういん》の誓紙に書くしきたりである。ここに書いた約束を破れば、神仏にも嘘をつくことになり、祟《たた》りがこわい。

しかし元澄は、ためらわずに七枚起請を送った。

桂元澄から七枚起請をうけとった陶入道は、九月にはいると軍勢をもよおし、山口から安芸の国境に近い岩国《いわくに》へと出てきた。

二万を超える兵たちが本陣の永興寺《ようこうじ》の近くに宿をとり、あたりは騒然とした空気に包まれている。

「さて、まず厳島の城を攻めるか、それとも陸路をすすみ、草津、桜尾の城を攻めるか、おのおの方、いかが思《おぼ》しめさるるや」

陶入道は軍議をひらき、諸将に問うた。

「桂の内通は、毛利家の軍略ではないか。信用ならぬ。まず陸路をすすみ、草津、桜尾を攻めれば、元就は後詰めとして出陣してきましょう。そこを全軍であたれば勝利疑いなし」

という意見が弘中三河守から出た。内陸深く攻め込んでしまえば、厳島の城はほうっておいても落ちるというのだ。これには、

「されど陸路は、吉和、山里の者どもが毛利についておるゆえ、すすむのに手間がかかりましょう」

との反対論が出た。昨年の夏に毛利勢が、石見をめざして通ろうとして手間どったように、山間の土豪たちを討ちつつ通るには何カ月もかかるだろう、という。

「しかも神領を毛利勢に押さえられたままにしておくのは、いかにも手落ちであろう」

という意見も出た。厳島神社には神威《しんい》があるし、富と権力の象徴でもある。だから長年、大内家が保護してきたのだ。それを毛利家に押さえられたままにしておいては、大内家の面目が立たない。

「その上、毛利には水軍もある。厳島から船を出して山陽道を襲うこともあろう。厳島を残してはわが方の糧道があやうい。ここは先を急がず、厳島の城を落として糧道を確保し、のちにゆるりと進軍すべし」

三浦越中守が進言する。毛利勢の数倍の兵力をもつ陶勢は、奇をてらうことなく足許をかためながら慎重に進軍すべき、というのだ。

もともと陶入道もおなじ考えだったから、

「もっともじゃ。さればとるべき道は決まった。まずは厳島の城を落とすべし」

と断を下した。

九月二十一日、陶勢は船の舳先《へさき》をつらねて厳島へ渡った。

陶勢、厳島にあらわるとの急報を郡山城でうけた隆元は、すぐに山頂へのぼって元就に告げた。

「かかったか。大慶大慶。出陣じゃ。急げ」

落ち着きを失ってはいないが、元就の顔はいくらか青ざめて見えた。

「元春と隆景にも伝えよ。すぐに出陣せよとな。ああ、隆景には船の手配も命じよ」

隆元は早馬を送るよう近習たちに命じた。その上で、すでに支度をととのえていた軍勢をひきいて、まず元春とともに桜尾城へすすんだ。

元就も、娘婿の宍戸隆家を郡山城の留守居に命じると、海沿いの草津の城へはいった。

厳島は、周囲七里の小島である。

弥山《みせん》をはじめとして険しい峰がそそり立っており、家々は海沿いのわずかな平地に、肩を寄せ合うように建っているばかりだった。

陸地とのあいだは大野瀬戸《おおのせと》とよばれる海峡で隔てられている。厳島神社のある有之浦《ありのうら》付近が最大の町で、住人は二、三千もある。

そこに陶勢が押し寄せた。

七百艘《そう》ともいわれる大内水軍によって兵が運ばれ、いまや数千の兵がせまい浦にひしめきあっている。

さすがに神社は畏れおおいため手をつけなかったが、ほかの家々や寺などはみな兵に接収され、町人は家を捨てて山の中へ逃げ込むありさまだった。

上陸した翌日から、陶勢は毛利勢が籠もる宮ノ城のある岬の前に逆茂木《さかもぎ》をうえ、柵をめぐらして人の出入りを封じた。

陶入道は本陣を塔《とう》の上《うえ》と呼ばれる地に据えた。宮ノ城のある岬が、砂浜越しによく見える。

「よいか、あのような小城、三日で落とせ」

と物頭《ものがしら》たちに厳命した。

岬の突端にある城なので、陶勢は岬の付け根から攻めることになる。

兵たちはまず、前面にある深く広い堀切を埋める作業からはじめた。周囲から土石や材木などをあつめてきて、片っ端からほうり込んでゆく。

城から、そうはさせじと矢が飛んでくる。兵たちは楯《たて》をもって防ぐが、それでは作業がすすまない。

陶入道は落ち着いて下知する。

「この時のため、大枚をはたいて購《あがの》うたものがあろう。いまこそ使うときぞ」

陶勢は新たな武器を用意していた。

その日から、宮ノ城は終日、鬨の声ばかりでなく、異様な大音響に包まれるようになった。


草津城の元就のもとへ宮ノ城から使者がきたのは、入城の翌日である。

使者は夜半に城から船を出し、大内水軍の囲みを突破して大野瀬戸を渡ると、追撃を振りきって草津湊へはいってきたのだ。

「城の堀切はすでに半ば埋められております。あと数日ですべて埋まり、陶勢が乗り込んできましょう。ご加勢を願いまする」

ざんばら髪に鉢巻き姿の使者は、赤い目を伏せて言上《ごんじょう》する。

「防ぎ矢をはなって陶勢が近づけないようにはできぬのか」

「それが、陶勢は鉄砲なる武器をもっており、これが発する弾が楯をも貫くので、危なくて矢を射られませぬ」

「なに？　鉄砲とな！」

鉄砲は雷鳴のような大音響とともに火焔《かえん》と煙を吐き、小さな鉛玉を撃ち込んでくる。これが楯や鎧はもちろん、板壁も貫くので、危なくて仕方がない。城兵は板壁の裏に土俵をつみ、その陰にかくれてやっと息をついている、という。

隆元は言葉を失った。そんな武器によって宮ノ城が危機に陥るとは、まったく考えていなかった。悪くともひと月は落ちないと考え、その間に兵を送り込むつもりでいたのだ。

なのにあと数日しかもたぬとは。

急遽《きゅうきょ》、援軍を送ることになった。

落城寸前の城へ助けにはいる役目を命じられたのは、熊谷信直である。

元春に娘を嫁がせ、毛利の一族扱いをされている信直は、緊張した面持ちで元就の下知を聞き、川内水軍の兵船に送られて城へ向かった。

こうなれば一日も早く全軍を厳島に渡さねばならないが、そのためには船がまったく足りない。

毛利家が使えるのは川内と呼ばれる水軍五、六十艘と、隆景の小早川水軍六、七十艘があるのみである。因島村上の水軍も協力してくれそうだが、それでも足りない。

船のあてはあった。

能島、来島の村上水軍である。

このときのために、孫娘を来島の当主に嫁がせるなど、つながりを作る努力をしてきたのだ。

だが村上水軍は、いまだ態度を明らかにしていない。隆景がさかんに村上水軍に呼びかけ、船を出すよう頼んでいるが、はかばかしい返事を得られないでいる。

「船はまだ来ぬのか！」

いらだった元就は筆をとり、隆景あての書状を書き上げると、使者に告げた。

「これを隆景に届けよ。口上はこうだ。来島がこたび合力《ごうりき》せねば万事終わりじゃ。なんとしても説得せよ。そなたの水軍はすぐにこちらに寄こせ。とにかく急げとな。よいな」

その上で、隆元と元春に、すぐに兵をひきいて地御前《ちごぜ》という海岸沿いの地にある火立岩《ほたていわ》へゆくよう下知した。もちろん元就自身も草津城から腰をあげた。

翌日、軍勢がぞくぞくと火立岩にあつまってきた。

ここは厳島から半里ほどしかはなれておらず、浜辺に立てば島影がはっきり見える。岬の先端にある宮ノ城も、ごく小さいがそれとわかる。

しかし、船は来ない。

隆元がひきいる川内水軍だけは来ているが、来島はもちろん、隆景が指図しているはずの因島村上も、沼田小早川の水軍さえも来ていない。

「ええい、この火急の時に！」

元就はあせり、いらいらと浜辺を立ち歩いては、はるか東の彼方を遠望する。

だがそこには秋の陽に照らされた青い海と島影があるだけで、船は影も形もない。

隆元は、川内水軍の関船《せきぶね》を斥候《せっこう》に出した。宮ノ城のようすを見に行かせたのだが、もどってきた船の報告は深刻だった。

「お城は水の手をとられた上、敵は堀切を埋めるばかりか、大手の櫓をも掘りくずしかけているので、兵は衣服をやぶって大綱をつくり、櫓の柱を支えている始末」

というのだ。これを聞いた元就の顔が真っ赤になった。

「隆景はなにをしておる！」

いきり立つと床几を蹴飛ばし、

「使いの者を支度させよ。隆景にもう一度、書き送る」

と言い、筆と紙をもってこさせた。

元就から二度目の書状をうけとり、使者の口上を聞いた隆景は、そばにいた乃美弾正に書状を渡した。

「かなり切羽詰《せっぱつ》まっておるようだな。わがほうの水軍は先に出したほうがよさそうだ」

「これはなんと。あの上様が、おなじことを二度も書かれておられる」

弾正がおどろく。条書きになっている元就の書状には、来島の水軍が来なくとも小早川と川内の水軍だけで敵に立ち向かうので、早く小早川水軍をよこせと、繰り返し書かれていた。読み返す暇もなかったと見える。

隆景自身は船でも陸路でも、小者ひとりだけでもいいから草津まで来い、と書いてある。元就の怒りとあせりが見てとれるようだ。

陶勢が鉄砲という新しい武器を用いたので、思いのほか落城が早まりそうだ、という話は使者から聞いていた。しかしだからといって、村上勢を急がせることはできない。その話はむしろ村上勢の腰を引かせるだろう。

「兵部はまだもどらぬか」

「は、いまだ船は見えませせぬ」

「仕方がない」

小早川水軍の頭、乃美兵部が来島へ村上衆の説得に出向いているので、水軍も進発できずにいたのだ。

「そなた、兵部のかわりに船をひきいて行ってくれ。わしは兵どもをひきいて陸路をゆく」

隆景は出陣を下知した。


火立岩からは、日が暮れるまで船は影も見えなかった。

夜、兵たちが眠りについても、本陣の元就の周囲は松明《たいまつ》が煌々《こうこう》とともっている。

「やはり能島も来島もあてにはできぬ。所詮《しょせん》は海賊よ。敵も味方もなく、勝ちそうなほうにつくつもりじゃ。陶とわれらとでは、兵数がちがいすぎる。陶につかずとも、われらに味方はせぬのではないか」

元春が言う。

「来島にはわれらの姪が嫁いでおる。最後は味方すると思うが。それに因島は隆景の配下だしな。いずれ来る。あとはいつ来るかだ」

と隆元は言ったが、内心、確信は持てないでいる。

元就は、貧乏ゆすりをしつつ、だまってふたりのやりとりを聞いている。その顔には生気がない。

「いざとなれば、川内衆の船だけでも兵は送れる。何回かに分けて送ればよい」

隆元は元気づけのつもりで言ったのだが、その途端、むずかしさに気づいた。

大内水軍は七百艘という。そんな水軍に見つからずに、何度も兵を運べるだろうか。一度だけでもむずかしいのに……。

「何度も往復するようでは、敵に気づかれる。一度に渡らねば、勝ちはのぞめぬぞ」

そう言って、元就はため息をついた。

「村上衆を悪く言うわけにはいかぬ。宮ノ城がこれほど早く危うくなるとは思わなんだ。五日や六日で落ちるようでは、どんなに急いでも兵は間に合わぬ」

鉄砲を持ち出してきた陶入道が一枚上手よ、などと元就がつぶやく。

「それでは熊谷の義父上《ちちうえ》どのは、無駄死か」

元春が険のある声を出した。

「いや、無駄死はさせぬ」

元就は言う。

「明日一日待つ。村上衆が来ても来なくても、明後日には手持ちの船で出陣じゃ。たとえ千人しか渡れずとも、勝負は捨てぬ。その人数で陶入道の本陣に突っ込む。よって熊谷は無駄死ではない。われらと一緒に死ぬ」

元春がだまった。

「もう遅い。寝ようではないか。疲れた頭では軍配をあやまるぞ」

元就はそう言って大きく伸びをした。

翌朝、空は曇っていた。海上も乳色の靄《もや》がかかっていてよく見渡せない。

「まだ来ぬか」

隆元と元春は浜辺に出ては東の海を見晴らすが、それらしい船影は見えない。

宮ノ城が心配になり、斥候の船を出した。だが船は大内の警固船にさえぎられて城には近づけず、むなしくもどってきた。あいかわらず雷鳴が聞こえたが、熊谷勢と己斐勢の旗は立っていたという。

まだ望みはあるのだ。

昼すぎまで、元就は本陣から出ずになにやら書き物に専念していた。元春は配下の武将たちと陣と浜辺を行き来し、海を眺めてはため息をついている。

隆元は、いまある船ですぐにも宮ノ城を救援に行くべし、とせまる武将たちをなだめるのに苦労していた。

「海賊衆などあてにしたのがまちがいじゃ。あやつら、われらと陶勢とを天秤にかけておるにちがいないわ。世間の見るところ、どう見ても陶のほうが優勢であろうよ。兵数がちがいすぎるでな」

元春までがそんなことを言いにくる。

「隆景の船がきたら、船が沈むほど兵をのせて、ただちに宮ノ城まで乗りつけよう。義父上どのを見捨てるわけにはいかぬ」

鼻息の荒い元春は、元就のところまで談判に行ったが、相手にされなかったのか、むっとした顔でもどってきた。

昼すぎとなったが、船は来ない。

さらに陽が西にかたむき、待ちくたびれた兵たちも無言になったころだった。

「船じゃ！」

という声が浜にひびいた。

兵たちがいっせいに浜辺に出た。隆元も元春も波打ち際へ走る。

「おお！」

たしかに船が見えた。それも一艘や二艘ではない。大小の船が、島影からつぎつぎに湧き出てくる。

隆元は目を凝らした。先頭の船のへさきには白い旗が立っている。その印は……。

「丸に上の字。たしかに村上衆じゃ！」

きた、きた、と砂浜に出ていた将兵は小躍りしている。

「待て。まだよろこぶのは早いぞ」

隆元は慎重だった。村上衆は陶勢に味方するかもしれない。直進して厳島へ向かえば陶勢の味方となる。

果たしてこちらの浜に来てくれるのか。

元就も本陣から出てきて、あらわれた船団の行く手をじっと見ている。

船足は遅い。なかなか行く先がわからない。

小半刻もそうしていただろうか。

船団が沖合数町まで近づいてきた。舳先はすべて西を向いている。ここを通りすぎて陶勢の待つ厳島へ行くのか、やはり村上衆は敵になったかと落胆しかけた。

そのとき、先頭の船がぐいと舳先をこちらに向けるのが見えた。

「お、あの船は小早川の旗をかかげたぞ!」

そんな声が聞こえた。そして乗っている者がこちらに手をふった。

砂浜の将兵たちが、わっと歓声をあげた。

村上水軍は、毛利家の味方についたのだ。

六

九月晦日《みそかび》。

夕刻、元就は本陣から出て、浜辺に勢揃いした軍勢の前に姿をあらわした。

その軍装束《いくさしようぞく》は、緋縅《ひおどし》の鎧に赤熊《しやぐま》をつけた兜。合い印に二つ巻きの締襷《しめだすき》をかけ、腰には糒《ほしいい》、餅、米の袋をつけている。

昨夜からこの昼前まで、元就たちは村上衆をまじえて軍議に明け暮れていた。

兵糧は三日分のみ持つこと、軍勢は組に分け、船には組の合い印を立てるので、法螺貝を合図に各自その印のある船に乗り込むこと、など細かく取り決めをして――多くは元就が昨日までに本陣に籠もって練りあげていた――軍勢に通達していた。

そのため慣れぬ乗船を前にしても、軍勢は混乱することがなかった。

四千の軍勢を前に、元就は声を張りあげる。

「者どもよく聞け。こたびの合戦は三日のうちに終わる。いや、三日というのは用心のためにてこそあれ、われらはただ半日のうちに勝ちを得ると思え」

元就の声はよくとおる。半日という言葉に、兵たちからおどろきの声があがった。

「心配するな。この日のために、われらは十分に支度をしてきた。もはや負けはあり得ぬ。それゆえ合い言葉は、『勝ち』に『勝ち勝ち』と答えよ。わかったか！　みな存分に力をふるい、手柄を立てよ！」

軍勢は鬨の声をあげてこれに応えた。

船団は三手に分かれた。

遅れて到着した隆景は小早川水軍をひきいて西へまわり、神社のある有之浦をめざす。

敵前へ上陸するのだ。

村上衆の水軍は大野瀬戸へ向かい、大内水軍に襲いかかる。そして元就ひきいる本軍は、神社と山をへだてた裏手の浜をめざす。

夜中に陶勢に気づかれずに上陸し、山越えをして、逆落としに攻めかけるつもりだった。

この手を実現するために、どうしても陶勢を厳島へ上陸させたかったのである。

しかしそのころから、空には黒雲がふえて風も吹きはじめ、かすかに遠雷も聞こえるようになっていた。

日が沈み、海も陸も闇に包まれた酉刻《とりのこく》。

軍勢がみな船に乗り込み、いざ出航という段になって、ぽつりぽつりと雨が落ちはじめ、風も強くなってきた。

船頭たちがざわつき、船を出すのをためらっていると、海上にひと筋の閃光《せんこう》が走り、海と空を照らし出した。そして直後に割れるような雷鳴が響きわたった。

これを合図にしたように雨が激しくなり、風は船をゆするほどになる。波音がはげしくなり、船は浜辺へと押しあげられた。

「これはしたり。この風ではとても船を出せぬ。いま少し風が弱るまで待つべし」

「天がこのいくさを凶事と示しておるのじゃ。とても勝利はおぼつかぬ」

船頭も兵たちもざわつく。隆元も、これだけ波風が荒れてはとても船は出せないと思い、しばらく待つしかないと、船をおりて元就に告げに行った。

浜辺の元就の許には、船頭の頭らがあつまっていた。みな口々に出航見合わせを進言して

いる。元就は雨に打たれながら聞いていたが、不意に、

「して、これは逆風か、順風か」

とたずねた。船頭たちは「北風ゆえ追手《おいて》（順風）にござる」と答える。

「ならば出航じゃ！」

元就は叫んだ。

「逆風ならば船を出すのは思いもよらぬ。しかし順風ならば船は矢の如く走るであろう。陶入道とて、この荒天にわれらが島へ渡るとは思いもよらぬはず。不意をつけるぞ。この大風と波は、わが軍勝利の瑞相《ずいそう》じゃ！」

そう言い捨てると、船頭たちをおいてさっさと一番船に乗り込んでしまった。いきなりあとをまかされた隆元は、

「さあ、大将が決めたことだ。出航せよ。出さねば船頭すべて首をはねるぞ！」

と、おろおろしている船頭たちを脅しすかし、船へもどした。

元就を乗せた一番船は、荒波の中を漕ぎ出していった。そして二番、三番と決められた順番どおりに、兵を満載した船がつづく。

海上半ばまでは波にもまれて生きた心地もしなかったが、途中でうそのように風がおさまり、雷鳴もやんだ。これは天佑《てんゆう》か、と隆元は希望がわいてくるのを感じた。

船には篝火《かがりび》も焚かず、櫓音《ろおと》をおさえて、かけ声も無用、と通達してあった。ただ元就の

乗る一番船だけ提灯《ちょうちん》をかかげるので、その明かりを目当てにすすむことになっている。火立岩付近から出航すれば、潮がちょうど厳島へみちびいてくれると、元就はあらかじめ調べあげていた。

風波のおさまった海を、潮にまかせて船はすすむ。

およそ一里の海路を、船団は二刻かかって島に着いた。

一番船で着いた元就は、浜辺に篝火を焚かせた。隆元はその明かりをめあてに船を浜につけ、すぐ元就に到着を報告した。その後、続々と兵たちが上陸し、浜は兵でいっぱいになった。

「みな着いたか」

「ひとり残らず、到着してござる」

隆元の下で水軍の頭をつとめる児玉内蔵丞が答える。浜に勢揃いした兵たちの前で、元就は命じた。

「されば船をすべて火立岩の浜へ帰せ」

隆元はおどろいた。退路を断つというのだ。兵たちに勝利しか生き残る道はない、と悟らせるためとしても過激だ。

「せめて、上様の御座船《ござぶね》だけでも残しておかれたらいかがか」

と内蔵丞もおどろいて返答したが、元就は首をふるときびしい声で命じた。

「ええい、その船こそ一番に帰すがよい。勝っても負けても用のない船じゃ」

内蔵丞はうなった。そして「仰せのままに」と頭を下げた。

「帰ったなら、浜に篝火をたくさん焚いておけ。敵に、われらがまだ陸地にいると思わせるのじゃ」

元就は最後まで細かく指図をしている。

「おっと、待て。ここはなんという浦じゃ」

立ち去りかけた船頭に、元就はたずねた。

「包《つつみ》が浦《うら》と申しまする」

「あの山は？」

「博奕尾《ばくちお》にござる」

「おお、それは縁起がよい。ツツミ（鼓）といい博奕といい、みな打つものじゃ。明日の戦いでは、必ずわれらは敵を討つじゃろう」

これを聞いた兵たちから、ほっとしたようなゆるい笑い声が起きた。どうしてこんな余裕があるのかと、隆元は不思議に思う。

元就はさらに言う。

「まだ油断するな。海は渡ったが、これより山登りじゃ。厳島の山は人手がはいっておらぬ。登りにくいぞ。はぐれぬようにせよ」

風雨はおさまったが、新月の夜だからあたりは漆黒《しっこく》の闇だ。船に乗った順番の組ごとに提灯をかかげ、先頭の者は松明をもち、さらに山道のところどころに篝火を焚かせた。そうして博奕尾へ向けて山道をのぼった。

山中には鹿が多く、松明におどろくのか、ときどき目の前にあらわれては逃げてゆく。道なき山中だが、鹿のあとを追うようにすると楽にのぼれるのを発見し、隆元は「鹿のあとにつづけ」と後続の者に申し送った。

険しい山坂だったが、一刻ほどでのぼり切り、尾根の頂上についた。

尾根の向こう側をのぞくと、足許の山麓から浜辺にかけて、暗闇の中におびただしい明かりがゆれていた。あれが陶勢だろう。

まだ敵は、こちらが間近にいるのに気づいていない。「前を向いている敵に、うしろから襲いかかる」ことができるのだ。

「間に合った。持ちこたえておる」

元就の声に見晴らせば、陶勢の明かりから離れたところに明かりのかたまりが見える。宮ノ城だろう。城はまだ、生きている。

「されば夜明けとともに突っ込む。それまではひそとも音をたてるな」

ささやき声で伝えられた元就の下知だが、これは守られなかった。兵たちが、たがいに声をかけ合いかけ合いするうちに、しだいに大きな鬨の声になっていったのだ。「敵に知られる。だまれ」と命じても止まらない。

おさえ切れぬ声の高まりとともに、東の空が薄い紫色に変わってゆく。時がたつにつれ、その紫色が白く透きとおってきて、周囲も薄ぼんやりと見えるようになった。頭をめぐらして尾根の向こうを見下ろせば、海上の大鳥居と五重塔も判別できる。

ついに東の山の尾根から陽が昇った。

「いまぞ。押し太鼓をつかまつれ！　鬨をあげよ！」

元就の下知に応じて太鼓の音が響く。つれて「えいえい、えいえい」という鬨の声が大きくなる。

元就は刀を抜き、三つ目の太鼓の音とともに、「者ども、かかれ、かかれ！」と大音声に下知した。すると先陣と定められていた吉川勢が、元春を先頭に雄叫《おたけ》びをあげて尾根を駆け下りていった。

元就も福原、桂らの腹心とともにこれにつづく。隆元も旗本衆とともに喊声《かんせい》をあげて駆け下りてゆく。

こちらに気づいたのか、宮ノ城でも鬨の声があがった。敵正面の有之浦でも、上陸した隆景の小早川勢が声をあげている。

「雑兵に構うな。めざすは陶入道の首のみ！」

「早く本陣を衝け」

「あれじゃ。あれぞ陶入道の馬印ぞ！」

口々にわめきながら、兵が雪崩《なだれ》のように五重塔近くの敵陣をめざして駆けてゆく。

まだ夜が明け切らぬ中、突然湧き起こった鬨の声に、陶入道の本陣にいた者たちは総立ちとなった。

「敵か。どこじゃ！」

「あわてるな。毛利など小勢だ。備えを厳重にせよ！」

物頭たちが口々に下知をとばし、走り回る。

その日は、毛利勢が島へ渡ってくる前に宮ノ城を攻め潰さんと、総攻めを仕掛ける手筈になっていた。そのため自身が守りにまわるなど、夢にも思っていない。まさに不意を突かれた形だった。

本陣には三千の旗本がそなえており、陶入道をかこんで二重三重に陣を張っていたが、みな起きたばかりで、朝ぼらけの中、鎧もつけていない。鎧はどこだ、槍をもてと大騒ぎになった。そこへどっと走り寄ってくる軍勢が見えた。

「敵、敵じゃ。千、いや二千！」

「そなえを立てよ。弓、弓をもて！」

悲鳴に近い声が飛び交う。いくら屈強な兵でも、素肌に槍ももたぬのでは戦えない。備えから逃げ出す兵が出はじめた。

しかしこれは毛利勢ではなく、闇の中のざわめきで毛利勢の襲来を知った弘中三河守と三浦越中守らの軍勢だった。

各個に毛利勢にあたる不利を思い、大将の許でひとつになろうと陣を払って寄せてきたのである。それをまだ薄暗い中で旗本勢は敵と勘違いし、あわてたのだ。

ただでさえせまい陣中にさらに兵が押し寄せ、身動きもとれぬありさまとなった。

「なにをしておる。そなえを立て直せ。一の陣と二の陣を入れ替えよ」

ようやく事態を悟った陶入道が下知するが、これがさらに混乱をよび、一の陣から退く者は二の陣の槍に突かれ、二の陣の者は進もうにも押し合いへし合いの中を進めずに、かえって引き退くありさまだった。

「いかん。これではいくさにならぬ」

「敵に討たれる前に味方に討たれるぞ」

兵たちが弱気になったところへ、

「はや敵は大崩れなるぞ。ひと揉みに揉み潰せ！」

と大音声に呼ばわりながら、毛利勢が槍先をつらね、どっと押し寄せてきた。

その勢いに、陶勢の兵たちはたまらず逃げ出す。

「敵は小勢ぞ。ええい、返せ、もどせ！」

陶入道は懸命に采配をふるうが、大勢《たいせい》がなびくように逃げ始めた中では、聞く者はいない。波打ち際まで逃げろ、いや山中へ隠れろと言い合いながら退いてゆく。三千の旗本もいまやまばらになり、踏みとどまる者は五百もない。

三浦越中守が駆けつけて、

「入道どの、まずは退きたまえ。大元《おおもと》神社のあたりまで退き、社壇《しやだん》を前に一戦仕らん」

と言ったが陶入道は、

「いや、退くな。ここにて討死せよ」

と動かない。そこへ毛利勢が鬨の声とともに攻め寄せてきた。

越中守は、ものも言わずに入道の肘をとり、西へと引き立てていった。

先頭を切って陶入道を追ってゆくのは、小早川隆景である。

昨夜、元就の軍勢と別れた小早川水軍は、大野瀬戸へまわって厳島の正面に船を寄せ、

「これは筑前《ちくぜん》より加勢にまいった宗像《むなかた》、秋月《あきづき》の者にてござる。陶どのにお目通り願うあいだ、ここを開けてくだされ」

と叫び、堂々と厳島神社の鳥居前まで船を着けた。そして兵を上陸させ、明け方を待っていたのである。元就の本隊が山を駆け下るのを見て、浜辺から駆けあがり、陶の本陣へと突っ込んだのだ。

浜伝いに西へと逃げる人波を見て、隆景も兵を西へ向かわせた。陶入道が逃げる先も西にしかないはずだった。

敵を追って大元の谷まで来ると、谷陰に待ち伏せしていた敵勢に逆襲され、先頭を走っていた兵が討たれた。さらにこれを見た敵勢が引き返してきて、どっと襲いかかってくる。

さすがに隆景勢もてあまし、一町ばかり退いた。

「ええい、退くな、退くな」

と隆景も叫ぶが、敵の勢いは止められない。そのうちに隆景の周囲も手薄になり、敵が隆景を見つけて打ちかかってきた。隆景はみずから槍をとって敵勢を打ち払う。

そこへ後方から足音がして、

「それ敵ぞ、突っ込め！」

という声がした。兄、吉川元春の声である。

味方の登場を見て小早川勢も踏みとどまり、敵に立ち向かう。倍増した味方の勢いに、敵勢は押し返され、形勢は逆転。小早川勢は敵の物頭を討ちとり、また西へと向かった。

隆元は、南の山中へ逃げる敵を追っていたが、弘中三河守が踏みとどまって戦っていたため、前へすすめない。そのうちに逃げ散っていた陶勢もとって返し、五百ばかりが横合いから隆元の旗本へ斬りかかってきた。

「前へ出よ、ええい、退くな！」

隆元は声をかぎりに叫ぶが、敵の勢いに一度は押され、旗本の兵どもも退く。隆元も刀を抜き、敵勢に対した。

——逃げるわけにはいかぬ。

ちらりと父の顔が浮かぶ。ここで押しもどされたら、なんと言われるか。

必死に踏みとどまるうちに、旗本たちももどってきた。敵と斬り結ぶ。敵もあとがない。どちらも必死だ。旗本の粟屋又次郎《あわやまたじろう》が敵の槍に突かれ、喉声をあげて倒れた。

それでも敵兵が目の前を覆い尽くしている。みな口を開き、白い歯を見せて襲いかかってくる。

やはり敵のほうが必死だ。旗本勢は押され、隆元の周囲から脱落してゆく。

敵兵が迫る。

——だめだ、討たれる。

そう思ったとき、後方でどっと喊声があがり、重い足音が迫ってきた。

目の前の敵勢がひるんだ。

味方が応援に駆けつけてきたのだ。

うしろをふり返ると、大勢の兵の後方に父の姿が見えた。父が手勢を振り向けてくれたのだ。

福原左近、児玉内蔵丞ら、父の側近のはたらきで、敵勢が追い散らされていった。

「追え。奮えや者ども！」

隆元も下知を飛ばしつつ駆けた。

敵勢は、背を見せて敗走してゆく。


四日後──。

桜尾城の中庭で、隆元は元就とともに床几に腰かけていた。

そばには元春、隆景はもちろん、福原、桂、赤川など重臣衆が居ならんでいる。

厳島の合戦は、毛利勢の大勝利に終わった。

明け方の奇襲をうけて、陶勢はほとんど一矢も射ずにくずれ立ち、われがちに西のほうへ退いていった。

いくらかの抵抗はあったものの、その日の昼すぎには、陶勢はほとんどの兵を失っていた。

戦いつづけているのは、島の中央部へ逃げ、龍《りゅう》の岩《いわ》と呼ばれる山にこもった弘中三河守の数百人だけになった。

毛利勢は残兵《ざんぺい》を掃討《そうとう》する一方、龍の岩のまわりに柵を結い回し、弘中勢を攻め立てる。三日三晩の攻防の末、弘中勢は全滅し、三河守も討たれて、厳島の合戦は終わった。

そののち、神聖な島を穢《けが》してはならぬと、屍《しかばね》をすべて対岸の大野へ移し、血に汚れた土はけずりとるなど、後始末に走り回った。

しかし戦いが終わったあとも、陶入道の行方は杳《よう》として知れなかった。

いかにしても探しだすよう厳命していたところ、昨日、陶入道が使っていた乙若《おつわか》という小者が、命と引き替えに陶入道の首の在処《ありか》を教えると申し出てきた。教えられた場所にさっそく人をやると、埋められていた首がみつかった。

それを今日、実検するのである。

隆元は少々落ち着かなかった。

数倍の敵勢を打ち破り、しかも敵の大将の首をあげるなど、これほど完璧な勝利は本邦《ほんぽう》はもちろん、唐国《からくに》の歴史でもまれだろう。なにかにたぶらかされているのではないか、との思いが抜けない。

だが、これはどう考えても夢ではない。

重臣たちもそろったところで、隆元は「これへ」と近習に命じた。

三方《さんぽう》にのった首が運ばれてきた。

「陶全薑入道が首なりい」

と奏者が声をあげる。

血の抜けた首は皺《しわ》だらけになっているが、見まちがうほどの変わり方ではなかった。高い鼻といい切れ長の目といい、陶晴賢の顔である。

まちがいなく敵の大将を倒したのだ。

隆元は、作法のとおりに脇差を半ば抜き、横目で首をにらみつけた。

だが、作法どころか首に歩み寄ってゆく者がいるではないか。なんと不作法な、と思っていると、それは元就だった。

「大内累代の臣なれど、あるじ義隆父子を殺し八逆罪《はちぎやくざい》を犯す。よって天誅《てんちゆう》をうく。誰を恨むか！」

そう大声を発すると、手にした鞭で首を三度打った。乾いた音が庭に響き、庭の中は声が絶えた。

——なにをいまさら。

隆元は憮然《ぶぜん》としていた。義隆を討つのに元就も協力したではないか。いや、もともと陶入道をそそのかしたのは元就だ。なのに天誅とはおそれいる。

いやいや、これも武略の一環、戦いの大義名分作りだろうと自分を納得させたが、それにしても、こうなることまで読んで陶入道を謀叛に駆り立てたのなら、なんともおそろしい武略ではないかと思う。

床几にもどった元就は、意気軒昂《いきけんこう》だ。

「みなの者よく聞け。まだいくさは終わっておらぬ。明日、本陣を小方《おがた》にうつすぞ。遅れずに兵をすすめよ」

と高らかに宣言する。陶入道を討った勢いで、これから周防と長門へ攻め込もうというのだ。

——とても真似できぬな。

知力といい気力、体力といい、父にはとてもかなわない。勝利はうれしいが、こんな人の跡を継がねばならぬとは、なんという因果かと隆元は考え込んでしまう。

見あげれば、晴れあがった空に鰯雲《いわしぐも》が流れている。鷗《かもめ》らしき鳥が空を舞っていた。

その自由さがうらやましい、と隆元は思った。

八　教訓

一

吹きつけてくる風の角がとれ、桜のつぼみが大きくなった二月、元就は岩国の本陣から出馬し、西へと向かった。

ひきいる軍勢は一万。隆元と隆景が、それぞれの手勢とともにしたがっている。石見に行っている元春をのぞけば、毛利勢の主力をこぞっての出陣である。

めざすは須々万《すすま》の沼《ぬま》城。岩国からはほぼ一日の行程だが、用心して途中で野営し、翌日、明るいうちに到着するようにした。

このあたりは平地が少なく、人々は山中に点々とある盆地に田畑をつくり、集落をいとなんでいる。盆地の中にはその地を支配する城があるが、須々万の沼城もそういった城のひとつだ。

須々万の手前で軍勢をとどめると、元就は隆元と隆景をつれて近くの山にのぼった。

「なるほど沼の中だな」

山頂からめざす城を見晴らしながら、元就はつぶやいた。

城は、幅一町ほどの高地――といっても高さ三丈ほどの、丘というより地の瘤《こぶ》といったほどの高みだが――に築かれている。柵をめぐらし櫓《やぐら》をあげ、中に寝小屋《ねごや》があるだけの、何の変哲もない小城である。

だがその周囲が尋常ではない。あたり一面、陽光をはね返してきらきらと輝いている。

もともと沼沢地なのに、近くの川をせきとめて水をあふれさせたため、高地のまわりは深田と沼ばかりになっているのだ。

これでは攻め寄せても、兵も馬も泥濘《でいねい》に足をとられて動けなくなるだろう。容易に近づけそうにない。

「城へ近づくには細い縄手道《なわてみち》しかなく、とても攻められませぬ」

左に立つ隆景が言う。

「しかも、攻めるのは無理とみて引き揚げにかかると、どこかから敵勢が湧いて出てきてしつこく追いすがるもので、手痛い目にあいました」

右から隆元が、小声で告げる。ふたりとも以前にこの城を攻めて痛手をこうむっているせいか、きびしい顔をしている。

「無理もない。工夫なしには落とせぬ城じゃ」

という元就の目は、城を見詰めながら生き生きとしていた。今年六十一歳になるのに、まるでこれから楽しい遊びでもはじめようかという子供のような勢いだ。

「よし、兵を配るぞ。そなたは南に回れ。宍戸《しし ど》と福原は山口の方角へ遣わせ」

元就の下知にしたがって軍勢が動く。元就と隆元の主力は北西の方角から城をにらみ、隆景の手勢は南方にひかえた。

兵たちはさっそく堀を掘り、その土を掻きあげて土塁を築き、応急の陣地を造る。そして早めに炊飯の煙をあげて腹ごしらえし、翌朝からの城攻めにそなえた。

厳島《いつくしま》の合戦から一年半がすぎている。

山越えの奇襲によって合戦に勝ち、桜尾《さくら お》城で陶入道《すえにゅうどう》の首を実検したあと、元就はただちに軍勢を移動させ、大内家の所領である周防《す おう》・長門《なが と》を攻略にかかった。

陶勢を蹴散らした勢いをそのままに山口まで攻めあがり、大内家を滅ぼして防長《ぼうちょう》二国を手に入れようとしたのである。

厳島で陶入道ほか有力な諸将の多くを失った大内家には、抵抗する力も残っていないだろうから、さほど手もかからずに攻め崩せる。そう見越しての、矢のように急な侵攻だった。

しかし、元就のもくろみは大きくはずれる。

周防の諸侍は大内家の下知にしたがい、毛利勢に刃向かってきた。

手はじめに周防国の東端、安芸国と接する玖珂郡《くがごおり》に侵攻したのだが、山地に散らばる村々の半数以上が頑強に抵抗し、毛利勢を阻んだ。攻め込んだ毛利勢は、

「案内者《あないもの》（事情を知る者）、案内者にてかなたこなたかけまわり、人々一人二人ずつも討ち果たし、家の五軒三軒も焼きたてて」

と元就が命じたように、村をひとつずつ、脅しすかして制圧しながら軍勢をすすめなければならなかった。

そうしてやっと玖珂郡を制圧したのが、昨春である。厳島合戦から半年がすぎていた。

玖珂郡から山口をめざしてさらに西へと向かわねばならないが、それにはこの須々万の沼城が邪魔になる。

そこで、まず隆景が小早川《こばやかわ》勢をひきいて攻め寄せた。

しかし沼地にはばまれ、まったく戦果をあげられずに退いてしまう。

ついで隆元が、数千の兵をひきいて立ち向かった。

いったんは城を包囲したものの、沼地にかこまれた城の構えを見て落とせないと判断し、すぐに退き陣《のじん》にかかった。しかし隆景のときとちがって江良《えら》弾正忠《だんじょうのじょう》、宮川《みやかわ》伊豆守《いずのかみ》らが援軍にはいり、城兵もふえていたため、退くところを後方から襲いかかられ、多数の手負い死人を出してしまった。

晩秋にもう一度、隆元が攻め寄せたが、やはり城門に手もかけられずに終わっている。

ここにいたって、毛利勢の防長への侵攻は頓挫してしまった。

沼城を落とさぬかぎり、先へ進めない。

そして毛利勢が勢いを失ったと見られれば、いまはしたがっている玖珂郡の諸侍たちも、また蜂起しかねない。

東の尼子《あまご》の動きも気になる。石見で尼子が攻勢に出てくれば、防長と石見の東西二方面で戦わねばならなくなる。

そこで元春を石見にやって、尼子の動きを封じることにした。元春はよくやっているが、それでもいつ尼子が大軍を動かして攻めてくるかわからない。

大内方もこの沼城が毛利勢を防ぐ大きな障壁になると知り、兵をあつめていた。城攻めにしくじれば、退こうとするところにどっと襲いかかってくるだろう。

たかが小城ひとつのために、毛利家は抜き差しならぬところへ追い込まれたのである。

そこで元就は策をめぐらす。

まず須々万の盆地に通じる道をふさいだ。仏坂《ほとけざか》、比与路坂《ひよじざか》といった東側の道からはじめ、しだいに南、西と関所をおき、人の出入りを封じてゆく。

城を孤立させておいて冬を越すと、敵も心細くなったのか、城から抜ける者が出てきた。

草の者をはなって探らせると、多いときには七千の兵がいたのに、すでに城主と援軍、それに一揆《いっき》勢合わせて三千人ほどに減じているという。

そうして春を待ち、二月に元就は満を持して兵を出したのだった。

城を囲んで陣構えが終わると元就は、

「まずは小手試しよ。足軽どもを出して敵の勢いをみてみよ」

と下知し、二日ほど城の周囲で小競り合いを演じさせた。

城兵は一兵たりとも寄せつけまいと、さかんに矢を射てくる。

しかし元就は、足軽たちが駆け回るようすを見ずに、みずから沼地の端に出張ってきて、近習たちに沼の深さを測らせたり、なにやら水の上に浮かべたりしている。

「わかった。されば明日、総攻めじゃ。今宵は兵どもをゆっくりと休ませろ」

元就はそう命じ、兵を引いた。

翌早朝、城を四方から取り囲んだ毛利勢は、法螺貝の合図にどっと鬨《とき》の声《こえ》をあげてこたえ、いっせいに深田へと駆けよった。

そこから、奇妙な光景が展開する。

田の縁までくると、兵たちは竹で編んだ畳一枚ほどの大きさの簀《す》の子《こ》を、深田の中へ投げ込んだ。泥の上に簀の子が浮かぶと、そこへ蓆《むしろ》を投げかける。

出陣に際して、兵士ひとりにつき簀の子一枚、蓆一枚をもつよう、元就は命じていた。

岩国の本陣近くの深田で試してみて、投げ込んだ簀の子に人が乗っても、泥の上に浮かぶことを確かめてある。

そうして簀の子と蓆を深田に浮かべ、その上に乗って先へ簀の子と蓆を投げかけ投げかけしてゆくと、深田の上に道ができる。

城兵はおどろいただろう。

一万の兵がそれぞれ簀の子と蓆を持参してきたので、城をとりまく深田や沼地には何十という道ができた。

毛利勢はこの道を踏みしめ、城へと迫った。

寄せつけるものかと、城からしきりに防ぎ矢が飛んでくる。毛利勢の足が鈍る。

そのとき、雷鳴のような轟音と白煙があがり、弓をもった城兵が倒れた。

毛利勢は鉄砲を数丁もってきていた。厳島で陶勢が使っていて苦しめられたので、博多の商人から買い入れてみたのだ。

これが沼地の外から城内の兵をねらい撃ちすると、おどろくほどよく当たる。弓より威力がある上に、命中率がいいのだ。

たちまち数人を倒された城兵は、その威力をおそれて城壁の内側に籠もってしまった。

当然、防ぎ矢も少なくなる。

深田以外にはさして障害物のない城である。毛利勢はたちまち沼地を渡りきり、城内へ突入して斬り合いとなった。

こうなると多勢に無勢で、城兵に勝ち目はない。江良弾正忠は手勢二百余とともに早々と降参し、宮川伊豆守もつづいた。

城主の山崎某《なにがし》ばかりは奮戦し、三百の兵とともに本丸に籠もって抵抗する。

城には、ほかに千人以上の一揆勢も入っていた。

一揆勢は本丸に入れず二の丸で戦うが、しだいに討たれてその数を減らしてゆく。

「一揆勢は許すな。みな斬り捨てよ」

と元就は下知した。玖珂郡を切りとる戦いにおいて一揆勢の頑強さには手を焼いたので、後顧《こうこ》の憂いをなくそうとしたのである。

かくして抵抗する者は殺され、城主も一族とともに腹を切り、櫓には火がかけられ、沼城は落ちた。

隆元は、黒煙をあげる沼城を見て呆然としていた。

――自分ではまったく歯が立たなかった城が、あっという間に落ちた。

その事実が、隆元の胸に痺《しび》れるような感覚をもたらす。どうして父は、そんなことができるのか。なぜ自分にはできなかったのか。

いつもそうだ。父はむずかしいことをいとも易々《やすやす》とやり遂げてしまう。対して自分はなにひとつ満足にできない。

元就が、自分が仕える主であったなら、これほど頼もしい男はない、自分は運がいいと思うだろう。しかし元就は主ではなく父なのである。いずれは自分が跡を継ぎ、いま元就がしている役割を果たさなければならない。

そんなことは、無理だ。

ああ、いくら父の代に大きくなっても、自分の代になったら支えきれず、毛利家はすぐに落ちぶれてゆくだろう……。

肩にかかる重みに、うめき声をあげたくなった。

二

沼城を落とした毛利勢一万は、時を移さず西にすすんで陶家の本拠、若山城《わかやま》にせまる。

これより少し前、若山城では内紛が起きており、城主陶晴賢の嫡子《ちやくし》、長房《ながふさ》が討たれていた。主を失った城兵たちは戦うことなく毛利勢に降《くだ》り、城を明け渡した。

若山城を占拠すると、数日して毛利勢は防府《ほうふ》へ進出した。

防府から大内氏の本拠の山口までは四、五里の道である。大内氏の息の根を止めるため、首根っこをつかんだようなものだった。

松ヶ崎《まつがさき》の天満宮に本陣をおき、山口のようすをうかがっていると、大内家当主の義長《よしなが》は館を捨てて長門に逃れ、長府《ちようふ》の西、海辺にある且山城《かつやま》に入ったとの注進があった。

九州へ渡って、実家の大友《おおとも》家を頼ろうとの魂胆らしい。

「九州に逃げられては面倒じゃ。海路をふさいで渡海させるな」

と命じる一方で、福原左近《さこん》、志道元保《しじもとやす》らを派遣して且山城を攻めさせた。

ここまで、沼城が落ちてからひと月ほどしかたっていない。

防府の本陣で隆元は元就、隆景とともに左近からの一報を待った。

「遅い。逃げられたのではあるまいな」

「逃げても、舟を捕まえるばかりにござる。来島《くるしま》の者どもが網を張っております」

隆元のつぶやきに、隆景がすかさず答える。

大内義長は、且山城を出て長福院《ちょうふくいん》なる寺に籠もったようだ。助命を乞うているという。

元就は許すつもりはない。福原左近には「腹を召させ候え」と下知してある。

大内氏を徹底して攻め滅ぼすつもりだ。

「左近めが、うまくやるじゃろ」

元就は腕組みをしたまま言う。とはいえその膝はいらいらとゆれている。

待つこと二刻《ふたとき》あまり。

夕方近くになってやっと早馬が駆け込んできた。汗みどろの使者が元就の前に膝をつく。

「大内どの、長福院にてご自害。首は、おってこちらに」

大音《だいおん》に告げる使者の声に、本陣の中はどよめいた。隆元は元就、隆景と目を合わせ、うな

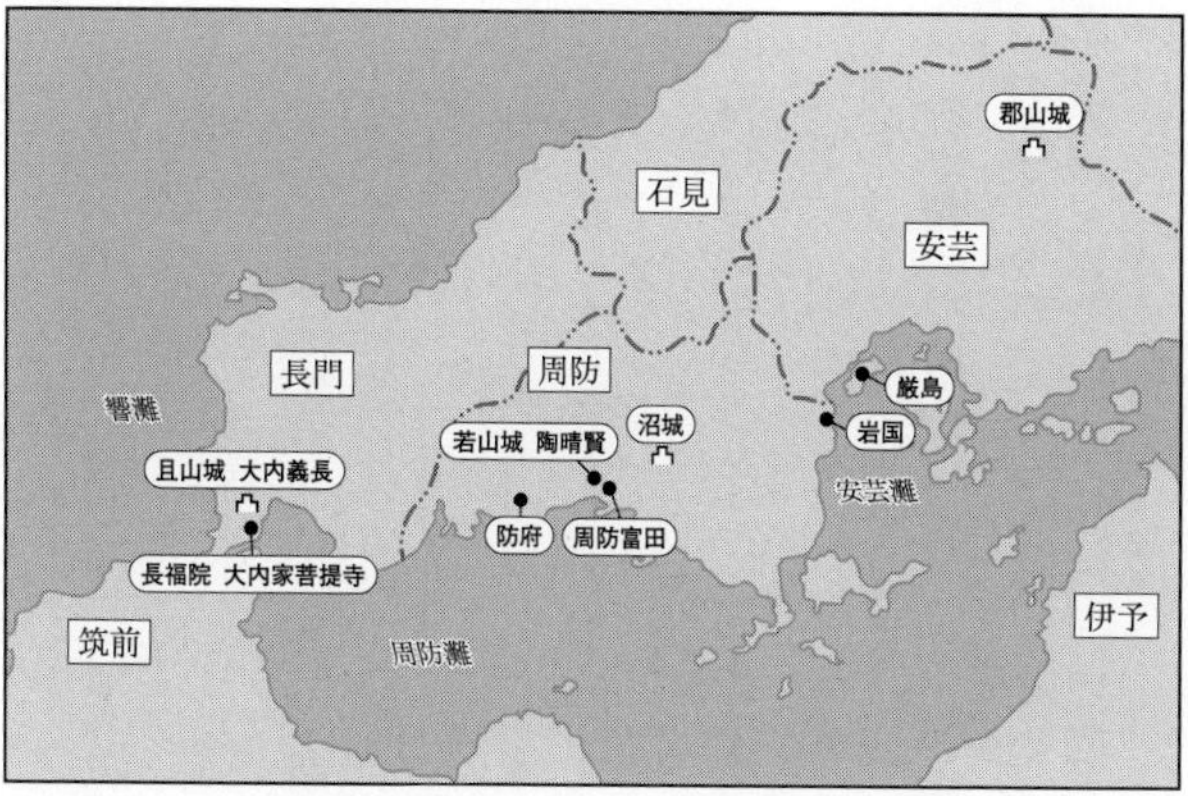
郡山城
石見
安芸
長門
周防
響灘
若山城　陶晴賢
沼城
厳島
岩国
且山城　大内義長
安芸灘
防府
周防富田
長福院　大内家菩提寺
筑前
周防灘
伊予

ずきあった。

長く中国に覇者として君臨した大大名、大内家は、ここに滅んだのである。

同時に毛利家は安芸だけでなく、備後と石見の一部に防長二国をも領する大大名にのしあがったのだ。

当然、家中は喜びに沸いた。家臣たちは祝杯をあげ、恩賞を期待してうかれ騒いだ。

だがその中にあって、ひとり隆元だけは苦々しい思いでいた。

――お家の繁栄はいいのだが……。

隆元は大内家には思い入れがある。人質として山口にいたときに手厚くもてなしてもらい、さまざまな教えをうけた。妻に大内家当主の養女までもらったほどだ。大内家に対しては恩こそあれ、恨みはまったくない。

その大内家を、先頭に立って滅ぼさねばならなかったのである。忸怩《じくじ》たる思いがあるのは当然だ。

その上、家臣たちの悪行《あくぎょう》も気になる。

いくさに勝った家臣たちは、行く先々で民家に押し入り、強奪や乱妨狼藉《らんぼうろうぜき》を繰り返した。

切り取り強盗は戦場の習いとはいえ、あまりに見苦しく、目にあまる行為だった。

「まだ油断はならぬぞ。人々に狼藉をはたらいては、毛利の評判を落とすばかりか恨みをかう。兵どもを抑えよ」

と家臣たちに幾度も命じ、狼藉を禁ずる書状も発したのだが、悪行は一向におさまる気配もない。

「まったくもって、困ったものよ」

隆元は近臣たちにこぼすが、その近臣たちもさほど信用はできない。

赤川元保《あかがわもとやす》、国司右京亮《くにしうきようのすけ》、粟屋元親《あわやもとちか》の三人が隆元の奉行として諸事の差配をしているが、元就の奉行である桂元忠《かつらもとただ》——元澄《もとずみ》の子——や児玉就忠《こだまなりただ》となにかとぶつかり、なかなか隆元が思うようには動いてくれない。

毛利家の当主として、無力さを感じるばかりだ。

防府では、占領地の代官を決め、降参してくる大内家臣を許すか誅伐《ちゆうばつ》するかを決めたり、はたまた家臣たちの功を評したりと、戦後の処理に追われた。

そうして十日ほどもあわただしい日々を送っていた隆元に、志道広良《ひろよし》から使者がきた。

「さて、大殿さまが申されるには……」

使者の話を聞いた途端、隆元は一時に胸が高鳴り、胃の腑がぎゅっと締めつけられたように感じた。

「今度こそ、名実ともに隠居する」

と元就はいうのだ。

今後は大小すべてのことについて関知せず、みな隆元にまかせる。そして自分は佐東《さとう》郡の毛利家直轄領を隠居料としてもらい、郡山《こおりやま》城から銀山《かなやま》城にうつって、静かに余生を送りたいという。

それをまず広良に告げ、隆元に披露するよう命じたのだ。親子間のなれ合いを避けた、正式の要請といえる。

――ついにきたか!

大内家を滅し、防長二国を得るという大きな戦果をあげたいまこそ、本当に隠居する潮時だと元就は考えたのだろう。

返事を持ち帰りたいとせかす使者には、あとで返事をすると言って返したが、その晩は眠れなかった。

――親不孝者よな。

暗闇の中、考えがめぐる。

老いた父親が隠居して楽になりたいといっているのに、それを請けかねている息子とは、情けないばかりでなく親不孝である。そう考えれば考えるほど自責の念がつのる。

だが沼城で元就の鮮やかな手並みを見せつけられ、いっそう才覚の差を感じたばかりである。あの敏腕の持ち主の跡を、自分が継げるとは思えない。

しかも、これからは安芸だけでなく、防長に石見、備後の一部も治めていかねばならないのだ。

五カ国を統治するなど、元就も経験していない。それは、どれほど困難なのか。いまの家臣団と所領すら治めかねているのに……。

それに、尼子と戦わねばならない。これまでの合戦はすべて元就が指図している。果たして自分の采配で勝てるのか。

「だめだ。無理だ。とてもできない……」

考えが堂々めぐりするうちに、外が明るくなってきた。

三

防府の陣から吉田の郡山城に帰っても、隆元は返事ができずにいた。

郡山城にあっても、忙しさには変わりがない。石見で元春が尼子配下の武将たちと対峙《たいじ》していたので、帰城して半月もせずに石見へ出陣しなければならなかった。

石見が一段落して郡山城へもどっても、防長の地から、あちらで一揆が起きた、こちらで大内残党が叛乱《はんらん》を起こした、と早馬が来る。毛利方についた武将たちに討伐を指図し、兵が足りないとなれば援軍の手配もしなければならない。

その上、家臣への恩賞を決めて領地を配分するという、大切な仕事が待っている。

すでに石見の吉見《よしみ》氏、水軍の能島《のしま》・来島など大物への配分は元就が差配して終わっているが、家中の臣への十貫文、二十貫文といった小さな領地の配分が残っていた。

防長二国を得たいまは、長いあいだ恩賞もなく出陣させてきた家臣たちに報いる、無二の機会なのである。おろそかにはできないし、公平を欠く分け方をすれば、家臣たちに恨まれかねない。

むずかしい仕事だが、元就はもうすっかり隠居する気になっており、相談に乗ってくれない。

やむなく隆元は、自分と自分の奉行人たちだけで決めていった。

やっと二百人以上におよぶ家臣団への恩賞案を作成し終えたときには、すでに梅雨も明けていた。

からりと晴れ、蟬の声がかまびすしい空の下、元就に一報すべく、隆元は中腹の尾崎丸《おざきまる》から一子、幸鶴丸《こうつるまる》の手を引いて山頂の曲輪《くるわ》へと登った。

「おお、幸鶴も来たか」

案の定、元就は隆元よりも幸鶴丸を歓迎した。笑顔で手を広げている。隆元は幸鶴丸の手をはなし、元就のほうへ押しやった。

「よしよし、大きゅうなったな」

「じいさま隙あり、えい！」

「あっ、いたい、いたいぞ！」

五つになった幸鶴丸に顎鬚《あごひげ》をひっぱられて、元就はうれしそうに悲鳴をあげている。

そこへ三人の子があらわれた。上は七歳。六歳の子をはさんで下は三歳。みな元就の子、隆元の小さな弟たちである。一昨年、防長へ出陣しているあいだにも、側室の腹からひとり生まれていた。

「あ、幸鶴丸、来た！」

四人の子供たちがわいわいと騒いでいる中、隆元は立ち尽くしていたが、

「蝉とりに行くぞ！」

と年長の子が叫ぶと、子供たちはみな連れだって走り去っていった。

「どうした。なにかあったか」

静かになったところで元就から声をかけられたが、その顔はどこかしまりがない。目尻が下がり、口元もゆるんでいる。もう気分はご隠居さまのようだ。

「恩賞の案が決まりましたので、披露いたしたく、参上しました」

「恩賞？　ああ、よいよい。そなたが決めたのなら、それでよい。わしが見るまでもない。そなたなら、そつなくやっておるじゃろ」

「しかし……」

「みなそなたにまかせた。わしも六十一じゃ。もう何年も生きられぬ。一生涯、いくさに駆け回ったゆえ、そろそろ楽をしたい。銀山城は海が近いせいか、夏は涼しく冬は暖かいとい

うぞ。そんなところで暮らせば少しは寿命も延びるじゃろ。楽しみにしておるのじゃ」

「はあ……」

恩賞の案については、あるいは元就から文句を言われるかと懸念していたので、まずはほっとしたが、すべてをまかせたと言われると、それはそれで困ってしまう。

「なあに、さほど深刻に考えずともよい。家臣にまかせるところはまかせて、要点だけを押さえていけば、五カ国であろうが六カ国であろうが、治めていけるものよ」

なんだか軽くあしらわれているようで腹が立ったが、口に出すのはこらえた。

「ああ、それに草の者たちも、そなたが直に使えるよう、話をしておかねばならぬな」

防長二国を手に入れた際に、大内家が使っていた忍びの者たちも元就の直臣になったので、いまや芦田《あしだ》、世鬼《せき》らに加えて十家以上の者が忍びとして仕えている。角都《かくづ》ら琵琶法師とこの者たちも、隆元に渡すという。

「草の者たちは大切じゃぞ。使いようによっては万を超す大軍より役に立つ。もっと増やして、二十家以上にしたいと思うておるが、それもそなた次第よ」

いらない、と言いたかったが、こらえた。

「それで、どうした。まだ隠居を承知したとの一札《いっさつ》をもらっておらんが、なにか不服があるのか」

「はあ、それが、まだ思案がまとまらず……」

「いつまとまるのじゃ」

「……自信がありませぬ」

「ああ？」

「毛利家をひきいてゆける自信がありませぬ。無才覚無器量ゆえ」

「まだそんなことを言うておるのか」

元就の顔がくもった。雷が落ちるかと覚悟したが、そうではなかった。

「わしが見るところ、そなたは才覚も器量もある。さように卑下するものではないわ。あまりに自分を小さく見ると、できるものもできなくなる。まずはやってみよ。やっているうちに、自信もついてくるものじゃて」

「しかし……、たとえば陶入道のように、いくら強勢を誇っていてもひとつ間違えば、首になるのが武家の習いゆえ、どうしても踏み切れませぬ」

「首になるのがこわいか」

「いえ、毛利の家を潰すのがこわいので。大江広元《おおえのひろもと》以来、代を重ねてきて父上の代で五カ国の太守となったものが、それがしの代で潰れては、ご先祖さまにも世間にも面目が立たず……」

「杞憂《きゆう》よ。そこまで考えることはない」

元就はゆっくりと首をふった。どうやらまともに取りあうつもりはないようだ。

「銀山城には局部屋《つぼね》を建て増しせねばならぬが、こちらの手金でやる。迷惑はかけぬ。そろそろ縄打ちをして建てはじめ、秋が深まる前には移りたいものじゃ」

そう言う元就の顔は、とろりとした穏やかなものにもどっている。

隆元はあきらめて元就の許を辞した。

そのあと幾日へても迷いは止まらない。父を隠居させないとなると、大きな不孝になる。しかし大きくなった毛利家をひとりで支えてゆく自信はない……。堂々めぐりがつづくばかりだ。

心配した志道広良が、しきりに使者を遣わしてくる。

家中が大きくなったことで悩んでいるなら、奉行をふやして家臣に多くをまかせたらどうか、執権をおいて雑事をまかせ、当主は大切なことだけ関わるようにしてもよい、何にしても早く承諾の一書を、などなど、親切心からなのだろうが、うるさく感じるほどいろいろ提案してくる。

「だから、まかせられる家臣がいないから困っておるのだ」

隆元はつぶやく。若いころの元就には志道広良がいて、なにかと頼りになった。だが自分には万事に頼れるすぐれた家臣がいない。

赤川や国司にしろ、広良の息子たちにしろ、ともすれば私欲に走るし、傲慢《ごうまん》でこちらの言うことを聞かないこともある。

気がきかず智恵が足りず、仕置きの仕方も悪くて、余計な騒ぎを引き起こしもする。そんなやつらに五カ国の仕置きをまかせたら、どんな騒ぎになるか。

などと思って返事をしかねているうちに、ふっと広良からの便りがなくなった。

やれやれと思っていると、元就から一報があった。

広良が倒れたという。

「なんと！」

あわてて側近を見舞いに行かせたが、すでに亡くなったあとだった。

気分がすぐれないといって数日寝込んでいたところ、夜明けに厠《かわや》へ行ったときに倒れ、その翌日に息をひきとったとのことだ。

九十一歳の大往生である。

生涯を毛利家に捧げた忠臣の中の忠臣だけに、葬儀には家中の重臣のほとんどが参列した。もちろん元就も、隆元はじめ三人の子も焼香した。

守り刀を胸に横たわる広良は、立派だった涙堂《るいどう》もしぼみ、生気の抜けた姿になっていた。

元就は、黙然《もくねん》として焼香すると、すぐに城へもどっていった。そのあいだほとんど口をきかず、話しかけるのもはばかられる雰囲気だった。最良の忠臣で、師でもあった広良の死が、よほど堪えているにちがいない。

しかし、隆元らにはそこまでの思い入れはない。

「大内を討って、これで毛利の家も安泰と思ったのかな」

「ああ。かほどに大きくなったお家を見て、よろこんでおっただろ。よいときに逝《い》ったものよ」

久々に顔を合わせた元春も隆景も、のんきなことを言っている。

「ところで兄者、父上はいつ銀山城へ移られるのじゃ」

と元春に問われ、隆元は即答した。

「まだまだ先だな。しばらくは居てもらわねば困る」

「まだ先？　志道どののように九十歳まではたらいてもらうか。いや、あの親爺《おやじ》なら百歳まで生きそうだ」

ははは、と隆景が笑う。家を支える責任のない弟たちは、まったく気楽なものだ。

父は隠居して楽になり、弟たちは家をはなれて他家という小さな殻に籠もる。大きくなった毛利家を支える重責は自分ひとりの肩に……。

胸の中で発酵するものがある。大きくため息をついた。

四

「どうにも踏ん切りがつかなくて……」

隆元は郡山城の南にある興禅寺《こうぜんじ》にて竺雲恵心《じくうんえしん》和尚と向き合っていた。

「迷いに迷って、近ごろでは飯も喉を通りませぬ。この境遇を抜けるためなら、死んでもいいと思うほどで」

恵心は出雲《いずも》出身の臨済宗の僧で、京の東福寺《とうふくじ》退耕庵主《たいこうあんじゅ》をつとめつつ、安芸の安国寺《あんこくじ》や興禅寺の寺務をとっていた。

小柄でやさしい顔立ちだが、学識は深く才気煥発《さいきかんぱつ》、口を開けば語気鋭く、討論する者を切り裂く。三十半ばのはたらき盛りで、他国や京に使いをするなど、毛利家の使僧の役も果たしている。

数年前にこの僧が興禅寺に来たときから、隆元は師事していた。年齢も近く兄のようで、悩みの相談に乗ってもらうにはもってこいの相手である。

「つまるところ、毛利家の跡取りがいやじゃと、こう申すのでござるな」

あれこれと愚痴る隆元に、恵心はぴしりと言った。

「いや、いやというわけでは……。長男として家を継ぐのは務めだと思うておりますが、自分の身で家を保てるのかと心配で……」

「おなじこと。お顔に書いてありまする。いやじゃ、いやじゃと」

隆元は思わず顔をなでた。恵心は表情を変えずに言う。

「いやなら、お止めになることじゃ」

「あ、それでは家が……」

「お家を継いでも、いやなものは長つづきせぬもの。途中でほうり出したくなりましょう。それならばいっそ、最初から継がぬほうが、まだまわりに迷惑をかけませぬ」

「うーむ。しかし、それがし以外に代わる者がおらぬ」

「お子に継がせることになりましょう。さいわい、幸鶴丸どのがおられる。御身《おんみ》は出家し、幸鶴丸どのが跡取りとなり、大殿さまが後見人になればよろしい」

「いや、それでは隠居できぬ父上が納得せぬ」

するとと恵心はじろりと隆元をにらんだ。

「だれもが納得する策などはござらぬ。まわりの迷惑を押し切って出家なさるか、御身が納得せぬまま跡を継ぐか、ふたつにひとつ。さあ、どちらを選びなさる」

迫られて、隆元の額に汗が浮かんだ。

「……選べぬから、迷っておるので」

「困ったお人じゃ」

恵心はいったん目を閉じ、しばらくだまっていたが、ふたたび目を開いて言った。

「それでは、こうなされ。まず大殿さまに、このまま跡を継ぐのはいやじゃと申しあげる。跡を継ぐくらいなら出家すると」

「……」

「すると今度は大殿さまが考えざるを得なくなる。大殿さまは、何かしら策を考え出されるはずじゃ。その策を聞いて、御身がまた考える。それをお互いに納得するまで繰り返せばよろしい。いつかは解決するはずじゃ」

「それでは父上に真っ向から逆らうことになる。不孝ではないか」

「いいや、おのれの考えを述べるのは、ちいとも不孝ではござらぬ」

恵心は説くように言う。

「御身は大殿さまに遠慮しすぎとお見受けいたす。いやなものはいや、否《いな》は否とはっきり申しあげるところから始めなされ。申し上げずにことが進まぬほうが、よほど不孝というものじゃ」

と言われて、それもそうかと思い、勇を奮ってやってみることにした。

書面で元就の側近に、隠居は受け入れられぬと返事をした。またふたりの弟に、父に隠居を思いとどまるよう説得してくれ、と頼む書状を送った。

するとすぐ元就に呼び出された。

「そなた、何を考えておるのか」

元就は隆元の目を見ながら、不思議そうな顔をする。

「もういい歳ではないか。跡を継がぬでどうする。出家すると？　正気で申しておるのか」

「ええ、正気で申しております。このままひとりでほうり出されては、とてものこと、五カ国は治められませぬ。すぐに毛利の家を潰してしまいます」

「まだ言うておるのか。やってみればわかる。そなたならできる。そう思うから、わしも安心して隠居しようとしておるのじゃ。まずはやってみよ」

父に逆らうのは恐ろしかったが、恵心和尚の言葉を思い出し、ここが踏ん張りどころと、隆元は腹に力を込めて言った。

「いいえ、できませぬ！」

きっぱり断言すると、元就の顔が凍りつき、ついで目がつりあがっていった。

わが父ながら、井上一族を誅殺《ちゅうさつ》したように冷酷かつ凶暴な一面をもつ恐い男である。怒らせたかとぞっとしたが、元就はなんとか怒りを抑えたようだ。ひとつ息をついて、

「この年になっても隠居できぬとは、なんとまあ思いもかけぬことよ」

とぶつぶつ言っている。

さすがの元就もとっさには智恵が湧かなかったのか、何の策も出さず、しばしだまって向かい合ったまま、その日は終わった。

その後ふたりで、時には元春や隆景を入れて話し合ったが、どうにも歩み寄りはできなかった。元就は隠居して銀山城へ移りたいと主張し、隆元はまだまだこれまでのように後見してほしいと訴え、弟たちはきょろきょろとふたりを見比べている、というありさまである。

「おひさがいたなら、こんなことは許さぬじゃろうに」

などと元就は不満をこぼすばかりだった。

とはいえ、問題のありかは見えてきた。

ひとつは、大きくなった毛利領国を統治し、他国から守るのは困難な仕事だ、ということ。隆元の心配は、よい家臣がいなくて安芸と備後の二国ですら治めかねているのに、五カ国になっては手が回り切らず、いずれ各地で叛乱が起きて他国からも侵略をうけるだろうという点にある。

もうひとつは、隆元の経験不足。

合戦の指図から家臣団の統率まで、すべて元就が行っているうちに毛利家が大きくなったので、隆元が手を出す機会がなかった。すぐに代われといわれても無理である。

話し合いを重ね、こうした点が明らかになるにつれ、元就の顔つきが渋くなっていった。隆元の言うことも一理ある、と思うようになったらしい。

それでも元就は隠居にこだわり、決着がつかない。

秋も深まったころ、周防富田《すおうとんだ》の地で大内残党が大きな叛乱を起こし、毛利方の城を囲んだとの報告が入ってきた。援軍がないと、城が落ちそうだという。

捨ててはおけない。隆元は元就とともに、手勢をひきいて出陣した。周防富田に本陣をおき、叛乱を討ち鎮めてゆく。

隆元がその日の討伐を終えて陣にもどると、元就から長文の書状がきていた。

何かと思えば、防長二国を恩賞として家臣たちへ配分したことについて、皮肉とも苦情ともとれることが書いてあった。

「わが直臣たちは、手負い討死を出して軍忠をあげたにもかかわらず、新給地は周防でも安芸から遠いところを与えられていて無念。おそらくそちらの奉行衆は、元就は佐東で直轄地を過分にもっているから、その中から直臣に分ければよいと考えているのだろう」

どうやら陣中で側近たちから苦情を聞かされたらしい。

——だからあの時、配分案を事前に披露しようとしたのに、見なかったじゃないか！

いまさら何を、と怒りがこみあげてくる。

しかし読みすすんで、おやと思った。

「佐東の直轄地は四千三百貫文ほどだが、このうち半分は譜代家臣の領地になっており、元就の取り分は二千二十貫文で、さらにここからも直臣たちに給地を与えている。これを隠居料としても、周辺の大名の隠居料と比べて決して大きくはない。しかもこの隠居料で軍役《ぐんえき》をつとめるつもりである」

とある。これからも元就は軍役をつとめる、すなわち現役ではたらくつもりだと書いてあるのだ。

隆元はそこを何度も読んだ。

明言していないものの、どうやら元就は隠居を撤回してくれたようだ。

——やっとわかってくれたか。

隆元は深く安堵の息をついた。

もしかすると、元就は自分の直臣への配分が薄いのを見て、これは経験不足の隆元にやらせておくと、自分の隠居料すら危うくなると思ったのかもしれない。

いささか心外な見方だが、後見をつづけてくれるのならそれでもよいと思う。

さらに読みすすむと、

「この隠居料は自分のためのものではない、自分は七十まで生きられるとは思えないので、隠居料は数年で隆元のものになる。毛利家の隠居は、数百名の兵を養えるほどの力をもっておかねばならない。家中で井上家のような不忠者がでたとき、討つための力が必要だからだ。これは毛利家存続のためである」

と書いてある。これには隆元も異存はない。

「いやあ、まずまずではないか」

とひとりごちて書状を閉じた。

五

そののち、元就と会ってこまごまと話し合った。すると五カ国を統治するための策も、元就の口から出てきた。それは、隆元にとっては思いがけない提案だった。

「まずは毛利宗家を強くすることよ。わが手に多くの軍勢をにぎっていれば、どこで叛乱が起きようと兵を送って潰せる。それができなければ、家来どもから侮《あなど》られ、謀叛人《むほんにん》が出る。大内家が陶に乗っ取られたようにな」

国々に奉行をふやし、奉行の手下もふやして、などと考えていた隆元には、目から鱗《うろこ》の提案だった。小手先の策でなく、もっと根本的なところを元就は考えていたのだ。

だが、それはむずかしい。

「では、宗家の領地をふやしますか？」

強くするには兵力をふやすしかない。兵力をふやすには裏付けとして領地が必要になる。どこからもってくるのか。

元就は、あっさりと首をふった。

「いや、そうではない。元春、隆景と力を合わせればよい」

「え？」

「毛利家だけでなく、吉川《きっかわ》、小早川の三家が一致して動くなら、どんな敵でも倒せる。逆に毛利宗家があやうくなれば、あるいは三家の仲が悪くなれば、毛利だけでなく吉川、小早川の家もあやうくなる。そう思わぬか」

まあ、そうかもしれない。

「要は兄弟が力を合わせて、他国にも家臣にも当たることよ」

なるほどと思った。

宗家の力を強くするといっても、領地にかぎりがある以上、一朝一夕にはできない。ところが三家が力を合わせ、あたかもひとつの家のごとく動けば、兵力もふえる。

そしてこれは、すぐにでも出来ることなのだ。

さっそく元春と隆景を呼びよせて、五カ国の領主となった毛利家をどう運営してゆくか、じっくりと話し合った。結果、兄弟三人の考えは一致した。

「今後はなにごとも大小をとわず、内々に三人で話し合ってゆく。兄弟のあいだが悪くなれば、三家ことごとく滅亡と心得る」

これまでも、とくに仲が悪かったわけでもない兄弟である。合意するのは簡単だった。

これを、三人でそろって元就に告げると、元就は膝を打ってよろこんだ。

「それこそわが考えじゃ」

と言ってから、

「では、日ごろのわしの考えを申しておく」

元就は身を乗りだして語りはじめる。

「なんといってもまずは、毛利の苗字が末代まですたらぬよう心がけることが肝心じゃ。元春と隆景が他家を継いでいるのは仮の姿であって、毛利家の者であることを忘れると何かと具合が悪いぞ。また三人の仲が悪くなれば三人とも滅亡と思え。なにしろ」

と、元就はひと息いれてから、どきりとするようなことを言う。

「わしがあちこちの家を倒したから、わが子孫は諸人に憎まれる運命にあるでの。討たれるなら三人の後先はあるにしろ、一人も漏らさず討たれるだろうよ」

ずいぶんと正直な指摘であるが、そんなことをしらじらと言われても、こちらも困る。それで、どうしろと？

「隆元は元春と隆景を力として、内外に対処するようにせよ。また元春と隆景は、毛利家さえ堅固であれば、その力でもって家中の者を抑えつけられる、と憶《おぼ》えておけ」

「しかし、いまの調子なら元春も隆景も、自分の力で家中を切り回していけるでしょう」

「そう思っているかもしれぬが、元春も隆景も入り婿じゃ。婿の実家が弱くなれば、人の心は変わるものよ。油断はならぬ」

それはそうかもしれない。隆元が顎を引くと、元就は、

「ちょうどよい。いまこの機会に言うておく」

とつづけた。

「元春、隆景が思うようにならずとも、隆元は親の気持ちをもって堪忍するがいい。逆に隆元がいくらか間違ったとしても、元春、隆景はしたがうべきじゃ。ふたりとも家に留まっていれば、福原、桂などと上下になって隆元の下知にしたがう身だったのじゃから、内心で遠

慮すべきじゃの」

三人は互いに顔を見合わせたあと、遠慮がちにうなずいた。

「ああ、それに五龍《ごりゅう》城のおつぎも、忘れず気にかけておいてほしい。また三人の小さな弟たちも、成人したらどこか遠い領地でも与えてやってくれ」

こっくりとうなずく隆元に、元就はさらに言った。

「わしのこの教えは、孫の代まで持ちつづけてほしいものじゃ。さすれば毛利、吉川、小早川の三家は何代も保つことができよう。末世まではわからぬが、三人の一代だけでもこの心得をもちつづければ、家名も領地も永く保てるだろうよ。わしはそう思うぞ」

三人は「承りました」と口々に言い、その日はそこまでで終わった。

——いや、これでまずは時を稼げる。

隆元は安堵していた。いずれは父の跡を継ぐにせよ、あと数年は経験を積んで自信をつけたいと思っていた。それが、この合意で何とかなりそうだ。

一揆の討伐もほぼ終わった十一月の末、隆元は元就から書状をうけとったが、その包み紙をひらいて首をかしげた。

通常なら紙が四つ折りにされているものだが、それは巻物にされていた。開いてゆくと、幅は一尺弱と通常だが、長さは畳二畳分ほどにも達する。そこに元就の字がびっしりと書かれている。

——まったく父上は筆まめだな。

少々あきれながら読みはじめた。

「三人心持ちのこと、今度いよいよ然《しか》るべく申し談じられ候、まことに千秋万歳《せんしゅうばんざい》、大慶このこと候」

とはじまるその書状には、かぞえて十四箇条の心得が書かれていた。

前半は先に聞いた話のとおり、三人の兄弟の結束をもとめる内容だった。口にしただけでは不安で、念を入れて自分の考えを文字にしたと見える。三人が仲よくすることが、亡き母への最高の弔《とむら》いだとも書いている。

まあ、そうであろう。

だが兄弟の仲をそこまで気にするのは、父の元就自身、弟を討っているからだろう。兄弟とはいえ、気を許せるものではないと知っているからだ。

あるいは、隆元と下の弟ふたりとのあいだに目に見えぬ溝があるのを、感じとってのことだろうか。少々気になることではある。

書状の後半ではいくらか暗い調子になり、

「自分は思いのほか多くの人を殺してきたので、この因果はきっとわが家にめぐってくるに違いないと思い、困惑している。ゆえにそなたたちも慎みが肝要である」

とか、

「元就は二十で独立したあと今日まで四十年あまりになるが、その間、大波小波があり、他家など合戦でいくらも滅亡している。しかるところ、元就ひとりは激動の中をすり抜けていまに至っている。不思議というしかない」

さらには、

「自分は勇者でも逞しい体の持ち主でもなく、智恵才覚がすぐれているわけでも、正直で神仏の加護をうけられる者でもないのに、このように厳しい世の中をすり抜けられたのは、まことに思いもかけないことだ。だから早く隠居して楽になり、心静かに後生《ごしょう》の願いもしたいのだが、それもかなわぬ。仕方のないことだが」

などと愚痴っぽくなる。最後には、

「毎朝念仏を唱えよ、厳島神社を大切にせよ」

と書き、

「これより外、わが腹中には何もない。ついでながら申し述べて本望である、めでたしめでたし」

と結んでいる。宛先は隆元、元春、隆景の三人である。

読み終えて、いずれ返事を書こうとしていたら、翌日、また元就から書状がきた。

しつこいと思いつつ開いてみると、これはそなただけに伝える、と断り書きがあったが、内容は先の巻物とおなじく、三人で仲よくやれとの念押しである。

閉口しながら読みすすんでゆくと、

「いまのように三家がひとつになっていれば、国中の人々に小股をすくわれることもなく、他国をさほどおそれることもない。だが当家をよかれと思う者は、他国は申すに及ばず、当国にも一人もいない。家中でも、さほどよく思わぬ者ばかりと思われる」

と恐ろしいことが書かれてある。それほど毛利家は悪名高いというのだ。

「だから露ほども兄弟のあいだに悪い芽ができれば、当家滅亡のもとになると心得よ」

辟易《へきえき》するほどしつこく書かれている。さらには、

「おひさが生きていればこのようなことは言わぬのに、なにごとも一人でしなければならない」

などと愚痴まじりである。書状なのに、元就がすぐそこにいて唾が飛んでくるのではないかとすら思える。

読み終えた隆元は、まずこめかみを揉んだ。なにかの毒にあたったような気分である。

――そういうお人なのだ。

抜群の器量と叡智《えいち》をもつ上に、体力もあふれるばかり。それに何ごとも徹底しないと気がすまない質《たち》だから、こういうことになるのだろう。相手をするほうも大変だ。

だが文章をゆっくりと読み返すと、父の愛情と、その性格からにじみ出てくる滋味が、心にしみてくる。

——不思議な人だな。

隆元は思う。たしかに家族以外の者、とくに父に攻め滅ぼされた国人や、いま敵対している出雲の尼子家の者などは、父を極悪人と思っているだろう。陶入道などは、父を猛悪無道《もうあくむどう》の者とののしったと聞く。

これまでに父がやってきたことを知れば、それも無理はない。

しかし芯《しん》からの悪人に、こんな書状が書けるとも思えない。

父の心の中は、幾重にも折れ曲がっているのではないかと思う。ある面が出れば無情酷薄に多くの人を殺すし、別の面が出ると愛情豊かな書状を書く。

いや、人間、誰しもおなじように、酷薄な面とやさしい面をもっている。ただ父の場合、振れ幅が大きいというか、酷薄さもやさしさも極端までゆくのではないか。

人としての器が大きく力が強いから、やることなすこと、周囲が振り回されてしまう。その上、千軍万馬《せんぐんばんば》の経歴を積んでいる。おそらく自分が知らぬ地獄も見ているのだろう。だからやることが徹底している。

そんな男の息子として生まれた自分は、さて、幸運なのか不運なのか。

隆元は、書状の趣をよくよく承ったとする返書をしたためた。あとで弟たちにも花押《かおう》を書かせ、三人の花押がそろったものを父に返すつもりだった。なにごとも細かい父は、そこまでしないと文句を言ってくる気がした。

――父上のくどすぎる癖には閉口するが、正論すぎて逆らうこともできぬ。
父がますます偉大に、対して自分が卑小に見えてくるのは、どうしようもなかった。

九　攻城

一

永禄《えいろく》五（一五六二）年六月二十三日――。

郡山山頂の曲輪《くるわ》で、隆元は元就と対面していた。山頂は冬の寒気こそたまらないが、夏は風が通ってふもとより居心地がよい。とはいえ暑中であり、ふたりとも麻の帷子《かたびら》姿である。元就は行儀悪くも腕まくりまでしていた。そんな姿のままで書状をじっと読んでいる。

「よかろう。これで出すがよい」

書状から目をあげた元就が言う。隆元はほっとして、そばの文机をひきよせた。

「では、花押を」

「うむ」

書状の差出人は隆元と元就の連名とし、宛先は京におわす将軍、義輝《よしてる》公である。

「出陣は十日後といたせ。陣触れはぬかりないか」

「は。すでに内々には触れてありまする」

末尾に花押を書きながら、隆元は答える。

「いよいよ尼子を取り詰めるか。長かったな。いや、こんな日が来ようとは、若いころは夢にも思わなんだ」

慨嘆するように、元就は言う。多治比《たじひ》の小さな城を知る隆元も、気持ちはわかる。

「これを最後のいくさとしたいものじゃ。いや、最後のいくさじゃ」

隆元につづいて花押を書き終わった元就は、隆元の目を見ながら言う。

「よいか、これが終われば今度こそ隠居するぞ。しかと申し渡したぞ」

いくらか気負った元就の言葉に、隆元は深くうなずいた。

「それがしも覚悟しておりまする。長々と後見のご面倒をかけ、まことに申しわけありませぬ。尼子退治ののちは、ゆっくりと銀山《かなやま》城で養生《ようじょう》なされませ」

「おお、おお、その言葉、忘れぬぞ」

元就の表情がゆるんだ。顔じゅうに白い髭《ひげ》をたくわえ、目の下には隈《くま》ができ、右頬に小さな染みもある。目尻や口元に皺《しわ》も寄っている。まさに翁《おきな》の顔である。

元就は六十六歳になっていた。

頭の鋭さは衰えず、筆まめなのも変わっていない。側室とのあいだに子供をさらにふたりももうけるほどの精力も保っているが、外見が老いてゆくのと、何につけてもくどくなるのは、どうしようもないようだ。

この五年のあいだ、毛利家の矛先は石見《いわみ》に向いていた。石見の中でも特に銀山《ぎんざん》をめぐって、尼子家と奪い合いを演じてきた。

銀山から産出する銀は、どの大名にとっても垂涎《すいぜん》の的《まと》である。ことに昨今、鉄砲が合戦に使われるようになって、鉄砲そのものと煙硝《えんしよう》を買い入れる必要に迫られてから、銀山の価値はさらに増した。

いまや鉄砲なしには合戦に勝てない。しかし鉄砲はとにかく、煙硝は多くが海の向こうから入ってくるので、まことに高価である。

そこで銀山をもてば、掘り出される銀を代価にあてられるので、その家は鉄砲を数多くそろえられ、合戦にうんと強くなる。

毛利家が大内家を滅ぼしたとき、一度は銀山も毛利家のものになった。しかし防長二国の叛乱《はんらん》に手を焼いているうちに尼子家に奪われてしまい、なかなか奪い返せなかった。

しかもこの間、毛利家は北九州にも進出し、大友《おおとも》家の支配下にあった門司《もじ》城を奪った。そして筑前《ちくぜん》、豊前《ぶぜん》の国人たちと結び、いくつかの城に兵を入れた。

以前に大内家がもっていた、博多の湊《みなと》がほしかったのである。銀山と博多があれば、自分の手で鉄砲と煙硝を手に入れられるのだ。

そうして手を出してみたものの、北九州の雄、大友家に激しく反発され、門司の城を維持するだけでも大変になっていた。

そんなところに、思ってもみなかった話が舞い込んできた。

京の将軍、足利《あしかが》義輝から、尼子と和睦せよとの命令がきたのである。

京のうわさは安芸にも聞こえてくる。だから義輝が永禄元年、それまで戦っていた三好長《みよしなが》慶《よし》と和議をむすんで入洛《じゅらく》し、御所にはいって親政をはじめたことは知っていた。とはいえ将軍に戦力などはなく、その威令《いれい》も京周辺にしか届かないものと思っていた。

そこへ御内書《ごないしょ》をたずさえた使僧がきて、尼子との和睦をもちかけたのだから、隆元も元就もまずおどろき、ついで悩むこととなった。

尼子は父の代からの仇敵《きゅうてき》である。

いまや毛利家の力が大きくなり、兵力では尼子を上回っている。隆元の懇請《こんせい》によって隠居をとりやめた元就は、ならば尼子を討ってのちに隠居、これぞ人生最後の大仕事と思い定めていた。

それを和睦するなど、とてものめない提案である。

だが将軍に逆らうことは、武士としてできない。困って返事を日延べしているうちに、逆に義輝を利用することを思いついた。

もともと安芸の一国人だった毛利家は、実力で五カ国の領主に成り上がったものの、国を支配する名目をもっていない。元就の官位は大昔にもらった右馬頭《うまのかみ》のままで、家の格としては配下の国人たちと同等なのである。

そこで義輝を通じて朝廷に二千貫文もの献金をし、見返りに官位をもらった。元就は陸奥守《むつのかみ》、隆元は安芸守護と大膳大夫《だいぜんのだいぶ》、元春が駿河守《するがのかみ》、隆景は中務大輔《なかつかさだいぶ》の叙任をうけた。加えて義輝からは錦の直垂《ひたたれ》も下賜された。

これで毛利家は名目の上でも、国人たちを支配する家格を得たのである。

そうしているうちに、驚くべき知らせが飛び込んできた。尼子の当主、晴久《はるひさ》が急逝したというのだ。風呂場で湯浴《ゆあ》みをしているうちに倒れ、そのまま亡くなったという。

これで尼子の当主は晴久の子、二十一歳の義久《よしひさ》になった。経験不足の若者だけに、毛利家にとっては悪い話ではない。ますます和睦からは遠くなった。

だが石見の情勢は好転しない。

福屋《ふくや》、本城《ほんじょう》というふたりの国人に手を焼いていた。毛利家は北九州で大友家とも戦っているため、大きな兵力を石見に送ることもむずかしく、決着をつけられないのだ。いくら三兄弟がまとまっても、やはり二方面での戦いはきびしい。

翌永禄四年、義輝は尼子とだけでなく、大友との和睦も毛利家に命じてきた。もちろん、これも素直にのめるものではない。返答に時間稼ぎをするしかなかった。

防長を手に入れたのち、石見の征覇にのりだしてすでに四年。なかなかすすまぬ事態に元

就はあせりはじめているようだった。ある日、

「尼子との和睦をのもう」

と言いだした。隆元はおどろき、

「それでは家中の者にしめしがつきませぬ。和睦となれば多くの者が落胆し、いざ和睦が不調となれば戦う者がいなくなりましょう」

と家中の者の戦意を心配して止めようとしたのだが、元就はここでも一枚上手だった。

「体面だけを考えてどうする。利を考えよ」

と言い、ある「武略」をささやいた。

隆元はだまってしまった。それではまるでだまし討ちではないか。

「何を考え込んでおる。いいか、そなたはまだ武略の稽古が足らぬ。いまは能も芸も慰みも、道徳も義理立てもいらぬ。ひとえに武略計略調略ばかりを考えよ」

不服そうな顔をしたのを気づかれたのか、元就に説教されてしまった。

たしかに向背《こうはい》さだかならぬ国人を相手に、自分ばかり正直を通しても詮《せん》ないことではある。

――いまはそういう廃《すた》れたる世なのだから、やむを得ぬ。

と自分に言い聞かせ、尼子との和睦にのることにした。将軍の遣わしてきた使僧をあいだに立てて、尼子家と和睦条件の話し合いにはいった。

そのあいだに恐れていたことが起きた。

八月、大友勢が大軍で門司城に攻めかかってきたのだ。

捨ててはおけない。隆元は隆景と救援に駆けつけた。

海は隆景の持ち場である。村上水軍の助けを借りた小早川水軍は十月、早鞆《はやとも》の瀬戸《せと》（関門《かんもん》海峡）を守る大友水軍を打ち破り、隆景は海を渡って門司城にはいった。そして城外で大友勢と戦い、押し返して門司城を守った。

するとこれを見たのか、今度は石見で福屋隆兼《たかかね》が毛利方の城に攻めかかってきた。

石見にいる元春から援軍の要請があったが、大軍を門司に送っている最中なので、多勢《たぜい》の援軍は送れない。

毛利家にとっては、石見を失うかもしれぬ危機である。

元就が手勢をひきいて石見へ救援に駆けつけるとともに、尼子との和睦を急いだ。それもただの和睦ではない。尼子家は今後、石見に干渉しない、という条件をつけたのだ。

尼子の支援さえなければ、国人ひとりひとりは小さな勢力である。討つのはたやすい。

尼子家が難色を示すかと思われたが、案に相違してこれをのみ、和睦は成立した。

晴久が亡くなったばかりで尼子家中は動揺しており、若い義久には毛利との戦いが重荷になって、大きな衝突を先延ばししたいという思惑があったのだろう。義久には元就の「武略」を見抜く目もなかったのである。

「雲芸和議《うんげいわぎ》」とよばれるこの和睦によって、福屋ら尼子寄りの石見国人たちは、後方の支えがなくなる結果となった。

一方で九州では大友勢も兵を引いたので、隆元と隆景は安芸にもどり、石見へ出陣の支度にかかった。そして年が明けた永禄五年二月、隆元は隆景とともに石見に出陣。元就、元春に合流し、福屋隆兼の支城を攻めた。

尼子の支援がなくては、一国人が毛利家にかなうはずがない。城は二日で落ち、福屋隆兼は家臣をおいて逃げ出した。

あとで聞けば、尼子家を頼って出雲富田城《いずもとだ》をたずねたものの、義久は和睦の条件をまもって寄せつけず、隆兼はやむなく京へ流れてゆき、果ては行方知れずになったという。

こうなると、石見に残る尼子方は本城常光《つねみつ》という国人のみである。この本城が銀山のある地の山吹城《やまぶき》を押さえているのだ。

本城常光に対して、元就は兵を使わず調略を仕掛けた。元春から使者をたてて、味方につけば銀山を安堵した上に加増すると申し出たのだ。

先に常光の弟をとおして話をもちかけていたこともあり、本城はあっさりと毛利方に寝返った。猛将の常光もすでに石見では孤立しており、雲芸和議にしたがって尼子家からの後援もないとなれば、毛利家に逆らうすべはなかったのである。

これで石見はすべて毛利家の支配するところとなった。永禄五年六月のことだった。

ここで元就の「武略」が炸裂《さくれつ》する。

半年前にむすんだばかりの雲芸和議を、一方的に破棄しようというのだ。

そこで、将軍あてに和議の破棄を申し出る書状を送ろうとしているのである。

ふたりが花押を書いたから、あとは使者にもたせて京へ届けさせるだけだ。

書状には昨今の石見、出雲の情勢に触れながら、出雲の尼子と和談に努めたけれど、尼子が約束を破ったので、和談は破棄せざるを得ない、これはわれわれのせいではない、といったことが綴られている。

破棄する理由はすべて尼子方の不誠実にあるとしているが、尼子方は和睦後、石見には一切手を出さなかったのだから、それがこじつけであることは明白である。

毛利家にしてみれば、もともと石見から手を引かせる、ただそれだけのために結んだ和睦だった。だから石見が手に入ってしまえば、和睦はもはや用なしなのである。

尼子とともに天をいただくつもりなど、元就には初めからなかったのだ。

——「当家をよかれと思う者は、当国にも他国にもない」というが、こんなことをしていては当たり前だな。

と隆元は思ったが、口にはしない。武略とはそういうものだ。誠実さを売りにしていては、この乱世で生き残れない。そしてそうした元就のやり口を学ぶことこそ、跡継ぎになるということなのだ。

二

七月初め、隆元は元就、隆景とともに郡山城から出陣した。

いよいよ尼子家の本領、出雲に侵攻し、その本城、富田城を攻め落とそうというのだ。

青空に入道雲がそびえ、強い陽射しが将兵の甲冑を灼く中、芸備《げいび》の軍勢一万五千が街道を埋めつくして進む。元春も吉川《きつかわ》勢をひきいて軍列に加わった。

石見からは所々で国人の軍勢を合わせつつ東へ向かい、七月の末には出雲の西北端にある赤穴《あかな》に着いた。

すでに毛利家に降《くだ》っている赤穴氏の衣掛山《きぬかけやま》にある城を接収し、ここを小荷駄の拠点とする。

石見平定の見通しが立ったときから、隆元は父と弟ふたりとで、富田城攻略の手だてをじっくりと練ってきた。

重要なことはふたつある。

そのひとつ目は、兵糧《ひょうろう》を確保すること。

難攻不落の富田城を落とそうとすると、どうしても長陣になる。いくら長くなっても兵糧に困らぬよう、兵糧を送る道と拠点を押さえておかねばならない。この赤穴は安芸に近く、街道も四方に通って、拠点とするのにもってこいだった。

赤穴からさらに出雲街道を北東へと軍勢をすすめると、街道ぞいの「尼子十旗《じっき》」とよばれる三沢《みざわ》、三刀屋《みとや》ら、尼子勢の中核をなす国人たちが、みな尼子家を見かぎって毛利勢のもとへ馳せ参じてきた。

防長二国を征し、石見をも手に入れて勢いのある毛利家と、若い当主に代わったばかりの尼子家では、どちらが勝つか明白だと思われているのだ。

毛利勢は、とうとう宍道《しんじ》湖近くの幡屋《はたや》まで、一度も合戦をすることなく行きついた。

「幸先《さいさき》はいいが、よろこぶのは早いぞ」

と元就が重臣たちに釘を刺す。

「二十年前に大内が富田城を攻めたときも、城の前まではすいすいとすすめた。しかし、そこからが大変じゃった」

隆元も憶《おぼ》えている。出雲へ攻め込んだ大内勢は、石見など補給路をふさがれて、一気に総退陣へと追い込まれた。

敵の領地からの退陣は悲惨で、元就も隆元もあわや討死かという目にあったものだ。

二度とその轍《てつ》は踏むまいと、今回は出雲街道ぞいに所領をもつ国人たちの城に多くの兵をおき、拠点をしっかり固め、国人の動向と兵糧小荷駄のやり繰りに目を光らせている。

幡屋からは、じわじわと陣をすすめた。

先陣は出雲国を南北に突っ切り、宍道湖の北岸まで達した。まず出雲の西半分を征したのである。

そろそろ尼子の先鋒《せんぽう》とぶつかるか、という時になって、急報が飛び込んできた。

豊後《ぶんご》の大友勢が豊前に攻め入り、毛利方の苅田松山《かんだまつやま》城を囲んだというのだ。

少し前に門司城も攻められていたが、こちらは十分な兵力があったので押し返していた。

だが松山城にはさほど兵を籠めていない。

「やはり出てきたか」

父子四人があつまった席で元就が言う。おそらく尼子が大友へ飛脚を出し、毛利家の背後を攪乱《かくらん》するよう依頼したのだ。出陣前に予見していた手である。

「救援に行きましょうか」

と隆景が申し出る。九州へ兵を出すには水軍が必要だが、毛利の水軍は隆景が一手に引きうけているから、この際は隆景が適任だ。

「まあ待て。もう少しようすを見ても遅くあるまい。松山城には天野《あまの》を入れてある。あやつは使える男じゃ。たやすくは落ちぬ」

元就は落ち着いている。松山城主の天野隆重《たかしげ》は安芸国人で、厳島合戦の前から毛利家に仕えていた。六十歳と高齢だが、勇猛かつ智恵のまわる男なので、元就がとくに見込んで危険な境目の城へ配しておいたのである。大友勢を相手に音をあげることはないだろう。

「まずは兵糧だけを入れておけ。それより先に、こちらでやることがある」

元就の言葉に、それまでだまっていた元春がうなずいた。

郡山城を出る前から決めていたことがある。富田城攻略に欠かせない策のふたつ目でもある。それを、いまから実行しなければならない。

標的は、本城常光。

常光もその居城、山吹城から出陣して毛利勢に加わっており、すでに元就との目見えもすませていた。

石見銀山をめぐって頑強に毛利家に抵抗したこの男が、尼子家から毛利家へ寝返ったことにより、富田城攻めが可能になった。

返《かえ》り忠《ちゅう》をなしたということでは殊勲の者だが、いまも銀山を支配しており、さらに自分の重要さをどう考えているのか、陣中でも傲岸《ごうがん》な態度をとっていた。

銀山からの収入を背景に兵三千を養い、「尼子、毛利のどちらを勝たせるも自分次第」とうそぶいているありさまである。

さらに常光は毛利勢の先手とし宍道湖に近い白潟《しらかた》へすすみ、尼子勢と小競り合いを演じて追い払ったが、そこに制札を立てて毛利勢にも秣《まぐさ》を刈らせないなど、専横な振る舞いが目につくようになっていた。

元就は、こうしたことをあえて注意もせず、ほうっておいた。

毛利勢は本陣を幡屋において、先手を宍道湖北岸から東へおくり、洗骸《あらわい》とよばれる湖畔の地に城を築きはじめた。富田城を攻めるにあたって、海路からの補給を断ち切ろうという意図である。

軍勢がつぎつぎに北上をはじめたころ、

「そなたは懸屋《かけや》にいるがよい」

と隆元は元就に命じられた。懸屋は幡屋と赤穴の中間にある。これから尼子を討とうというときに、後陣に下がれと言うのだ。

「いや、それがしは先陣を仕りとう存じます」

隆元はあらがったが、元就は許さない。

「いいか、このいくさは兵糧がつづくかどうかが勝敗を分けるのじゃ。つまり先陣より後陣のほうが大切と思え。弓矢の沙汰は弟どもにまかせて、そなたは後陣で兵糧をやり繰りしつつ全軍をあやつるのじゃ。それが大将たる者の仕事よ。豊前のこともあろうしな」

と元就に説得されて、隆元はしぶしぶ懸屋に下がった。

その直後、事件は起きた。

元春と隆景の軍勢が十一月五日の払暁《ふつぎょう》に本城常光の陣へ乱入し、常光とその息子たちを討ちとったのだ。

不意討ちだけに、常光の陣にいた千人以上の兵も役に立たなかった。元就は、人質として元春の陣にいた息子の首もはねた。

時を移さず、出雲にあった常光の所領へも兵を送り、そこの城を乗っ取った。

本城の勢力を一日で消し去ったのである。

さらに常光の兵千名も、降参を許さずに皆殺しにした。

——ついにやったか。

隆元は、懸屋でこの知らせを聞き、身の震えを感じた。

常光に寝返りを誘いかけていたときから、毛利家内部では、いずれ常光を討ち果たすと決めていた。富が湧き出てくる銀山を、常光のものにしておくわけにはいかないのだ。

しかも本城家は、あの高橋家の血を引いている。

若き日の元就が、侵略してその所領を奪い、一族のほとんどを滅ぼしてしまった高橋家。その恨みを、常光はいまも抱いているのではないかと元就がおそれたのも、うなずける話である。

襲撃がうまくいったのはよかったが、まったくのだまし討ちである。ほかの国人たちがどう反応するか、と隆元は不安を抱きつつなりゆきを見ていた。

「本城に不審の沙汰あり、よって誅伐《ちゅうばつ》した」

と元就は全軍に触れをまわしたが、本城とおなじように尼子方から毛利方へ降った出雲の国人たちは、次は自分の番かと動揺をきたした。そして案の定、ふたたび尼子方へつく者が続出する。

宍道湖の南に所領のある国人たちも尼子方へついたので、元就は隆元とともに、いったん本陣を赤穴まで下げた。

「なあに、これで誰が味方か、はっきりしたわい」

と元就は気にしていない。その心の強さには敬服するしかない。

富田城攻略に欠かせない策のふたつ目は、尼子方から寝返ってきた国人たちの忠誠心を見分けることだった。

前回のように、不利になったときに、尼子方に再度の寝返りをされてはたまらない。早めに敵味方の区別をつけたかったのである。

本城常光を討ったことで、国人たちの覚悟がはっきりした。ここまでして毛利方に残っている国人たちは、信用できるといえる。

信をおけない者が抜けて、これで味方の陣容はととのった。あとは陣をじわじわとすすめて、大軍で富田城を攻略すればよい。

十二月に入って、ようすを見つつ本陣をまた宍道湖畔へすすめようとしていた折、隆元に急報が届いた。

「松山城の天野が助勢を頼んできました。十一月十九日に大友勢が攻め寄せ、追い払いはしたものの囲まれてしまい、危ういとの一報にござりまする」

という側近の言葉に、隆元は舌打ちをした。これからというところに邪魔がはいったので

ある。これを元就に告げると、しばらく考えたのち、

「あの天野が申すのでは捨てておけぬ。援軍を送らねばなるまい」

と言いだした。

「するとこちらのほうは」

「どうせ先は長い。これから陣城《じんじろ》を築き、諸勢を各地に配って徐々に締めあげてゆく。だからすぐに城攻めにはならぬ。いまのうちに豊前に手を打っておいたほうがよい」

「では、隆景に行かせますか」

「いや、そなたが行ってくれ」

元就の言葉に、隆元はおどろいた。自分は毛利家の当主であるのに、半端な仕事をさせるつもりか。

「いや、そなたでなければならぬ。ただ松山の城を救うだけではない」

そう言って元就は隆元から目をはずし、いま一度自分の決意を確かめるように、ひと呼吸おいてから言った。

「大友となな、和睦してこい。しばらくは九州に煩《わずら》わされたくないからな。和睦は、当主であるそなたにしかできぬ」

三

隆元は、十二月の初めに三千ほどの兵をひきいて陣をはなれ、防府《ほうふ》へと向かった。白く化粧した三瓶山《さんべやま》を眺めつつ、峠道に積もる雪を踏みしめ、安芸へ出てまず厳島へ。宝殿建立のための寄進をして、勝利と元就の長寿を祈願した。それも、もし元就に難儀があれば、かわって自分がうけるように、と願文《がんもん》を書いて祈ったのだった。

――自分などより父のほうがよほど家のためになる。

隆元は心からそう思っていた。

正月明けに防府につくと、そこから乃美兵部《のみひょうぶ》の水軍を援軍として苅田松山城へ送った。

援軍は、間一髪で間に合った。

松山城は海に突き出た岬の小山に築かれた城である。一月二十七日には大友勢の総攻めがあり、城兵は岬の付け根に掘られた堀切《ほりきり》の際まで押し込まれて苦戦したが、乃美兵部とともに送り込んだ鉄砲衆の活躍もあって、なんとか持ちこたえ、最後には大友勢を押し返した。

だがまだ油断はできない。大友勢と毛利勢はにらみ合いをつづけている。

隆元は、京へ使者を走らせて将軍へ和睦の仲介を依頼した。

その間に出雲のほうでは尼子勢が攻勢に出て、毛利方についた国人の陣を攻めるなど、動きがあった。また元就も、本陣を洗骸にすすめ、陣城を築いて尼子方の城を攻める支度をすすめているという。

三月になると、京から将軍の叔父である聖護院道増《しょうごいんどうぞう》と、前右大将《さきのうだいしょう》の久我晴通《こがはれみち》が厳島にやってきた。将軍の命をうけて和睦の仲介をするという。配下の者を豊後の大友家に遣わし、和睦の意向をたずねさせる一方、道増自身は防府にきて、隆元と会った。

上座にすわる道増は、雲芸和議のときにも安芸にきた人物である。五十は過ぎているだろう。黒衣を着していながら小太りで、顔もつややかだ。どんよりした目をしており、何を考えているのかうかがい知れない。

「毛利は和睦を望まれるとのことじゃが、その言葉、信じてよろしいかな」

と、のっけから皮肉を言われた。雲芸和議をわずか半年で破ったことを、当てこすっているのだ。

「もちろん、望んでおります。こたびは大友勢がわが城に攻め寄せてきて、難渋しておりまする」

隆元は、人質となって山口にいたころ大内家で習いおぼえた、都ぶりの礼儀をはずさぬよう応対する。

「雲州《うんしゅう》のほうで大忙しで、豊前までまわす兵はない、ということでしょうかな」

「いえいえ、雲州などすぐに片付くこと。それより豊前でことを荒立てたくない一心にござりまする」

「どうしても和議を、とあれば愚僧も周旋の労をとること、やぶさかではござらぬが、和議は相手あってのことでござってな、お互いにそれ相応の馳走をせねば成り立たぬものでござる」

雲芸和議で懲りているのか、道増も慎重である。

「それはわかっておりまする。われら、欲を先に立てて人の道にはずれるようなことは、いたしませぬ。それより大友方が無道なことをせぬかと心配で」

ぬらりくらりと言葉の剣で斬り結んだあと、まずはこちらの要望を伝えた。双方とも即座に兵を引き、今後もいまの領分を侵さないこと、互いに人質を出し合うこと、当主同士で誓書をとりかわすこと……。

尼子攻めに力を注ぎたい毛利家としては、九州ではとにかく兵を使わず穏便《おんびん》にすませたいのである。

その後、道増らは豊後にわたり、大友家の当主、義鎮《よししげ》と話し合った。大友家も配下の国人たちを支配しきれず、膝元が不穏な情勢になっているので、条件次第で和睦するという。そこで道増配下の者が豊後と周防を行き来し、和睦の条件を詰めてゆくことになった。

そのあいだに隆元は、出雲の洗骸にいる元就から、早く講和してもどってこいと催促をうけていた。

洗骸では陣城を築き終わり、白鹿《しらが》城という尼子方の拠点にねらいを定めたものの、兵が足りないので、隆元の帰りを待っている、というのだ。

「九州のほうは、門司の城さえあればよい。ほかは大友方に譲ってもいいから、早く片付けてもどってこい」

という元就の指示をうけた隆元は、頭をかかえることになった。

——また勝手なことを……。

門司城以外は捨てるということになったら、北九州にいる毛利方の国人たちは、毛利家に見捨てられたと、いっせいに不満の声をあげるだろう。怨嗟《えんさ》の目を向けられるのは、元就でなく隆元である。

だが元就の指図に逆らうことはできない。

隆元は道増の配下の者に、毛利としては門司城だけはゆずれないが、他はゆずってもよいと伝えた。その上で、安芸から竺雲恵心《じくうんえしん》を呼びよせ、北九州の国人たちを説得してくれるよう頼んだ。

恵心は困難な役割を引きうけ、毛利家の使者として活躍することになる。

桜が散り、五月雨《さみだれ》の季節になるころ、ほぼ和議がととのった。

内容は明らかに大友方に有利で、毛利家は門司城を維持するものの、苅田松山城などを破却し、豊前筑前の両国から退く。そして大友と毛利は縁組みすること、となっている。

これを知った北九州の国人たちはいっせいに反発した。毛利家が豊筑《ほうちく》から引けば、国人たちは大友家から攻められるのが見えている。その反発は大きかった。

だが隆元は、国人たちの不安の声を背に、あとを恵心に託して防府を発《た》った。

――これでは、毛利家は誰からもよく思われるはずがない。

都合のいいときだけ利用し、自分の立場が悪くなると見捨てる。信義も何もあったものではない。恨まれてもなんの不思議もないではないか。

そうは思ったが、毛利家としては、なりふり構ってはいられないのだ。

いま毛利家は尼子家の領国に大軍をもって踏み込み、尼子家は城に籠もって守りを固めるばかりで、一見、毛利家がおおいに有利に見える。

しかし、じつはそうではない。

領国を空《から》にして敵地に大軍を送り込むというのは、まことに危ない戦い方なのである。唐《から》国《くに》の兵書にも、

「兵は主たるを貴《たつと》び客たるを貴ばず、速《そく》を貴び久《きゅう》を貴ばず」

とある。主、つまり本拠地での戦いがよく、客、つまり敵地での戦いは避けるべきであり、また戦いは短期決戦がよい、というのだ。

いまの毛利家は、これにまったく反する戦い方をしている。元就にそれを言うと、

「わかっておる。それについては工夫がある。大友を押さえるのもそのひとつじゃ。頼む

ぞ」

と言われたのだが。元就のことだから、周到な工夫をしているのだろうが、どうやっても危うさは隠しきれない。不安はつのるばかりだ。

厳島《いつくしま》をへて七月十日に多治比についた隆元は、郡山城にいる幸鶴丸《こうつるまる》を呼びよせた。郡山城は目の前だが、寄っている暇はない。

幸鶴丸は十一歳になっている。目や口元が自分に似てきて、なんとも愛らしい。

「じつは、そなたに話しておかねばならぬことがある。嫁がな、代わるぞ。そなたは大友の姫を娶《めと》るのじゃ」

大友と和睦の条件に、幸鶴丸と大友義鎮の娘との婚姻があった。幸鶴丸はすでに五龍《ごりゅう》城の宍戸《ししど》隆家《たかいえ》の娘――幸鶴丸の従姉妹《いとこ》にあたる――と婚約していたが、解消することになる。家のためにはやむを得ない、と言い聞かせた。

幸鶴丸は、小首をかしげただけだった。

翌日、多治比を発って北にすすみ、佐々部《ささべ》の蓮華寺《れんげじ》に宿をとった。そして安芸備後の諸将があつまるのを待った。なるべく多くの兵をひきいて出雲へもどりたいと思っている。

待つあいだも多忙だった。豊前に遣わした竺雲恵心に指示を出し、また備中や伯耆《ほうき》の国人にも、尼子攻めに協力するよう要請する使者を出した。郡山城に立ち寄らなかったので、妻にも一筆出さねばならない。

——まずまずかな。

今回の交渉をふり返って、隆元は思う。自分は大友と将軍を相手に十分に立ち回った。当主としてのつとめは果たしたようだ。

戦いの現場は弟たちにまかせ、三人で力を合わせてゆくなら、父の後見がなくともやっていけるかもしれない。

そんな自信も生まれていた。

待つうちに、兵をひきいて参陣していた備後の南天山《なんてんざん》城主、和智誠春《わちまさはる》という者から饗応《きようおう》のさそいをうけた。和智は毛利家の縁戚であり、元就が高橋家を滅ぼすときに力を借りたという、長年の盟友でもある。

多忙ではあったし、奉行の赤川元保《あかがわもとやす》は「無用の斟酌《しんしやく》」と止めたが、断るのも礼儀に欠けると思い、隆元はさそわれるまま和智の宿所へ出向いた。

結果としてこの配慮が、隆元の早すぎる最期をまねき寄せることになった。

四

「隆元が、死んだだと！」

出雲の洗骸の城にて郡山からの急報を聞いた元就は、思わず声をあげたあと言葉がつづかず、その場でかたまってしまった。

使者は、「若殿ご逝去」と言ったのだ。

若殿とは、もちろん隆元のことである。

「な、何が、何が起きたと申すのじゃ」

それだけ言うのがやっとだった。

「若殿は、和智どのの宿所にて、夜更けまで振る舞いにあずかりなされました。帰り道の途中から腹痛をおぼえなされたゆえ、蓮華寺にもどられしあとは鍼灸《はりきゅう》、薬を召されてござる。いくらか気分よくなられたようにお見受けいたしたが、明け方ににわかに苦しまれ、そのまま逝去なされました」

という使者の口上を聞いても、いったい何が起きたのかわからない。備後の和智がなぜ出てくるのか。隆元が振る舞いにあずかる必要などあったのか。

使者は蓮華寺の和尚も連れてきていたが、その説明を聞いても、隆元がなぜ死ななければならなかったのか、理由も状況も判然としない。病死か毒殺かもわからない。

だがとにかく、隆元は死んでもうこの世にいないというのだ。いまごろはもう荼毘《だび》に付しているだろうという。

まったく予想もしなかった出来事だった。

「あやつは元気でこの陣を出ていったし、病になったような話もなかったではないか！」

やっとそう言ったが、使者の返事はない。ただ頭を垂れているだけだ。

あの隆元が、もうこの世にいない……。それはもはや、動かしようのないことなのだ。

なぜ、みな早々に世を去っていくのか。

他家をいくつも滅ぼした報いが、自分ではなく隆元にふりかかったのか……。

さまざまな想念が胸の内に去来し、そのあいだにも悲しみというより、刃物で切られたような痛みが元就の胸を襲う。

元就はふさぎ込み、寝所に入ったまま二、三日のあいだだれとも会おうとしなかった。気力が一時に失せてしまい、話すのも億劫になってしまったのだ。

当主急死を聞いた陣中も粛然《しゅくぜん》として、尼子勢が挑発にきても、立ち向かう者もいない。

「もうよい。何もかもいやになった。吉田へ帰って出家する」

などと元就は寝所から出ると周囲の者にもらし、みなをあわてさせた。

だがここは敵国の中である。悲しんでばかりはいられない。

数日のあいだ悲嘆にくれたあと、元就は立ち直る。

「隆元のこと、是非に及ばぬ。かくなる上は、尼子退治こそ隆元への追善よ。中陰《ちゅういん》の弔いに白鹿城を落とし、隆元への手向《たむ》けにするぞ」

と全軍に下知した。

まだ悲しみは癒《い》えていないし、気力も十全にはもどっていないが、大将としての責任感が元就を支えた。それに戦っていたほうが、まだしも悲しみは薄らぐと気づいたのである。
毛利勢は動きはじめた。

白鹿城は、洗骸城からみて富田城とは反対方向、北へ一里ほど行ったところにある。尼子十旗と呼ばれる、富田城を守る城のひとつで、宍道湖畔の平地を望むように、小高い丘の上に城郭をつらねる堅城である。

籠もる兵は二千五百余。ほうっておけば洗骸城の背後をおびやかされるし、海や中海《なかうみ》との通行にも邪魔になる。富田城攻めにかかる前に、何としても落としておかねばならぬ城だった。

さらに城主の松田《まつだ》兵部《ひょうぶ》は、一度は毛利側についたものの、本城が討たれたのを見てまた尼子側へ帰参していた。元就にとっては、裏切り者を討つという意味もある。

隆元の死から十日もたたぬ八月十三日、元就は一万五千の兵をひきいて白鹿城を囲み、総掛かりで攻めはじめた。

城中からも兵が出て山麓での合戦となる。城方には鉄砲が数多くあり、筒先をそろえて撃ち出してくるので、毛利勢は苦戦する。

しかし毛利勢は兵を新手に入れ替え、損害をかえりみず攻め立てたので、小勢の城方は押されて城内へ引きこもった。そこで元就は城の外郭を残らず焼き崩すよう命じ、さらに小白鹿城と呼ばれる西側の尾根にある出城まで落とした。

残ったのは、峰の上に本丸から三の丸までつらなる本城のみである。

「ここまでくれば、あとは手間もかかるまい」

と元就は周囲に強気の見通しを告げたが、一方では長引いた場合にそなえ、手を打っておくことも忘れなかった。

城方は守りを固めたが、ときに足軽を出して毛利勢を挑発するなどして戦意も盛んで、降参する気配もない。

毛利勢が攻め寄せても、山上からの鉄砲に撃ちすくめられ、なかなか近寄れない。

攻め切れないままひと月が過ぎていった。

そのころ、富田城の西二里ほどのところにある尼子方の熊野《くまの》城がまだ健在で、洗骸城へ兵糧を運ぶ毛利方の小荷駄の隊列をたびたび襲っていた。

白鹿城攻めが行き詰まっていたこともあり、まずこれを始末しようと、元就は白鹿城を囲む兵のうち五千あまりをまわし、熊野城を攻めさせた。

毛利勢は城に鉄砲を撃ちかけ、城下の家を焼き立てて城兵を挑発したが、城兵は門を閉ざして出てこない。

晩秋のこととて日が短く、攻めるうちにあたりも暗くなってくる。今日はこれまでと見て、近くに陣を敷こうと毛利勢が引き揚げかけたときだった。

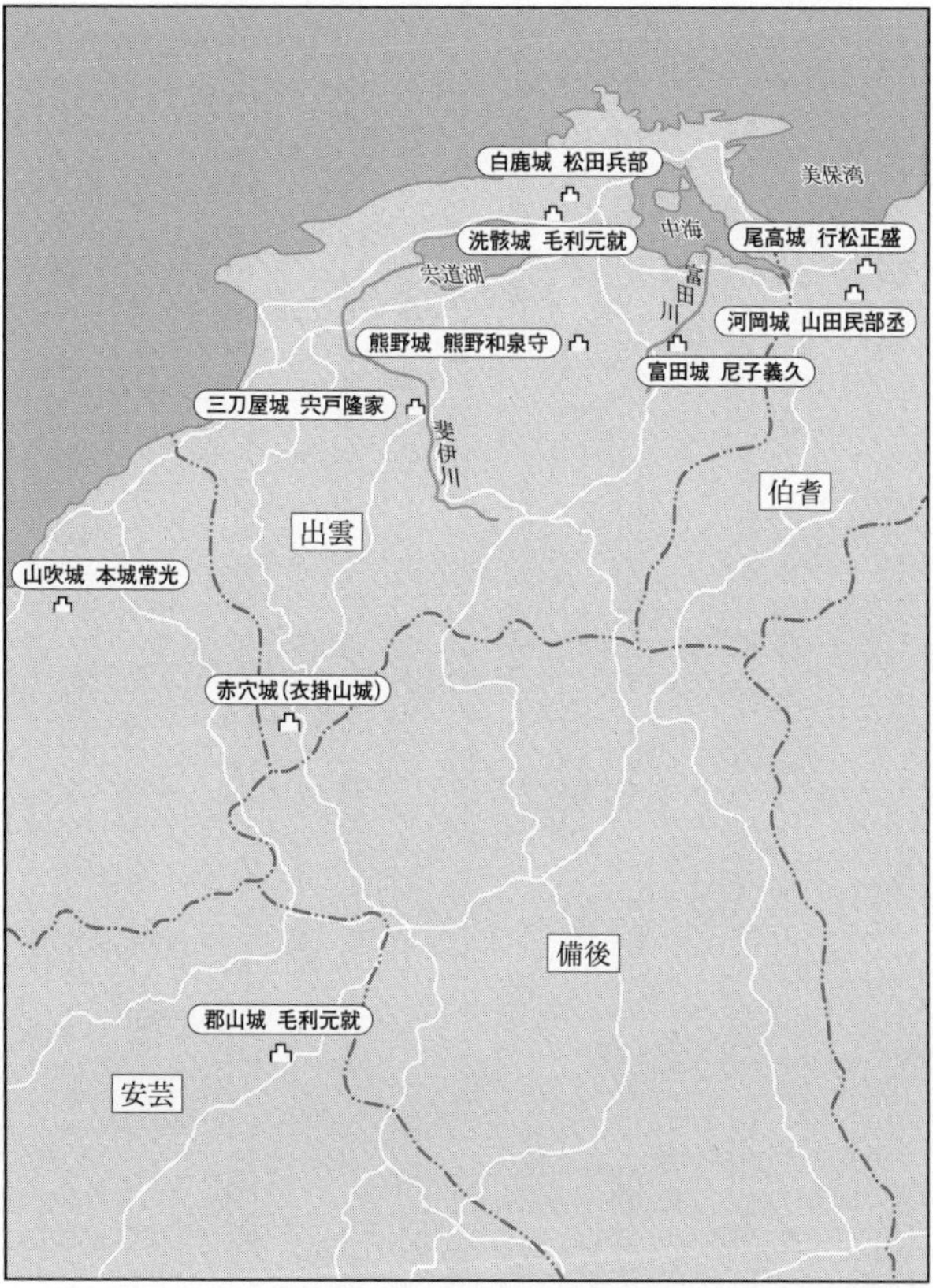
白鹿城 松田兵部
美保湾
洗骸城 毛利元就
中海
尾高城 行松正盛
宍道湖
富田川
河岡城 山田民部丞
熊野城 熊野和泉守
富田城 尼子義久
三刀屋城 宍戸隆家
斐伊川
伯耆
出雲
山吹城 本城常光
赤穴城(衣掛山城)
備後
郡山城 毛利元就
安芸

熊野城からどっと兵が出てきて、毛利勢の背後から襲いかかってきた。

不意を突かれた毛利勢はうろたえ、数十人が討たれる敗勢となった。しかし控えていた兵が返し合わせ、城兵の先頭に立っていた城主の一族、熊野和泉守《いずみのかみ》を討ちとったので、城兵はたまらず城へ引き揚げていった。

毛利勢は近くに野陣《のじん》を張って、なおも熊野城を攻めようとしたが、翌朝には撤収に追い込まれた。

その日、白鹿城のほうでも戦いが起きていたのだ。城を囲む兵が少なくなったのを見た城兵が、囲みを破ろうと城から突出してきたのである。

残った兵が支え合って、毛利勢はなんとかこの攻勢を押し返した。しかしこれで熊野城攻めはあきらめざるを得なくなり、元就は兵を呼びもどした。

白鹿城の攻防はつづく。その翌日には、奇妙な戦いが起きる。

外郭を焼き払ったのち、元就は城攻めの手立てとして、石見銀山の金掘《かねほ》り人足を呼び寄せていた。

山頂に城を構えた場合、尾根筋から攻めのぼってくる敵兵を防ぐため、尾根に堀切を入れることが多い。ところが白鹿城には、なぜか堀切がなかった。尾根道をふさぐのは、土塁と頑丈な門だけである。

それを見た元就は、本城のある峰につづく「らんとうの尾」という峰から、尾根道の下を掘り進み、尾根道を閉ざす門をくぐり抜け、地下から兵を本城の中へ突入させようとした。

唐土《もろこし》の兵書には、城攻めの方法のひとつとして「穴攻《けっこう》」が書いてある。地理風土がちがうせいか、本朝ではあまり聞かない攻め方だが、今回はうまくいくと思えた。

元就の下知によって、金掘り人足はせっせと穴を掘り進めた。

しかし毛利勢が穴を掘りはじめたことは、城兵も察知していた。

古来、穴攻に対しては、城からも向かい掘りするのが対処法とされているので、城兵たちも尾根道の下を掘り進んでいた。

この日、両者の掘った穴が、地下で出会ったのである。

暗く狭い穴の中で、城兵と毛利兵が戦った。

毛利勢はここでも城兵を圧したが、狭いだけに思うように戦えない。その間に、面倒と見た城兵は、大石を放り込んで穴をふさいでしまった。

結局、穴攻は失敗である。白鹿城はいぜんとして落ちない。

この騒ぎの十日ほどのちには、富田城から白鹿城を救おうと、後詰《ごづ》めの兵が出てきて毛利勢に決戦を挑んできた。

大将は城主義久の弟、倫久《みちひさ》で、その数一万二千。尼子家にしてみれば、全力を投じた出陣である。

毛利勢も、全軍こぞって迎え撃った。

といっても元就は構えた陣から兵を出させず、日暮れまで尼子勢を陣の前であしらいつづけた。尼子勢は陣を突破できず、ただ矢と鉄砲玉の交換に終始せざるを得ない。

そしてあたりが暗くなり、疲れた尼子勢が退きはじめたところで、元就は押し太鼓を打ち、全軍を尼子勢に襲いかからせた。

熊野城でやられた仕掛けを、お返ししたのである。

尼子勢は大混乱におちいり、多くの者が討たれて敗走、富田城へ引き揚げていった。

白鹿城救援は、失敗に終わったのだ。これに力を得て、毛利勢は城攻めを再開した。

救援が失敗したことを知った城兵は、それでも奮戦したが、兵数のちがいはどうしようもない。毛利勢にいくつかの曲輪を奪われて、しだいに戦意をなくしてゆく。

十月半ば、ついに城主の松田兵部は降伏した。三月《みつき》にわたった白鹿城の攻防戦は、毛利勢の勝利に終わったのである。

ここでも元就の武略がはじける。

「城兵は寛大にあつかえ。富田城へ行きたい者がいれば、送りとどけてやれ」

と命じたのだ。これには隆景、元春もおどろいた。

「兵の命を救うのはよろしいが、富田城へ入るのを許しては、のちにこちらが困ることになりませぬか」

これから富田城に攻めかけるというのに、城兵をふやしてどうするのか、というのだ。

「なあに、気遣いはいらぬ。富田の城兵がふえれば、こちらにとって都合がよい」

と元就はとりあわない。

結局、城主の松田兵部は隠岐《おき》へ逃げ、松田一族の多くの兵たちはいずこともなく落ちてゆき、富田城から助勢にきていた牛尾久清《うしおひさきよ》以下二千の兵は、富田城へもどっていった。

「よしよし、上首尾じゃ。これから富田城にかかるぞ」

と元就は宣言したが、その手口は、みなの想像を超えたものだった。

五

白鹿落城からおよそ一年半後——。

富田城の大手にあたる御子守口《おこもりぐち》を前にした元就は、久々に武者震いをおぼえていた。

初夏のまばゆい陽射しの下、まず目につくのは、山肌がむきだしの険しい崖と、その背後に高くそびえる主峰である。

そして主峰にある三の丸から本丸までのみならず、全山のあちこちに櫓《やぐら》や柵、頑丈そうな門が見え、そこに旺盛な戦意を示すように尼子の幟旗《のぼりばた》がひるがえっている。

——やはり容易ならぬ城じゃの。

富田城がある月山《がっさん》は、西に濠がわりの富田川《とだ》がある上に、東以外の三方が険しい崖に囲まれている天然の要害だ。そこに決死の思いの尼子勢一万二千が籠もっている。

いま元就は、この城を一気に揉み潰そうと、三万の全軍を三手にわけ、攻めのぼらせようとしていた。

「早く、早くお下知を。わたくしに先陣を切らせてくだされ」

元就のかたわらに立っている少年が、声変わり中のかすれ声で言う。

「まあ待て。早まるな」

元就は幸鶴丸、いや元服し、将軍義輝から一字をもらって輝元《てるもと》と名乗る十三歳の孫をなだめた。勝ちいくさで初陣《ういじん》を飾らせようと、この日のためにわざわざ郡山城から呼びよせたのだ。

「このじいがな、合戦の潮時を見定めてやる。それまで待っておれ」

そう言うと元就は輝元の鎧の上帯をにぎり、ぐいと引き寄せた。輝元はいやそうな顔をしたが、元就はひと睨みで押さえ込んだ。

隆元が亡くなったいまでは、毛利家の総領となるべき大切な孫である。流れ矢にあたるような真似はさせられない。

まだ矢始めの下知はくだしていないが、すでに先陣からは抜け駆けに敵に向かう将兵が出ている。そこかしこで矢声《やごえ》、鉄砲の音が起きていた。

――長かったが、これで終わる。

元就は思う。ここに行きつくまでにずいぶんと回り道をし、さまざまな手を打ってきた。大軍をひきいて出雲に侵入したのが永禄五年秋、そして隆元の不慮の死をうけて、弔い合戦と称して苦心の末に白鹿城を落としたのが翌六年の冬のことである。

白鹿城を落としたあと、すぐに毛利の総勢で富田城を攻めるのだろうとの大方の予想に反し、元就は兵を富田城より五里も離れた洗骸《あらわい》にもどし、すでに築いていた城の拡張をはじめた。

宍道湖岸の三方を湖に囲まれた地に、一里四方もの広大な惣構《そうがまえ》を築くと、陸地つづきの東北の方には大堀を掘り、土塁の上に塀をたてて備えを堅固にする。そして中に櫓や寝小屋だけでなく、町屋をつくって京や堺から商人を招きいれ、長陣となっても兵たちが衣食に困らないようにした。

その上で女婿の宍戸隆家を三刀屋において、安芸、石見から赤穴をへて送られてくる兵糧を警固する態勢もととのえた。

二十年ほど前に大内家の属将として富田城を攻めた経験から、城の正面から攻めても攻略は無理とわかっていたので、長陣となるのを承知で兵糧攻めにしようというのだ。

そのために、まずは自陣を拡充したのである。白鹿城の兵が富田城へ入るのを許したのも、城兵をふやして兵糧を食いつぶさせるためだった。

といっても、富田城は兵糧攻めもしにくい城だった。

城の西側の正面は平地になっているので兵を配して囲めるが、東と南側は木々が鬱蒼《うっそう》と繁る山地で、それが隣国の伯耆までつづいている。大きな街道も集落もなく、ただ山地がつづくだけなので、囲みようがない。しかも伯耆ばかりでなくその隣国の因幡《いなば》にも尼子側の国人は多いため、兵糧はいくらでも運ばれてくる。

付け城を築いて兵糧の搬入を阻もうとしても、敵兵はこちらの目をかすめて山の中の間道を自在に往来するだけだ。もし完全に囲もうとすれば、何里にもわたる壁を造らねばならないが、そんなことは無理だ。

だが元就には工夫があった。

「反客為主《はんかくいしゅ》の計」である。

これは唐国の兵書「三十六計」に出てくる。「客」つまり他国に入り込んだ遠征軍が、「主」、自国の本拠地で待つ軍とその立場を逆転する、という策である。

まず元就は、兵糧の出所を押さえることにした。

出雲ばかりでなく、伯耆と因幡にも兵を出して尼子方の国人を討ったのである。

といっても、当初はなかなか尼子家の優勢を崩せなかった。伯耆国の東方は毛利側についている羽衣石《うえし》城の南条《なんじょう》氏が押さえていたが、西半分は尼子方の国人がまだ力をもっており、毛利方に帰順した尾高《おだか》城の行松正盛《ゆきまつまさもり》が孤立している状況だったのである。

また因幡や但馬から船で送られてくる兵糧は、中海や弓ヶ浜《ゆみがはま》で下ろされ、川舟に積み替えて富田川をへて城まで容易に運び込める。これがつづくかぎり富田城は兵糧に困らず、陥落しない。

海上の船の動きに注意していたところ、因幡に配した草の者から、因幡、但馬より兵糧船数十艘《そう》が西に向かったとの注進があった。

そこで児玉《こだま》内蔵丞《くらのじょう》ら安芸水軍の将に命じ、兵船を浮かべて海上を警固するとともに、数千の兵で弓ヶ浜を見張った。

すると尼子勢もこれを察して、富田城から二千の兵を発し、夜半に弓ヶ浜の毛利勢を襲った。激戦になったが、水軍の支援もうけた毛利勢が打ち勝ち、尼子勢を斥《しりぞ》けるとともに、到着した兵糧船を襲い、数艘を捕らえて兵糧を奪った。

こうなると、尼子方も堂々と海上から兵糧を送ることはできなくなる。

さらに、伯耆出身で毛利家臣として勲功を積んでいた山田民部丞《やまだみんぶのじょう》を、行松正盛の尾高城の近くにある河岡《かわおか》城に入れ、ともに尼子勢にあたらせた。

途中で尾高城の正盛が病死すると、備後国衆の杉原盛重《すぎはらもりしげ》を引っ張ってきて正盛の室と結婚させ、城だけでなく行松家の家臣もともに引き継がせる荒業《あらわざ》も使って、尼子勢に対した。

山田民部丞と杉原盛重は期待通りのはたらきを見せ、周辺の尼子方の城を掃討する。そのあいだに伯耆の南にある備中の三村《みむら》氏に命じて兵を出させ、伯耆南部を攻略させもした。

いまや伯耆に残る尼子方は、南部の江美《えび》城と北部の大江《おおえ》城だけになっている。

ひとつの城を落とすために、出雲、伯耆と国をふたつ征服したことになる。世の常識では国を得るために城を落とすのだが、まったく逆のやり方だった。

そうでもしないと富田城は攻略できないと、元就は見ていたのだ。

伯耆の東隣の因幡では、守護の山名《やまな》家が尼子家を助けようとしたが、元就は山名家と重臣との離間をはかり、内紛を起こさせて尼子救援どころではない状況をつくりだした。

結果、永禄八年の春には、富田城をおおよそ孤立させることに成功した。ようやく富田城への「兵糧留《ひようろうどめ》」ができるようになったのである。

白鹿城を攻め落としてから、およそ一年半がすぎていた。

そこまで仕上げた上で、決戦を決意した。

「防長両国の兵を呼びよせよ」

と命じ、兵を増やした。防長の兵は九州の大友家に備えさせるため、呼んでいなかったのだが、隆元が死の前に頑張って大友家と講和していたので、両国を空にしても大丈夫と踏んだのである。

これで三万の兵がそろった。

永禄八年の四月、富田城の西一里ほどにある星上山《ほしかみやま》に、洗骸城から本陣をうつした。諸国の軍勢は星上山と富田城のあいだに布陣する。正面から城を攻略しようというのだ。

まずは兵を富田城の前にある田畑に出して収穫前の麦を薙《な》ぎ、苗代《なわしろ》を踏み返す挙に出た。

城兵を挑発したのである。

当然、城兵が出てきて合戦となった。そこで毛利勢は城兵を圧倒し、多くの兵を倒した上で城内へ追い込み、凱歌を上げた。

この勢いに乗じて一気に城を乗り崩そうと、元就は総攻めを命じた。

今日はその初日である。

大手門のある御子守口には元就と輝元が、搦手《からめて》門のある塩谷口《しおたにぐち》には元春とその子の元資《もとすけ》——十八歳で初陣——の吉川勢が、裏手門のある菅谷口《すがたにぐち》には隆景ひきいる小早川勢という布陣である。元就の手勢だけで一万五千、総勢三万の大軍が、いまや元就の合図を待っている。

「よし、貝を吹け。押し太鼓を打て！」

元就の下知によって法螺貝が高らかに鳴り響き、太鼓の音があたりを震わせる。

毛利勢は喊声《かんせい》をあげて城へと突っ込んでゆく。まずは山麓で競り合いになった。

富田城のある月山の麓には富田川が流れている。川と山裾のあいだに建つ重臣たちの居館や尼子氏の御殿は、多くがすでに焼き払われていた。その跡で双方の兵がぶつかった。

矢合戦から槍合わせとなり、双方が押し引きしたが、やがて人数にまさる毛利勢が打ち勝ち、尼子勢を追い散らした。

勢いに乗って麓から山坂へと追い上げたが、迎える尼子勢は、登ってくる毛利勢を山上から鉄砲で狙い撃ちにする。

先陣には一丁の鉄砲もないので、毛利勢はただ的になるしかない。ばたばたと撃ち倒されて、あわてて退くところへ尼子勢がどっと打ちかかり、毛利勢は多くが討たれて山麓へ退いた。

勢いを得た尼子勢は、さらに多数の兵を出して毛利勢に打ちかかる。

毛利勢は押されて退き気味になった。

御子守口に出てきた軍勢は、尼子の旗のほかに大きな馬印をかかげている。大将義久が出馬してきたのだ。これを見た元就は、

「よし、大将のお出ましじゃ。旗本を引き具して一戦するがよかろう」

と言って輝元の上帯をはなした。

「承知いたした。者ども、かかれ、かかれ！」

と輝元は叫び、馬に乗ってひと筋に敵方へ向かってゆく。

大将を討たすなと、毛利家譜代の武将たちが手勢をひきいてどっと追いかける。

援軍を得た毛利勢は息を吹き返し、みるみる尼子勢を押し返してゆく。しばらく様子をみてから、

「やあ、深追いするな。そこで留めよ」

元就は伝令をやって進もうとする輝元を止めた。

輝元は素直にもどってきた。兜《かぶと》の下にはほっとしたような笑顔がある。

「よしよし。これで毛利家もひと安心じゃ」

けなげに初陣をつとめた孫に、元就の頬もゆるむ。

数日のあいだ、こうして山麓から攻め上ろうとしたが、崖は険しく登り道はひと筋しかない上に、尼子勢は油断なく山上でかまえており、付け入ろうとしても隙なく矢や鉄砲玉を浴びせ、頭上から岩を落としてくる。

毛利勢が少しでも怯むと、槍を手に逆落《さかお》としに突っ込んできた。いくら挑んでも手負い死人ばかり出て、城にはまったく手がつけられない。

隆景、元春に相談すると、ふたりは口々に言う。

「もう少し、弱るのを待つのが良策かと」

「尼子勢の士気は衰えておりませぬ。どこかから兵糧が入ってきているのでしょう」

となれば、力攻めをしても無駄である。まだ残っている、富田城へ兵糧を入れる道をふさぐのが先決のようだ。

「ちと早かったか。されば、いったん退くぞ」

軍勢を洗骸まで退くことにした。元就と輝元が先に立ち、元春の吉川勢、隆景の小早川勢とつづく。

すわ毛利の退き陣《のじん》、と見た尼子勢が兵を出して襲ってくる。いくら兵数にまさっていても、退き際を襲われてはかなわない。殿軍《しんがり》をつとめる小早川勢は乱れた。

「あわてるな。敵は寡兵じゃ。追い払え」

隆景は落ち着いて下知し、手兵を向かわせる。すると尼子勢はさっと退いた。これを見てまた洗骸めざして進むと、尼子勢はまた進んできて殿軍を襲う。

しつこくこれをやられて、小早川勢が崩れた。尼子勢はここぞと攻めかけてくる。

小早川勢崩れたりとの一報が元就の耳にはいったので、

「加勢に行け」

と元就は旗本勢に命じた。旗本勢が引き返してゆくが、狭い道に兵が重なり、なかなか進めない。

ふと元就は不安を覚えた。

攻め込んでいながら大敗に終わった、二十年ほど前の富田城攻めが思い浮かぶ。あのときも攻めきれずに退いたところを、城から出た尼子勢に襲われて全軍が崩れたのだった。

——大丈夫か。

隆景はまだ幼かったので出陣しておらず、あの敗軍のありさまを知らない。

元就は鉄砲の音が絶えぬ後陣に目をやった。混乱は、収まるどころか大きくなっているようだった。周囲の兵たちもどこか浮き足立ち、うしろを気にしている。と、近くで何丁もの鉄砲が鳴った。敵だ、敵がきた、という声が起きる。

「あわてるな。敵など来ぬ。列を乱すな！」

元就は怒鳴ったが、それでも兵たちの中には駆け出す者もいた。

「軍令を聞かぬ者は斬るぞ！」

元就の声にも、兵たちは耳を貸さない。足軽たちがわれ先に逃げ出した。

六

元就は槍をなくし、兜すら脱ぎ捨てて山道で馬をひたすら駆けさせていた。敵勢に追われているのだ。

はじめは旗本衆に囲まれていたのに、いつの間にか近習や小姓たちもいなくなり、単騎で逃げている。

背後からは敵の声と馬蹄《ばてい》の音が迫ってくる。時折、矢が体の横をかすめた。

ここで自分が討たれたら、毛利の家が崩壊する。なんとしても逃げのびねばならない。

こんな手ひどい敗戦は、大内義隆《よしたか》にしたがって富田城を攻めたときに、吉川勢らの裏切りにあって総崩れとなり、隆元とともに逃げて以来だ。

あのときは出雲から石見まで、敵の影に怯えながら退却したものだ。だが単身でなく、隆元のほか家臣たちがついていた。そして敵に追い詰められ、いよいよ最期かと思ったときに、渡辺太郎左衛門が身代わりになってくれて助かったのだ。

なのに、今日は誰も側についていない。

と、前途に敵勢があらわれた。あわてて馬の手綱を引く。そこへ喊声をあげて敵勢が迫ってくる。

「毛利のお屋形、お首を頂戴つかまつる！」

顔のない兵が槍を手に進んでくる。どこかで聞いた声だ。

「毛利右馬頭よ、もはや逃れられぬぞ」

と大刀を手にして言うのは、坊主頭で肥満した体にきらびやかな甲冑《かっちゅう》をまとった男だ。

陶《すえ》入道ではないか。

厳島で討ちとったはずなのに、どうしてここに！

「えい、覚悟めされよ」

と迫ってきた兵の顔が、井上河内守になった。十五年も前に誅殺《ちゅうさつ》した男だ！

そこで目が覚めた。

馬上ではなく、柔らかな夜具の上だった。天井の木目が見える。もう夜は明けていて、杉戸の隙間から明かりが漏れていた。

洗骸城の一室である。

まだ富田城攻めの最中なのだ。

体中にびっしょりと汗をかいていた。動悸がして、頭に鳴り響くほどだ。

そこで足音がして杉戸が開けられ、白くまばゆい朝の光が座敷に射しこんできた。

「お目覚めですか。ご気分はいかが」

という声に首をかたむけると、乃美《のみ》の方《かた》のやさしい顔があった。

「おお、来てくれたのか」

「昨夜、おやすみになられたあとに着きました。陣中なれど、看病には女手があったほうがよいとみなが申すので、お城で相談してわらわが……」

側室たちを代表して戦場まで出てきた、という。

ふわりと甘い香りが鼻をくすぐる。

「おや、どうなされました。わらわでは不足でしょうか」

「いや、ありがたい。ありがたいが、これが敵方に聞こえたらどうなるかと思うてな」

ほほ、と乃美の方が笑った。

「毛利勢は女を陣中に呼ぶほど余裕があるのかと、かえって敵方を恐れさせましょう。そんなことは考えず、養生なされませ」

明るい乃美の方は、受け答えもうまい。元就を励ますつもりのようだ。

乃美の方と話をしていると、大柄な男が入ってきた。坊主頭だが袴《はかま》をつけ、うしろに大きな薬箱を提げた弟子をつれている。

天下の名医として名高い曲直瀬道三《まなせどうさん》である。

いまは永禄九年の三月。

富田城を落とすべく出雲へ出陣したのが永禄五年の七月だから、もう三年半も陣中にいることになる。昨年四月の総攻めからでも、一年近くがすぎている。

富田城の堅さは想像を絶していた。

さすがに元就も疲れたか、年明けの二月になると高熱を発して倒れてしまった。咳が止まらず、高熱と震えるほどの寒気に襲われて食事もままならない。高齢なこともあって、たちまち衰弱していった。

在陣していた元春と隆景はあわてた。

あちこちの神社仏閣に祈禱《きとう》を依頼するとともに、ひそかに人を京にやって名医をもとめた。するとそれが将軍に聞こえ、将軍の侍医である道三が遣わされることになったのだ。

「ご気分はいかがですかな」

元就の枕元にすわると、まずじっと元就の顔を見た。

「かなり楽になった。薬が効いたようだ」

「それはそれは。さて、舌を出してくだされ」

顔つきのあとは舌の具合を見て、それから道三は元就の手をとった。指三本を脈にあてて目を閉じている。道三の診立《みた》てでは、瘧病《おこりやみ》（マラリア）とのことだった。

「ふむ。汗をかかれましたな」

「ああ、びっしょりだ」

「熱が下がって、お脈もよくなっております。これならあと数日で本復《ほんぷく》いたしましょう」

「なんと、それはありがたい」

元就は小さく息をついた。

「ここで倒れるわけにはいかぬでな」

元就にとって生涯の敵ともいえる尼子家を、あと少しで倒すところまで来ているのだ。自分が先に倒れていては話にならない。

「本復なさっても、お年がお年でありますれば、しばらくは養生専一《せんいつ》がようござる。甲冑をつけるのは若い者たちにまかせ、城内でうまい魚など食し、英気を養いなされ」

「わかった。そうしよう」

道三の言葉に元就はうなずいた。七十歳になっている身には、当然の進言だと思う。

「それと」

と道三は声をひそめて言った。

「おなごをいたされるのは、お控えあれ。精を使うのはよくありませぬ」

おそらく、乃美の方の女盛りの美しさを見て心配になったのだろう。七十翁の側室とは、とても思えぬほどの色香なのである。

「わかっておる。そうしよう」

これにも元就は素直にうなずいた。

その場で薬を調合して道三が出てゆくと、元就は夜具の上に上体を起こし、首を左右にふる。靄《もや》がかかっていたような頭がしだいにはっきりしてくる。

「朝餉《あさげ》になさいますか」

そうしてくれと答えると、乃美の方も出ていった。

また横になった元就は、目下の大事に意識をあつめた。もちろん、富田城攻めである。

——さあ、どうするか。

昨年の四月に行った総攻めは、見事に失敗した。攻め登ろうとした軍勢をはね返されたばかりか、洗骸城に退くところに攻めかけられて、あやうく全軍が崩れ立つところだった。小早川勢が奮闘してなんとか敵を撃退したのだが、苦い記憶になっている。

こちらがまだ伯耆国を押さえ切っていないので、細々とながら兵糧が富田城に入ってくるのだと察して、元就は軍勢を洗骸にもどしたあと、伯耆国に残る尼子方の城、南部の江美城と北部の大江城の攻略を命じた。

このふたつの城があれば、海上を運ばれてきた兵糧を大江城近くの浜辺に下ろし、江美城から山伝いに富田城に運び入れることも可能だ。

八月初めに指示をうけた杉原盛重が、毛利勢の援助をうけて江美城に猛攻をしかけたので、城主の蜂塚右衛門尉《はちつかうえもんのじょう》は一戦の上、一族もろともに自刃して城は落ちた。

この蜂塚という者は、元就が出雲へ出陣したときに毛利勢についておきながら、本城常光を謀殺したときにまた尼子方へもどった者である。さすがに三度目の裏切りはできなかったと見える。

大江城も九月には落ちた。しかし城主と守兵は降参も自刃もせず、一丸となって寄せ手の囲みを切り抜け、富田城へ逃げ込んだ。

両城が落ちたので、富田城と周辺の支城をのぞいて毛利家が雲州と伯州を押さえることになった。ようやく、富田城へ通じる兵糧の道を完全に塞いだのである。

その秋九月には、星上山よりさらに富田城に近い京羅木山《きようらぎさん》に本陣をすすめ、城の前の田にわずかに残った稲を刈って城兵を挑発するとともに、城を取り巻くように数カ所に付け城を築いた。

富田城を夜間に忍び出て、若狭《わかさ》あたりから来る船から米を買いつける手口があると気付き、それをも防ごうとしたのだ。

そうしておいて、元就は富田城の将兵にむけて、今後は城からの退去を許すと呼びかけた。それまでは、城から逃れる者は見つけしだいに討つと宣言していたのだ。もちろん、多くの兵をおかせて城内の兵糧を食いつぶさせるためである。

しかしもはや兵糧が入ってこなくなった以上、城兵を減らして尼子勢の力を削ぐほうが重要になってくる。

これを聞いて、城からは多くの兵が退去していった。孤立した富田城に勝ち目がないのは明らかだから、見切りをつける者が多いのは自然なことだった。城内でも混乱が生じたのか、毛利に内通したとして重臣が城主の義久に討たれた、とのうわさも聞こえてきた。

城内の誰もが疑心暗鬼になっているのだ。元就の思惑通りである。

この二月に元就が瘧病で倒れるまでに、事態はそこまで進んでいた。

——あとは、待てばよいかな。いや、早めに攻めて落とすか。

夜具の上で、元就は考えを巡らせる。待っていれば自然に落ちるだろうが、あまりの長陣はこちらも痛い。早くけりをつけたいとも思う。

加えて、そろそろ落城後のことを考えねばならない。

尼子家の者たちをどうするか。富田城をどうするか。恩賞の配分はどうするか……。

多くの面倒なことが待っている。始末をつけねばならないだろう。

——そして、隠居じゃの。

そこまで考えると、元就の顔は和らぐ。

尼子を倒した以上、もう中国に敵はない。隆元は亡くしてしまったが、輝元という跡取りもできた。元春、隆景のふたりも健在だ。隠居しても誰も文句は言わないだろう。齢《よわい》七十にしてやっと重責から解き放たれるのだ。

隠居して暇ができたらあれもしよう、これもしようと考えているうちに、乃美の方が朝餉の膳をもってきた。

「すまんの」

起きあがると、元就はゆっくりと膳に向かい、艶然《えんぜん》とほほえむ乃美の方に目をやりつつ箸をとった。

そのとき不意に、体の奥底から荒々しい力が湧いてくるのを感じた。

七

それでも富田城は持ちこたえた。

元就が本復したあと、郡山城に帰っていた輝元を呼びよせて四月にまた大軍で攻めかけてみたが、やはり山麓から上には登れず、矢弾を浴びせられて追い返されてしまった。そればかりか退陣の際に追い討ちをかけられ、あやうく多くの将兵を失うところだった。

「さすが尼子よ。まだやる気と見える」

洗骸の陣にもどった元春が、感心したように言う。

「もう兵糧もあまりないはずなのに、よく頑張れるもので」

と隆景は首をひねっている。富田城から降参してくる兵の証言で、城内のようすは手にとるようにわかる。兵糧が不足して、飢える者も出ているという。

「先の見えぬ鈍な者か、よほど忠実な家臣しか残っておらぬのでしょうな」

「つまり、手強い相手ということじゃ」

元就が口をはさむ。隆景がさらに言う。

「そもそも、四年近くも籠城《ろうじょう》しているというのが信じられませぬ。かほど長く籠城した例は、唐天竺《からてんじく》はいざ知らず、本朝にはないのではありませぬか」

あるいはそうかもしれない。少なくとも元就は、前例を聞いたことがない。

「耐えていれば、何かが起きるかもしれぬからな」

と元春が言う。

「たとえば囲んでいるこちらが兵糧不足になるとか、内紛が起きるとかで引き揚げざるを得なくなることもあろう。籠城は愚策だが、やり抜けば何とかなってしまうかもしれぬ」

囲んでいるほうも膨大な資力と体力を使い、危ない橋を渡っているのだ。

城兵より多い兵が飢えぬよう兵糧の運送に気を配り、内紛が起きないよう、国人衆のあつかいに細心の気遣いをしなければならない。留守にした自国が外から攻められないよう、警固の兵を残しておく必要もある。

そうしたことをすべて完璧にやり遂げなければ、他国へきて城を囲んではいられない。

ここまでは元就の手腕でなんとかなってきた。しかし、今後もうまくいくとは限らない。

現に、北九州で大友家がきな臭い動きをしているとの一報が入ってきていた。

「なあに、もう富田城に兵糧は入ってこぬ。あとはこのまま待つだけじゃ」

元就はそう言って不穏な話を打ち切った。


「いやあ、もはや城は隙だらけですぞ」

五月、富田城へ斥候《せっこう》に出た頭崎《かしらざき》城主の平賀新九郎《ひらがしんくろう》が、もどってきて元就に告げた。

「菅谷口をうかがってみると、城門に兵がおりませぬ。それまでなら、城門に手をかける前に矢弾が雨あられと降ってきたのに、矢声さえしませぬ。そこで小者に門を乗り越えさせ、脇戸を開けさせて中へ入りました」

ほう、と元就は声をあげた。そんなことができたとはおどろきだ。

「それでも敵は見当たりませぬ。そこでさらに中へすすんだところ、御殿《ごてん》のある平地に達しました」

「山中《さんちゅう》御殿じゃな。もう中腹ではないか」

「は。しかしそこにも敵兵は見当たらず、がらんとしており申した」

「ふむ。ずいぶんと城から退去したからな」

近ごろは日によっては四十人、五十人と敵兵が城を捨てて出てくるのだ。毛利勢の陣所にきて退去の許しを請う者の中には、尼子十三家と呼ばれる宿老《しゅくろう》格の者もいた。重臣さえも尼子家を見限っているのだ。

「当初、城内には一万二千人がいると聞いたが、もう半分も残っておるまい」

もはや城の守りもできかねるのだろう。

「そこで御殿から山頂へつづく道にすすみました。するとさすがに敵兵が出てきて、誰かと問うので、毛利陸奥守が手の者、と返すと、あわてて槍をかまえ、向かって来申した」

そこで一戦し、敵を討ち散らした上で、堂々ときた道をもどってきたという。

「でかした。いずれ恩賞をとらすであろう」

と言って新九郎を下がらせた。おおいに参考となる報告だった。

「そろそろ潮時でしょうかの」

いっしょに話を聞いていた隆景が言う。

「堅かった富田城も、いまなら手を焼くことなく攻め潰せましょう」

元春も乗り気だ。

「まあ待て。あわてることはない。城は逃げぬわ」

と元就はふたりを抑えた。ここは思慮のいるところだ、と思う。

——いまなら力攻めに攻め落とすこともできるだろうが……。

そうなると後のない尼子勢は必死で抵抗するから、味方の犠牲も大きなものになる。その上、尼子家は代々出雲に根を張ってきた大名だけに、城攻めの末に根絶やしにしてしまっては、出雲の者がどう思うか。恨みを抱く者もいるだろう。

今後、出雲や伯耆が毛利家の領国となることを考えれば、それは得策ではない。できるだけ穏やかな形で収めた方が、あとあと治めやすくなるはずだ。

とはいえ、尼子家には積もる恨みがある。

元就の人生の過半は、尼子家との戦いに費やされたと言っても言いすぎではない。憎き生涯の敵なのである。

どうすればいいのか。

元就は顎鬚《あごひげ》をなでて考え込んだ。難問だが、解決の方策は見えなくもなかった。


梅雨が明けても、まだ状況は変わらなかった。富田城は落ちず、ただ城から出て降参する者が、多い日には五十人、百人と増えてきた。元就は時々城の近くまで兵を巡邏《じゅんら》させるものの、総攻めを言いだすことはなかった。

「早くけりをつければいいものを」

と元春は不満そうだ。

「いろいろ考えていなさるようだが」

隆景も首をひねる。

「あまりに長い。安芸を出てからもう五年目にかかってしまったではないか」

みなの心配をよそに、七月にはいると元就は福原左近《ふくばらさこん》の子の内蔵人《くろうど》――左近は富田城攻めの前に亡くなっている――を呼び、あることを命じた。それは内藤元泰《ないとうもとやす》という者に伝達され、ために元泰は安芸の所領へ帰国していった。

しかし洗骸城の日常は何も変わらない。

兵たちは順番に付け城の守備をうけもち、交替で帰国できる日を待ち望み、非番になった日には洗骸城の中で連歌や酒宴に興じた。

城内ではすることがないので、退屈をしのぐのが仕事というありさまである。元春などは、陣中で太平記四十巻を書写してしまったほどだ。

そのあいだにも富田城から退出する者はつづき、城兵はますます少なくなっていった。元就はその状況を見つつ、安芸や石見の兵を順番に帰国させた。味方の長陣の負担を減らすよう、細かく気を遣っているのだ。

盂蘭盆会《うらぼんえ》が何ごともなく過ぎ、暑熱は去り、秋風が吹くようになった。

富田城は、依然として落ちない。

九月ごろから、いくらなんでももう落城するだろうと見られていたが、それでも城主尼子義久は降参を申し出てこなかった。

「もはや残る城兵は千、二千といったところでしょう。一気に攻め潰してはいかがか」

と元春も隆景も言うが、元就は承知しない。

「春先に病で寝込んだときにな、夢枕に富田《とだ》八幡宮の使者なる者があらわれて、病を治してやるから城兵たちの命を救え、とのたまったのよ。病を治してもらったからには、神仏との約束は守らねばならぬ」

などと煙《けむ》にまいて、包囲をつづけた。

——なかなか、思うようにはならぬ。

元就は、しばらく出雲に留まっていた曲直瀬道三に、尼子家の扱い方を相談していた。

「いまや毛利家は天下の大大名にござる。世間への聞こえを恐れねばなりませぬ。ほしいままに振る舞っていては、やがて名声を失い、お家の行く末に差し障りましょう」

という道三の言葉を、元就はもっともだと思いつつ聞いた。

毛利家の領国は、安芸に周防、長門、石見に出雲、備後に備中《びっちゅう》、美作《みまさか》、伯耆、隠岐《おき》と数えてゆけば十カ国に達しようとしている。天下六十六州のうち、六分の一を占めているのだ。関東の北条家や武田家、畿内を席巻《せっけん》しつつある三好《みよし》家、東海の織田《おだ》家など名の知られた大名でも、せいぜい数カ国を領有しているにすぎない。

つまり毛利家は、いつのまにか天下一の大大名となっていたのである。

安芸の一国人にすぎなかった毛利家を、元就が一代でそこまで大きくしたのだが、大きくなるのはよいことばかりではない。もはや毛利家の行いは、すぐに天下に広まると考えねばならない。

そんな中で、尼子家を力まかせに潰せるものかどうか。

「尼子家についても、仁慈《じんじ》にあふれた扱いこそ、天下に毛利家の名声を広め、お家の長久をもたらしましょう」

と道三に勧められて、これは尼子家を許すしかないと、元就は思い定めていた。

尼子義久からの使者が洗骸城にあらわれたのは、寒風が吹く十一月に入ってからである。

「おお、やっと出てきたか」

付け城から飛び込んできた一報に元就は相好をくずし、すぐに本城へ連れてくるよう命じた。

使者は付け城から厳重に見張られつつ洗骸の本城へ送られてきた。うわさはすぐに城内に広がり、城門付近は使者を見ようとあつまった兵でいっぱいになった。

使者は元就がいる母屋に案内され、元就父子と、重臣たちが居並ぶ中で対面した。

「もはや籠城もなりがたし。義久以下尼子家の三兄弟は腹を切る覚悟ゆえ、城兵はみな助けていただきたい」

との申し出を聞いた重臣たちからは、どよめきとともにため息のような声がもれた。五年におよぶ籠城戦の終わりが見えた瞬間だった。

元就はうなずき、磊落《らいらく》に答えた。

「なあに、腹を切るまでもござらぬ」

と、義久とふたりの兄弟も助命すると言い切った。道三に言われたとおり、広い度量を天下に示して見せたのだ。

使者はおどろいた顔で元就を見た。尼子と毛利の確執を考えれば、尼子一族を生かすなど考えられない、という顔である。元春と隆景もむっとした顔になった。

「ここまでして富田城を落としたのに、城主を生かしておいては、家中の者たちも納得せぬでしょう」

「さよう、せめて当主の義久には腹を切らせてはいかがで」

と口々に言う。

「なあに。降参する者を殺しては、後生《ごしょう》に障りがあるぞ。わしももう長くない。後生を考えぬとな」

と元就は、ふたりをやんわりといなす。

「ただし、そのままにはしておけぬ。安芸にござれ。一所《ひとところ》に静かに暮らしていただく」

助命したあとでお家再興をはかって蜂起されては困る。それを防ぐため、毛利家の領地に閉じこめるつもりだった。七月から内藤元泰に準備をさせていたのは、これである。元泰の領地に屋敷を与えて、尼子一族を厳重な監視の下に置くのだ。

このあと何度か使者のやりとりをし、互いに起請文《きしょうもん》をかわした末に、やっと義久ら尼子一族が城から出てきた。

洗骸城母屋の中庭で、元就は尼子義久らを引見した。

昔見た尼子経久《つねひさ》に似た、垂れ気味の目をもつ尼子家の当主、義久を見下ろしながら、元就は周囲に聞かせるように言う。

「怨讐《おんしゅう》は過ぎた日々のものじゃ。これから出雲や伯耆を治めるためには、恩愛を先に立ててゆかねばならぬ」

尼子一族を許すのは、ほかでもない。毛利家のためなのである。

いまや元就の目指すところは、尼子家を討つことではない。毛利家による中国、さらに天下の征覇だ。ひいてはここまで大きくなった毛利家を、孫子の代まで保つことだ。そのためには小さな感情に囚《とら》われてはならない。

元就はあくまで冷徹に考え、尼子一族のあつかいを決めたのだった。

尼子一族が去ったあと、元就は庭をのぞむ広縁に出て、寒風の中にひとり佇《たたず》んだ。満ち足りた気分だったが、まだまだやることがあるとも思っていた。

十　隠居

一

出雲《いずも》で尼子《あまご》家滅亡後のすべての処置を終え、元就らが安芸にもどってきたのは、年明けの二月だった。

元就は、七十一歳。

古来稀《こらいまれ》なりといわれる年齢、七十歳がすぎたというだけでもめでたいのに、その上、足かけ五年にわたる長陣で勝利しての凱旋である。

郡山《こおりやま》城内はもちろん、国じゅうが祝賀の声につつまれた。あちこちの国人が戦勝の言祝《ことほ》ぎに詰めかけてきて、城内は人馬がごった返す市場のようなにぎわいになってしまい、元就が会見して挨拶を返すだけで数日が過ぎていった。

そうした騒ぎが一段落したところで、元就がまず取りかかったのは、隆元の死因の糾明である。

隆元の死からすでに三年。ずっと気にかかっていたが、当時は尼子との大いくさの最中で、真相を究める手間も暇もなかった。いま、ようやく心の重荷を下ろそうというのだ。

当時から、隆元側近の赤川元保《もとやす》があやしいと言われてきた。

死の当時も、隆元にずっと付き添っていた男である。尼子と結んで隆元を亡き者にしたのではないか、と疑われているのだ。

譜代の忠臣ではあるが、平生から頑固で乱暴な男だった。そのため隆元の死後は用心して出雲には呼ばず、ずっと下関に在番させていた。

話を聞こうと吉田に呼びもどし、登城を命じたが、なにかと理由をつけて顔を出さない。ある日など、登城しかけて途中で取りやめたりした。

「何かあるな」

と元就は隆景《たかかげ》と話し合った。

「言い訳できぬようなことをしてきたのではないか。問い詰められるのを恐れて、われらの前に顔を出さぬのではないか」

「それは……、さてどうでしょうか」

隆景は首をふる。

「赤川のことは宿老《しゆくろう》どもにまかせてありますれば、まず様子を見てはいかが」

と言うのでしばらく待ってみたが、宿老たちが動く気配はない。同格の家同士だから遠慮しているとしか思えない。元就は耐えきれなくなった。

「どうも頼りにならぬやつらばかりよ。怪しいと思わぬのか。不慮のことがあったらどうする」

疑われていると察した赤川元保が暴発し、こちらを闇討ちにしようとしたら、ことだ。

「いまは鉄砲なるものがあって、人数が少なくとも闇討ちはできるぞ」

不安になった元就は、ついに命じた。

「元保に腹を切らせよ」

と同時に元保の弟、元久《もとひさ》と養子の又五郎《またごろう》に討手を差し向けた。

元保は素直に自刃したが、元久と又五郎は「この上意討ち、謂《い》われなし」とはげしく抵抗したため、討ち果たしはしたものの、討手に死者が出る騒ぎとなってしまう。

思わぬ犠牲が出たが、これで懸案が片付き、同時に闇討ちされる危険もなくなった。

安堵した元就は、しばらくしてから、輝元《てるもと》と隆景を本丸の広間に呼んだ。

元春も呼びたかったが、まだ出雲で後始末にあたっているので、まずはふたりだけだ。

「今日きてもらったのはな、ほかでもない。わしの隠居のことじゃ」

と元就は切り出した。今度こそ、二十年来の願望を果たすつもりである。

「そなたも十五歳になったしな、もうひとりでやっていけるじゃろう。毛利の当主になれ」

と輝元を見た。

「もちろん、そなたが二十歳になって分別がつくようになるまで、いやいや、わが息がつづくかぎりは万事そなたに意見し、手助けをもしようと思う。それが隆元の供養にもなることじゃ」

元就は上機嫌である。

「それはわかっておるが、なにぶんにもわしは年老いた。しかも去年は大病を患った。もういくらも生きられぬ。家のことはそなたに委ねて、この城を退いて隠居したいのじゃ」

元就の脳裏には、海に近くて気候のおだやかな銀山《かなやま》城の景色が浮かんでいる。寒気の厳しい郡山城よりよほど過ごしやすいはずだ。あの城で花鳥風月をめでつつ暮らしたら、どんなに安楽な日々を送れるだろうかと思う。

「のう、じいの望みをかなえてくれるな」

元就は、微笑みながら返答をうながした。

すでに元春と隆景には話してあり、輝元の後見人には、父の福原左近に似て篤実《とくじつ》な福原内蔵人《くろうど》を命じてある。隆元も生前には了解していた。あとは輝元本人が承知すればすむことだ。かわいがってきた孫だから、わかってくれるだろうと思っていた。

しかし輝元は青ざめている。目が笑っていない。おやおやと思っていると、出てきた言葉は意外なものだった。

「なんとも思いの外の存分をうけたまわってござります。なさけなくてたまりませぬ。父は四十になるまで万事じいさまにまかせていたのに、そのじいさまが、いまようよう十五になった自分を見捨てて隠居なさるとは、言うべき言葉も見当たりませぬ」

下を向いて、吐き捨てるように言う。

思わぬ言葉に元就らがおどろいていると、輝元はいきなり顔を上げ、ぎこちなく笑みを作った。そしてこう言うのだ。

「しかれど別儀はありませぬ。この輝元、もしじいさまが隠居なされば、毛利の家を捨てまする。そしてどこなりとも、じいさまが行かれるところへついてゆきまする。佐東《さとう》なら佐東へ、多治比《たじひ》なら多治比へ、じいさまについていって、お教えをうける所存じゃ」

最後に小首をかしげて言う。

「それゆえ、どうぞいつでも隠居あそばせ」

一瞬の間があいたのち、まず隆景が「うはは」と笑い出した。

「これは輝元が一枚上手だな。なかなかの策略じゃないか。父上の弱みをついておる」

元就も苦笑するばかりだった。

「わしは明日より心安く穴鼠《あなねずみ》になろうとしておったが、そなたがついてくるのでは、穴にももぐれぬ。かなわぬな」

隆景も言う。

「強いて隠居しようとすれば、輝元を義絶《ぎぜつ》しなければなりませぬな」

それでは毛利家は当主を失い、元就がまた当主をつとめねばならなくなる。

「隆元も、十年ほど前に、わしが隠居するなら自分も出家する、と騒いでおったな。まったく親子じゃな」

自分こそ若いころは、武士をやめて坊主になりたいとしきりにこぼしていたのだが、それには口をぬぐって元就は言う。

「やれやれ、この年になっても、自分の進退すらままならぬのか」

どうやらまた隠居はおあずけのようだ。ため息をつく元就に、

「どうぞよろしくご指導を願いあげまする」

と輝元が頭を下げている。そんなふたりを、隆景がにやにやしながら見ていた。

笑いごとではないが、どうにもならない。

結局、元就はいままでどおり郡山城に留まり、家中の指図をすることになった。ただし重大なことを指揮するだけで、年貢の収納や裁判沙汰など当主の日常の用は、福原内蔵人の後見で輝元がこなすのである。

――輝元の器量も、さほどではない……。

一連のやりとりで、家を継ぐ嫡孫《ちゃくそん》の人柄と力量が見えてきた。

あるいは自分の後をうけて、天下に覇を唱えてくれるかとも期待していたが、それは無理

そうだ。いや、ここまで大きくなった毛利家を保てる器量かどうかすら、あやしい。せめて家をつぶさぬよう、厳しくしつけるしかないだろうと思う。

そうして三月になると、郡山城はまた祝賀の色に染まった。乃美《のみ》の方《かた》が男子を産んだのだ。

元就は七十一歳にして、九男にあたる子を得たのである。

城中はこのめでたい話題でもちきりとなったが、元就は恥ずかしがって、赤子の話はあまりしたがらなかった。話が出ると、さっさと別の話題に切りかえるのだ。

「なるほど、去年、病から本復したあとのことでござるな」

「乃美の方が陣中見舞いに参られましたからな。いや達者なことで」

と、城内の侍たちの話しぶりも、尊敬の念にいくらか含み笑いをともなう、微妙なものになっている。

「これはもう大殿さまも、隠居などしていられませぬわなあ」

というのが微妙な話の結論だった。

そのまま永禄《えいろく》十年がすぎていったが、途中、元就には誤算があった。

誅殺《ちゅうさつ》した赤川元保が、どうやら無実だったらしいとわかったのである。元保は隆元が和《わ》智誠春《ちまさはる》のところへ行くのを、

「いかなる謀《はかりごと》があるかもしれず。和智のところへ行かれる必要はなし」

と止めていたと証言する者が出てきたのだ。それを隆元が振り切って出かけたのだと。

「なぜ、早くそうだと言わぬのか！」

元就は嘆いたが、もう遅い。元保は帰ってこない。

やむなく赤川の宗家に命じ、縁者を元保の後嗣《こうし》に立てて領地を給した。

——ちと用心しすぎたか。

隆元に毒を盛ったのなら、いずれ自分や輝元も狙うかもしれないと恐れて、始末を急いでしまった。悔いても悔やみきれない。

そうなると、あやしいのは料理をふるまった和智誠春ということになる。どうするかと考えているところに、九州と四国で新たな動きがあり、元就も振り回されることになった。

二

永禄十一年二月——。

灰色の雲におおわれた空の下で、瀬戸の海は濃緑の体をもてあますように身じろぎし、白い波をたてて不機嫌な表情を見せている。

隆景は、四国の伊予《いよ》へ渡海すべく、竹原《たけはら》の西南海上に浮かぶ豊島《てしま》にて船の準備をすすめていた。

渡海する兵は二万五千。それだけの人数を乗せるには、小早川家の水軍を総動員しても足りない。村上水軍と連絡をとりつつ、湊《みなと》へ船をあつめる指示をあちこちに出していたが、その最中にも隆景は、

——父上は耄碌《もうろく》したのではないか。

との懸念に苛《さいな》まれ、気が休まらずにいる。

数々の合戦をすぐれた戦略と的確な判断力で勝ち抜き、安芸の一国人から日本一の大大名にのしあがった父、元就も七十二歳のいま、老いに勝てなくなっているのではないか。

たとえば赤川元保をめぐる騒動も、多くの人の意見を聞いて冷静に判断していれば、あんなことにはなっていなかっただろう。

どうも家族のことになると父は度を失い、目が曇りがちになるようだが、それにしても以前ならもっとうまく対処していたはずだ。

この四国渡海も、果たしてこんな大軍を動かす必要があるのかどうか。

渡海のきっかけは、伊予の河野《こうの》家が土佐《とさ》の一条《いちじょう》家に攻められて、毛利家に助けをもとめてきたことだった。

河野家と毛利家は直接の関わりはないが、河野家は来島《くるしま》村上家の主人で、なおかつ一族である。そして来島村上家には隆景の養女——元就の孫娘——を嫁がせてある。

つまり来島村上家は隆景の縁戚であり、その縁で厳島《いつくしま》合戦のときに支援の船をまわして

もらった仲だった。おかげで毛利の兵は厳島に渡ることができ、強敵の陶入道《すえにゅうどう》に勝利したのだ。

元就に言わせれば、

「来島のおかげでわれら頸《くび》をつなぎ候」

ということになる。つまり命の恩人であり、だから今回の出兵はそのときの恩返しだというのである。

しかし厳島合戦のときに来島村上家が派遣した兵は、せいぜい数百である。恩返しならその程度の兵をまわせば十分ではないか。なにも何十倍にもなる兵を出すことはない。

あまりに大軍勢なので、世間では恩返しなどとは思わず、今回の出兵を、

「隆景どののお弓矢（合戦）」

とうわさしている始末だ。

すでに隆景配下の乃美《のみ》兵部《ひょうぶ》が先遣隊として渡海し、一条勢が囲んでいる鳥坂《とさか》城を救出に向かっている。

隆景が養女を嫁がせた来島家当主の通康《みちやす》は、昨年の合戦の最中に病にかかり、城にもどったものの、急死するという不運に見舞われていた。

だから隆景が、縁戚の危難を救うために兵を出しているように見えるのも、無理はないのだが。

「なあに、恩返しだけではないぞ」

と兄の元春は言う。

「父上は九州を見ておるのよ。一条家は大友とつながっておるからな。まず身近な四国を叩いておいて、そののちに九州へ出ようとしておる」

真の敵は大友家だというのだ。

そうした面は、たしかにある。

もともと伊予は北部を河野家、中部を宇都宮《うつのみや》家、そして南部を西園寺《さいおんじ》家が領していた。近ごろでは宇都宮家と西園寺家が手を組み、土佐の一条家と九州の大友家の支援をえて、河野家を圧迫しているのだ。

一連の合戦の黒幕は、大友家なのである。

「それはそうだろうが、いまは九州のほうが危なくないかな」

九州の大友家とは将軍家の仲立ちで講和したものの、和平がずっと保たれるとはどちらも考えていなかった。

現に毛利勢が総力で富田《とだ》城を囲んでいた永禄八年の夏、大友勢は、毛利家に従っていた豊《ぶ》前《ぜん》の長野《ながの》城を攻めて陥落させている。そして元就が尼子を滅ぼして安芸にもどった昨年には、筑前《ちくぜん》の宝満《ほうまん》城に攻めかけていた。

もはや講和を守っていては、毛利家の九州における地位は失われてしまうのだ。

元就も負けてはいない。

筑前や豊前の国人に密使を送り、蜂起をうながした。これをうけて秋月《あきづき》・宗像《むなかた》などが大友家に叛旗を翻したので、いまや北九州の地はあちこちで戦火があがっている。

大友家と、毛利家が支援する反大友家の国人の戦いだから、毛利家が支援の兵を送るなら九州のほうが先ではないかと思われる。

それでも元就は、四国へ先に行けという。

父の生来の勝負勘が狂ってきているのではないか、と思えてならない。

「まあそう言うな。父上の考えは別のところにあるやもしれぬ。これまでも父上の指図にしたがっておけば万事うまくいった。こたびも何とかなろう」

元春は父を疑っていない。

この次兄はあまり先を読まないからな、と隆景は思う。

三月に入って船と兵がそろったが、いざ出陣という段になって元就に呼ばれて、隆景は郡山城へ急行しなければならなかった。

出陣前のあわただしい時に何の用かと思っていると、元就はいつものように山頂の二の丸にいて、にこりともせずに隆景を迎えた。

「よう来たな。さっそく用件に入るか」

かたわらに輝元を控えさせて、三人で密談の形となる。元就は問うた。

「船はそろったか」

「ええ。もういつでも渡海できます」

「それは重畳《ちょうじょう》。しかし、しばらく待て」

「待つ？　……それは、なにゆえに」

隆景は異常を感じた。二万五千の軍勢を待たせておくのは、尋常なことではない。一日に消える兵糧《ひょうろう》だけでも馬鹿にならない量になる。そこまでして何がしたいのか。

「牛福《うしふく》は元気か。五歳になったはずじゃな」

隆景の問いには答えず、元就は妙なことを聞く。牛福とは通康に嫁いだ隆景の養女が産んだ子だ。元就のひ孫にあたる。

「ええ、元気と聞いております」

「ならば、ちと河野どのと交渉せねばならぬ」

元就は平然とした顔で言う。隆景には元就の意図がまだわからない。

「交渉？　いまさら何を。こたびの出陣は恩返しではなかったのですか」

「もちろんそうじゃ。しかしな、いい機会でもある。なにしろ来島の通康が亡くなり、その上、伊予の河野には跡取りがおらぬ」

「……河野の跡取り？　あっ！」

元就の意図がわかって、隆景は思わず声を上げた。なんということを考えているのか。

鋭くて大胆な策略だ。父は、まったく耄碌などしていないではないか。

元就は頬をゆるめた。輝元はきょときょととした目でふたりを交互に見ている。

「そなたなら、もうわかるじゃろ。さっそく河野に使者を出せ」

「しかし……、それはいくらか無理筋では」

「なにが無理なものか。ちゃんと筋は通るぞ」

隆景は腕組みをして考え込んだ。たしかに形の上では筋が通る。しかし形の上だけだ。実質はごり押しである。それを交渉せよとは、難題を突きつけられた格好だ。

「われらの言うとおりにすれば、河野の家は毛利に支えられ、末々まで安泰よ。これこそ恩返しであろうよ」

安泰は安泰だろうが、果たして河野家中の者たちが納得するかどうか。しばし迷ったが、
結局、隆景は頭を下げた。

「……承知、いたしました」

河野家はともあれ、毛利家にとっては悪い話ではない。やってみるべきだろう。

自陣にもどった隆景は、弁の立つ使者を河野家に出し、ある提案をした。

提案をうけた河野家の反応は、当初、かんばしいものではなかった。

だが河野家はすでに土佐一条家の手先である宇都宮家の兵に、領地境に築いた鳥坂城を攻められている。毛利家の助けがなければ、家の存続が危うい状況である。

提案をうけるかどうか、河野家中の重臣たちの意見は割れたが、隆景が先遣隊として出した乃美兵部が宇都宮勢を討って鳥坂城を救い出したのを見て、毛利家に与《くみ》する者がふえてゆく。

隆景は河野の重臣たちに、将来の加増をほのめかしたりと、個々にはたらきかけもした。結果、ひと月ほどで話はまとまった。

起請文《きしょうもん》の形でそれを確かめた上で、元就は待たせていた二万五千の毛利勢を渡海させた。四月半ばのことである。

元春と隆景がひきいる毛利勢は、安芸の草津湊《くさつみなと》を発して伊予に上陸すると、まず河野家の本拠、湯築《ゆづき》城にはいった。

そして当主の通宣《みちのぶ》と協議をしたうえで、ともに宇都宮家の本拠である大洲《おおず》方面へ向かった。周辺の支城を打ち破ってすすみ、宇都宮氏の本拠である大洲城を囲む。

肱《ひじ》川と久米《くめ》川の合流点にある小山に築かれた大洲城は攻めにくかったが、富田城にくらべればものの数ではない。

城の大手を隆景が、搦手《からめて》を元春がうけもって猛然と攻めたてると、なにしろ二万五千の大軍である。対して城兵はせいぜい数千でしかない。

数日の攻防で、とても敵わぬとさとった宇都宮勢は降伏し、当主の豊綱《とよつな》は囚われの身となった。

こうしてひと月足らずで目的を達した毛利勢は、五月上旬に伊予を出て安芸に凱旋した。

「よしよし。よくやった」

元就は郡山城にあって、上機嫌で元春と隆景を迎えた。横には輝元がすわっている。輝元は渡海しなかったが、佐東まで陣をすすめて万一にそなえていた。

「それで、あちらのほうは、どうした」

元春の戦勝の言上《ごんじょう》がすんだあと、元就が目を輝かせて隆景にたずねる。みずからの策略がうまくはまったときに、時折見せる表情だ。

「は。すでに輿入れは終えておりますれば、支障なくすすむものかと」

「そうか。でかした」

元就は破顔し、隆景はほほえんだ。

毛利勢を渡海させる前に河野家に対して、隆景はこんな提案をしたのだ。

「毛利勢の手でお家の窮地を救ってさしあげる。そして同時に、寡婦となったわが養女をご当主の側室にさしあげたいが、いかがか」

来島通康が亡くなって、寡婦となった隆景の養女を河野家に嫁がせる。それ自体はありきたりの通婚政策だが、裏に狙いがあった。

隆景の養女が河野家に入れば、養女と来島通康のあいだにできた子、牛福も連れ子ながら河野家の子となる。そしていま河野家には跡継ぎの男児がいない。

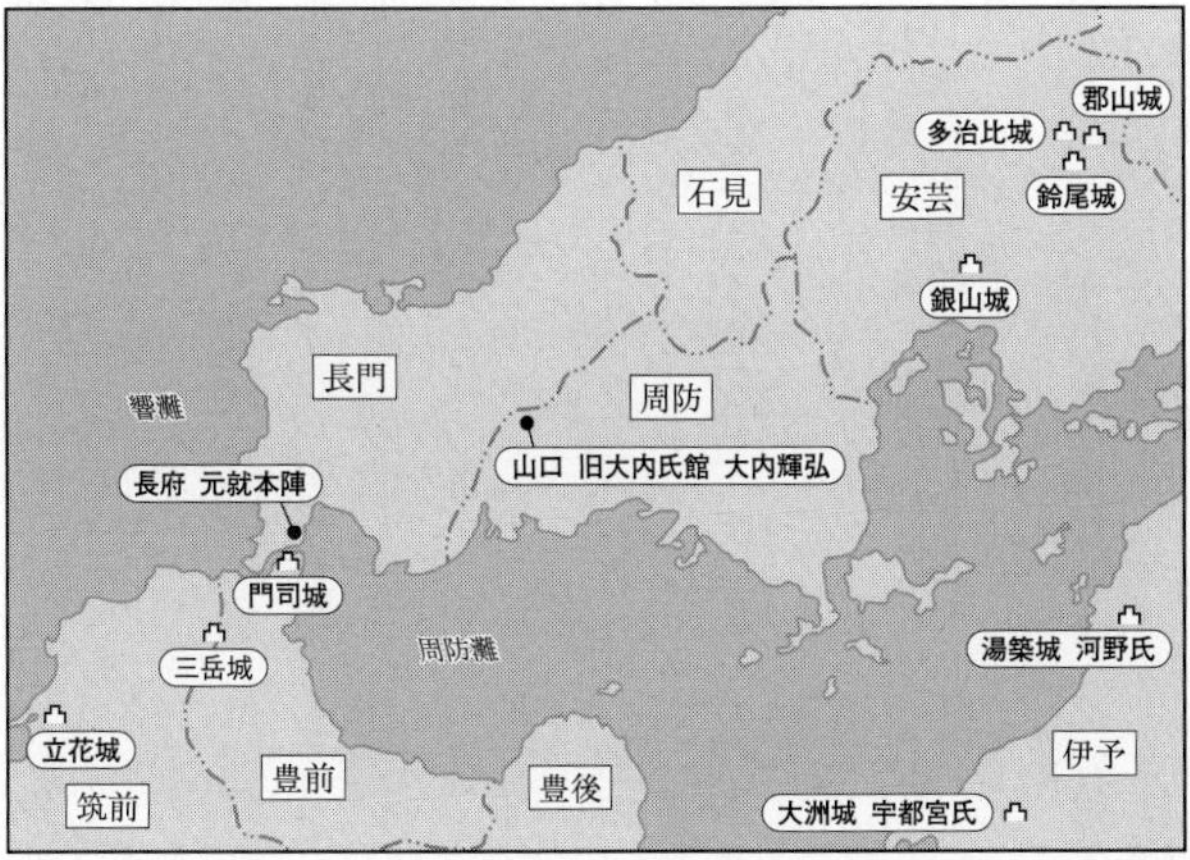
郡山城
多治比城
鈴尾城
石見
安芸
銀山城
長門
周防
響灘
山口 旧大内氏館 大内輝弘
長府 元就本陣
門司城
三岳城
周防灘
湯築城 河野氏
立花城
伊予
豊前
豊後
筑前
大洲城 宇都宮氏

だから牛福に河野家を継がせてしまう、というのが元就の策略だった。

ほかに河野家の娘と来島通康とのあいだにできた子があったので、その子をこそ跡継ぎに迎えるべき、という議論も河野家中でなされたが、毛利家の強大な力にはかなわない。

河野家は隆景の提案を呑んだ。そして実際、隆景の養女は河野家に輿入れした。

つまり、元就のひ孫である牛福が、いずれ河野家の当主となると決まったのだ。

毛利家は中国の諸国に加えて、対岸の伊予の地も押さえたことになる。それは、あいだにある瀬戸内の島々と水運の利権も、同時に毛利家のものとなることを意味する。

元就は伊予国の騒乱を、隆景が思ってもみない方法でうまく利用したのである。

「これで来島への恩返しを果たした。世間にはそう言い広めておかねばならんぞ」

元就は何食わぬ顔でそんなことを言う。元就のことだから、すでに手を打っているのだろうと、隆景は思う。耄碌したなどと思ったのは、まったくの見当ちがいだった。

「それと、和智はどうなった」

不意に元就は声を落とした。

「すでに厳島《いつくしま》に送り、摂受坊《せつじゆぼう》なる宿坊《しゆくぼう》に監禁しております」

隆景も小さな声で答えた。

元就は、隆元死去の原因となったと思われる和智誠春とその弟を、伊予へ従軍させていた。

そして毛利勢が帰国する前に、ふたりを誅殺するよう、隆景に命じていたのだ。

だが隆景は諸将が動揺することを恐れて、猶予を請うていた。そこで元就はふたりを厳島に送るよう命じたのだ。

「そうか。よし。いずれ折を見て腹を切らせるか」

元就はひとりごちた。

まだ兄、隆元のことを引きずっているのかと、その執念深さに隆景は暗然とした。いくら自分の家族のこととはいえ、いささか度を越しているように思えるのだ。

だが執念深さは気力の強さの証《あかし》でもある。七十二歳というのに、父は頭のはたらきばかりでなく、気力も体力もまったく老い衰えてはいない、と感嘆してしまう。

そののちしばし閑談《かんだん》してから、真顔にもどって元就は言った。

「すまんが、ひと休みしたら今度は九州へ渡ってもらうぞ。あちらも容易ならぬことになっておるでな」

三

五月に四国からもどったばかりの毛利勢は、七月から九月にかけて九州へ渡った。

以前の大内領だった筑前と豊前を奪い、博多の湊をおさえて、明国《みんこく》や朝鮮と直に交易ができるようにするつもりである。

元就は、戦場に出なかった。軍勢の陣頭指揮は元春と隆景にまかせられた。渡海した元春たちは、北九州の地で暴れまわる。

豊前の三岳城《みつがたけ》を落として豊前国北部を押さえたのち、九州の地で年を越した。新城を築き兵糧をたくわえ、また肥前《ひぜん》や肥後《ひご》の諸国人と音信を通じ、大友家の背後を攪乱《かくらん》しようと工作をはじめた。

得意の謀略で、大友家を孤立させようとしたのである。

その上で四月半ばに、四万という毛利家の総力をあげた大軍で筑前に進軍し、博多の手前にある立花《たちばな》城を囲んだ。

門司《もじ》からかなりはなれたこの城を確保すれば、豊前と筑前の毛利方国人たちの信望を得ることができる上、両国の支配に大いに役立つ。

城を兵糧攻めにする一方で、救援にかけつけた大友義鎮《よししげ》の軍勢を撃退して、元春たちはふた月ほどで立花城を陥落させた。

この間、元就は老いの身ながら長府《ちょうふ》へ出張り、本陣としていた。

「諸国人たちが老若をとわず参陣しているのに、自分だけがのうのうと寝ているわけにはいかぬでな」

と周囲にはもらしていたが、本心はちがっていた。より戦場の近くで指揮をとりたいと思っていたのである。七十を超えたいまでも、合戦となると血が騒ぐのだ。

立花城を得て、毛利勢には勢いがついた。筑前と豊前の地を支配するのも、間近かと思われた。

だが、そうはならなかった。

ここから毛利家の悪夢がはじまる。

立花城が落ちたのが閏《うるう》五月の初めだった。しかし大友勢は城の付近から立ち去らず、毛利勢と対峙《たいじ》したままだったので、元春も隆景も立花城に釘付けになってしまう。

そんな中、六月の末に、出雲の富田城の城代をつとめる天野隆重《あまのたかしげ》から、長府の元就本陣へ急報がきた。

なんと、滅ぼしたはずの尼子勢が蜂起し、富田城を攻めている、というのだ。

「まことか!」

と元就はおどろいて使者に問い返した。

尼子本家の三兄弟はみな安芸に幽閉してあるのに、どうして蜂起できるのか。

しかし蜂起は事実だった。

尼子旧臣衆は、尼子勝久《かつひさ》という尼子家傍流——元就が謀略を使って始末した、尼子一族の新宮党《しんぐうとう》——の子で、京の東福寺《とうふくじ》で僧になっていた者を還俗《げんぞく》させて主君とし、立ち上がったのだ。

はじめに海路出雲へあらわれた時は手勢四百でしかなかったが、道々尼子牢人衆《ろうにんしゅう》を加えてゆき、富田城へ押し寄せた時、その兵数は六千になっていたという。

出雲の国人たちはみな元春の手に属して九州へ出陣しており、城の守りは手薄だった。六千の兵に攻められた富田城の天野隆重は、籠城《ろうじょう》して対抗せざるを得ない。

美作《みまさか》や備前《びぜん》の牢人衆も立ち上がり、美作の毛利方である高田城に攻め寄せたとか、備後でも尼子に味方した国人衆が、城主不在の神辺《かんなべ》城を攻め落とした、などといった注進も入ってくる。

九州を攻めるために、出雲や美作の守りが手薄になったところを衝かれたのだ。

さらには、京へ流れていって行方知れずになっていた石見《いわみ》の国人、福屋隆兼《ふくやたかかね》までも、石見に姿を見せたとのうわさも聞こえてきた。もはや大混乱である。

「なあに、尼子の亡霊など、恐るるに足らぬ」

状況が見えてくると、元就は、ひとまず出雲の留守居衆に守りを固めるよう指示を飛ばした。

またそのころ尾張《おわり》から起こって京を制していた織田信長に使者を出し、但馬《たじま》、播磨《はりま》へ兵を出してくれるよう求めた。尼子勢の背後にいる山名《やまな》、浦上《うらかみ》氏を牽制するためである。

そして長府にいた出雲国人の三沢為清《みざわためきよ》を帰国させて防戦にあたらせ、また筑前の陣からも数名の武将を富田城の応援にまわした。

といった手を打っても、出雲では多くの牢人衆が尼子に味方し、毛利勢は押し込まれた。

それでも九州から兵は引きたくない。領内の居残りの兵をあつめ、尼子勢を押さえ込むつもりだった。

しかしそうは行かなかった。

十月になると、今度は山口で火の手があがる。

大内家の庶流の輝弘《てるひろ》という者が、大内家再興を呼号し、二千の兵とともに山口近くの秋穂《あいお》浦《うら》に上陸したのだ。

これは大友義鎮の差し金だった。義鎮は輝弘に兵を貸し与え、杵築《きつき》の湊から船出させたのである。

防長両国でも毛利の兵は出払っていたため、輝弘はらくらくと山口に侵入し、旧大内館に陣を構えて威《い》を振るった。

するとと大内旧臣があつまってきて、たちまち六千の軍勢にふくれあがってしまった。

「なんと、大友もやりおることよ！」

元就はあわてた。輝元と長府にいるうちに、本国安芸との中間にある山口を占拠されてはたまらない。

どうやら尼子や大内の力を甘く見ていたようだ。いや、背後で両者をあやつる大友義鎮の力量を見誤ったのだ。

ここに至って、元就は九州から兵を引かざるを得なくなった。

元春と隆景に撤兵の指示を出した。といっても四万の大軍である。引くに引けずにひと騒動あった。が、ともかく急ぎ下関《しものせき》にもどってきた隆景と元春の兵で、大内輝弘の反乱は討ち平らげることができた。

しかし、もう九州はあきらめざるを得ない。

毛利勢のいなくなった九州の地では、毛利家に味方していた国人たちが大友家に討たれ、あるいは大友家になびいてゆく。

元就は、それをただ見ているしかなかった。

得意の謀略戦で、一敗地にまみれたのだ。

「なあに、こういうこともある。またやり直せばよいだけよ」

衝撃は大きかったが、毛利家の総帥《そうすい》としては、下を向いているわけにはいかない。

その年のうちに総勢を各自の国元へ帰すと、翌年正月には輝元を総大将とする二万六千の大軍を編制し、出雲へ派遣した。

出雲に入った毛利勢は尼子方の城をつぎつぎに落として進軍し、二月には富田城の南にある布部《ふべ》で尼子勢と決戦におよんだ。これに打ち勝った毛利勢は、包囲されていた富田城を解放することができた。

その後も毛利勢は勝ちすすむ。秋口になると、出雲で残っている尼子方の主な城はふたつだけになっていた。

しかしそのころ、元就の身に異変がおきた。

四

「なにをする！」

「邪魔じゃ。さっさと出て行かぬか」

「ここはわしの城じゃ！」

「ならば弓矢にかけて守ってみせよ。それが武士の習いであろう」

「なにを！」

そこまで言われては我慢できない。腰の刀を抜こうとした。だが柄《つか》に手をかけた瞬間、景色が大きく回転して青空が見えた。そして背に衝撃がきた。

刀を抜く前に胸板を蹴られ、吹っ飛んであおむけにひっくり返ったのだ。

地面に叩きつけられた身に、わはは、といっせいに嘲罵《ちょうば》の声が浴びせられる。

「それ、甘い甘い」

起き上がろうとするとまた蹴られ、うつぶせになったところを膝で押さえつけられた。

「危ない危ない。こんなものを振り回して怪我をしたらどうする」

腰から鞘《さや》ごと刀を抜きとられる。

「はなせ！」

「おう、はなすとも」

背が軽くなった。跳ね起きて身構え、相手をにらみつける。
七、八名が立ってこちらを見ている。中の半数は槍や弓をもっていた。
もちろん、みな大人だ。十二歳の自分ひとりを、大勢の大人がいたぶっているのだ。

「さあ、出て行かぬか。命を助けるのはせめてもの情けじゃ。それでも出て行かぬと強情を張るのなら、槍の錆《さび》にしてくれるぞ」

中のひとりが前に出てきて、鈍く光る槍先をこちらに向ける。

にらみつけたが、まだ元服前の子供が大人にかなうはずがない。

「いまに見ておれ！」

と吐き捨てて、門を出て行くしかなかった。またひとしきり笑い声を浴びせられた。

門の外には、城から追い出された下男下女が困惑した顔で立っている。

「若殿、どうなさる」

と聞かれても、答えられない。頭の中は怒りと悔しさと恥ずかしさで沸騰《ふっとう》している。

——こんな馬鹿なことがあっていいのか！

この多治比の猿掛城は、父から譲り受けた先祖代々のものだ。その城と領地を奪われるなど、あっていいはずがない。しかも奪ったのは、家来で後見人のはずの井上中務丞《なかつかさのじょう》だ。

母は七年前に病で亡くなり、城主であった父、毛利弘元《ひろもと》は一昨年、酒毒がもとで倒れ、そのまま逝ってしまった。

その前に毛利家を継いだ兄、興元《おきもと》が郡山の城と領地を治めていたが、昨年、大内家に召されて兵をつれて京へ行き、そのまいまも京に滞在している。

多治比の城は十二歳の自分に守れるものではないので、後見人の井上中務丞が面倒をみてくれることになっていた。

その後見人が、自分を守るどころか、城と領地の一切合財を奪うとは！

いったい何が起きたのか。なぜこんなことになったのか。

頭の中を整理するのに精一杯で、周囲を見ている余裕はない。

「われら、今晩からどこで寝ればいいのやら」

下男のひとり、九郎八《くろはち》がそんなことを言って嘆く。

ふと気づくと、下男下女たちがこちらを見ている。それも恨めしそうな顔で。

「若殿、こうなったら、城も領地もすぐにはもどってきませせぬぞ。いまはだれかを頼るしかござらん」

「一族のうち、頼りになるお方にすがるしかありますまい」

下男たちが口々に言う。しかし自分には大人たちとの付き合いはない。だれを頼っていいのかすらわからない。そう思ってだまっていると、

「頼れるお方がいないのならば、もう城はあきらめたほうがようござる」

「どこか寺の世話にでもなって、雨露をしのぐことを考えなされ」

と、命令するような口をきく。つい昨日までは、子供であっても主人と目《もく》されてみなが頭を下げていたのに、城を追い出されたとなると、途端に口調が変わっている。

なぜ急に態度を変えるのか。とまどって口をきけずにいると、いつの間にか下男たちに囲まれ、見下ろされるようになっていた。

「自分ひとりの身を養いかねるようでは、われらもついてゆけませぬ。されば、ここでお暇《いとま》を頂戴いたしまする」

「わしも、失礼する」

下男たちはひとり去り、ふたり去りして、いなくなってしまった。下女も、下男のあとを追うように消えてゆく。

とうとう、ひとりになってしまった。

——なんということか。

唖然《あぜん》としてしまう。普段は忠義面で奉公しているのに、主人に力がなくなれば見捨てて去って行くのか。

家来など、まったくあてにならない。

顔を照らしている西日が、すでに山の端《は》にかかっている。もうすぐ暗くなる。晩秋のひやりとした風が、体の横を吹きぬけてゆく。

急に不安になってきた。

――どうしよう。

怒りが先に立って自分の身のことを考えていなかったが、城を追い出されてしまうと居場所がない。城で暮らしていたため、遊び友達などもいないし、親戚といっても、何里もはなれた城に住んでいる。いまから歩いていっても門は閉まっているだろう。

郡山の本城《ほんじよう》へ行こうかと考えた。そして井上中務丞の悪行《あくぎよう》を訴えるのだ。この多治比から郡山までは一里ほどだから、暗くなる前に着けるはずだ。

だが本城へ行ってなんと告げるのか。

本城は兄、興元の居城だが、いま兄は京へ行っていていない。留守居の者などあてにならない。ひょっとすると井上中務丞と示し合わせているかもしれない。いや、きっとそうだ。留守居の者が何もしないと踏んだから、中務丞は多治比の城を乗っ取ったのだ。

では、どうすれば……。

「松寿丸《しようじゆまる》どの」

自分の名を呼ばれて振り向くと、下女ひとりを従えた市女笠《いちめがさ》姿の女人《によにん》が立っていた。

「大方《おおかた》さま！」

思わず大きな声をあげてしまった。そうだ、大方さまがいれば、こんなことにはなっていなかった！

「いまそこで九郎八に聞きました。城を取られたそうな」

大方さまは父、弘元の後妻である。

父が亡くなって寡婦となったあとも、父母を亡くした自分を哀れに思い、城に残って、子供にはできかねる多治比毛利家の家政の切り回しをしてくれていた。

今日は母の命日とて、朝から実家近くの寺に詣《まい》っていたのだ。

中務丞は、城の事実上の主である大方さまの留守を見計らって、乗っ取りを実行したのだろう。子供の自分は、はじめから見くびられていたのだ。

「無念、あまりに無念じゃ！」

中務丞のひどい仕打ちを大方さまに訴えたが、どうなるものでもない。

「ひとまず今晩の宿を探さねば。それから本家に訴えて、城を取り返すとしましょう」

大方さまは落ち着いていた。やはり頼りになる。ようやく安堵して、大方さまの知り合いの家へ向かった。

そののちも、城にはもどれなかった。

郡山の本城で留守居役をつとめる重臣に中務丞の横暴を止めるようかけあっても、言《げん》を左右にしてなかなか取り合ってくれない。

あとでわかったが、みな強大な井上一族の力を恐れていたのだ。

井上一族は、貪欲で獰猛《どうもう》な者たちばかりだった。逆らえばどんな仕返しをされるかわからないので、家中の重臣たちも、井上一族には何も言えなくなっていたのである。

大方さまの知り合いの家にも、長居はできない。そこでふたりは福原式部《ふくばらしきぶ》を頼った。

式部は毛利一族の庶流で毛利家重臣であり、一方で松寿丸にとっては祖父にあたる。松寿丸の産みの母は、式部の娘なのである。

母は里帰りして出産したので、松寿丸は式部の居城、鈴尾《すずお》城――多治比より一里ほど南にある――で生まれたという縁もあった。

孫の難儀を見かねた式部は、鈴尾城下の空き屋敷を与えて、大方さまと暮らせるよう計ってくれた。

大方さまは、安芸と石見にまたがって領地をもつ国人、高橋氏の庶流の娘である。毛利家に側室として輿入れした際に、実家から化粧料として十貫文ほどの地を与えられていた。これで当面は食うこともできた。

とはいえ化粧料だけでは下男下女も雇えない。松寿丸は薪割《まきわ》りや水くみを、大方さまは水仕事から裁縫まで、それぞれこなさねばならなかった。

松寿丸はその屋敷で、勉学と兵法の稽古にはげんだ。

十三歳になると吉田の興禅寺《こうぜんじ》に通い、漢籍を学ぶ。和尚さまもおどろくほどの熱心さで学び、たちまち四書五経のほか孫子《そんし》、六韜《りくとう》、三略《さんりやく》など、兵書も読みこなすようになった。

依然として城と領地は返ってこないが、貧しいながら静かな日々が過ぎてゆく。

しかし、そんな暮らしも長くはつづかなかった。

松寿丸が十四歳の秋、大方さまの化粧料が入ってこなくなったのだ。

不作で年貢がとれない、というのだが、実はどうやら代官に押領《おうりよう》されたらしい。

もちろん大方さまは抗議し、あちこちにはたらきかけたが、親身に取り合ってくれる者もおらず、女の身ではどうにもならない。

蓄えの米も底をつき、とうとう食べるにも事欠く暮らしが始まった。

当初は福原式部が助けてくれたが、頼り切りになるわけにもいかない。翌年からは大方さまの実家や家臣からも、昨日は麦を一升、今日は芋を十本というように助けをうけるようになっていった。

それでも食事は日に一食。いや、まったく何も口にできない日もあった。毛利家の家臣たちも井上一族を恐れて、ふたりの窮状を見て見ぬふりをする。頼みの兄、興元は、京に行ったまままもどってこない。

そんな中でも、大方さまは懸命に面倒をみてくれた。なんとか食いつなげたのは、大方さまが一緒にいてくれたおかげだ。

つらい日々はつづく。世間も落ちぶれた者には容赦がない。

あるとき道を歩いていると、子供たちに石を投げられた。

「やーい、乞食《こじき》若殿！」

と子供たちははやすのだ。世間では自分のことをそう言っているらしいと、初めて知った。頭にきて、

「なにを！」

と石を投げ返すと、さらに多くの石を投げつけられた。とてもかなわず、屋敷に逃げ帰るしかなかった。

その夜、大方さまとともに泣いた。惨めさと悔しさに涙が止まらず、一晩泣き明かしてしまった。

「もう我慢ならぬ！」

しらじらと夜が明けたころ、松寿丸は叫んだ。

「兄者が帰ってくるまでの辛抱と思っておったが、このままでは兄者が帰ってくる前に飢えて死ぬ。惨めに死ぬくらいなら、せめて井上中務丞にひと太刀《たち》なりと斬りつけてやる！」

と、城と領地を奪ったにくき男を思い描いて言った。

十四歳の松寿丸は、まだ体つきこそ細いものの、太刀打ちの速さは大人なみになっている。一対一になれば、ひと太刀浴びせるくらいはできると思っていた。

「なりませぬ」

大方さまは首をふる。

「そなたは次男坊といえど主家の者。家臣と斬りちがえて満足していてはなるまい。兄者がもどるまで、なんとしてもこらえるのじゃ」

と許してくれない。

松寿丸は、身もだえする思いで数日を過ごした。

苦しみ抜いて迎えたある朝、

「そうか！」

天啓《てんけい》のようにひらめいた。

斬りちがえるのではなく、こちらの身を危険にさらさずに、井上中務丞を討ち滅ぼせばよいではないか。

なにしろ相手は、主家の所領と城を乗っ取った悪者である。主人が討ち果たすのは当然のことだ。

そして自分はもう十二歳の子供ではない。何のために兵法を習ったのか。

——これは合戦だ。

武略を用いて敵を倒すのだ。

その日から松寿丸は屋敷に籠もった。習い覚えた兵書を読み返し、策を練る。

数日のあいだ考え抜いたあげく、ようやくこれはと思える策ができあがった。

だが、松寿丸はためらった。

本当にこんなことで相手を倒せるのかと、とまどいが先に立ってしまう。初めてのことでもあり、失敗したらと思うとおそろしくもある。それに、これは陰険で、見方によっては人の道にもとる策でもある。

とはいえ武略とは、もともと相手の意表を突くものである。しかも弱者が強者を倒すのだから、いささか道に外れても仕方がないではないか。

ひと月ほど悩んだのち、腹を決めて大方さまに相談した。この策は、大方さまの協力がなくては実現しないのだ。しかも、じつに過酷な役目を強いることになる。

話を聞いた大方さまは、怒るかと思いきや、しばらくだまっていた。松寿丸は目を伏せてじっと待つ。なんとも居づらい時が、ゆっくりと過ぎてゆく。

松寿丸が後悔しかけたとき、大方さまは冷静な顔でうなずいた。

「そなたがよいと思うなら、やってみなされ。わらわはいかようにも、支えて進ぜように」

松寿丸は一瞬、息を止め、それから小さくうめいた。

大方さまが何も言わずに受け入れてくれたことで、かえってこの策の無道《むどう》さがはっきりした気がした。同時に自分がこれから踏み入れてゆく国人領主への道が、いかに険しいものかも思い知ったのだった。

「感謝の言葉もありませせぬ」

松寿丸は大方さまに頭を下げた。

その夜。

暗くなって、臥所《ふしど》に横たわった松寿丸の耳に、近づいてくる足音が聞こえた。

「誰じゃ」

松寿丸は跳ね起きたが、足音は静かに近づいてくる。

「大事ない。そのままに」

大方さまだった。

「いかがなされた」

「そのままに、と言うたじゃろ」

大方さまは松寿丸を寝かせると、その横に入ってきた。おどろく松寿丸の口をふさぐと、

「あのような策を考えつくとは、そなたはもう大人じゃ。元服もせねばならぬ。しかし無念なことに、いまはできぬ。せめてわらわが添臥《そいぶし》して進ぜようほどに」

と言い、松寿丸の帯をときはじめた。

添臥とは、高貴な者が元服した日に、年上の女性が男女の道を手ほどきすることだ。

甘い香りに包まれた中で、松寿丸はされるがままになっている。すぐに快楽の波が押し寄せてきて、大方さまと堅く抱き合った。こんな甘美なことが世の中にあったのかとおどろいた。まったく夢のようだと思う。

「きっとそなたはひとかどの武者となり、世にその名をうたわれるようになろうぞ」

と大方さまは耳元でささやいた。

呆然としているうちに大方さまが去っていったので、夢だとの思いはさらにつのった。

翌朝、大方さまは何ごともなかったかのように振る舞う。松寿丸は納得した。やはりあれは夢なのだ……。それでも、いままでになかった不思議な自信がついていた。

その足で松寿丸は、多治比の城へ出かけた。

「なに、奉公したいと」

応対に出てきた中務丞の家来が、妙な顔をする。

「領地がなくては食べてゆけませぬ。こちらで召し使《つこ》うてくだされ」

と松寿丸は頼み込んだ。

乗っ取られた城に家来として奉公するなど、普通ならば考えられない。しかし乗っ取った方にしてみれば、悪い話ではないはずだ。

家来は奥へ引っ込み、松寿丸はしばらく待たされたが、やがてもどってきた家来に、

「さような話ならば使うてやるとのことじゃ。ただし、奥向きの小姓奉公じゃぞ」

と言われた。困窮した松寿丸が他家に奉公し、井上家の悪口を言いふらすようになるよりは、自家の中に取り込んだほうがよいと考えたのだろう。狙った通りである。

「ありがたき仕合わせ。よろしく願いまする」

松寿丸は平伏し、その日から中務丞の屋敷に奉公することとなった。

――まずは最初の関門を突破した。

松寿丸はほっとしていた。

これは唐国《からくに》の兵書、「三十六計」の第十計、「笑裏蔵刀《しょうりぞうとう》」を読んで思いついた。刀を隠しにこやかに接して、敵を油断させるのである。

松寿丸は小姓として懸命に仕えた。当初は室内の掃除や家来への伝令などに追い使われていたが、しばらくすると、中務丞自身からも声をかけられるようになった。

「じつは、お願いがありまする」

正月が過ぎ、梅の花も散ったある日、松寿丸は他人がいない隙をみはからい、ひそかに中務丞に話しかけた。

「それがしの義母にあたる者ですが……」

大方さまも化粧料が入ってこず、困窮している。ついては、

「面倒をみてやっていただけませぬか」

と中務丞にもちかけたのだ。

「ほう、面倒を、とな」

中務丞は満更でもない顔をした。

大方さまは国人領主の側室になるだけあって、美貌《びぼう》で聞こえていた。その美女が、中務丞

の側室になることを望んでいる、というのだ。悪い気がするはずがない。

「ただし内密に願いまする。世間の聞こえをはばかっておりますれば」

「さもあろうな。いや、わかっておる」

中務丞は乗り気だ。

「一度、わが屋敷にお招きいたしたいと申しております。月のない夜にでも、忍んできていただきたいとのことにて」

「ほう。なんとも風流なことじゃな」

中務丞の顔は不気味にゆがんでいる。話はするすると決まってゆき、つぎの新月の日に中務丞が忍んでゆくことになった。

——かかったな。

松寿丸は内心で手を打ちながらも、少々面くらっていた。自分の考えた策が、こうもうまく進んでゆくとは思ってもいなかった。武略とは、こんなものなのだろうか。

果たして新月の夜、中務丞は供の者もつれず、松寿丸の屋敷にやってきた。

「ようこそ来てくださりました。さあ、お上がりなされ。かような茅屋《ぼうおく》とて何もござりませぬが、酒はたんと用意してありまする」

と大方さまが笑顔で迎え入れようとする。

中務丞はしばらく屋敷内の気配をうかがうような素振りを見せていたが、なんの気配もないと見たか、誘われるままに座敷へあがった。実際、屋敷には松寿丸と大方さまのふたりしかいないのだ。まだ元服前の子供と女人だけとなれば、警戒する必要もないと考えるのも、無理はない。

――よし、これで何とでもなる。

明かりをともした座敷では、大方さまが中務丞と対面している。松寿丸は酒を運ぶと、

「では、それがしは休みまする」

わざわざ断りを言って、控えの部屋に下がった。

暗い控えの部屋には、縄、紙、水の入った桶、そして万が一のために木刀、もちろん真剣も用意してある。

酒をたっぷり飲んだ中務丞は、いずれ寝込む。正体もなく寝込んだら、その顔に水に濡らした紙を貼り付ける。少々暴れるかもしれないが、それはふたりで押さえつければよい。そして翌朝、中務丞が病死したとして城に駆け込むつもりである。

前の主人の室《しつ》であった女人の屋敷に夜這いして死んだとあっては、世間に顔向けができない。死に方が少々怪しいと中務丞の遺族が思っても、病死として隠密に処理せざるを得ないであろう。

劣勢から勝利を得るには、敵に美女を献上して油断させ、その隙を突くべし。

「三十六計」の第三十一、「美人計《びじんけい》」が教える策略である。

座敷からは中務丞の機嫌のよさそうな声と、大方さまの嬌声《きょうせい》が聞こえる。

松寿丸は膝を抱えて待つ姿勢になった。

このあと、大方さまはどんな目に遭うのか。想像するのがつらい。

だがあと少し、耐えねばならない……。

五

目が覚めた。

天井が見える。

ここは鈴尾城下の屋敷ではなかった。郡山城の本丸だ。

汗をびっしょりかいていた。悪い夢を見てしまったものだ。

茫漠《ぼうばく》とした気分である。子供のころの夢を見るとは、どうしたことだろうか。

つらすぎて思い出したくもない時代だけに、日ごろの話にも出さないようにしてきたのだが。

しかし思えばあの経験こそが、人生すべての原点だった。

絶望も希望も、策謀も陥穽《かんせい》も、苦痛も快楽も、みなあそこにあったのだから。あの経験があったからこそ、ここまでやって来られた。

そうした経験がない子や孫たちは……。

「お目覚めでしょうか」

と声をかけてきたのは、大方さまではなく乃美の方だ。

「ああ。ずいぶんと寝ていたか」

「さあ、ふた刻《とき》ばかり……」

夕方なのか、カナカナと蜩《ひぐらし》の声が聞こえる。

「なにか召し上がりまするか」

乃美の方がたずねる。

「そうじゃの。白湯《さゆ》をたのむ。喉が渇いた」

侍女に抱え起こしてもらい、乃美の方から湯飲み茶碗をうけとる。茶碗をもつ手は骨がわかるほどやせ衰え、細かい皺《しわ》が寄っている。

「うっ、うほっ」

元就はむせて白湯をこぼした。乃美の方が「まあまあ」と言いつつ背をさすってくれる。

喉に異物が詰まっているようで、ここ数日は水もなかなか入っていかない。食事は重湯のようなものでしのいでいるが、それすらひと口、ふた口しか食べられないでいる。

「すまぬな」

という声もかすれてうまく出てこない。もう長くはない、と思わざるを得ない。

この病に気づいたのは、三年ほど前のことだ。最初は熱いものを飲み込むとき、胸の奥がひりひりする程度だった。ついで声がかすれてきたが、重大な病の兆しとは思わず、年のせいだと思っていた。

病が悪化したのは、昨年の秋。喉のつかえがひどくなったばかりか、胸の奥や背中が痛むようになり、時には息をするのもつらく感じるようになった。

食欲も失せて、体は急速にやせ衰えてゆく。

これを聞いた輝元と隆景が、出雲から急ぎ帰国してきた。しばらく看病してくれたが、ふたりが帰国しているあいだに尼子勢が息を吹き返してあちこちで攻勢に出てきたので、ひと月ほどでまた戦陣にもどらねばならなかった。

大将がもどった毛利勢は、尼子勢を圧倒した。いまや毛利家に襲いかかってきた悪夢も、ほぼ振り払ったといえるだろう。

七十五歳になった今年の三月には少々回復して、内々に花見の会などもできたのだが、夏の暑さを迎えてまた悪化してきたようだ。手や胸はやせ衰えているのに、足はむくんで丸太のように太くなった。腹も丸く出っ張ってきている。

だが、幸いにも痛みはもうほとんど感じなくなっている。同時に意識も薄れ、朝と夕方の区別もつかない。ただ体がだるく、眠い。

またうとうとと眠りに入っていたようだ。

目が覚めると、枕元に多くの顔があった。

「じいさま、わかりますか」

というのは、戦地からもどってきた輝元だ。その横には隆景の顔もある。ほかに六男の元倶《もとも》、七男の元政《もとまさ》、孫の広家《ひろいえ》……。十人近い子や孫に取り巻かれている。

自分の最期を看取ろうとしているようだ。

元就は起き上がろうとした。まだ死なない、と示そうとしたのだ。

だが無理だった。腰から下に力が入らない。しばらくもがいたのち、あきらめた。

——どうやら本当に最期のようじゃの。

妻と長男を見送った。父のようだった志道広良《しじひろよし》はもちろん、若い頃からいっしょだった桂元澄《かつらもとずみ》や福原左近《ふくばらさこん》らとも、とうに別れを告げた。

国司右京亮《くにしうきようのすけ》ばかりは、八十歳というのにまだ元気だが……。

自分もこのへんが潮時かと思う。

父母が早く死んで孤児になり、家来たちにも見放された境遇から、十カ国とこれだけの子孫を得た。もはや思い残すことなどあろうか。

そうは思ったが、数え上げれば不安はいくつもある。跡継ぎの輝元の器量は底が見えているし、大友家は難敵だ。将来は織田家と争うことになるだろう。いまの領国すら保てるかどうか。

ひとこと言っておきたくなった。

「隆景、輝元。ほかのみなも、聞け。このじいの、いまわの際の言葉をな」

仰向けのまま、声を上げた。子や孫たちは、何を言うのかと思ったのか、しんとした。

「よいか。申し残しておく。今後、毛利の家は天下を望んではならぬ。背伸びをすれば、領国が足許から崩れてゆくぞ。いまのように、一家で十カ国も持っていることさえ望外なことなのじゃ。欲張ってはならぬ。家を保つことに専念せよ。わかったな」

言い終わると、元就は目を閉じた。疲れて眠い。そういえば、とうとう楽隠居はできなかった。そればかりが心残りだ……。

元就の頭に、銀山城の春の風景がうかぶ。咲きほこる桜のむこうに青い海が見え、心地よい潮風が吹いてくる。その中で小さな子供たちや女たちに囲まれ、にぎやかに暮らす自分がいる。

その光景に満足し、温かい心持ちになり、やすらかに眠りについた。

六月十四日の朝、多くの子や孫に看守《みまも》られながら、元就は静かに息をひきとった。

「父上、ようやく隠居できましたなあ」

隆景の言葉に、元就はうなずいたように見えた。それほど穏やかな死顔だった。

女たちのすすり泣きの声をかき消すように蟬が鳴く。曇天《どんてん》の下で湿った風が、元就が終生はなれなかった生まれ故郷、吉田の里をゆっくりと吹き抜けていった。

◎参考文献

主として左記の文献を参考にいたしました。紙面を借りまして厚く御礼申し上げます。

毛利元就卿伝　渡辺世祐監修　マツノ書店
陰徳太平記　早稲田大学編輯部編　早稲田大学出版部
毛利元就軍記考証 新裁軍記　田村哲夫校訂　マツノ書店
毛利隆元　金谷俊則著　中央公論事業出版
吉川興経　金谷俊則著　中央公論事業出版
毛利元就　岸田裕之著　ミネルヴァ書房
Truth In History 22　毛利元就「猛悪無道」と呼ばれた男　吉田龍司著　新紀元社
論集 戦国大名と国衆17　安芸毛利氏　村井良介編　岩田書院
戦争の日本史12　西国の戦国合戦　山本浩樹著　吉川弘文館
大日本古文書　家わけ第八　毛利家文書　東京大学史料編纂所　東京大学出版会
萩藩閥閲録　山口県文書館編　山口県文書館

二〇一九年一月　光文社刊